KB123620

달콤한
계약연애

달콤한 계약 연애 2

2021년 04월 26일 초판 1쇄 인쇄
2021년 04월 29일 초판 1쇄 발행

지은이 김지호
발행인 김정수 강준규

기획 편집 송영경 이해인 이은정
마케팅 지원 배진경 임혜솔 송지유 이영선

발행처 (주)로크미디어
출판등록 2003년 3월 24일
주소 서울시 마포구 성암로 330 DMC첨단산업센터 318호
편집 문의 (070)7860-2771 **구입 문의** (02)3273-5135
홈페이지 rokmedia.blog.me
E-mail romance@rokmedia.com

값 9,000원

ISBN 979-11-354-9757-5 04810 (2권)
ISBN 979-11-354-9755-1 04810 (세트)

2

달콤한
계약연애

김지호 장편소설

Sweet contract
relationship

목 차

5. 멈출 수 없는 마음

삑, 삐빅. 고요한 밤공기를 타고 울리는 도어 록 버튼 음에 설핏 잠에서 깼다.

누운 채로 무거운 눈꺼풀을 깜빡이는 승현의 귀에 이어서 덜컹하고 현관문이 열리는 소리가 들려왔다. 웬만하면 무시하고 잤을 텐데, 복층 침실로 가까워지는 발소리에 결국 승현은 침대에서 몸을 일으켰다.

"후⋯⋯."

어설프게 자다 깬 탓에 몸이 무겁고 머리가 지끈거렸다. 인상을 잔뜩 구긴 채 엄지와 중지로 두 관자놀이를 지압하던 그때, 스위치를 누르는 소리가 들리고 불이 환하게 들어왔다.

"자고 있었어?"

"그럼 시간이 몇 신데⋯⋯."

반사적으로 시계를 확인한 승현은 아직 9시 반밖에 안 된 걸 보고 작게 한숨을 내쉬었다. 그는 곧 고개를 들어 계단 끄트머리에 서 있는 승재를 바라봤다.

"혼자 생각할 시간 좀 달라더니. 생각은 다 끝났어?"

승현이 은영과 사귀는 사이가 아니라고 고백했던 그때, 승재는 승현에게 그간 있었던 일을 자세하게 듣고도 무슨 말인지 이해 못 하겠다는 듯 넋 나간 얼굴로 앉아 있었다. 그러다 겨우 한마디만 꺼냈다. 생각할 시간을 좀 달라고.

"생각이야, 뭐…… 진작 끝났지."

"그래서 결론이 뭔데."

"결론이랄 게 있나? 형이 그래서 그랬었구나, 이해한 게 다지."

바닥에 주저앉은 승재는 비닐봉지 안에 손을 넣어 부스럭거리 더니 안에서 맥주 두 캔과 버터구이 오징어 한 봉지를 꺼냈다.

"오랜만에 술이나 한잔하자, 형."

"오랜만은 무슨. 너 호텔에서 필름 끊겼던 거 기억 안 나?"

"그건 나 혼자 마신 거잖아. 우리 둘이 마신 게 오래됐다 이 소 리지, 나는."

승재가 승현의 손에 맥주 캔을 따 쥐여 주었다. 그러고는 "건 배!" 하고 외치며 승현이 쥐고 있는 캔에 제 캔을 부딪쳤다.

"나, 솔직히 형이 대체 무슨 소리를 하나 했거든. 아무리 그래 도 그렇지 여자에 관심도 없던 형이 어떻게 여자랑 사귀는 척을 했나 싶고, 또 하필이면 그 상대가 은영 씨였나 싶어서."

"미안해. 일을 이렇게 꼬아 놓을 생각은 없었어."

"아니, 사과를 듣고 싶은 게 아니라……. 아니다. 나도 내가 뭘 하고 싶은 건지 모르겠다."

한숨 쉬듯 말을 털어놓은 승재는 캔을 입으로 가져갔다.

"사실 처음엔 형이 좀 원망스러웠어. 왜 그랬는지는 알겠는데, 왜 하필이면 그 상대가 은영 씨여야 했는지……. 그런데 그런 생각이 들더라. 상대가 은영 씨여서 형이 그런 선택을 했던 게 아닐까. 그거 알아, 형?"

침대에 걸터앉은 승현은 생각에 잠긴 듯 두 무릎에 팔을 걸친 채 바닥에 시선을 두고 있었다. 지금 제 말을 듣고 있기는 한가 의심하면서도 승재는 말을 이었다.

"나 옛날에 은영 씨 만난 적 있는 것 같아. 아니, 만났을 거야."

"……뭐?"

내 말을 듣고는 있었구나. 아니면 내 입에서 나온 이름 때문이려나? 고개를 들어 저를 보는 승현에 승재는 히죽거리며 웃었다.

"아마 형이랑도 만난 적 있을걸?"

"내가 은영 씨를? 어떻게?"

"은영 씨 수원에서 살았었다며. 형도 기억 잃었을 때 수원에서 살았거든."

"내가 수원에서 살았다고……?"

짐작은 하고 있었지만, 승재한테서 정말로 그렇다는 이야기를 듣자 승현은 혼란스러워졌다.

"형 그때 기억 아직 없지? 그런데도 은영 씨한테 본능적으로 끌린 거 보면 아마 형도 그때 은영 씨랑 알고 지냈던 사이였을 것 같아. 아마 꽤 친하지 않았을까? 몰래 형 얼굴 보러 간 나한테 은영 씨가 길 알려 주기도 했고."

"그게 무슨……."

"나, 그때 은영 씨 보고 되게 예쁘다고 생각했었어."

맥주 캔을 바닥에 내려놓은 그는 마치 세수하듯 두 손으로 얼굴을 감싸 그의 눈길로부터 자신의 얼굴을 가렸다.

"오래돼서 기억이 흐릿하긴 하지만…… 다음에 또 만나게 되거든 전화번호 물어봐야지, 하고 생각했던 건 기억나. 어쩌면 내 첫사랑이었을지도 몰라, 은영 씨가."

"……."

"그런데 그 은영 씨가 형이랑 사귀고, 나는 그 동생이랑 사귀고……. 그렇게 엇갈린 것도 기가 막힌 일인데 어른들은 쌍둥이 겹사돈이 말이 되냐고 길길이 날뛰니까……. 그냥 다 때려치우자 싶어서 샛별이랑……. 형? 형!"

귀 안 막혔으니까 조용히 불러.

그러나 승현은 머릿속으로 떠올린 그 생각을 입 밖으로 꺼내 놓지 못했다.

삐— 하고 울리는 귓속의 이명과 어느새 새까매진 눈앞. 마치 소용돌이치듯 빙글빙글 도는 시야 속에서 승현은 다급한 표정으로 제 이름을 부르는 승재를 발견했다.

그러나 그도 잠시. 완전히 눈을 감아 버린 승현은 그대로 의식을 잃고 말았다.

'아마 형도 그때 은영 씨랑 알고 지내던 사이였을 것 같아.'

귓가에 달라붙은 그 말을 마지막까지 곱씹으며.

❀❀❀

정신을 차렸을 때, 그는 병원 침대에 누워 가족들 사이에 둘러

싸여 있었다.

"승현아!"

"형, 괜찮아?"

"정신이 들었니? 엄마 얼굴 알아보겠어?"

"아이고, 이놈아. 누가 그렇게 몸 혹사해 가면서 일하라던!"

부모님에 승재, 그리고 할아버지까지. 심지어 저 뒤로 지훈의 얼굴 역시 보였다. 차마 권씨 일가 사이에 끼지 못한 채 안절부절 못하고 있던 그는 승현과 눈이 마주친 순간 다행이라며 한숨을 푹 내쉬었다.

대체 이게 다 무슨 일이지. 승현은 뻑뻑한 눈을 힘겹게 깜빡였다.

"……어떻게 된 거예요?"

"어떻게 되긴 뭐가 어떻게 돼? 너 과로에 수면 부족이래. 윤 비서 말 들어 보니 요 며칠간은 하루에 몇 시간도 못 잤다며. 회사에 직원이 그렇게 많은데 일은 너만 하니? 응?"

걱정 어린 미희의 말이 마치 폭격처럼 쏟아졌다. 그 마음이야 이해하지만 정신을 잃었다가 막 일어난 승현은 그녀의 잔소리가 버거워 대꾸 없이 눈을 감아 버렸다. 그 사실을 눈치챈 정호가 헛기침과 함께 제 아내를 말렸다.

"여보, 승현이 일어난 지 얼마 안 됐잖아요."

"그래. 애 쉬게는 못할망정 그 앞에서 그렇게 소리를 지르면……."

"아버님은 무슨 자격으로 승현일 걱정하는 척하세요!"

"뭐, 뭐?"

감히 제 앞에서 언성을 높이는 미희를 보며 태용이 입을 떡 벌렸다.

눈이 휘둥그레진 건 다른 가족들이나 주치의, 비서들 모두 마찬가지였으나 미희는 눈 하나 깜짝 안 하고 그에게 소리를 질러 댔다.

"다 들었어요. 그렇게 쓰러지시고 위독하다고 하셨던 거 다 연기하신 거라면서요!"

"아, 아니, 애미 너 지금 누구 앞에서 소리를……!"

"애들 둘 다 나이 서른 넘었어요. 대체 언제까지 아버님 뜻대로 애들 휘두르실 생각이세요, 대체 언제까지!"

"여보, 그만해요."

정호가 미희의 어깨에 손을 올리려 했지만 옷에 닿기도 전에 미희가 그의 손을 날카롭게 쳐 냈다. 그녀의 시선은 태용에게 박혀 떨어지지 않았다.

"아뇨, 그만 못 해요. 그놈의 장손 타령하다가 애 죽을 뻔했던 거 벌써 잊으셨어요? 대체 얼마나 스트레스를 받았으면 건강하던 애가 쓰러졌겠어요!"

"그래서…… 승현이 쓰러진 게 다 내 탓이라고?"

"승현이만 아버님 탓이게요? 지금 승현이 쓰러졌다고 승현이만 눈에 들어오시죠? 승재 꼴은 안 보이시죠?"

"어, 엄마."

갑자기 제게 날아든 화살에 승재는 당황한 얼굴로 제 모친과 할아버지의 눈치를 살폈다. 그러나 태용의 못마땅한 눈빛이 저를 향한 순간, 그는 입술을 짓씹은 채 고개를 떨구고 말았다.

그 모습을 처음부터 끝까지 모두 지켜본 미희가 내가 이래서 이러는 거라고 답답한 가슴을 쳤다.

"안 그래도 알아서 눈칫밥 먹는 애예요! 대체 언제까지 그 죄책감 이용해서 전부 승재 탓이었다 미루고 화풀이하실 건데요. 누가 고집을 부리다가 일이 그렇게 된 건데!"

"애, 애미 너……."

"죄송한데."

눈가가 붉게 달아오른 미희와 부들부들 떠는 태용의 사이로 승현의 목소리가 끼어들었다. 그들이 언성 높여 가며 싸우는 사이, 그는 링겔 바늘이 꽂힌 팔을 눈 위에 얹은 채 버거운 숨을 내뱉고 있었다.

"머리 울려요. 조금만 소리 낮춰 주세요."

"허, 그래. 애 아파서 누워 있는데 어딜 소리를 버럭버럭……!"

"할아버지, 제발."

"……크흠. 미안하다."

못마땅한 얼굴로 미희를 흘겨본 태용은 조심조심 승현의 옆으로 다가가 낮아진 목소리로 물었다.

"승현아, 어디 특별히 아픈 데는 없고?"

"없어요. 쉬고 싶어요. 나가 주세요."

"그래, 큼흠. 아플 땐 푹 쉬어야지. 더 자거라."

토닥토닥 승현의 가슴을 도닥여 준 태용이 부리부리한 눈으로 주변을 휙 한 번 둘러보고는 못마땅함을 숨기지 않은 얼굴로 미희를 보다가 흥 소리를 냈다.

"다들 뭐 해? 승현이가 쉬고 싶다잖아. 얼른……."

"어머니."

그 나지막한 부름에 뒤를 돌아본 건 미희만이 아니었다. 모두의 시선이 승현을 향했으나 팔로 눈을 가린 승현은 그 사실을 알지 못한다는 듯 나지막한 목소리로 말을 이었다.

"어머니만 남아 주세요. 여쭤보고 싶은 게 있어요."

"묻고 싶은 게 있으면 나한테……."

"어머니만 계시면 돼요."

승현의 팔이 힘없이 침대 위로 툭 떨어졌다. 그는 눈동자만 움직여 속이 텅 빈 듯한 시선으로 태용을 바라봤다.

"나가 주세요, 할아버지."

아끼는 손자한테 거부당한 충격이 컸던 걸까? 태용이 반쯤 넋 나간 표정을 지었으나 승현은 눈 하나 깜짝 않고 다시 팔로 눈을 가렸다.

태용은 무언가에 북받친 듯 울컥하는 표정을 지었다. 그러나 차마 아파서 누워 있는 손자에게 그 감정을 쏟아 내지 못하고 몸을 휙 돌렸다. 그는 마치 화풀이하듯 주변에 선 사람들한테 일갈했다.

"다들 뭐 하고 섰어? 승현이가 혼자 있고 싶다잖아! 다 나가!"

그 호통에 마치 쫓겨나듯 병실 안에 있던 사람들이 전부 밖으로 나간 후, 병실 안에는 미희와 승현만이 남았다. 그녀는 침대 옆에 앉아 승현의 손을 꼭 잡아 주었다.

"승현아, 목은 안 마르니? 물 좀 줄까?"

"네."

"그래, 조금만 기다려."

기대 없이 꺼낸 말에 긍정이 돌아온 순간, 미희는 기뻐하며 냉장고에서 물을 꺼내 왔다.

누워 있는 승현이 상체를 일으키는 걸 도운 후, 그의 손에 물컵을 들려 준 미희는 승현이 물을 겨우 두 모금 삼키는 걸 안타까운 눈으로 쳐다봤다.

"배는 안 고프…….."

"장손 타령하다가 애 죽을 뻔했다는 게 무슨 뜻이에요?"

순간 미희의 몸이 얼어붙었다.

뒤늦게 자신의 말실수를 깨달은 그녀가 손으로 입을 가리는 사이, 승현은 표정을 가라앉힌 채 고요한 시선만을 그녀에게 전했다.

"저 기억났어요. 어렸을 때 돌아가신 큰어머니 고향이 수원이었죠."

중고등학교 때 기억이 아예 없는 것과 달리, 그보다 더 어렸을 때의 일은 너무 오래돼서 지워지듯 희미해졌다.

그러나 당시를 떠올리면 스쳐 가듯 떠오르는 장면이 몇 가지 있었다.

죽음의 의미를 모른 채 승재의 손을 잡고 바라봤던 큰어머니 영정 사진. 이제는 얼굴도 기억 안 나는 큰아버지와 할아버지가 소리 지르며 싸우는 장면. 머리를 쓰다듬어 주던 손길.

그리고 그와 함께 떠오르는 누군가의 목소리.

'네가 내 아들이었으면 좋았을 텐데…….'

"저, 수원에서 큰아버지랑 같이 살았던 거예요?"

❋❋❋

"좋은 아침입니다! 다들 출근하셨네요?"

"아, 세연아! 너 마침 잘 왔다."

창가에 바짝 붙어 서서 뭔가 이야기를 나누던 박 사장과 현수가 그녀에게 이리 와 보라고 손짓을 했다. 그 얼굴이 둘 다 꽤 심각해 보여서 세연은 의아한 표정을 지었다.

"왜요? 무슨 일 있어요? 설마 또 원두 발주 실수하신 건 아니죠?"

"쓰읍, 그게 언제 적 일인데 아직도 그때 얘길 꺼내고 있어."

"그럼 뭔데요? 밀가루? 설탕? 아님 뭐, 동영상에 악플이라도 달렸어요?"

"글쎄 그런 거 아니라니까. 그보다 소리 좀 낮춰. 들을라."

박 사장이 흘끗흘끗 눈치 보는 방향엔 주방이 있었다. 그제야 그들이 주방에서 제일 멀리 떨어진 창가에 서 있단 사실을 깨달은 세연은 지금 이 시간에 주방에 있을 사람이 누군지 떠올리고 묘한 표정을 지었다.

"은영이한테 무슨 실수하셨어요? 아님 현수 네가?"

"그런 거 아니야. 애가 출근할 때부터 눈이 좀 부었더라고. 좀 빨갛기도 한 게 아무래도 운 거 같아서."

"은영이가 울었다고? 왜?"

"우리야 모르지. 그러니까 세연이 네가 무슨 일인지 슬쩍 한번 물어봐 봐."

"제가요?"

세연은 반사적으로 뺨을 긁적거렸다.

그 순하고 밝은 애가 눈이 부을 정도로 울었다니 솔직히 신경 쓰이기도 하고, 궁금하기도 했다. 하지만 제 위로가 도움이 될지 안 될지도 모르는데 궁금증 해결하자고 다짜고짜 캐물을 순 없는 노릇 아닌가.

"그냥 모르는 척하는 게 낫지 않을까요?"

"거 보통 때라면 그럴 텐데…… 아무리 생각해 봐도 은영이가 울 만한 게 그 일밖에 없어서."

"그 일?"

세연의 반문에 박 사장은 주방 쪽을 흘끗거리다가 거의 속삭이 듯 답했다.

"애인 말이야, 애인."

"아!"

"혹시라도 나중에 말실수하기 전에 미리 알아 두는 게 좋을 거 같아서. 너만 믿는다."

"화이팅!"

"어, 어어, 잠깐만!"

그러나 다수가 밀어붙이면 소수의 목소리는 존중받지 못하기 마련이었다.

결국 등 떠밀려 주방 입구에 선 세연은 뒤에서 파이팅 파이팅만 외치는 두 남자를 얄밉게 노려보다가 한숨과 함께 주방 안으로 들어갔다.

그녀를 반긴 건 탕! 탕! 케이크 틀을 작업대 위로 떨어뜨려 케이크 반죽에서 공기 방울을 빼내는 소리였다. 세연에게 등을 보이고 선 은영은 그 소리 때문에 그녀의 존재를 눈치채지 못한 듯했다.

세연은 은영이 케이크 틀을 오븐에 넣는 걸 기다리다가 흠흠, 하고 헛기침을 했다.

"깜짝이야! 언니, 언제 왔어요?"

"방금. 그보다 벌써 반죽 들어가는 걸 보니 일찍 왔나 보네?"

"네. 오늘 영상 찍는 날이잖아요. 장사 준비 일찍 끝내고 틈틈이 준비해 놓으려고요."

"아하……."

고개를 끄덕인 세연은 은영의 얼굴을 곁눈질로 살피며 입으로는 아무렇지 않은 목소리로 대화를 계속 이어 나갔다.

"오늘은 뭐 만드는데?"

"고민 중이에요. 저번에 크레이프 케이크 만들어서 올린 거 반응 좋았는데 이참에 종류별로 만들어서 한꺼번에 올릴까 싶고……."

"종류별로 한꺼번에? 그럼 힘들지 않겠어?"

"시간이 좀 걸리긴 하는데 작업 자체는 그냥 단순 노동이라서요. 생각 없이 하긴 좋아요."

"그렇구나……."

세연은 고민했다. 머리를 있는 힘껏 굴려 가며 고민했다. 누가 봐도 펑펑 울고 난 티가 나는 저 눈을 모른 척해 줄 것이냐, 아니면 대놓고 한 번 찔러볼 것이냐.

너무 어려운 문제였다. 결국, 세연은 머리가 진짜로 터져 버리기 전에 에라 모르겠다 하고 마음 가는 대로 말을 내뱉었다.

"은영아, 너 무슨 일 있었니?"

"네?"

"아니, 그게……."

아무리 세연이라도 너 눈 부었어, 라는 말이 차마 입 밖으로 나가지 않았다. 대신 그녀의 눈으로 향한 세연의 시선을 알아차린 걸까? 은영이 민망한 얼굴로 웃으며 손끝으로 눈가를 어루만졌다.

"아직도 티 나요? 저 운 거."

"그게……. 응, 좀."

"어쩐지, 아까 사장님이랑 현수 오빠 반응도 좀 이상하더라. 사실 저 승현 씨랑 그만 만나기로 했어요."

"뭐……?"

"그냥…… 그렇게 됐어요. 아, 이제 쿠키 구워야겠다. 언니 이따 이야기해요."

"어, 어, 그래……."

은영이 황급히 자리를 피하는 게 눈에 보여서 세연은 고개만 끄덕였다. 그러고는 도망치듯 선반으로 다가가 밀가루를 꺼내는 그녀를 뒤로한 채 주방에서 나왔다.

"요놈의 입, 요놈의 입."

세연은 그렇게 중얼거리며 손바닥으로 제 입을 때렸다. 이제나저제나 그녀가 나오기만 기다리고 있던 현수와 박 사장이 놀라서 그녀에게 다가왔다.

"갑자기 멀쩡한 입은 왜 때려?"

"설마 은영이, 애인이랑 진짜로 헤어졌대?"

세연은 오늘 크게 사고 친 입을 열어 대답하는 대신 고개만 끄덕였다. 박 사장과 현수의 입에서 동시에 탄식이 흘러나왔다.

"아이고……."

"그래서, 지금 은영이 어때?"

"묵묵히 그냥 자기 일하고 있어요. 차라리 울기라도 하면 위로라도 해 줄 텐데."

불과 몇 개월 가지도 못한 은영의 첫 연애가 안쓰러워 세 사람은 동시에 한숨을 내쉬었다.

그래서 은영이를 어떻게 하면 좋을까. 모르는 척하는 게 낫겠지. 속삭이는 목소리로 회의 아닌 회의를 하던 중 현수가 또 한 번 한숨을 내쉬었다.

"금방 털어 내면 좋을 텐데. 과연 얼마나 갈까요? 오래 안 가면 좋을 텐데."

"차라리 남자나 소개해 줄까? 자고로 남자로 인한 상처는 남자로 지우는 법인데."

"그거다!"

별생각 없이 내뱉은 세연의 말에 박 사장이 갑자기 손가락을 튕겼다. 그는 의아한 눈으로 저를 보는 세연과 현수의 앞에서 결연하게 두 눈을 빛냈다.

"은영이한테 참하고 조신한 남자 소개해 주면 될 거 아냐!"

❈❈❈

―삑, 삑삑, 삐리릭.

"샛별아, 바나나 우유 사 왔어…… 응?"

현관으로 들어서며 비닐봉지를 높이 들어 올린 은영은 눈앞에 펼쳐진 광경을 보고 놀라 눈을 크게 떴다.

"아, 언니 왔어?"

"너…… 이게 다 뭐야?"

거실에 펼쳐진 커다란 캐리어와 그 옆에 놓인 짐 가방. 그 안에 제 옷을 차곡차곡 개켜 넣던 샛별이 은영의 놀란 얼굴을 보며 헤헤 웃었다.

"뭐긴 뭐야. 나도 슬슬 언니한테서 독립해야지."

"독립이라니……. 나가려고?"

"나가야지. 애초에 당분간만 있겠다고 했잖아."

그러기야 했지만, 어느새 샛별이랑 둘이 지내는 게 너무 익숙해져서 완전히 잊고 있었다.

은영은 얼떨떨한 얼굴로 샛별이 짐을 싸는 걸 조금 지켜보다가 뒤늦게 물었다.

"언제 나가는데 짐을 벌써 싸? 설마 내일 나가?"

"아니, 이번 주 주말에. 엄마가 회사 근처에 원룸 하나 잡아 줬어."

"엄마가?"

"응. 원래 엄마랑 나랑 둘이 살던 집 있잖아. 그거 팔고 아저씨집으로 들어가기로 했나 봐. 내 원룸은 그 돈으로 해 줬고."

"그렇구나……."

문득 모친의 전화번호를 차단해 놓은 게 생각나 은영은 기분이 싱숭생숭해졌다.

그 생각을 털어 내려 일부러 비닐봉지를 부스럭거리며 바나나 우유를 꺼내 샛별에게 건네준 은영은 동생의 옆에 앉아 딸기 우유에 빨대를 꽂았다.

"나 엄마한테 혼났잖아. 언니한테 폐 끼쳤다고."

"혼났다고?"

"응. 얼른 그 집에서 나오라는 거 있지. 치, 언니 집에 좀 있는게 뭐 대수라고."

샛별이 입술을 삐죽이며 하는 말에 은영은 쓰게 웃었다. 아마 '얼른 그 집에서 나와라.'가 모친이 하고 싶은 말이었을 거다.

난 이제 진짜 딸로 생각 안 하는 모양이지.

문득 은영은 차단해 놓은 걸 풀어도 되겠다 싶었다. 어차피 연락 안 올 테니까.

"난 폐라고 생각한 적 없는데. 다음에 또 무슨 일 생기면 언제든지 와. 네 이불 따로 하나 더 사 둘 테니까."

"그치, 그치? 하여튼 엄마는 아무것도 모르면서."

빨대를 입에 물고 바나나 우유를 쪽쪽 빨아 마시던 샛별이 갑자기 뭔가가 떠올랐다는 얼굴로 입에서 빨대를 뺐다.

"근데 솔직히, 그때는 폐라고 생각했지?"

"응? 언제?"

"승현 오빠 찾아왔을 때. 나 집에 없었으면 올라오라고 할 수 있었을 텐데 하필이면 내가 집에 있어서……."

"아, 아니, 그런 거 아니야. 말했잖아, 나 승현 씨랑 아무 사이 아니었다고."

"아무 사이 아니긴. 내가 볼 땐 승현 오빠도 언니 좋아하고 있었는데."

"이제 그 소리 하지 말랬지."

부러 장난스럽게 흘겨보는 시선 뒤로 씁쓸해하는 그녀의 속내를 눈치챈 걸까?

샛별은 은영을 더 놀리는 대신 히히 웃으며 바닥에 잠깐 내려놓았던 바나나 우유를 다시 집어 들었다.

저도 모르게 힘이 들어갔던 어깨를 탁 내려놓은 은영은 긴 숨을 느리게 내뱉었다. 그러면서 흘끗흘끗 샛별의 얼굴을 살폈다.

'승재 씨랑은 그러고 한 번도 연락 안 했어?'

그 말이 하염없이 입안을 맴돌았다. 쉽게 삼키지 못하면서 입 밖으로 꺼내지도 못하는 건, 이제는 그녀 자신도 알기 때문이었다. 솔직하게 대답할 수 없을 때 아무렇지 않은 척 미소 짓는 게 얼마나 힘든 일인지.

"언니."

"어, 어? 왜?"

하던 생각이 생각이었던지라 은영은 뜨끔한 가슴을 숨겨야 했다. 그런 그녀의 속을 아는지 모르는지 샛별이 심각한 얼굴로 말을 꺼냈다.

"우리 그냥 남자고 뭐고 우리 둘이 평생 같이 살까?"

"뭐?"

"딱 3년만 기다려. 내가 돈 바짝 모을 테니까 우리 돈 합쳐서 집 큰 거 하나 사서 거기서 둘이 오순도순 살자."

표정이며 목소리가 어찌나 진지한지. 모르는 사람이 들었으면 청혼이라도 하는 줄 알았을 거다. 심각한 그녀를 따라 심각하게 그녀의 말을 듣던 은영은 결국 웃음을 터뜨리고 말았다.

"뭐야! 왜 웃어!"

"아니, 아니……. 다 좋은데, 우리 겨우 3년 벌어서 서울에 집 살 수 있어?"

"대출 좀 끼고 부모님한테 손 벌리고 하면 가능하지 않을까? 나는 엄마한테 손 벌리고, 언니는 아버지한테 손 벌리고."

샛별은 지금 엄마가 얻어 놓은 원룸 보증금은 내가 가져올 수 있을 거라며 자신이 3년 후에 돈을 얼마까지 모을 수 있나 계산하기 시작했다.

"아, 언니! 그리고 보니까 옛날에 할머니 할아버지랑 같이 살던 집은 어떻게 됐어? 수원에 있는 거."

"그거? 지금 세놓고 있지."

"진짜? 그럼 언니 통장에 달마다 월세도 들어와?"

"아니, 내 통장 아니고 아빠 통장. 그 집 명의 아빠 거라서."

"아…… 그래?"

좋다 말았다는 듯 샛별이 쳇 소리를 냈다. 그러다 의아한 얼굴로 은영에게 물었다.

"아빠 한국 안 들어온 지 한참 됐다며. 집 관리는 어떻게 하고?"

"집수리 같은 건 세입자가 알아서 고치고 영수증 보내 주면 돈 보내 주는 걸로 알아. 계약이나 이런 건 내가 대신 나가서 도장 찍고."

"뭐야, 그럼 언니한테도 수당 좀 줘야 되는 거 아냐?"

"나름 용돈이라고 돈 좀 받고 있긴 하니까……."

"용돈은 무슨, 우리 나이가 몇인데."

투덜거리는 샛별에 은영은 뒤늦게 생각나 달력을 확인했다.

'슬슬 계약 만료될 날짜 다 됐네…….'

이번 세입자는 계약을 연장하려나, 안 하려나. 세입자 구하는 것도 보통 귀찮은 일이 아닌데 그냥 연장해 줬으면 좋겠다.

은영은 그런 생각을 하며 빨대를 쪽쪽 빨았다. 해야 할 일은 많고, 머릿속은 복잡하기만 한 와중에 그나마 달콤한 우유가 그녀에게 위안이 되었다.

✻✻✻

"최종적으로 A팀과 B팀에서 제출한 기획안입니다. 간단하게

요약하면 A팀은 출시 30주년 기념으로 16년째 스낵 판매량 TOP 10 상위권을 지키고 있는 포토칩을 다양한 맛으로 출시, 포토칩의 브랜드화를 기획하고 있고, B팀은 당사 홈페이지 고객의 소리와 이메일, 그리고 SNS와 커뮤니티 게시판을 통해 수집한 의견을 토대로 10년 전에 단종된 추억의 과자 부활 이벤트를 기획하고 있습니다."

A팀과 B팀은 개발 3팀 내에서 승현의 개입 없이 직원들이 자유롭게 모여 이룬 팀이었다. 사실 그 외에도 C팀과 D팀, E팀까지 만들어졌으나 결국 해체되고 편입되어 최종적으로 남은 게 A팀과 B팀이었다.

두 팀은 서로 경쟁하며 기획안을 준비 중이었다. 마지막으로 두 팀의 PT 발표를 듣고 최종적으로 다음 개발 아이템을 선택할 권리는 승현에게 있었다.

"이거 PT 발표가 언제였지?"

"다음 주입니다."

"그럼 이번 주 금요일까지 기획안 보강해서 다시 제출하라고 해."

"보강이라면……?"

"A팀, 포토칩의 이름과 요즘 유행하는 흑당 맛을 제외한 이 제품의 오리지널리티가 뭔지, 그걸 어떻게 고객들에게 어필할 것인지. B팀, 이 제품들이 과거에 이미 단종된 이유와 그에 대한 개선안."

승현은 그 내용을 빠르게 갈겨쓴 기획안을 지훈에게 돌려주었다. 그리고 노트북으로 시선을 돌려 마우스를 달칵거리며 무심한 목소리를 이어 나갔다.

"두 팀 다 미리부터 실패를 걱정해 이미 어느 정도 검증된 길을 가려 하고 있잖아. 이미 나와 있는 제품의 변형, 오래전에 사라진 제품의 복각. 그것들이 정말로 신제품인가?"

"아……."

"신제품 개발팀에서 일할 거면 모험을 두려워하지 말라고 전해."

"네, 알겠습니다."

지훈이 반려된 기획안을 받아 들고 팀장실 밖으로 나갔다. 뻐근한 어깨를 번갈아 가며 주무르던 승현은 서랍에서 안약을 꺼내 눈에 넣었다.

마치 눈물 같은 물줄기가 그의 뺨을 희미하게 가로질렀다. 손수건을 꺼내 흘러내린 안약을 닦아 내는 승현의 귓가로 바람처럼 옅은 목소리가 스쳐 지나갔다.

'저…… 이제 승현 씨 못 만날 것 같아요.'

그렇게 말하는 얼굴이 어땠더라? 기억은 마치 안개가 낀 것처럼 희미하기만 했다. 분명하게 떠오르는 건 돌려받은 손수건이 무척 축축했다는 것뿐이었다.

세탁해서 돌려주지 못해 미안하다고 말하던 목소리가 뒤이어 귓가에 맴돌았다. 그게 그렇게 미안하면 그냥 세탁해서 돌려주지. 얼굴 한 번 보는 게 뭐가 그렇게 어렵다고 그리 단호하게 선을 그었을까.

"지친다……."

별생각 없이 중얼거린 승현은 자신이 내뱉은 말을 곱씹다가 뒤늦게 웃음을 흘렸다. 과로로 한 번 쓰러졌던 여파가 아직도 남아 있는 걸까? 지친다는 소리가 제멋대로 흘러 나가는 걸 보면.

─지이잉.

그때 주머니 속에서 핸드폰이 진동했다. 버릇처럼 얼굴을 쓸어 넘긴 승현은 핸드폰을 꺼내 액정에 뜬 이름을 확인했다. 그 순간 그의 얼굴이 묘한 빛으로 물들었다.

"네, 접니다. 네. ……조사가 끝났다고요. 네. 상관없습니다. 메일로 보내세요. 그럼."

통화를 끝낸 승현은 곧바로 노트북의 마우스를 움직여 메일함으로 접속했다. 그리 인내심이 짧은 성격은 아닌데, 여유 없이 새로 고침 버튼을 누르길 수십 번. 마침내 도착한 메일을 그는 곧장 확인했다.

내용은 길지 않았다. 승현은 눈동자를 굴려 빠르게 내용을 속독했다. 그리고 허탈하게 웃었다.

'그래, 맞아……. 승현이 너, 어렸을 때 수원에서 살았었어.'

그의 시선이 떨어지지 않는 모니터 속에 분명히 존재했다.
정은영이란 이름이.

✽✽✽

카페에서 조각으로 파는 케이크와 쿠키, 예약이 들어온 홀 케이크까지.

은영의 오전은 항상 바빴다. 그나마 홀 케이크 예약 수에 따라

오후는 한가해지곤 했지만, 아이튜브를 시작하고 구독자가 만 명을 넘으면서부터 그녀에게 한가한 오후란 아주 드문 선물이 되었다.

위안이 되는 건 바쁜 만큼 보너스로 들어오는 돈이 아주 짭짤하다는 것이었다.

구독자 수도 계속 늘고 있겠다, 이대로 계속 벌면 동생이 모아 놓은 돈과 합쳐 정말로 서울에 집을 하나 사는 것도 무리는 아니겠다 싶어 은영은 키득키득 웃었다.

"얘들아, 점심 도착했다! 먹고 해, 먹고!"

"네!"

오늘 점심은 떡볶이와 튀김, 순대와 김밥 세트였다. 음식 냄새가 매장으로 흘러들어 가지 않도록 직원들은 주방 문을 꽉 닫아 놓고 둘씩 돌아가며 점심을 먹었다.

먼저 식사를 마친 은영은 박 사장과 현수를 부르러 카운터로 나갔다. 그런데 두 사람의 분위기가 어쩐지 이상했다.

"야, 야…… 맞지?"

"네, 맞아요. 분명히 이 이름이었어요."

"아니, 대체 무슨 생각으로……. 우리 은영이 케이크가 맛있었으면 적어도 이름이라도 바꿔서 다른 사람 보내든가. 그때 보니 운전기사도 따로 있더만."

"무슨 이야기를 그렇게 심각하게 나눠요?"

"히익!"

태블릿 PC를 사이에 두고 대화에 여념이 없던 박 사장과 현수 사이로 은영이 불쑥 끼어들었다. 그에 두 사람은 마치 도둑이 제 발 저리기라도 한 것처럼 화들짝 놀라 거의 비명을 지를 뻔했다.

"까, 까, 깜짝이야! 은영이 너, 기척 좀 내고 다녀!"

"아까부터 계속 두 분 식사하시라고 불렀는데. 못 들으셨어요?"

"어……."

"못 들었어. 미안."

흠흠 헛기침을 한 현수가 등 뒤로 태블릿 PC를 숨긴 채 은영 몰래 박 사장과 속닥거렸다.

"은영이 카운터 앉혀 놓으면 안 될 거 같은데……."

"그래도 지금은 괜찮지 않을까? 4시 예약이잖아."

"대체 사람 앞에 두고 무슨 비밀 이야기를 하는 거예요?"

"아, 아니, 아무것도."

"은영아, 너 여기 잠깐만 앉아 있어. 나랑 현수랑 얼른 먹고 나올 테니까."

"금방 나올게! 잠깐만 앉아 있어, 잠깐만!"

현수는 은영에게 신신당부를 하고 박 사장과 함께 후다닥 주방으로 들어갔다. 그들과 바통 터치하듯 주방에서 나온 세연이 어리둥절한 얼굴로 은영에게 물었다.

"뭐야, 무슨 일 있어? 저 두 사람 왜 저래?"

"저도 잘 모르겠어요. 아, 어서 오세요."

곧바로 손님이 들어온 탓에 박 사장과 현수의 기행은 더 생각할 틈이 없었다.

은영이 주문을 받고, 세연은 주문받은 커피를 내리러 안쪽으로 들어갔다. 그사이 반납받은 컵과 쟁반을 치우고 듬성듬성 케이크가 빠져나간 냉장고를 정리하는데, 다시 한번 가게 문이 열리는 방울 소리가 들렸다.

"어서 오세요. ……아."

몸을 일으켜 카운터 앞에 선 은영은 새로 들어온 손님의 얼굴을 보고 눈을 크게 떴다.

마지막에 봤던 것보다 조금 마른 듯한 얼굴의 여인. 처음 봤을 때와 마찬가지로 곧고 반듯한 자세로 카운터 앞으로 온 미희가 은영을 보며 반갑게 인사를 건넸다.

"오랜만이에요, 은영 씨. 그동안 잘 지냈어요?"

"아, 네, 저는 잘 지냈는데……."

너무도 의외의 만남에 은영은 반쯤 넋을 놓고 대답했다. 그런 그녀를 보고 미희가 민망한 웃음을 흘렸다.

"그렇게 놀란 거 보니까 내가 오는 거 몰랐나 봐요. 혹시 불편하면 피해 있으라고 일부러 내 이름으로 예약했는데."

"아, 그게…… 예약 명단은 제가 따로 관리하지 않아서요."

은영이 확인하는 건 그날 만들어야 하는 케이크의 종류와 개수였다. 당연히 예약한 사람의 이름 같은 건 알 필요 없었다.

'사장님이랑 현수 오빠가 승현 씨 어머님 성함을 본 거구나.'

뒤늦게 태블릿 PC 속 예약 명단을 확인한 은영은 그 속에 섞여 있는 미희의 이름을 확인했다.

[오미희. 오후 4시. 뉴욕 치즈 케이크 1개.]

"오후 4시로 예약하셨는데 벌써 오셨네요?"

"스케줄 하나가 취소돼서요. 아, 여기서 커피 마시면서 기다릴 테니까 케이크 천천히 줘도 돼요."

"아니에요. 오후 4시 타임까지는 다 만들어 놔서 지금이라도 가져가실 수 있어요."

"그렇구나. 부지런하기도 해라."

"일이니까요······."

어색하게 웃은 은영은 미희의 뒤에 말없이 선 새까만 정장의 남자에게 흘긋 시선을 던졌다가 그녀에게 물었다.

"케이크 지금 드릴까요?"

"지금 줘도 되고, 나중에 줘도 되고. 일단 커피 좀 주문해도 될까요? 여기서 마시고 갈 건데."

"네, 네. 그럼요. 어떤 커피로 드릴까요?"

그녀는 아이스 아메리카노 두 잔에 조각 케이크도 두 개 주문한 후 빈자리에 앉았다.

카페 내의 소란스러운 분위기는 아랑곳하지 않고 여유로운 눈으로 주변을 둘러보던 그녀는 은영과 눈이 마주친 순간 곱게 눈을 접어 웃었다. 은영도 함께 웃어 보였지만 속은 복잡하기 그지없었다.

'일부러······ 오신 거겠지?'

승현 씨가 아직 말을 안 한 걸까. 미희가 대체 왜 여기로 예약까지 해 가며 찾아온 건지 알 길이 없어 은영은 작게 한숨을 내쉬었다.

✳✳✳

"주문하신 커피랑 케이크 나왔습니다."

이 카페에선 커피나 케이크나 손님이 직접 가져가는 게 원칙이지만, 그래도 안면 있는 어른께 오라 가라 하기가 민망해 은영은 직접 쟁반을 들고 테이블로 갔다.

"그럼 맛있게 드세요."

"은영 씨, 잠깐만요."

"네?"

"은영 씨한테 할 이야기가 있어서 그러는데, 잠깐만 앉았다 가면 안 될까요?"

"아…… 저, 그런데 카운터를 비워 놓을 수가 없어서요."

"카운터? 어머, 마침 누가 왔는데."

그 말에 고개를 돌린 은영은 식사를 마치고 카운터로 나온 박사장과 현수를 볼 수 있었다.

아아, 무정한 사람들 같으니. 조금만 늦게 나오지. 이미 카운터를 핑계로 댄 상황에 다른 거절의 말을 둘러댈 수 없었던 은영은 "그럼 잠시만." 하고 테이블 앞에 앉았다.

"자, 김 실장 먼저 들어요."

"네. 잘 먹겠습니다."

고개를 꾸벅 숙인 김 실장이 절도 있는 움직임으로 포크를 들어케이크를 작게 잘라 입에 넣었다.

묵묵히 턱을 움직이던 그의 무뚝뚝한 얼굴 위로 감탄의 빛이 번져 나갔다.

"맛있군요. 제가 먹어 본 케이크 중에 제일 맛있습니다."

"가, 감사합니다……."

"거봐요, 내가 장담했잖아. 우리 은영 씨 케이크는 김 실장 까다로운 입맛에도 잘 맞을 거라고."

미희는 후후 웃으며 제 몫으로 시킨 치즈 케이크도 그에게 양보했다. 김 실장은 무뚝뚝한 얼굴로 잘도 넙죽 접시를 받았다.

보통 드라마에 나오던 비서나 운전기사나 경호원 같은 사람들은 말없이 시키는 것만 하던데.

참 잘 먹는구나 싶어 은영은 저도 모르게 그를 빤히 바라봤다. 그 시선을 알아차린 미희가 작은 헛기침으로 그녀의 시선을 돌려 놓았다.

"내가 왜 여기까지 왔는지 짐작하겠어요?"

굳이 돌려 말할 것 없이 미희는 다짜고짜 본론으로 돌아갔다. 그에 조금 당황한 은영은 어버버하다가 솔직하게 고개를 흔들었다.

"아니요, 잘……. 혹시 들으셨는지 모르겠는데, 저 승현 씨랑 헤어졌어요."

"들었어요. 사실 그래서 좀 유감이었어요. 이렇게 예쁜 아가씨 소개받은 지 얼마 되지도 않았는데 벌써 헤어졌단 소리 들어서."

"아, 죄송합니다."

은영은 고개를 푹 숙여 사과했다. 그에 미희가 놀란 얼굴로 손 사래를 쳤다.

"사과받으러 온 거 아니니까 사과하지 마요. 사과는 내가 해야 지. 두 사람 헤어진 이유 뭔지 내가 아는데."

아니, 사실은 헤어지고 자시고 할 것도 없이 사귀는 사이가 아 니었습니다……. 은영이 그 말을 속으로 꿀꺽 삼키는 사이, 미희 는 길게 한숨 쉬며 입을 열었다.

"사실 우리 승현이, 은영 씨랑 헤어지고 쓰러져서 병원에 입원 했었어요."

"네? 승현 씨가 쓰러졌다고요?"

내내 어색한 표정만 짓고 있던 은영이 그 말에 고개를 번쩍 들 고 되물었다.

은영의 놀란 목소리와 그녀의 눈동자 속에 스며든 걱정에 미희는 조용히 미소 지었다.

"의사가 그러더라고요. 스트레스 때문에 쓰러진 거라고. 아마 마음이 허해져서 그랬겠지. 회사, 집, 회사, 집. 늘 똑같은 일상만 보내던 애가 스트레스받을 일이 뭐가 있겠어요."

은영 씨 말고. 실제로는 들리지 않은 그 목소리가 귓가로 꽂혀든 듯했다. 은영은 가슴 속에서 파도처럼 일렁이는 이 감정을 뭐라고 정의해야 할지 몰라 고개를 숙였다.

겉으로 티 나게 동요하는 그녀를 보며 미희는 몰래 만족스러운 미소를 지었다. 내 아들 혼자 가슴앓이하는 게 아니라 다행이라고 안도한 그녀는 마지막으로 한마디 내뱉었다.

"그래서 말인데…… 염치없는 거 알지만, 내 부탁 하나만 들어주면 안 될까요?"

"무슨 부탁이요?"

"머핀 좀 만들어 줘요."

"머핀이요?"

은영은 놀라 휘둥그레진 눈으로 미희를 바라봤다. 그녀가 놀란 이유를 아는지 모르는지, 미희는 다른 뜻 같은 건 없어 보이는 고운 얼굴로 대답했다.

"생전 뭐 먹고 싶다는 소리한 적 없던 애가 한참 쓰러져 있다가 깨어나서 그러더라고요. 머핀이 먹고 싶다고."

❋❋❋

"좋아. 정리 끝!"

샛별이 옷장 정리를 마친 건 은영이 부엌 정리를 마친 것과 거의 동시였다.

풀 옵션 원룸이라 따로 가구를 옮길 필요는 없었다. 때문에 두 사람은 가방 두 개와 상자 하나만으로 이사를 마쳤지만, 닦고 쓸고 물건을 가지런히 정리하는 건 은근히 고단한 일었다.

"으, 힘들어. 언니, 배 안 고파? 우리 짜장면 시켜 먹자!"

"짜장면? 음…… 난 짬뽕 먹을래."

"탕수육? 깐풍기?"

"난 둘 다 좋아. 너 먹고 싶은 걸로 골라."

"그럼 깐풍기 먹자. 먹은 지 한참 됐어."

이사한 날엔 짜장면을 먹어야 한다는 희한한 음정의 노래를 부르며 샛별이 중국집을 찾아 짜장면을 주문했다. 똑똑똑 문 두드리는 소리가 들려온 건 그로부터 20분 뒤였다.

먼저 짬뽕 국물부터 한 모금 삼킨 은영은 살짝 단맛이 나면서 매콤하고 얼큰한 맛에 작은 탄성을 터뜨렸다. 그녀의 입맛에 딱 맞았다.

"나 나중에 짬뽕 먹고 싶어지면 너희 집 와야겠다."

"그렇게 맛있어? 나도 한 입 먹어 볼래."

샛별이 그릇에 입을 대고 짬뽕 국물을 호로록 넘기는 사이, 은영은 동생의 짜장면 그릇을 들고 젓가락에 면을 돌돌 말아 한 입 먹어 보았다.

윤기가 좔좔 흐르는 짜장면은 면을 비비는 찰진 소리가 들릴 때부터 이미 군침을 삼키게 하더니 맛도 끝내주게 좋았다. 새콤한 단무지를 한 입 베어 문 은영은 짬짜면을 시킬 걸 잘못했다고 생각했다.

"와, 여기 진짜 맛있다."

"우리 저녁도 여기서 또 시켜 먹을까?"

"그럴까? 볶음밥도 맛있을 것 같아."

저녁엔 뭐 먹을까 열심히 토론하며 자매는 맛있게 식사를 마쳤다. 그릇을 다 정리해서 내놓은 다음엔 근처 편의점에서 사 온 과자를 펼쳐 놓고 입가심을 했다.

샛별은 은영의 무릎을 베고 누워 어리광을 부리듯 입을 아, 하고 벌렸다. 은영이 그 입에 과자 하나를 넣어 주고 자기 입에도 하나 넣었다. 먹다 보니 떠올랐다. 이게 K기업에서 나온 과자라는 게.

'승현 씨…… 잘 지내고 있으려나.'

문득 은영은 카페로 찾아와 그의 소식을 들려주었던 미희의 목소리를 떠올렸다.

'맛있다고 소문난 데서 몇 개씩 사서 갖다줬는데 입에도 안 대는 거 있죠? 그때도 은영 씨가 만든 케이크는 먹었으니까 머핀도 은영 씨가 만든 건 먹지 않을까 하고…….'

'많이 불편할 텐데 이런 부탁 해서 미안해요. 부담스럽죠? 나도 웬만하면 이렇게까진 안 할 텐데, 애가 병원 한 번 입원하더니 3kg이나 빠졌지 뭐예요. 무슨 영양실조라도 걸린 것처럼 얼굴이 해쓱해졌는데 두고 볼 수가 있어야지…….'

"참. 언니, 나 다음 주에 소개팅해."

"그래……. 뭐? 뭘 한다고?"

"소개팅. 애인이랑 헤어졌다고 했더니 직장 동료가 잘생긴 남자 소개해 준대서 나가기로 했어."

샛별은 일상적인 이야기를 하는 것처럼 과자를 먹으며 아무렇지 않게 말을 꺼내 놓았다. 은영은 너무 놀라서 눈을 깜빡거렸다.

"승재 씨는……? 이제 괜찮아?"

"안 괜찮을 거 뭐 있어. 기억 안 나? 나 전에도 헤어지면 바로 다른 남자 만났어. 이미 헤어진 남자한테 미련 가져 봐야 뭐 해, 청승맞게."

그 말은 마치 날카로운 송곳처럼 은영의 가슴을 푹 찔렀다. 저들으라고 하는 말이 아닌 걸 알면서도 은영은 정곡을 찔린 듯 말문이 막혀 버렸다.

"언니도 소개팅 안 할래? 내 주변에 솔로 많은데."

"아니…… 괜찮아."

은영은 과자를 집어 들며 고개를 절레절레 흔들었다.

"안 그래도 사장님이 소개팅 주선해 준다고 했는데 그것도 다거절했어. 원래 사귀다 헤어졌다고 하면 이렇게 남자 소개해 준다고 그래?"

"안 그러지. 우리가 예뻐서 그러는 거야. 원래 예쁜 여자는 주변에서 가만히 안 놔두는 법이거든."

"아…… 그렇구나."

"나 농담하는 거 아니다? 지금 소개팅 세 개나 들어왔어. 다 나갈 거야."

"세 개를 전부 나간다고? 그래도 돼?"

"안 될 거 뭐 있어? 소개팅이라는 게 그 남자랑 사귄다고 약속하고 나가는 것도 아닌데. 다 만나 보고 그중에 제일 괜찮은 남자 고를 거야."

사진은 이미 받아 봤는데 셋 다 괜찮게 생겼다며 샛별은 소개팅을 향한 기대를 드러냈다.

은영은 무슨 말을 어떻게 꺼내야 할지 몰라 과자만 깨작거리다가 목마르다고 샛별이 자리에서 일어난 틈을 타 조심스레 물었다.

"승재 씨랑은 다시 합칠 생각 없는 거야?"

"없어. 내가 봐주는 건 헤어지고 딱 일주일까지야. 그 전에 연락 안 온다? 사과도 안 한다? 무릎 꿇고 빌지도 않는다? 끝이야, 게임오버."

샛별은 이를 갈며 말했다.

"난 절대, 구질구질하게 청승 같은 건 안 떨 거야."

❋❋❋

은영은 고개를 숙인 채 어두운 밤길을 걸으며 조그마한 돌멩이를 발끝으로 툭툭 찼다. 머릿속이 복잡해서 그녀는 일부러 버스도 안 타고 걷고 있었다.

'이미 헤어진 남자한테 미련 가져 봐야 뭐 해.'
'난 절대, 구질구질하게 청승 같은 거 안 떨 거야.'

정말로 승재와 사귀다가 헤어진 샛별도 그렇게 말하고 있었다. 그런데 왜 자신은 틈만 나면 승현을 떠올리고 있을까? 청승맞게.

"진짜로 사귄 것도 아니면서……."

아니, 실제로 사귀기는커녕 마음을 고백도 못 해서 이렇게 후회가 남는 걸까? 만약 돌아서기 전에 좋아하게 됐다고 말을 했으면…… 그랬으면…….

'민망해서 승현 씨 얼굴 다시 볼 생각 못 하긴 했겠다.'

키득거리던 웃음은 금세 잦아들었다. 점점 느려지던 발걸음 역시 우뚝 멈췄다.

"왜 나는……."

샛별이처럼 안 되지. 왜 이도 저도 아닌 채로 혼자 청승만 떨고 있지.

애초부터 필요에 의해 만난 관계였다. 일이 잘 마무리되면 그와는 더 만날 일이 없었다.

그런데 그 책임을 다 완수하지도 못한 채 자신이 먼저 그만하자고 말했다. 양심이 있으면 보고 싶다는 생각을 떠올리지도 못해야 하는데…….

'은영 씨랑 헤어지고 많이 힘들어하고 있어요.'

그런 말을 들어 버리면.

당신도 나랑 같은 마음일까 싶어서.

"……보고 싶어지잖아."

은영은 입술을 꾹 깨문 채 하염없이 바닥을 내려다보았다.

잠시 후, 그녀는 결심했다는 듯 몸을 돌려 다시 걷기 시작했다. 여태 걷던 방향과는 다른 방향으로.

❋ ❋ ❋

"어라, 지훈 씨 혼자예요? 팀장님은?"

회사 내에서는 거의 매시간을 승현과 붙어 있는 지훈인지라 가

39

끔 혼자 다닐 땐 종종 이런 질문을 듣고는 했다.

특히나 지금은 점심시간. 왜 혼자냐고 그의 어깨 너머를 살피는 직원에 지훈은 사람 좋게 웃으며 엘리베이터 벽 쪽으로 붙어섰다.

"팀장실에서 간단하게 드신다고 하셔서요. 토스트 사러 가는 길이에요."

"어머, 개발 3팀 그렇게 바빠요? 이번 신제품 매출도 잘 나오겠다, 한숨 돌릴 타이밍 아닌가?"

"하하, 저희 팀장님어 좀…… 일이 없으면 만들어서라도 하시는 분이라……."

"아하."

그런 사람 있지, 있어. 딱 그렇게 생각하는 얼굴로 대리 직급의 사원증을 목에 건 직원이 안타까운 눈으로 지훈을 바라봤다. 지훈은 달리 할 말이 없어 그저 웃기만 했다.

"근데 오늘 구내식당에서 시제품 테스트하는 거 잊었어요? 설마 공문 안 보진 않았을 거고."

"아, 냉동 만두요? 그거 오늘이었어요?"

"모르는 척해도 소용없어요, 딱 걸렸으니까."

"아니, 도망가려던 게 아니고……. 그럼 오늘은 만두 파티 해야겠네요."

머리를 긁적거린 지훈은 승현에게 메시지를 보냈다. 그도 그 사실을 깜빡 잊고 있었는지 곧 식당으로 내려가겠다고 답장을 보내왔다.

엘리베이터가 1층에 도착하고, 먼저 내린 지훈은 밖에서 열림 버튼을 눌러 주었다.

"그럼 먼저들 식사하세요. 저는 팀장님 기다렸다가 같이 가겠습니다."

"자리 잡아 드릴까요?"

"하하, 그럼 고맙죠."

그 제안이 배려가 아닌 본인들의 사심 채우기라는 걸 지훈은 바로 눈치챘지만, 이게 다 미남의 죄려니 하며 고개를 절레절레 흔들었다.

게다가 요 며칠, 이전에 비해 기운이 없는 데다 나른한 분위기를 풍기는 승현을 중심으로 물밑에서 소문이 퍼져 나가고 있었다. 그가 애인과 헤어졌다는.

이전의 승현이 여자에 관심을 두지 않아 절벽 위 꽃처럼 그저 바라보기만 해야 했다면, 지금은 못 먹는 감 괜히 한번 찔러볼 정도는 되었다.

물론 진짜로 찔러보는 사람이 있는 건 아니지만 분위기가 그랬다.

'점심 식사를 팀장실에서 하겠다고 한 것도 그래서일 수도 있고……'

확실히 예전에 비하면 쳐다보는 시선의 수가 좀 늘긴 했지. 벽에 등을 기댄 지훈은 팔짱을 낀 채 고개를 끄덕이다가 문득 어딘가로 시선을 주었다. 아니, 시선이 이끌렸다.

"어라?"

안내 데스크 앞에 서 있는 저 여자.

"……은영 씨 아냐?"

지훈은 제가 사람을 잘못 본 게 아닐까 눈을 몇 번이고 깜빡였다. 그러나 그의 발은 이미 그쪽을 향해 다가가고 있었다. 덕분에

41

그를 등지고 선 은영이 안내 데스크의 직원과 무슨 대화를 나누는지 들을 수 있었다.

"그러니까 미리 연락하고 오신 건 아닌 거죠?"

"네……. 그건 아니에요."

"지금이 점심시간이라서요. 혹시 지금이라도 통화 가능하시면 우선 통화 먼저 해 보시겠어요?"

안내 데스크의 직원이 저렇게 말하는 건 기본적으로 본관엔 외부인 출입이 불가능하기 때문이었다. 당연히 승현의 사무실은 본관에 있었고.

지훈은 행여 은영이 그대로 돌아가기라 할까 얼른 그녀와의 거리를 좁혔다. 그런 그를 먼저 발견한 건 안내 데스크의 직원이었다.

"아, 저기 오시네요!"

"은영……. 네?"

"윤 비서님 손님이요. 연락 안 하고 오셨다더니 어떻게 알고 내려오셨네요."

안내 데스크 직원이 다행이라는 듯 생긋 웃었다. 지훈은 조금 놀라서 그녀를 보다가 뒤늦게 은영에게로 고개를 돌렸다.

"어…… 혹시 저 보러 오신 거예요, 여길?"

"네. 연락도 없이 이렇게 찾아와서 죄송해요, 지훈 씨."

고개를 꾸벅 숙여 인사하는 은영에 지훈은 사과할 필요 없다고 얼른 손을 내저었다. 그리고 안내 데스크의 업무를 방해하지 않도록 정문 쪽으로 그녀를 데려가 물었다.

"이 시간에 여긴 어떻게……. 아니, 그보다 팀장님 뵈러 오신 거 맞죠? 제가 아니고."

"사실 처음 의도는 그랬는데요……."

처음에는?

"막상 승현 씨 만날 생각을 하니까 무슨 말을 해야 할지 모르겠어서……."

가볍게 한숨을 내쉰 은영은 하소연하는 투로 지훈에게 설명했다.

미희가 한 말을 듣고 걱정돼서 머핀을 구워 회사로 찾아왔는데, 막상 승현과 만나 그와 대화할 생각을 하니 풍선처럼 빵빵하게 차올랐던 용기가 푸시식 바람 빠져 쪼그라들었다고.

"사실 승현 씨한테 제가 더 못 하겠다고 했거든요. 그런데 이제 와 걱정해 봤자 다 위선으로 느껴질 거 같아서 머핀만 드리고 갈까 했는데, 제가 생각나는 사람이 지훈 씨밖에 없어서……."

"그랬군요. 저…… 그런데 궁금한 게 하나 있습니다만."

"네? 뭔데요?"

"그……."

지훈은 살짝 긴장한 얼굴로 침을 한 번 삼켰다.

"팀장님이…… 은영 씨가 만든 빵이나 쿠키는 맛있게 드신다고요?"

"맛있게까지는 모르겠는데 잘 드셨어요. ……아마도."

은영은 자신이 없다는 투로 '아마도'를 붙였지만, 일단 입에 넣고 삼켰다는 것 자체가 승현에게는 대단한 일이었다. 그는 회사에서 만든 시제품이 아닌 과자류나 빵류는 절대 입에 대지 않으니까.

"그럼 예전에 만드셨던 머핀도…… 팀장님 드렸으면 드셨겠네요. 은영 씨가 만든 거라고 했으면."

"그랬을 거라고 생각해요. 머핀은 승현 씨가 먼저 만들어 달라고 했던 거였거든요."

"우와, 큰일 났네 이거."

"네?"

"아, 아뇨."

까딱 잘못하다간 뒤집어쓰게 생겼다. 그때 지훈은 승현에게 머핀을 건네며 의도적으로 은영이 만든 거란 말을 삼켰기 때문이었다.

애초에 그는 이런 걸 좋아하지 않으니 굳이 그녀가 만들었단 사실을 강조해 억지로 쥐여 줘 봐야 서로 기분만 불편해지겠지, 하는 생각으로.

'알게 되면 분명 왜 말 안 했냐고 도끼눈 뜨시겠지.'

몸이 저절로 떨렸다. 바깥의 날씨는 무더운데도 괜히 어깨를 문지른 그는 황급히 은영에게 부탁했다.

"솔직하게 말씀드리면, 그런 줄도 모르고 머핀은 제가 먹었어요. 팀장님이 안 드실 것 같아서 굳이 은영 씨가 만든 거란 말씀은 안 드렸는데……."

"아아, 괜찮아요. 원래 지훈 씨 드린 거였잖아요."

"그래도……."

"맛은 괜찮았어요? 저 그때 사장님 눈치 보면서 라즈베리랑 초코 칩 엄청 많이 넣고 구웠거든요."

"아, 어쩐지. 사 먹는 것보다 훨씬 맛있더라고요."

"맛있으셨다니 다행이에요."

"지금 내가 아주 흥미로운 이야기를 들은 것 같은데."

바로 곁에서 나지막이 속삭여진 목소리에 등골을 타고 소름이

44

쫙 돌았다. 지훈은 마치 기름칠 덜된 로봇처럼 고개를 끼긱끼긱 돌려 옆을 바라봤다.

대체 언제 온 건지 그곳엔 승현이 서 있었다. 그것도 무척 한기 어린 얼굴로.

"지훈이 주려고 라즈베리랑 초코 칩을 엄청 많이 넣고 구워 서……."

지훈만큼. 아니, 그보다 더 놀란 은영은 손으로 입을 가린 채 딸꾹질을 하고 있었다.

귀 끝까지 빨개진 그 모습에 지훈은 동정심이 들었으나 마냥 측은해하기엔 지금 제 코가 석 자였다. 느리게 움직인 승현의 시선이 그를 향한 것이다.

"파는 것보다 맛있게, 잘, 먹은 모양이야?"

"아, 아니, 그게 말입니다 팀장님……."

"오늘도 주러 왔나 보네요, 머핀."

승현의 시선이 이번엔 은영에 손에 들린 종이봉투를 향했다. 그에 놀란 은영이 반사적으로 봉투를 뒤로 숨겼다가 아차 하는 얼굴로 승현의 눈치를 살폈다. 그에 승현의 입가에 서늘한 미소가 맺혔다.

"혹시 내가 두 사람 사이에서 오작교 노릇 해 준 겁니까?"

"아닙니다, 팀장님! 오해십니다!"

"오해?"

"전에 먹은 건 원래 팀장님 드리려고 했는데 팀장님이 안 드신 다고 해서 할 수 없이 먹었던 거고요! 오늘도 제가 아니라 팀장님 드리려고 오신 겁니다! 제가 은영 씨랑 우연히 마주쳐서 팀장님 께 연락하려고 했는데 타이밍 맞춰 잘 내려오셨네요, 팀장님. 하하하!"

살기 위해 다다다 쏟아 낸 말이 세 사람 사이의 분위기를 폭풍처럼 쓸고 지나갔다.

멍하니 눈을 깜빡이던 은영의 얼굴 위로 붉은 물이 번지기 시작했다. 부끄러워 어쩔 줄 몰라 하는 그녀의 모습에 지훈은 속으로 사과의 말을 건넸다.

그러나 어쩌겠는가. 막말로 은영은 이대로 도망가면 그만이지만, 그는 오늘 저녁까지 승현과 함께 일해야 했다. 오늘뿐만이 아니라 잘리기 전까지 매일매일.

"그럼 두 분 무사히 만나셨으니 전 이만 점심 먹으러 가 보겠습니다. 아, 시제품 시식 및 평가는 제가 팀장님 몫까지 두 번 진행할 테니 마음 편하게 식사도 하시고, 머핀도 드시고 오세요. 그럼 이만 먼저 가 보겠습니다!"

"지, 지훈 씨!"

이대로 날 두고 가지 말란 눈빛으로 은영이 그를 바라봤지만 지훈은 못 본 척 고개를 꾸벅 숙이고 도망치듯 자리를 벗어났다.

식당에 밥 먹으러 가다가 목격한 걸까? 지훈은 1층 로비 곳곳에 삼삼오오 모여 서서 은영과 승현을 흘끗거리는 사람들을 그제야 발견했다.

'아이고⋯⋯.'

팀장님 애인이 회사 찾아왔더란 소문이 또 쫙 퍼지겠구나.

소문은 둘째 치고, 이 소문에 대해 묻는 사람이 분명 있을 텐데 그 앞에서 뭐라고 해야 할지. 지훈은 벌써부터 머리가 아파 오는 걸 느꼈다.

46

✳✳✳

'저, 저렇게 가 버리면 나는 어떡하라고……!'

설마설마했는데 지훈은 정말로 미련 없이 자리를 떠나 버렸다. 자기 혼자 살겠다고 폭탄 하나 크게 터뜨리곤!

원망스레 지훈의 등을 보던 은영은 그러다 저와 승현을 향해 쏟아지는 시선들을 뒤늦게 알아차렸다.

이렇게 많은 사람들의 시선을 끌게 될 거라곤 예상하지 못했다. 뺨이 확 달아오른 은영은 이대로 있다간 승현에게 정말 폐를 끼치겠다 싶어 서둘러 그에게 말했다.

"그럼 저는……."

"일단 자리부터 옮기죠. 서서 이야기하기도 그러니."

말을 마친 승현은 은영의 답은 듣지도 않고 그녀의 어깨를 끌어안듯 감싸며 정문으로 향했다. 어, 하며 그와 함께 걷게 된 은영은 무심코 뒤를 돌아보다가 어떤 직원과 눈이 마주쳐 후다닥 고개를 앞으로 돌렸다.

정문을 빠져나온 후, 은영은 조금 소심해져서 작은 목소리로 물었다.

"이래도 괜찮은 거예요? 괜히 이상한 소문이라도 나면 어떡해요?"

"이상한 소문이 날 게 뭐가 있습니까. 제가 유부녀 어깨를 감싼 것도 아닌데."

"아, 아니, 그래도."

"소문이야 나든 말든 상관없습니다. 그보다 식사는 했습니까?"

"식사요? 아뇨, 저 이거만 드리고 바로 돌아갈 생각으로 온 거

47

라……."

승현의 시선이 은영의 손에서 부스럭거리는 종이봉투를 향했다.

"주세요."

"네?"

"저 주려고 가져온 거라면서요. 아닙니까?"

"아닌 건 아닌데……."

은영은 조금 망설이다 종이봉투를 승현에게 건넸다. 그러면서 속으로는 조금 섭섭함을 느꼈다. 받았으니까 이제 돌아가라는 건가.

"그럼 전 이만……."

"지금 안 가면 영업에 지장 있습니까?"

"네?"

"그런 거 아니면 점심 먹고 가요. 배 안 고픕니까? 전 지금 뱃가죽이랑 등가죽이 들러붙을 것 같은데."

농담 같은 말을 너무 진지하게 해서 차마 웃을 수도 없었다. 조금 당황해 눈만 깜빡이던 은영은 결국 고개를 조심히 끄덕였다.

❀❀❀

평소 사내 식당에서 밥을 먹는 승현은 맛집을 잘 모른다고 했다. 그래서 두 사람은 차를 타고 근처를 돌다가 눈에 띄는 곳으로 들어갔다. 쌀국수 집이었다.

"생각해 보니까 저 어제 면 먹었는데. 오늘도 면 먹네요."

"면이요?"

"네. 짬뽕이랑 짜장면 먹었어요, 샛별이 집에서. 아, 샛별이 이제 이사 갔어요. 엄마가 집을 해 주셨거든요."

"그렇습니까?"

승현은 뭔가를 더 물을 듯하다가 입을 다물었다. 그런 그에게 은영도 굳이 말을 걸기 뭐해서 괜히 가게를 구경하는 척하다가 음식이 나온 뒤엔 후루룩 면발만 입에 넣어 삼켰다. 그렇게 그들은 식사를 마치고 밖으로 나올 때까지 아무 말도 하지 않았다.

"타요."

"네……."

사실 승현이 조수석 문을 열어 주지 않았다면 그냥 택시 타고 가겠다고 했을지도 모르겠다. 하지만 문까지 열어 준 그의 앞에서 차마 그 말이 나오지 않아 은영은 그냥 조수석에 올랐다.

'괜히 왔다.'

분위기가 어색할 거라고는 생각했지만 막상 실제로 겪어 보니…….

입으로 삼켰는지 코로 삼켰는지 모를 쌀국수가 명치 근처에서 얹힌 듯했다. 아무래도 이따 약국에 몰래 들러 소화제라도 하나 사 먹어야 할 것 같았다.

그런 생각을 하고 있는데, 운전석에 오른 승현이 부스럭거리는 소음을 냈다. 뭔가 하고 돌아봤더니 그는 은영이 준 봉투에서 머핀을 꺼내고 있었다.

비닐 포장을 해 놓은 그대로 머핀을 빤히 들여다보던 그의 입가에 작은 미소가 맺혔다.

"라즈베리 많이 넣었네요."

순간 무언가를 들킨 것 같은 수치심에 은영의 얼굴이 확 달아올랐다. 하마터면 머핀을 빼앗으려 손을 뻗을 뻔했다. 간신히 주먹을 말아 쥔 그녀는 변명하듯 황급히 말을 꺼냈다.

"저, 저희 가게 원래 재료 안 아껴요. 뭐든 다 듬뿍 넣어요. 사장님 방침이라."

"가게에서 만든 겁니까?"

"아뇨, 어젯밤에 집에서……."

"집에서도 가게 방침 따르는 겁니까? 좋은 직원이네요, 은영 씨는."

누가 들어도 놀리는 말투라 은영의 뺨 위로 홍조가 번져 나갔다. 그러나 승현은 그럴 의도가 아니었다는 것처럼 그녀에게 시선도 주지 않고 머핀을 한 입 두 입 베어 먹었다. 어느 집에서 뭘 사줘도 안 먹더란 남자가 말이다.

만든 사람이 옆에 있어서라기엔 승현의 표정 어디에도 싫은 걸 억지로 먹는 티는 나지 않았다. 그 사실에 괜히 얼굴이 달아오른 은영은 말을 돌리듯 그에게 물었다.

"저, 그보다 몸은 괜찮으신 거예요?"

"몸이요?"

"쓰러져서 입원하셨다면서요."

은영의 걱정 어린 질문에 입가에 묻은 빵가루를 엄지로 훑어 내던 승현이 미묘한 표정을 지었다.

"그걸 어떻게 알았습니까?"

"네? 아……."

이걸 말해도 되는 건가? 은영은 조금 망설이다가 달리 둘러댈 말이 없어서 솔직하게 답했다.

"저번에 승현 씨 어머님이 가게에 케이크 사러 오셨거든요. 그때 우연히 마주쳐서 이야기 나누다가 듣게 됐어요."

"하아……."

승현은 골치 아프다는 얼굴로 이마를 감쌌다. 묵직하게 눈꺼풀을 깜빡인 그는 한숨을 내쉬며 은영을 돌아봤다.

"죄송합니다. 많이 부담스러웠겠군요. 어머니께는 제가 따로 말씀드리겠습니다. 다시는 그러지 마시라고."

"아니에요. 괜찮아요. 그러지 마세요."

혹시나 그 일로 인해 모자간 사이가 벌어지게 될까 은영은 고개를 흔들었다.

그런데 그게 잘못된 행동이었을까? 승현이 묘한 눈으로 그녀를 응시했다. 은영은 그 눈빛 속에 가라앉은 감정이 무엇인지 몰라 눈을 깜빡이기만 했다.

"왜 그렇게……."

"정말 괜찮습니까?"

"네?"

"회사 사람들이 다 봤으니 은영 씨가 절 찾아왔다는 말이나 우리가 같이 나왔다는 말은 아마 곧 어머니 귀에 들어갈 겁니다. 그러니 제가 어머니한테 다시 그러지 말라고 말 안 하면 다음에 또 같은 일이 있을 때 어머니는 또 은영 씨를 찾아갈 거예요. 정말 그래도 괜찮습니까?"

"아, 그건……."

솔직히 말해서 괜찮지 않았다. 그런데 왜 선뜻 그 말이 나가지 않는 걸까? 여기서는 어머님이 다시는 가게에 오지 않게 해 달라고 말하는 게 맞는데. 그래야 하는데.

입술만 달싹이던 은영은 마침내 입꼬리를 끌어 올려 웃었다.

그녀의 입에서 나온 건 내내 머릿속에 맴돌던 말이 아니라 웃음기 섞인 농담조의 말이었다.

"승현 씨 건강 체질이라 병원 신세 질 일 별로 없다면서요. 앞으로 건강관리 잘하면 그걸로 괜찮지 않을까요?"

"저 건강관리 안 합니다. 지금 대충 막 사는 중이에요."

"뭐라고요?"

"잠도 안 자고, 밥도 제대로 안 챙겨 먹고, 요즘엔 운동도 안 합니다. 그냥 책상 앞에 앉아서 일만 하고 있어요. 일주일에 하루도 제대로 안 쉽니다. 이렇게 살다간 아마 당장 내일이라도 또 쓰러지지 않을까요."

그 말은 언뜻 일부러라도 쓰러질 거라는 뜻으로 들렸다.

그게 착각이 아니라는 것처럼 승현이 은영을 보며 다시 물었다. 마치 경고라도 하는 듯한 어조로.

"그래도, 정말 괜찮습니까?"

❊ ❊ ❊

"은영아, 너 정말 소개팅할 생각 없냐?"

한가로운 낮. 오늘도 카페는 공부하러 온 대학생들로 테이블이 가득 차 있었다. 잠시 휴식 시간을 맞아 박 사장과 함께 드라마를 보던 은영은 문득 들려온 박 사장의 말에 어색하게 웃으며 고개를 흔들었다.

"저 당분간 연애할 생각 없다니까요."

"한번 생각해 봐, 응? 왜, 내 조카 알지? 전에 얘기했던. 글쎄 그 녀석이 이번에 드디어 발령 날 것 같다고 하더라고. 이제 진짜 선생님 되는 거야, 선생님!"

"아…… 그래요? 축하할 일이네요."

"흠흠, 사진 보여 줄까? 고놈 고거 지 아빠보다 날 더 닮아서 얼굴도 아주 훤칠하거든!"

"사장님 닮았으면 훤칠한 게 아니라 까칠하겠죠."

"뭐, 뭐 인마?!"

"싫다는 애 그만 좀 찌르세요. 은영아, 타이머 울리더라."

"아, 네."

현수를 향해 몰래 고맙다고 눈짓을 보낸 은영은 후다닥 주방으로 들어갔다.

등 뒤에서 "은영아! 한번 생각해 봐!" 하고 박 사장이 외치는 소리는 그녀의 귀에 들어가지 않았다. 소개팅 소리에 이미 그녀의 머릿속은 다른 생각으로 가득 차 있었기 때문이었다.

'무엇보다 중요한 건 제가 착각을 하게 됩니다.'

'무슨 착각이요?'

'은영 씨도 나한테 마음이 있는 건지도 모르겠다, 하는 착각.'

은영 씨'도'. 그녀가 그 단어에 집중한 사이, 승현은 제가 무슨 말을 꺼냈는지 전혀 모르는 듯한 얼굴로 물어 왔다.

'혹시 소원 기억합니까?'

'소원이요?'

'네. 전에 제가 내기에서 이겨서 은영 씨가 하나 소원 들어주기로 했던 거.'

'아, 아아……. 그거 이미 유효 기간 지난 거 아니었어요? 대체 언제 적 이야기를.'

'은영 씨가 기억하고 있으면 유효 기간 안 지난 거죠. 그 소원 지금 말하겠습니다. 이번 주 일요일에 저한테 시간 내주세요. 그리고 그날 대답해 주세요. 실수에 대한 책임감, 샛별 씨를 향한 죄책감. 그런 걸 다 제하고 남은 은영 씨 진심을.'

'…….'

'충분히 생각한 다음…… 그러고도 절 만날 이유가 없는 것 같으면 그때 말해 주세요. 이제 정말로 찾아오지 말라고.'

그러면 어디선가 우연히 은영 씨와 마주치더라도 알은척하지 않고 지나가겠습니다.

그 마지막 말이 계속해서 귓가에 맴돌았다. 은영은 잊으려고 애써 자꾸만 두더지처럼 튀어나오는 그의 목소리를 떨치려 애써 고개를 흔들었다.

"은영 씨'도'라니……."

자기는 나한테 마음 있다는 것처럼 들리잖아.

아니, 직접적으로 들은 게 아닌 이상 속단할 수 없는 일이었다.

일단은 일에 집중하자 생각하며 은영은 두 손에 두꺼운 오븐 장갑을 끼고 오븐을 열었다.

뜨거운 김과 함께 빠져나온 따뜻한 빵 냄새가 주방에 가득 퍼졌다.

봉긋하게 솟아오른 케이크 시트를 틀에서 꺼내 3단으로 자른 은영은 시럽과 딸기, 생크림을 챙겨 빵에 바르고 쌓기 시작했다.

이제 겨우 오후 2시. 다른 생각 할 틈 같은 건 없었다. 그녀는 부지런히 케이크를 만드는 데만 온 신경을 집중했다.

✻✻✻

─승현아! 은영 씨가 회사로 왔다면서. 만났니?

"네. 어머니도 은영 씨 찾아가셨다면서요."

─아, 그게……. 은영 씨한테 들었니?

핸드폰 너머에서 들려오는 목소리에 민망한 감이 섞였다. 핸드폰을 스피커 모드로 돌려놓고 책상 위에 내려놓은 승현은 피곤한 얼굴로 넥타이 매듭을 끌어 내렸다.

"왜 그러셨어요? 헤어졌다고 했잖아요. 은영 씨가 얼마나 부담스러웠겠어요."

─알지, 내가 어떻게 몰라……. 그래도 어떡하니. 은영 씨랑 헤어지고 너 축 처진 거 다 보이는데.

"샛별 씨한테도 찾아가셨어요?"

─샛별 씨? 아……. 승재랑 너랑 같니? 걔는 그냥 놔둬도 알아서 연애 잘하고 다니는데 넌 안 그렇잖아. 네가 엄마 아빠한테 소개까지 해 줘서 진짜 결혼까지 할 줄 알았더니…….

그 말을 듣는 순간 입에서 저절로 한숨이 새어 나왔다. 승현은 눈앞에 어머니가 없어서 다행이라 생각하며 지친 눈으로 핸드폰을 내려다봤다.

"결혼 안 하고 혼자 산다고 했을 땐 제 뜻 존중해 준다고 하셨잖아요. 어머니도 저한테 결혼 강요하실 거예요? 할아버지처럼?"

─설마! 엄만 당연히 네 뜻 존중해. 네가 싫으면 할 수 없지. 그래도…… 은영 씨는 좋았던 거잖아. 안 그러니?

"좋아요. 지금도 좋아요. 그래서 더 그 사람한테 부담 주기 싫어요, 어머니."

차마 그녀의 앞에선 속 시원히 밝히지 못했던 말이 결국 댐 위로 흘러넘치는 물처럼 새어 나갔다. 핸드폰 양옆으로 두 손을 짚고 상체를 숙인 승현은 애원하는 목소리를 냈다. 그답지 않게 감정이 철철 넘치는 목소리였다.

"은영 씨 일은 제가 알아서 할게요. 그러니까 제발 끼어들지 말아 주세요."

─······그래, 엄마가 미안해.

머뭇거리며 사과하는 목소리엔 놀란 기색이 역력했다. 승현 역시 그 사실을 알아차렸지만 차마 그녀를 위로하지는 못했다. 그러기엔 무너지기 직전의 아슬아슬한 발판을 딛고 선 것처럼 마음의 여유가 부족했다. 솔직한 심정으론 다 때려치우고 싶었다.

"······이만 쉬고 싶어요. 들어가서 쉬세요, 어머니."

─그래, 푹 쉬렴. 무슨 일 있으면 연락하고.

"네."

전화를 끊은 승현은 그대로 침대 위로 쓰러져 팔로 눈을 가렸다. 오늘은 평소보다 일찍 퇴근했는데도 몸이 철근처럼 무거웠다. 그의 머릿속으로 몸이 한없이 아래로 가라앉아 저 땅속으로 파묻히는 상상이 떠올랐다.

그렇게 잠들면 좋았을 텐데 잠도 오지 않았다. 하릴없이 한참을 누워 있던 승현은 자리에서 일어나 부엌에 있는 냉장고 문을 열었다.

집에서 식사를 거의 하지 않다 보니 안에 든 건 물이나 간편 식품 정도가 다였다. 칼같이 정돈된 플라스틱 케이스 사이로 어울리지 않게 오밀조밀 모여 있는 건 세 개의 머핀이었다.

아껴서 먹는다고 먹었는데 벌써 세 개밖에 남지 않았다. 망설이던 승현은 그중 하나를 꺼내 비닐을 뜯었다.

잘 구워진 갈색 빵 사이로 초코 칩이 가득 박혀 있었다. 머핀을 구울 때마다 초코 칩을 항상 이렇게 많이 넣으면 단가가 비싸질 텐데. 그런 생각을 하며 작게 미소 짓던 승현은 머핀을 입으로 가져갔다.

신기하게도 입안을 채우는 단맛이 거북하게 느껴지지 않았다. 하고 많은 것 중에 왜 하필 은영이 만든 것만 그럴까, 그도 궁금했었는데.

"지훈 오빠……."

그녀가 간직하고 있던 명찰의 부러진 부분엔 '권'이라고 쓰여 있었겠지.

권지훈.

한때 그의 이름이었던 석 자를 떠올리며 승현은 묵묵히 머핀을 입으로 가져갔다.

❀❀❀

"꽝이야, 꽝! 완전 꽝."

대체 얼마나 꽝이었냐고 굳이 물어볼 필요는 없었다. 샛별의 잔뜩 화난 얼굴과 목소리가 이미 알려 주고 있었으니까.

"그렇게 별로였어?"

"별로인 정도가 아니야. 내가…… 하. 아니, 소개팅이잖아? 그럼 평소에 꾸미는 게 싫어도 어느 정도는 단장을 하고 나와야 될 거 아냐. 아…… 난 수염 난 남자가 제일 싫어. 그게 자기 매력 포인트라고 우기고 싶었으면 아예 산타처럼 길러 오든가? 그건 면도를 안 한 거지!"

점점 감정이 실려 커지는 목소리처럼 행거의 옷걸이를 휙휙 넘기는 손길 역시 거칠고 빨라졌다. 가게 직원의 눈치를 흘끗 살핀은영은 진정하라고 샛별을 달래는 대신 행거에서 화사한 색감의 원피스 하나를 골라냈다.

"와, 이거 예쁘다. 어때? 딱 네 취향 아냐?"

"이거 내 취향……이네. 와, 이거 예쁘다! 길이도 딱 무릎까지 오네."

눈을 반짝 빛낸 샛별이 옷걸이째로 옷을 받아 거울 앞에서 몸에 대보았다. 몸을 틀어 가며 다각도로 옷을 살피던 샛별은 그대로 탈의실로 들어갔다.

"짜잔! 어때?"

"엄청 예쁘다. 딱 네 옷이야, 네 옷."

"그치? 언니, 우리 이거 세트로 하나씩 살까?"

"세트로?"

"응. 이 정도면 길이도 그렇게 안 짧잖아. 그치?"

"그렇긴 한데……."

은영은 샛별이 입은 옷을 보며 잠깐 고민하다 고개를 끄덕였다. 그에 샛별이 환하게 웃으며 직원을 불러 같은 옷을 하나 더 받아 왔다.

"자자, 갈아입어 봐."

확실히 쌍둥이는 쌍둥이라 같은 옷을 입은 두 사람은 마치 거울에 반사된 것처럼 비슷한 모습을 하고 있었다.

다른 점이 있다면 은영은 가슴 아래까지 내려오는 긴 생머리를 묶지 않고 풀었고, 샛별은 펌이 다 풀려 가는 머리카락을 포니테일로 높게 올려 묶었다는 점이었다.

"우리 헤어스타일까지 똑같이 해서 사진 찍으면 누가 누군지 모르겠지?"

"에이, 설마."

"한번 해 보자. 언니 미용실 간 지 오래됐지? 나랑 같이 펌 하자! 응?"

"펌? 나 펌은 별론데."

"그럼 펌 한 것처럼 고데기만. 응? 사진만 찍자."

펌이 아니라 고데기 정도라면……. 은영은 망설이다 고개를 끄덕였다. 샛별은 "만세!" 하고 기뻐했다.

"헤헤. 언니랑 언제 한번 이렇게 사진 찍어 보고 싶었어."

기분이 좋아진 샛별은 은영이 입은 옷까지 자기가 결제했다. 그리고 은영에게 팔짱을 끼고 그녀를 미용실로 이끌었다.

"사실 미용실도 예약해 놨어."

"예약도 했어?"

"안 하면 주말엔 사람 많아서 엄청 기다려야 하는걸. 두 사람 예약했으니까 언니도 고데기 말고 뭐 하고 싶으면 해."

"글쎄……."

그러고 보니 머리카락을 자른 지도 오래됐다.

고민하던 은영은 "어떻게 해 드릴까요?" 하고 묻는 미용실 직원에게 끝만 좀 다듬어 달라고 부탁했다. 그리고 샛별이 원하는 대로 머리카락에 컬을 넣은 후, 잡지를 들고 대기 의자에 앉아 샛별의 펌이 다 끝나길 기다렸다.

그저 시간 가길 기다리며 페이지를 설렁설렁 넘기는 그녀의 눈에 들어오는 게 있었다. 별자리별 오늘의 운세.

[물병자리 : 헤어졌던 사람과 우연히 다시 마주치겠네요. 그와 이대로 헤어질지, 아니면 다시 만나 관계를 발전시킬지는 모두 당신의 손에 달려 있습니다. 인연을 계속 이어 나가고 싶다면 먼저 다가가세요.]

"흐응…… 언니가 웬일로 연애 운을 다 보고 있어?"

"엄마야!"

깜짝 놀란 은영의 무릎 위에서 잡지가 내팽개쳐지듯 바닥에 떨어졌다. 은영의 옆에서 허리를 숙인 자세로 잡지를 훔쳐보던 샛별이 뭘 그리 놀라냐는 얼굴로 바닥에 떨어진 잡지를 주워 먼지를 툭툭 털었다.

"소개팅은 싫다고 다 거절하더니……. 사실은 숨겨 둔 남자 친구 같은 거 있지?"

"없어! 있으면 있다고 하지 뭐 하러 숨겨?"

"나한테 미안해서?"

"뭐…….."

입술을 뻐끔거리는 은영을 샛별이 가늘게 뜬 눈으로 살피듯 봤다.

"내가 웬만하면 모르는 척하려고 했는데, 언니 솔직히 너무 티 나."

"내, 내가 뭐가 티가 난다고…….."

"오늘도 승현 오빠 만나기로 한 거잖아."

"아니야!"

"아니긴? 하나뿐인 사랑스러운 동생 걸고 맹세할 수 있어?"

말문이 막힌 건 차마 그 말에 고개를 끄덕일 수 없었기 때문일까, 아니면 눈 하나 깜짝 안 하고 스스로를 사랑스러운 동생이라 말하는 샛별의 뻔뻔함 때문일까.

차라리 후자라고 뻔뻔하게 우기기라도 했으면 말을 다른 곳으로 돌릴 수라도 있었을 텐데. 샛별의 말마따나 그녀에게 미안해서 은영은 차마 그러지도 못했다.

"그게……. 오늘 저녁에 만나는 사람 승현 씨 맞아. 근데 잠깐 대화만 나누고 바로 헤어질 거야."

"왜 바로 헤어져? 만난 김에 맛있는 거 먹고 데이트도 해. 승현 오빠 바쁜 일 있대?"

"어?"

"아님 혹시, 승현 오빠 언니 싫대?"

그렇다고 장난으로라도 고개를 끄덕이면 승현의 욕이 한 바가지는 쏟아질 것 같았다.

은영은 그런 샛별의 반응이 잘 이해가 가지 않아 어리둥절한 얼굴로 눈만 여러 번 깜빡였다. 그사이 샛별은 그녀가 보고 있던 페이지를 찾아 이거 보라고 내밀었다.

"어떻게 발전시킬지는 언니 손에 달려 있다잖아. 언니는 승현 오빠 아직 좋아하지, 그치?"

정색하고 캐묻는 샛별에 은영은 얼떨결에 고개를 끄덕였다. 샛별이 그럴 줄 알았다는 듯 오른손을 크게 휘두르며 외쳤다.

"좋으면 확! 낚아채 버려. 솔직히 그렇게 잘생긴 남자 어디 가서 흔히 볼 수 있는 게 아니거든. 있을 때 잡아야 해, 있을 때. 나 봐. 소개팅 나가서 꽝만 긁고 오는 거."

"그렇게 따지면 너, 승재 씨는……."

"그 인간이랑 승현 오빠랑 같아? 승현 오빠는 언니가 나 때문에 더 못 만나겠다고 한 거잖아. 그런데 그 인간은 이유도 말 안 하고 날 찼고!"

시간이 꽤 지났는데도 아직 분노가 희석되지 않은 걸까. 샛별은 말하다 말고 제 화를 주체하지 못하겠다는 듯 심호흡을 하며 씨근덕거렸다.

"아무튼, 난 괜찮으니까 승현 오빠 좋으면 그냥 만나. 승현 오빠도 언니 좋다고 하면 더더욱."

"진짜…… 괜찮아?"

"그럼! 언니 나 몰라? 나 정샛별이야, 정샛별! 이 시대 최고의 쿨녀!"

"뭐래."

한껏 오버해서 말하는 샛별에 은영은 키득거리며 웃었다. 어느 때보다 편안한 웃음이었다.

가슴 안쪽을 꽉 틀어막고 있던 어떤 덩어리 같은 게 녹아내렸다. 그제야 은영은 자신이 샛별에게 이 말을 듣고 싶었던 거구나 하는 사실을 깨달았다.

"샛별이 넌…… 화 안 나? 내가 안 미워?"

"어떻게 미워해, 내 반쪽을."

"샛별아…….."

"언니가 좋으면 나도 좋아. 그러니까 좋은 것도 싫은 것도 괜히 나 때문에 참고 그러지 마. 알았지?"

애교 있게 은영의 어깨에 머리를 기대던 샛별은 지금 제가 머리를 돌돌 말고 있다는 걸 뒤늦게 떠올리고 얼른 고개를 바로 세웠다.

"고객님, 이제 의자에 앉으세요."

"네! 아무튼, 알았지 언니? 오늘 가서 승현 오빠한테 딱! 나 사실 당신 좋아한다! 그러니까 우리 사귀자! 하고 오는 거다?"

샛별은 은영에게 신신당부하고 의자로 돌아갔다. 은영은 미용실 직원이 샛별의 머리에 중화제를 도포하는 걸 보다가 샛별이 안겨 주고 간 잡지 위로 시선을 떨어뜨렸다.

"인연을 이어 가고 싶다면……."

[먼저 다가가세요.]

그녀가 가만히 생각에 잠겨 있는 사이, 가방 속에서 핸드폰이 진동했다. 그 소리에 번뜩 정신이 든 은영은 얼른 가방에서 핸드폰을 꺼냈다.

혹시 승현일까? 하는 생각에 그녀도 모르게 가슴이 두근거리는 것도 잠시. 은영은 액정에 뜬 이름을 보고 놀라 눈을 크게 떴다.

이 사람이 왜 갑자기?

❋❋❋

"짜아안!"

"……."

양손에 하나씩 묵직한 비닐 봉투를 얼굴 양옆으로 들어 올린 승재를 보며 승현은 현관문을 열던 자세 그대로 잠시 굳었다.

어쩐지 비밀번호 다 알면서 직접 문 안 열고 왜 벨을 누르나 했다. 작게 한숨을 쉰 승현은 하얀 비닐 봉투 너머로 보이는 녹색 유리병에 쯧 하고 혀를 찼다.

"나 바빠. 너랑 놀아 줄 시간 없어."

"진짜 바빴으면 집에 없었겠지. 집에 있는 거 보면 일 없는 거 아냐?"

"있어."

"에이, 거짓말. 오래 안 있을게. 나랑 조금만 놀아 주라, 응?"

혀어엉…….

승재가 말꼬리를 길게 늘이며 불쌍한 표정을 지었다. 그는 알고 있었다. 제가 이런 표정을 지으면 승현이 절 밀어내지 못할 것을.

그 예상 그대로, 냉정하게 동생을 밀어내지 못한 승현은 결국 한숨을 쉬면서도 몸을 옆으로 비켜 주었다. 승재는 언제 울상을 지었냐는 듯 "와아!" 하고 기뻐하며 후다닥 집 안으로 발을 들였다. 승현이 마음을 바꾸기 전에.

한숨을 쉬며 그의 뒤를 따른 승현은 먼저 시계부터 확인했다. 그는 소파를 두고 바닥에 앉아 테이블 위에 치킨이며 족발, 보쌈을 꺼내 늘어놓는 승재에게 말했다.

"나 저녁에 약속 있어. 오래 못 어울려 줘."

"약속 있다고? 형이 주말에? 누구랑?"

"……."

승재의 시선을 외면하며 손으로 목덜미를 문지른 승현은 말없이 테이블 앞에 앉았다. 그리고 병의 뚜껑을 따 승재의 잔에만 따라 주고 내려놓았다.

"형은 안 마셔?"

"이따 운전해야 해."

"뭐야, 거짓말 아니고 진짜로 약속이 있어?"

"그럼 거짓말이겠냐?"

"누군데? 은영 씨?"

"······어."

"계속 만나고 있었어? 헤어졌다더니. 아, 아니다. 애초에 헤어지고 말고 할 사이도 아니라고 했지?"

"······."

가슴이 뜨끔한 건 지은 죄가 있기 때문이겠지.

승현은 묵묵히 나무젓가락을 뜯어 족발 한 점을 입에 넣었다. 그런 그의 얼굴이 꽤나 심란해 보여 닭다리 하나를 집어 들던 승재는 저도 모르게 그의 눈치를 보고 말았다.

"왜 그런 표정이야? 혹시 은영 씨는 형이 싫대?"

"그럼 좋겠어?"

"싫을 건 또 뭐야. 그때 보니까 은영 씨도 형 싫어하는 눈치는 아니었는데. 애초에 마음 없는 상대랑 사귀는 척하는 게 어디 쉽나?"

"TV에선 다들 잘만 하잖아."

"그거야 그 사람들 직업이 그거니까 하는 거고. 은영 씨 직업은 빵이랑 쿠키 굽는 거잖아. 아, 말 나온 김에 은영 씨 케이크 한 번 더 먹고 싶다. 진짜 맛있었는데."

순간 승현의 머릿속으로 냉장고에 아직 하나, 마지막으로 딱 하나 남겨 둔 머핀의 존재가 스쳐 지나갔다.

도저히 먹을 수가 없어서 냉동실에 얼려 뒀더랬다. 아마 그거라도 꺼내 주면 잘 먹겠지만, 승현은 이번에도 조용히 눈을 내리깐 채 젓가락만 움직였다. 아무리 동생이라고 해도 그건 못 줄 것 같았다.

"그래서 넌 어떻게 된 거야?"

"나? 나 뭐?"

"샛별 씨."

그 순간 승재의 입이 딱 다물렸다. 스치듯 흘러가는 시선에서 승현은 승재가 그에 대해 이야기하고 싶어 하지 않는다는 걸 느꼈다. 그래서 일부러 더 건드렸다. 곪은 상처를 터뜨리는 것처럼.

"정말 이대로 헤어질 거야?"

"……안 그러면?"

"운명이라고 했잖아. 이렇게 좋아할 수 있는 사람 다시는 없을 거라며."

"……."

"샛별 씨랑 헤어지고 샛별 씨 생각한 적 없어? 단 한 번도?"

입술을 꽉 깨문 승재가 고개를 아래로 떨어뜨렸다. 그 모습을 보고 있자니 술은 입에 대지도 않았는데 입안이 썼다. 괜히 소주병을 한 번 바라본 승현은 대신 비닐 봉투 안에 있던 캔 콜라를 꺼내 땄다.

타닥타닥 튀는 탄산이 그의 목구멍을 때려 댔다. 오랜만에 마시는 탄산에 목이 아플 정도라 눈살을 찌푸리고 있는데, 주머니 속에서 핸드폰이 진동하는 게 느껴졌다. 승현은 승재에게 양해를 구하고 핸드폰을 꺼냈다.

[죄송해요, 승현 씨. 갑자기 이런 말 해서 정말 죄송한데, 오늘 저녁에 못 만날 것 같아요.]

……은영이 보낸 메시지였다.

✾✾✾

[아빠]

자신이 먼저 연락하지 않으면 가벼운 안부 메시지 한 번 보내지 않는 사람이었다.

이거 혹시 보이스 피싱 아닐까 하는 생각까지 했던 은영은 곧 수원의 집 계약이 끝날 시점이 됐다는 걸 떠올리고 납득했다. 아마 그것 때문에 전화한 모양이지.

"여보세요."

ㅡ어. 은영아. 지금 어디냐?

그는 꼭 어제도 통화를 한 것처럼 거리감 없는 목소리를 냈다. 은영은 되레 어색해졌다.

"밖인……데요. 왜요?"

되묻던 도중, 은영은 부친의 목소리 뒤로 들려오는 방송에 제 귀를 의심했다. 어디어디행 비행기를 타실 분들은 몇 시까지 수속을 밟으라는 내용. 즉, 지금 그녀의 부친은 공항에 있었다. 그것도 한국의 공항!

ㅡ아빠 지금 한국 왔어. 중요하게 할 얘기 있으니까 잠깐 얼굴 좀 보자.

은영의 추측에 도장을 찍듯 부친이 그렇게 말해 왔다. 은영은 황당한 마음을 감추지 못했다.

"갑자기 그렇게 말씀하시면 어떡해요? 저 약속 있어요."

ㅡ다음으로 미루면 되잖아. 아빠 이번에 들어가면 한국 언제 올지 몰라.

"그럼 미리 말씀을 해 주셨어야죠! 저한테 말도 없이 와 놓고 다짜고짜 나오라고 하면 제가 무조건 나가야 돼요?"

ㅡ얘가 근데 어디서 소리를. 넌 아빠가 보고 싶지도 않았어? 아빠 얼굴 본 지 한참 됐잖아.

"그러는 아빠야말로……. 하아."

저를 흘끗거리는 시선을 자각하고 난 후에야 은영은 자신이 언

67

성을 높였다는 사실을 깨달았다.

거울 너머로 눈을 동그랗게 뜬 채 '왜?' 하고 저를 바라보는 샛별에게 아무것도 아니라고 손을 흔든 은영은 입술을 잘근거리다가 그에게 물었다.

"그래서 지금 어디신데요."

─인천 공항. 강남으로 갈 테니까 그쪽에서 보자.

"강남이라니, 저 지금……!"

뭐라 대꾸할 새도 없이 전화가 끊겼다. 다시 전화를 걸어 봤지만 그새 그는 누군가와 통화를 하고 있었다. 은영은 어이가 없어 허, 하고 기가 막힌 소리를 내뱉었다.

"언니 왜? 누군데?"

결국 궁금증을 참지 못한 샛별이 의자에 앉은 채 소리 높여 은영에게 물었다. 그에 또 이쪽으로 쏠리는 시선이 신경 쓰여 은영은 샛별의 머리에 열심히 중화제를 바르는 직원에게 양해를 구하고 그녀의 의자 옆에 쪼그려 앉아 속삭이듯 말했다.

"아빠. 지금 한국이래."

"뭐? 지금? 갑자기 왜?"

"나도 몰라. 얼굴 좀 보재."

"지금? 당장?"

은영이 고개를 끄덕이자 샛별이 몹시 화가 난 얼굴로 "미쳤나 봐!" 하고 외쳤다.

"갑자기 한국 와서 그게 무슨 소리야? 만나고 싶음 미리 말을 하고 왔어야지!"

"내 말이."

"그냥 무시해 버려. 참나, 아빠면 다야?"

"근데…… 중요하게 할 얘기가 있대."

"중요하게 할 얘기 뭐? 끽해야 이제 중국 생활 청산하고 한국 들어온다겠지."

정말 그런 얘기를 하려는 건가? 은영은 핸드폰을 내려다보며 한숨을 내쉬었다. 다시 한번 부친에게 전화를 걸었지만 그는 여전히 통화 중이었다.

'대체 그 중요한 이야기가 뭐길래…….'

솔직히 말해서 가고 싶지 않았다. 이렇게 막무가내로 구는 게 다른 사람이었으면 은영도 이렇게 고민하지 않았을 거다. 하지만 말마따나 몇 년 만에 얼굴을 보는 부친인지라…….

끝내 은영의 입에서 한숨이 흘러나왔다.

"……가 봐야겠다."

"그걸 왜 가! 그럼 승현 오빠는?"

"아직 시간 있어. 아빠 얘기만 듣고 바로 나올 거야."

"진짜 얘기만 듣고 바로 나올 거야?"

"그럼 내가 아빠랑 뭘 더 해? 솔직히 나 아빠 얼굴 알아볼 자신도 없어. 너무 오랜만이라서."

"하여튼 아빠도 진짜……. 저기, 죄송한데요. 이거 끝나려면 멀었어요?"

"네. 적어도 30분은 더 있어야 돼요."

"나 혼자 다녀올게. 내가 애도 아니고, 괜찮아."

"내가 안 괜찮은데……. 어휴, 무슨 일 있음 연락해야 해? 혹시나 아빠가 뭐 돈 빌려 달라거나 하면 무조건 안 된다고 하고."

"그럴 돈도 없네요. 그럼 먼저 갈게."

"응, 이따 꼭 연락해. 꼭!"

69

아무래도 샛별은 그녀가 못 미더운 모양이었다. 안 그래도 은영 역시 스스로가 참 우유부단한 사람이라는 걸 최근에 깨달은 참이라 어색하게 웃으며 고개를 끄덕였다.

❊❊❊

샛별에게 말했을 땐 반쯤 농담이었지만, 은영은 몇 년 만에 만난 아빠가 너무 낯설어서 잠시 그의 얼굴을 빤히 들여다보고 있어야 했다.

부친이 만나자고 한 백화점 앞에 도착했을 때, 만약 그가 자신을 보며 알은척을 하지 않았다면 모르는 사람인 줄 알고 그냥 지나쳤을지도 모르겠다.

그런 은영의 시선을 어떻게 착각한 건지, 몇 년 만에 보는 부친은 스스로도 머쓱한 얼굴로 씩 웃었다.

"어때, 아빠 많이 잘생겨졌지?"

"네, 뭐…….."

떨떠름하게 고개를 끄덕이긴 했지만, 확실히 기억하는 것보다 인상이 깔끔해지고 신수가 훤해지긴 했다. 무엇보다 옷차림이 깔끔하고 단정했다. 예전에는 실용적인 게 최고라며 무조건 튼튼한 옷만 고집했는데.

'보통 이런 변화는…….'

어떠한 직감이 설마 하고 그녀의 뇌리를 스쳐 지나갔다. 그 사실을 아는지 모르는지 은영의 부친은 그녀의 어깨를 감싸며 백화점을 향해 턱짓했다.

"자, 들어가자. 아빠가 오랜만에 우리 딸 선물 하나 사 줄게."

"선물이요? 갑자기?"

"갑자기는. 꼭 무슨 일이 있어야만 아빠가 딸한테 선물 사 줄 수 있는 것도 아니고. 자자, 골라 봐. 뭐가 좋아? 목걸이? 시계? 옷? 가방?"

물론 아빠가 딸한테 선물이야 언제든 사 줄 수 있는 거지만, 1년에 한두 번 연락할까 말까 했던 부친이 이러는 걸 보고 있자니 은영은 몹시 부담스러웠다.

그녀는 어깨에 올라와 있는 그의 손도 할 수 있으면 떼어 내고 싶었다.

생판 남인 승현의 손이 올라왔을 때에는 괜찮았는데, 아빠를 상대로 이런 기분이 드는 건 대체 왜일까? 은영은 대충 상대하고 자리를 뜨자 싶어 떠오르는 대로 아무거나 말했다.

"그럼 가방 하나 사 주세요. 대신 시간 많이 못 내요. 저 저녁에 약속 있어서."

"그 약속 취소 안 했어? 오랜만에 아빠랑 만나는 중이라고 해. 그럼 이해해 주겠지."

"그쪽도 오랜만에 만나는 거란 말이에요."

"허, 참……."

부친의 찌푸려진 두 눈에 못마땅함이 어렸다. 은영은 이 눈빛을 알고 있었다. 상대가 제 뜻대로 따라 주지 않으면 이렇게 질책하는 듯한 눈으로 바라보곤 했지.

이 눈빛을 제일 싫어했던 사람이 모친이었다. 특히나 그녀가 시부와 대립하는 모습을 볼 때마다 중재는커녕 이런 눈빛으로 쳐다보기만 했으니……. 결국 모친이 이혼을 결심한 것도 이해는 갔다.

71

몰래 고개를 흔든 은영은 문이 열린 엘리베이터에 몸을 실었다.

"음?"

"왜 그래요?"

"아니, 누굴 좀 본 것 같아서……. 아니다."

고개를 흔든 부친은 명품관이 있는 곳에서 은영과 함께 내렸다. 그리고 마음에 드는 거 있음 뭐든 말하라며 적극적으로 매장을 돌아다니기 시작했다. 은영은 적당히 심플해 보이는 검은색 가방을 하나 집어 들었다.

"하나 더 사 주랴?"

"아뇨, 이거면 충분해요. 진짜로."

은영은 괜히 시계를 들여다보며 중요한 말이 뭐냐고 재촉했다. 부친 역시 이 정도면 할 도리를 다 했다 생각한 건지, 그럼 조용한 데로 가자며 은영을 데리고 근처 카페로 들어갔다.

차가운 커피 두 잔을 사이에 둔 채 잔뜩 무게를 잡은 부친이 헛기침과 함께 꺼내 놓은 이야기는 과연 은영이 짐작한 것이었다.

"아빠 올가을에 재혼한다. 중국에서."

어쩐지. 안 그러던 사람이 자기 관리며 옷 입는 스타일이 달라졌다 했더니 그래서였나 보다.

"축하드려요. 어떤 분이신데요?"

"좋은 사람이야. 네 엄마랑은 달리 별로 드세지도 않고, 착하고, 뭣보다 내조를 잘해 준다. 출근할 때마다 넥타이 매 주는 사람이 있어서 얼마나 든든한지."

부친은 마치 과시하듯 넥타이의 매듭을 고쳐 맸다. 은영은 조금 놀라서 되물었다.

"벌써 같이 살고 계세요?"

"같이 산 지는 뭐, 한 1년 됐나……."

은영이 놀란 건 아직 결혼도 안 한 상태에서 재혼 상대와 동거를 하고 있다는 것보다 그런 상대가 있으면서 제게 일언반구도 없었다는 것이었다.

"재혼하면 아마 중국에 자리 잡을 것 같다. 아예 귀화를 할지도 모르고."

"……그래서 한국 들어오신 거예요? 아예 정리하고 들어가시려고?"

"그래. 그리고."

부친은 은영의 눈치를 살피며 자꾸 헛기침을 했다. 은영은 대체 무슨 이야기를 하려고 제 눈치를 다 보나 싶어 조금 긴장했다.

"그 사람은 내가 한국에서 결혼 한 번 했다는 걸 몰라. ……당연히 딸이 있는 것도 모르고."

이때까지만 해도 은영은 짐작하지 못했다. 그가 무슨 뜻으로 이런 말을 하는지.

"그렇게 중요한 사실을 숨기시면 어떡해요? 결혼식은 아직 안 하신 거죠? 식 올리기 전에 하루라도 빨리……."

"아니, 난 말 안 할 거다."

"……뭐라고요?"

"그 결혼은 실패였어. 그때로 다시 돌아가면 난 절대 네 엄마랑 결혼 안 할 거다. 지금도 네 엄마라면 치가 떨려. 어떻게 그 여자랑 살을 맞대고 살았는지. 자다가도 소름이 끼친다."

이를 갈며 말하는 그의 두 눈이 분노로 번들거렸다. 그 자신. 전 아내. 죽은 부모님. 어느 쪽을 떠올리고 있는지 몰라도 지금 그

73

의 눈에 맞은편에 앉은 딸이 보이지 않는다는 건 명확했다.

비로소 은영은 부친이 자신에게 무슨 말을 하려는지 깨달았다. 마치 의무적으로, 괜찮다는데도 굳이 비싼 가방을 사다 안긴 저의까지도.

"난 이미 충분히 불행하고, 또 고생했어. 내가 언제까지 네 엄마한테 발목 잡혀 살 수는 없는 노릇 아니냐."

"그 말은…… 저 들으라고 하는 거예요? 너까지 내 발목 잡지 말라고?"

"아니, 그런 뜻이 아니라."

"연락 없었던 거, 제가 전화하면 금방 끊었던 것도 다 그래서였던 거네요. 미리 말해 주지 그랬어요. 그러면 제가 눈치 없이 연락 안 했을 텐데."

"흠흠, 그때는 나도 확신이 없어서 그랬다. 네 엄마 덕분에 알았거든. 내가 이 여자랑 같이 살 수 있을지 어떨지는 살아 봐야 알 수 있다는 걸."

"이제 확신이 생겼고요?"

"그래. 그러니 결혼을 한다는 거 아니냐."

"네. 그분께 절 소개할 생각은 없으시지만요."

그 말에 은영의 부친은 낮게 한숨을 내쉬었다. 귀찮게 됐다는 얼굴로 눈썹을 긁적인 그는 마치 선심 쓴다는 듯 툭 내뱉었다.

"수원에 있는 집, 그거 너 주마."

"……뭐라고요?"

"평수가 꽤 돼서 팔면 몇 억은 나올 테지. 전부 너 줄 테니까 유산 미리 받은 셈 치거라."

"그러니까."

하늘에 맹세코, 은영은 살면서 지금처럼 화가 난 적이 없었다. 숨이 턱 막히고 두 손이 부들부들 떨렸다.

"먹고 떨어져라?"

"무슨 말을 또 그렇게."

"그냥 대놓고 말을 하세요! 나 새로 결혼하는 여자한테 이혼 전 적도, 딸 있다는 사실도 숨겼다! 그 사람한테 그 사실 들키기 싫으니까 오늘부터 연 끊고 살자, 길거리에서 우연히 마주치더라도 날 아빠라고 부르지 말아라!"

"은영아."

"이럴 거면 왜 낳았는데요? 얼굴 몇 번 보여 주지도 않고 방치할 거면서 날 데려오긴 왜 데려왔어요? 차라리 엄마한테 샛별이 랑 같이 보내 주지 그랬어요!"

"나라곤 그러기 싫었는 줄 아냐? 네 엄마가 굳이 샛별이 하나만 데려가겠다고 해서……."

"……뭐라고요?"

"아니, 널 버리려고 했다는 뜻이 아니라."

제가 아쉬운 처지란 사실을 뒤늦게 자각했는지 부친이 당황해 은영의 눈치를 살폈다. 그가 뭐라고 길게 변명했지만 은영의 귀엔 조금도 들리지 않았다.

그녀의 머릿속에 맴도는 건 오로지 한 가지 사실뿐이었다.

아버지도, 어머니도 아주 오래전부터 그녀를 사랑하지 않았다 는 사실. 버거운 짐처럼, 혹은 필요 없는 쓰레기처럼 서로에게 자 신을 떠넘길 생각만 했다는 사실.

"은영아, 조금만 내 입장을 이해해 주련? 아빠도 물론 너를 사랑해. 그치만 일이 이렇게 된 걸 어쩌겠느냐."

"……이해해요. 알았어요. 아빠가 원하는 대로 할게요."

"정말이냐?"

"네. 대신 수원에 있는 집은 확실히 저 주시는 거예요."

은영은 옆자리에 놔둔 가방을 집어 들었다. 유명한 명품 브랜드의 로고가 박힌 종이 가방까지 함께.

"앞으로는 굳이 만날 필요 없죠? 옆에 있는 사람 눈치 안 보일 때, 편할 때 연락하세요. 저는 안 할게요. 폐 끼치기 싫으니까."

"어어, 그래. 은영아, 고맙다. 아빠가 나중에……."

"앞으로 다시는 누구한테 발목 잡히는 일 없이 행복하셨음 좋겠네요."

은영은 부친의 답은 듣지도 않고 그대로 카페를 빠져나왔다. 뒤에서 부르는 소리가 들렸지만 돌아보지 않았다. 잡는 척하는 것뿐인 걸 알았으니까.

길을 잘 알지도 못하면서 그녀는 무작정 앞만 보고 걸었다. 최대한 아무 생각하지 않으려 했는데 결국 눈꺼풀을 비집고 눈물이 새어 나왔다.

억울하고 분했다. 세상 전부가 날 싫어하고 미워하는 기분에 그녀는 참을 수 없이 슬프고 서러웠다.

"아냐…… 괜찮아. 차라리 잘된 거야. 수원 집 팔아서, 그 돈으로 큰 집을 사서 샛별이랑 같이……."

샛별이는 나를 가족이라고 생각하고 있겠지? 만약에 샛별이까지 날 미워하면…….

'어떻게 미워해, 내 반쪽을.'

그녀가 없었다면 지금까지 어떻게 버텼을까. 만약 그녀마저 제 옆을 떠난다면 앞으로 어떻게 버텨야 할까.

수많은 사람이 그녀의 어깨를 스치고 지나가는 번화가 한복판에서 은영은 발목을 타고 오르는 그림자 같은 외로움을 어찌하지 못하고 눈물을 떨어뜨렸다.

한참 후 겨우 정신을 차린 은영이 제일 먼저 한 건 승현에게 메시지를 보내는 것이었다.

[죄송해요, 승현 씨. 갑자기 이런 말 해서 정말 죄송한데, 오늘 저녁에 못 만날 것 같아요.]

그런 내용의 메시지를.

❆ ❆ ❆

[아빠가 뭐래?]

[재혼하신대.]

[진짜? 아빠도? 대박이다. 언니한테 그 사람 소개해 주려고 한국 온 거래?]

[아니. 결혼하면 아예 중국에서 살 거래. 한국에는 그냥 서류 정리하러 들어온 거야. 수원에 있는 집도 나 주기로 했어.]

[그럼 결혼식도 중국에서 하겠네? 아, 결혼식 안 할 수도 있나? 만약에 결혼식 하면 나도 데려가. 나 아직 중국 한 번도 안 가 봤는데 이참에 한 번 가 보고 싶어!]

[결혼식 안 한대. 아빠도 벌써 그분이랑 같이 살고 계신다더라.]

[아, 진짜? 뭐야. 재혼은 원래 식 안 올리는 게 대센가?]

[나이 때문에 그러시겠지.]

[나이 많은 사람은 결혼하지 말란 법 있어? 예식장에서 일하는 사람들은 꼬부랑 할아버지 할머니가 결혼식 한대도 좋다고 환영할걸?]

은영은 버스 좌석에 몸을 기댄 채 키득거리며 웃었다. 포장마차에서 소주 딱 한 병밖에 안 마셨는데, 술을 너무 오랜만에 마셔서 그런가? 자꾸 술기운이 올라 머리가 알딸딸하고 웃음이 쉽게 나왔다.

그녀는 오타를 내지 않으려 노력하며 샛별과 계속 메시지를 이어 나갔다.

[넌 지금 뭐 하고 있어?]

[나? 엄마가 갑자기 다음 주에 영화 보자고 해서 요즘 영화 뭐 하나 찾아보고 있었어. 이제 재혼하면 보기 힘들 거라고 막 불러내는데, 좀 너무하지 않아? 재혼이랑 나 보는 거랑 무슨 상관이라고.]

순간 은영은 뭐라고 답장을 보내야 할지 몰라 잠시 핸드폰을 가만히 들고만 있었다.

[그러게. 재혼이랑 무슨 상관이라고.]

[그치? 아저씨가 나 모르는 것도 아닌데. 근데 언니 답장이 왜 바로바로 와? 지금 승현 오빠랑 같이 있는 거 아냐?]

[오늘 못 만났어.]

[왜? 아빠 때문에 약속 시간 어긋났구나! 내 그럴 줄 알았어. 이야기만 듣고 금방 일어난다더니 어쩌다 그런 거야!]

메시지가 도착하고 얼마 후, 샛별이 전화를 걸어왔다. 은영은 조금 망설이다가 그녀와 멀쩡한 목소리로 통화할 자신이 없어 거부 버튼을 눌렀다. 대신 샛별에게 메시지를 보냈다.

[내가 나중에 다시 연락할게.]

[뭐야? 지금 통화 못 해? 지금 뭐 하고 있는데?]

[버스야. 집에 가는 중.]

[도착하면 전화해야 해! 꼭! 전화 안 하면 밤에 택시 타고 쳐들어갈 거야!]

연락하지 말까? 순간 든 생각에 은영은 또 키득거리며 웃었다. 그녀의 공허한 웃음은 곧 그녀의 머리카락을 흩뜨리고 지나간 바람처럼 덧없이 스러졌다.

'술…… 괜히 마셨다.'

그러면 좀 기분이 나아질까 싶었는데 전혀 아니었다. 조금만 긴장을 풀면 이대로 잠들까 싶어서 눈에 힘을 주고 있으려니 더 피곤하기만 했다.

다음엔 이런 일 있어도 절대 술 마시지 말아야지. 대신 샛별이처럼 음식 잔뜩 시켜 놓고 폭식이나 해 볼까?

'아니다. 이젠 샛별이 없어서 같이 먹어 줄 사람도 없고…….'

생각을 털어 낼 겸, 술기운을 떨쳐 낼 겸 고개를 흔드는데 익숙한 풍경이 눈앞을 스쳤다. 행여나 버스가 내릴 곳을 지나칠까 은영은 얼른 하차 벨을 눌렀다.

"덥다……."

열대야 때문인지, 아니면 술기운 때문인지 불어오는 바람이 무척 후덥지근하게 느껴졌다. 은영은 얼굴에 대고 손부채질을 하다가 문득 손이 허전하다는 사실을 깨달았다.

"아……. 아빠가 사 준 가방."

두고 내렸네.

은영의 시선이 떠나가는 버스 뒤를 향했다. 신호등의 빨간불 앞에 멈춰 선 버스는 지금 당장 달려가 문을 두드리면 잡을 수 있을 것 같았다.

그러나 은영은 뛰지 않았다. 어차피 별로 갖고 싶었던 것도 아닌 데다 술기운 때문에 달리면 넘어질 것 같아서.

'뛰지 마세요, 그러다 넘어집니다.'

오늘은 잡아 줄 사람도 없으니까.

'승현 씨 화 많이 났겠지?'

갑자기 약속 깨는 걸 싫어해서 못 가게 됐다는 메시지 대신 자기 비서를 보내는 사람이었다. 어쩌면 은영이 그렇게 일방적으로 약속 취소를 통보한 시점에서 정이 확 떨어졌을지도 모른다. 전화도 아니고 달랑 메시지 한 통만 보냈으니…….

'그치만 목소리를 들려줄 수 있는 상태가 아니었는걸.'

얼굴 보고 그에게 자신의 마음을 전하는 일 같은 건 더더욱 할 수 없었다.

그와의 약속을 취소한 후 충동적으로 포장마차에 들어가 빈 잔에 소주를 따르고, 물줄기가 쪼르륵 떨어져 흔들리는 수면에 비친 제 얼굴을 들여다보며 그런 생각을 떠올렸다.

어쩌면 승현과 자신은 인연이 아닌 게 아닐까.

그래서 이렇게 뭔가를 하려고만 하면 일이 터지는 게 아닐까. 더는 욕심내지 말라고. 여기서 그만하라고.

"넘어지면 어쩌려고 고개를 그렇게 푹 숙이고 걷습니까."

"……어?"

시야 안에 새까만 구두 끝이 들어왔다. 꼭 몇 달 전 그 언젠가처럼.

은영은 얼른 고개를 들어 상대의 얼굴을 확인했다. 차갑게 그녀를 내려다보던 그때와 달리, 그저 따스하고 온유하기만 한 눈이 그녀를 보듬듯 지켜보고 있었다.

은영은 제가 술김에 환각을 보는가 싶어 눈을 여러 번 깜빡였다. 그래도 사라지지 않았다. 그녀의 집으로 가는 길 한가운데에 서 있는 승현은.

"대체 얼마나 좋은 데를 가기에 갑자기 약속을 취소하나 했더니……. 얼굴이 이게 뭡니까. 무슨 일 있었어요?"

그렇게 묻는 목소리는 거리를 좁혀 은영의 물 마른 뺨을 살며시 문지르는 그의 손길과 함께 그녀의 가슴 속으로 스며들었다.

"왜 또 울었어요. 사람 속상하게."

그 목소리에 울컥하고 만 건 은영으로선 어쩔 수 없는 일이었다. 샘솟으려는 눈물을 겨우겨우 막은 은영은 꽉 잠긴 목소리로 더듬거리며 물었다.

"승현 씨가…… 왜 여기 있어요?"

"은영 씨 보러 왔죠. 아니면 왜 여기 있겠습니까."

"그치만 제가 아까 메시지로……. 메시지 못 받았어요?"

"받았습니다. 하지만 은영 씨 약속은 취소됐을지 몰라도 내 약속은 취소 안 됐거든요."

승현의 손이 그의 품속으로 들어가 손수건을 꺼냈다. 은영이 흠뻑 적신 후 세탁도 못 하고 그대로 돌려준 그 손수건이었다.

꼭 그때처럼 이번에도 손수건이 은영의 손에 쥐여졌다. 하지만 눈물은 이미 마른 뒤라 은영은 그 손수건을 어찌하지 못한 채 우물쭈물했다.

"저, 승현 씨."

"혹시 아까 보낸 메시지가 은영 씨가 내린 답입니까?"

그저 질문을 들은 것뿐인데 가슴이 덜컥 내려앉았다. 답을 고민하기도 전에 고개가 먼저 움직였다. 처음엔 가볍게, 이내 머리카락이 흩날릴 정도로 연달아 고개를 젓는 그녀를 보고 승현이 작게 웃었다.

"그럼 이제 들려주세요, 은영 씨 답."

그녀를 이유 없이 웃게 했던 술기운은 이미 증발한 지 오래였다.

은영은 후덥지근한 밤바람이 불어오는 곳에 시선을 고정한 채 눈을 깜빡였다. 어두운 골목, 그녀의 집 창문이 잘 보이는 곳에 선 승현이 곧은 눈으로 그녀를 보고 있었다.

"사실 이렇게 막무가내로 찾아올 생각은 없었습니다. 무슨 일이 생긴 거겠지, 그래서 할 수 없이 약속을 취소한 거겠지, 일이 잘 마무리되면 나중에 연락 오겠지……. 그런데 그 생각들이 단 하나의 불안 앞에 맥없이 스러지더군요."

승현이 그녀에게 한 걸음 더 가까이 다가왔다. 불쑥 좁혀 든 거리감에 은영은 저도 모르게 뒤로 물러날 뻔했다. 그녀가 그러지 못한 건 일순 은영의 그런 기색을 눈치챈 승현의 눈이 잘게 흔들린 탓이었다.

이윽고 그의 얼굴에 안도가 퍼져 나간다. 제 작은 행동 하나하나에 일희일비하는 그가 지독히도 낯설고, 또…… 설레서.

은영은 눈도 깜빡이지 않고 그를 올려다보았다. 어디선가 다정한 바람이 불어오는 듯했다.

"단순히 일이 생겨서 오늘 약속을 취소한 게 아니라, 아예 날 안 볼 생각으로 그런 메시지를 보낸 거면 어떡하지."

"……."

"다시는 못 볼 거라고 생각하니까…… 사무치게 보고 싶어서."

승현의 눈빛이 꿰뚫을 것처럼 은영을 향했다.

그는 한순간도 눈을 깜빡이지 않고 그녀의 얼굴을 바라봤다. 머리카락 한 올 한 올까지. 눈을 감으면 곧장 그녀의 생김새를 떠올릴 수 있도록.

"이렇게 마주칠 생각 없었습니다. 그냥 멀리서 얼굴만 보고, 그러고 갈 생각이었습니다. 정말로, 얼굴 딱 한 번만 볼 생각이었는데."

그의 눈길이 추락하듯 아래로 떨어졌다. 승현은 마치 죄를 고백하는 것처럼 털어놓았다.

"보고 나니까 도저히 못 돌아가겠네요."

"은영 씨." 하고 승현이 나직한 목소리로 그녀를 불렀다. 은영은 대답 없이 그를 올려다보기만 했다. 그 시선만으로 그는 충분한 듯했다.

"우리 통화할 때 암호 만든 거 있죠. 보고 싶다고. 어쩌면 그때부터 이미 은영 씨한테 그런 말을 하고 싶었던 건지도 모르겠습니다."

"……"

"보고 싶었습니다. 그리고 앞으로도 계속, 틈나는 대로 은영 씨가 보고 싶을 것 같아요."

눈이 마주친다.

불어오는 바람처럼 뜨거운 열기를 품은 그의 눈동자가 이미 그의 말보다 먼저 애틋한 고백을 던지고 있었다.

"우리, 계속 보면 안 됩니까?"

아무렴 말의 내용보다 중요한 건 그 안에 담긴 마음이라지만,

말에 담긴 진심을 느끼기도 전에 은영은 보고 싶었단 그 한마디에 마음의 고삐가 풀려 버리고 마는 걸 느꼈다.

그러니 그 말의 이면에 담긴 진심을 느낀 순간엔 어땠겠는가.

"갑자기 이런 말 해서 당황스러울 거 압니다. 부담 갖지 말고 편하게 싫으면 싫다고……. 은영 씨?"

눈이 동그래지는 승현의 얼굴이 일순 흐리게 번져 나갔다. 당황해서 어쩔 줄을 모르고 제 이름을 부르는 그의 목소리가 은영은 속절없이 좋기만 했다.

"왜 또 울어……. 어어, 으, 은영 씨."

은영은 다짜고짜 와락 끌어안은 그의 품에 얼굴을 묻은 채 끅끅대며 울음을 참았다.

두 팔로 가득 끌어안은 그의 몸에서 뜨거운 열기가 느껴지고, 맞닿은 가슴에선 쿵쾅거리며 심장 뛰는 소리가 들렸다. 이어서 당황해 둘 곳을 모르던 두 팔이 그녀의 등을 조심스레 안아 왔다.

그 손길에서 안정감을 얻은 은영은 저도 모르게 참고 있던 모든 걸 잊어버리고 크게 울음을 터뜨리고 말았다.

"제가, 흑, 제가, 오늘……!"

"괜찮으니까 천천히 말해요. 아니…… 울고 싶으면 일단 우는 것부터 하는 게 좋겠습니다. 숨넘어가겠어요."

"그렇게, 흐윽, 다정하게 위로하지, 마요. 더 울고 싶어지잖아요. 흐윽!"

"더 울라고 위로하는 겁니다. 울어요, 실컷."

"흐윽, 흑, 흐으윽……."

"은영 씨 우는데 이런 말 하면 맞아도 할 말 없는 거 압니다만…… 솔직히 말하면 지금 좀 기쁩니다. 은영 씨한테 기댈 수 있는 사람이 된 것 같아서."

그러니 원하는 만큼 품을 빌려주겠다고. 승현이 은영의 등을
가만가만 도닥여 주었다.

마치 갓난아기를 어르는 듯 무척 조심스럽고 따뜻한 그 손길에
은영은 왈칵 더 눈물이 샘솟았다. 그녀는 승현의 젖은 셔츠 자락
을 쥔 채 하염없이 울었다.

"승현 씨는……."

당신은 아마 짐작도 못 하겠지. 내가 얼마나 외로워하고 있었
는지.

군중 속의 고독이란 말처럼 곁을 스쳐 지나가는 다른 사람들은
모두 행복해 보여서 더 쓸쓸한 밤이었다. 이 세상에 외로운 건 오
로지 나뿐인가, 하고.

보고 싶다고 찾아와 준 이 사람이 아니었다면 나는 아무도 없는
빈집에서 홀로 어떻게 잠들었을까.

딱 하루. 오늘만큼은 절대 혼자이고 싶지 않았던 이 밤에, 그것
도 찾아와 준 사람이 자신이 좋아하는 이라…….

은영은 행복했다. 그래서 자꾸 눈물이 났다.

"제가, 제가요……."

"천천히 말해요. 저 어디 도망 안 갑니다."

도망간다 그러면 누가 놔줄까 봐. 은영은 승현을 끌어안은 팔
에 더욱 세게 힘을 주었다. 그걸 더 울려고 한다고 착각한 건지 승
현이 다시 은영의 등을 다독이기 시작했다.

그 착각이 기꺼워 은영은 괜히 더 우는 척 어깨를 들썩거렸다.
아직 눈에선 눈물이 마르지 않았는데 입에선 눈치 없이 자꾸 웃음
이 났다.

"은영 씨……? 혹시 웃는 겁니까?"

"그게 지금, 우는 사람한테 할 소리예요?"

"아뇨, 그게, 미안합니다."

당황한 목소리로 사과를 건네 오는 승현에 은영은 변명할 수도 없이 웃음을 터뜨리고 말았다. 그에 승현의 입에서도 "역시 웃는 거 맞지 않습니까." 하고 황당해하는 목소리가 흘러나왔다.

"울다가 웃으면 어떻게 되는지 설마 모르진 않을 테고."

"그거야 애들한테 하는 소리잖아요. 다 큰 어른이 자기 애인한 테 할 소리예요?"

"어떻게 보면 애인이니까 할 수 있는 소리……. 뭐라고요? 방금 뭐라고 했습니까?"

놀란 목소리를 낸 승현이 은영을 제 품에서 떨어뜨리려 했다. 그녀의 얼굴을 보려고 그런 거지만, 그걸 알기에 은영은 승현의 허리를 꽉 끌어안은 채 그에게서 떨어지지 않았다. 그의 가슴에 대고 도리질까지 쳤다.

"저요, 사실은…… 오늘 승현 씨한테 고백하려고 했었는데."

"무슨…… 고백을요."

"눈치챘잖아요. 알면서 왜 물어요."

"눈치챘으니까 묻는 겁니다. 은영 씨 입으로 직접 듣고 싶어 서."

"그렇게 따지면 저도 승현 씨한테 직접 듣지는 못했어요."

"……그렇습니까?"

제가 한 말을 곱씹는 듯 잠깐 말없이 있던 승현이 "그러고 보니 그렇네요." 하고 중얼거렸다.

승현이 안고 있던 은영의 등을 놓고 그녀에게서 떨어지려 했다. 하지만 은영은 이번에도 그를 놓아주지 않았다. 정말로 도망가려는 사람을 붙들고 있는 것처럼.

힘이 풀리지 않는 그녀의 팔을 흘끔 내려다본 승현이 웃음기 섞인 목소리로 난감하다는 듯 말했다.

"놓아주면 안 됩니까? 은영 씨 얼굴 보고 제대로 말하고 싶은데."

"안 돼요. 저 지금 얼굴 완전 엉망이란 말이에요…….'

"엉망이라뇨. 틀림없이 예쁠 텐데."

"틀림없이 엉망 맞으니까 그냥 이대로 있어요. 승현 씨가 분명이 얼굴 보면 나 바로 차 버릴 거야…….'

응석 섞어 말하는 그 목소리엔 알게 모르게 그어 놓았던 선이 완전히 사라져 있었다.

그 사실을 깨달은 순간, 승현은 참지 못하고 웃음을 터뜨려 버렸다. 애인이란 소리를 듣고도 믿을 수 없었던 그녀의 마음을 이 순간 실감하게 된 것이다.

"왜, 왜 웃고 그래요. 사람 민망하게."

"좋은 걸 어떡합니까. 지금 내 애인이 너무 귀여워서 죽을 것 같아요."

"노, 놀리지 마요……!"

긴 머리카락 속에 파묻힌 귀가 언뜻 붉어진 게 눈에 들어왔다.

아, 사람이 어떻게 이렇게까지 귀여울 수가 있지?

입꼬리가 제멋대로 자꾸 꿈틀거렸다. 살면서 이런 기분이 든 건 처음이었다.

승현은 은영의 머리를 끌어안고 마구 제 뺨이며 입술을 비벼 대고 싶은 기분을 간신히 참았다. 그랬다간 도망가는 건 은영 쪽이 될 테니.

"은영 씨, 좋아합니다."

"……가, 갑자기 그런 말을…….""

"갑자기라뇨? 듣고 싶다고 말한 건 은영 씨 아닙니까."

"듣고 싶다고 한 적은 없어요."

"듣기 싫었습니까?"

"……."

"아니요." 하고 조그맣게 말해 오는 목소리가 참 몽글몽글하다. 승현은 은영을 번쩍 안아 들고 이 사람이 내 애인이라고 외치고 싶은 걸 간신히 참았다.

다른 사람이 그랬으면 고개를 절레절레 흔들었을 텐데, 이게 내 일이 되니 사람이 이렇게 되는구나 싶었다.

이곳으로 오기 전까지만 해도 은영과 다시는 못 볼 각오를 하고 있었는데, 오늘이 마지막일지도 모르니 실컷 봐 둬야지 하고 생각했는데.

"이제 말해 주면 안 됩니까? 은영 씨가 하려던 고백."

"……저도."

좋아해요.

그 목소리는 마치 미풍처럼 그의 귓가를 간질였다. 귀를 기울이지 않으면 들을 수 없을 만큼 작은 목소리였지만, 승현은 오히려 그래서 더 좋았다.

품 안 가득 끌어안고 있어야, 빈틈없이 맞닿아 있어야 들을 수 있는 목소리를 그렇게 해서 듣고 있으니까.

"하…… 어떡하죠."

"뭐를요?"

"저 지금 너무 좋습니다. 말 그대로 세상을 다 가진 것 같아요."

"무슨 과장을 그렇게 심하게……."

"과장 같습니까?"

은영이 네, 라고 답하면 지금 자신의 기분을 하나부터 열까지 세세하게 다 설명할 수 있었다.

그런 그를 알기라도 한 것처럼 은영은 여전히 귓불을 붉힌 채 고개를 흔들었다.

"사실…… 지금 저도 그렇긴 해요."

"기분만 아니라 실제로 그렇게 해 주겠습니다. 뭐든 말만 해요. 당신이 원하는 건 내가 다 들어줄 테니까."

"정말요?"

"정말로."

"……그러면."

부끄러운 얼굴을 여전히 승현의 품속에 숨긴 채 은영은 머뭇거리며 말했다.

"아까 한 말 다시 해 주세요."

"무슨 말이요? 좋아한다는 거요?"

"……."

"얼마든지요."

지금 기분으로는 하루 종일 말하라고 해도 그럴 수 있을 것 같았다. 승현은 사랑하는 이를 품에 안은 채 기꺼이 그녀에게 사랑을 속삭였다.

지나가는 사람이 쳐다보는 것도 모르고, 시간이 흐르는 것도 모르고. 오로지 단 하나, 제 사랑에만 집중해서.

[일어났습니까?]

[네. 일어났어요.]

[왜 이렇게 일찍 일어났습니까? 은영 씨는 더 자도 되잖아요.]

[그냥 눈이 좀 일찍 떠졌어요. 승현 씨야말로 바쁘지 않아요? 출근 준비해야 하잖아요.]

[다 했습니다. 저도 오늘따라 눈이 일찍 뜨여서.]

[피곤하지 않아요? 어제 저랑 통화하다 늦게 잤잖아요.]

[은영 씨 목소리 듣다가 잤는데 왜 피곤합니까. 은영 씨는 피곤한가 봐요?]

[아니, 저는 별로……. 근데 승현 씨 어제도 그렇고 지금도 그렇고 자기가 뭐라고 말하고 있는지 알고는 있는 거죠?]

[지금 자기라고 했습니까?]

"이 사람 왜 이래, 진짜……."

바늘 하나 들어갈 틈도 없이 단단한 얼음 같던 첫인상은 온데간데없이 사라지고 없었다. 은영은 달아오른 얼굴을 식히려 코끝까지 덮었던 이불을 허리까지 차 내고 침대 위를 한 번 굴렀다.

[부르고 싶은 대로 편하게 불러요. 전 뭐든 좋으니까.]

[제가 자기라고 부르면 승현 씨도 자기라고 부를 거예요?]

혼자 당황한 것 같은 게 조금 억울해 반쯤은 놀리려고 보낸 메시지였는데.

[그럼요, 자기야.]

이렇게 답장이 돌아오면 대체 뭐라고 대꾸를 해야 하나. 에어컨 리모컨을 들어 설정 온도를 낮춘 은영은 달아오른 얼굴에 대고 손부채질만 연신 해 대다가 겨우 답장을 보냈다.

　[적응 안 되니까 평소 하던 대로 해요, 승현 씨.]

　[그래요, 그럽시다. 솔직히 이번 건 저도 좀 부끄럽던 참이에요.]

　그 솔직한 말에 은영의 입에서 웃음이 터졌다. 그럴 줄 알았다고 답장을 보내고 승현의 답을 기다리며 말간 천장을 바라보다 그녀는 웃음을 터뜨렸다.

　태어나 처음으로 애인이 생긴 지 이제 겨우 2일 차. 별거 아닌 일에 자꾸 웃음이 터져서 참 큰일이었다.

6. 진짜 연애의 시작

"큼, 크흠. 팀장님."

오늘의 일정 보고를 끝내고도 계속 그 자리에 선 지훈이 헛기침으로 승현의 주의를 끌었다. 직원들이 책상에 두고 간 서류를 이제 막 훑어보려던 승현이 그 소리를 듣고 고개만 들어 지훈을 쳐다봤다.

"더 보고할 거 있어?"

"보고……까지는 아니고요. 따로 여쭤볼 게 있습니다만."

"뭔데? 바쁘니까 빨리 말해."

지훈은 승현의 눈치를 슬쩍 살피며 조심히 입을 열었다.

"팀장님도 이미 알고 계시겠지만, 사내에 퍼진 소문이 좀처럼 가라앉질 않아서요. 이런 일로 따로 공지를 돌리기도 뭐 하고 직원들 통해서 쉬쉬하라고 언질이나 줄까 싶은데 어떻게 생각하십니까?"

"소문?"

"왜, 지난주에 은영 씨가 찾아왔었잖아요. 그때 직원들이 너도 나도 팀장님 애인 얼굴을 봤다고 떠들어 대서."

벌써 일주일째 구내식당이며 카페테리아, 휴게실까지 사람들이 모였다 하면 다들 그 얘기만 꺼내고 있는데 설마 모르셨냐고 지훈이 승현의 눈치를 보며 물었다.

알았냐 몰랐냐 물으면, 솔직히 승현은 몰랐다. 일부러 바쁘게 일만 했고, 한숨 돌릴 땐 항상 팀장실에 홀로 틀어박혀 딴생각에만 몰두하고 있었어서.

"그냥 가만히 둬도 시간만 좀 지나면 가라앉기야 하겠지만…… 아무래도 팀장님 사정이 사정이다 보니 자꾸 얘기 나와도 좋을 건 없을 것 같아서요."

"확실히 그도 그렇지. 직원들한텐 상사 사생활 가지고 떠들어 대는 거 적당히 자제하라고 해."

승현의 지시에 지훈은 곧장 고개를 끄덕였다.

"네. 두 분 사귀는 사이 아니라고 제대로 정정해 두겠습니다."

"아니, 그럴 필요는 없고."

"……네?"

"사귀기로 했거든. 나랑 은영 씨랑. 가짜 아니고 진짜로."

한 단어 한 단어 힘주어 강조하는 승현에 지훈의 입이 떡 벌어졌다.

"아니, 어쩌다가요……?"

"어쩌다가는 뭘 어쩌다가야. 서로 좋아하니까 사귀게 됐지."

"아, 예…….."

우문현답이었다. 하긴, 이렇게 되지 않을까 짐작하긴 했지.

머쓱한 얼굴로 목덜미를 어루만진 지훈은 괜히 더 묻는 대신 고개를 끄덕이며 돌아섰다. 승현은 다시 서류를 보려다가 아, 하는 짧은 탄성으로 지훈을 붙들었다.

"혹시 어른들이 너 불러서 따로 여쭤보시거든 넌 아무것도 모른다고 해."

"은영 씨 관련해서요?"

"그래. 회사에 소문이 났으니 분명 여쭤보시겠지. 그 일 때문에 은영 씨한테 피해가 가서 몇 번 더 만난 거 같기는 한 것 같은데 다시 사귀는 것 같지는 않다더라 정도로만 말씀드려."

"네, 그렇게 하겠습니다. ……그런데 은영 씨랑 계속 만나실 거면 제가 그렇게 둘러대 봤자 명예 회장님이 아시게 되는 건 시간문제일 것 같은데요."

"그럼 그때 가서 1, 2년 더 연애하다가 결혼할 테니 회복에나 전념하시라고 말씀드려야지."

"당장 식장으로 떠밀 것처럼 말씀하셨다면서요. 정말 괜찮으시겠어요?"

"안 괜찮으면 어쩌실 거야. 내가 결혼 안 한다는데 그럼 설마 납치해서 식장에 세워 놓기야 하겠어?"

한마디로 이젠 태용이 뭐라 하든 그냥 막 나가겠단 소리였다. 처음부터 이럴 걸 그랬다고 중얼거리는 승현에 지훈은 어색하게 웃기만 했다.

"이만 나가서 일해. 오늘부턴 정말 급한 일 아니면 야근 안 할 거니까 그렇게 알고."

"야근을 안 한다고요? 팀장님이요? 왜요?"

오늘 할 일을 내일로 미루지 마라의 표본께서 대체 왜? 설마 죽을 때가 되었나?

지훈이 그런 눈으로 절 보든 말든, 승현은 벌써 확인을 끝낸 서류의 결재란에 멋들어지게 사인을 휘갈기고 있었다.

"왜는 왜야. 데이트하려고 그러지."

"와, 데이트……."

살다 살다 권승현 입으로 데이트해야 해서 야근 안 한다는 말을 다 듣는다. 저기 책상 앞에 앉아 있는 저 남자가 우리 팀장님이 맞나?

신기하고 희한한 눈으로 그를 바라보던 지훈은 승현으로부터 '얼른 가서 일 안 해?' 하는 날카로운 시선을 받고 역시 우리 팀장님이 맞구나 고개를 끄덕이며 팀장실을 나왔다.

"헛, 참……."

사랑이 참 대단하긴 하구나. 다른 사람 다 놀러 나가도 혼자 독야청청 책상 앞에 앉아 일만 할 것 같던 사람을 저렇게 바꿔 놓고.

'나도 소개팅이나 할까?'

사귀던 애인과 헤어진 지 어언 1년. 그동안은 일이 바빠 딱히 외로운 것도 모르고 살았는데, 갑자기 옆구리가 시큰거리는 걸 보니 아무래도 새로운 사람을 만날 때가 된 모양이다.

그 전에 일단 일부터 해야지. 승현의 지시를 자연스럽게 이행하기 위해 지훈은 저쪽에 보이는 직원의 이름을 부르며 웃는 얼굴로 그에게 다가갔다.

❉ ❉ ❉

"참, 이거 도로 가져가요."

늘 은영을 내려 주었던 편의점 앞. 갓길에 차를 세우고 아예 시동을 꺼 버린 승현이 손을 뒤로 뻗어 뒷좌석의 종이가방을 앞으로 가져왔다.

"이게 뭐……. 아."

조금 놀란 눈으로 종이 가방을 받아 든 은영은 손으로 가방 끄트머리만 만지작거리다 조심히 안을 들여다봤다. 애초에 종이 가방부터가 그녀가 승현에게 준 것과 똑같은 것이었다. 당연히 그 내용물도 같을 수밖에 없었다.

"이젠 진짜 은영 씨 거예요. 안 받는다, 못 받는다, 도로 가져가라, 부담스럽다, 차라리 버려라. 하나도 안 들어줄 겁니다."

안 그래도 그중 하나가 입 밖으로 튀어 나가기 전이었다.

선수를 빼앗겨 괜히 민망해진 은영은 멋쩍게 웃으며 고개를 끄덕였다.

"알았어요. 다음에 승현 씨랑 데이트할 때 하고 나올게요."

"약속한 겁니다. 안 지키면 벌칙 있어요."

"벌칙이요?"

애들도 아니고 무슨 약속에 벌칙까지 거나 싶은데 승현의 얼굴은 진지하기만 했다.

"네. 그 안에 든 거 종류별로 하나씩 더 사 줄 겁니다."

"뭐라고요?"

"마음에 안 드니까 안 하는 거겠죠. 마음에 드는 거 생길 때까지 사 줘야지 별수 있습니까."

"무슨 말도 안 되는……."

그런데 마냥 농담으로 받아들이려니 마음이 찜찜했다. 왠지 이 남자라면 정말로 할 것 같달까.

괜히 불안해진 은영은 슬그머니 승현의 눈치를 살피며 입을 열었다.

"약속 꼭 지킬 테니까 뭐 사 오고 그러지 말아요. 알았죠?"

"그건 다음 데이트 날 다시 얘기하죠."

"승현 씨도 참……. 말 나온 김에 다음 데이트 땐 우리 백화점이나 가요."

"왜요? 뭐 필요한 거 있습니까?"

얼굴이 환해지는 걸 보니 그가 무슨 생각을 하는지 대충 알 수 있었다. 이 남자는 왜 저렇게 나한테 뭘 못 사 줘서 안달일까. 괜히 그를 흘겨본 은영은 그런 거 아니라고 고개를 흔들었다.

"저만 선물 받았잖아요. 저도 승현 씨한테 선물해 주고 싶어서 그래요."

"선물이라……. 아주 좋은 생각입니다. 우리 사귀게 된 기념으로 서로 선물이나 하죠."

"저 혼자 살 거거든요? 승현 씨는 사지 마요."

"그런 게 어딨습니까? 아니, 그것보다 제가 한 말 안 잊었죠? 지갑 들고 나오지 말라던 거."

"그건 사귀기 전 이야기잖아요! 그리고 승현 씨한테 줄 선물 사는 건데 지갑을 들고 나오지 말라뇨? 그럼 전 무슨 돈으로 선물을 사요?"

"제 카드 드리겠습니다. 그걸로 사 주세요."

"무슨 말도 안 되는 소릴 하고 있어. 됐어요. 저 이제 들어갈래요."

종이가방을 끌어안은 은영이 차에서 곧장 내렸다. 그러자 승현이 그녀를 따라 내렸다. 마치 그러기 위해 시동을 껐다는 것처럼.

"왜 내려요?"

"왜긴요. 집 앞까지 바래다주려고 그러죠."

"다 왔잖아요."

"다 오다니요? 여기가 은영 씨 집입니까? 아스팔트 바닥에 이불 깔고 잘 거예요?"

승현이 검지로 새까만 아스팔트 바닥을 가리키며 반문했다.

그 얼굴이 정말로 기가 막혀 보여서 은영의 입에서 헛웃음이 터졌다.

"진짜, 오늘따라 왜 이렇게 유치해요?"

"왜긴요. 나는 조금이라도 은영 씨랑 같이 있고 싶은데 은영 씨는 아닌 것 같아서 그러지. 자꾸 그러면 나 유치하게 삐졌단 소리도 할 건데 계속 그렇게 뭐라고 할 겁니까? 우리 사귄 지 겨우 이틀밖에 안 됐어요."

뭣 하면 여기서 울 수도 있다며 차가운 도시남 같은 얼굴을 하고서 주먹 쥔 손을 눈으로 가져간다. 결국, 은영은 졌다는 듯 웃음을 터뜨릴 수밖에 없었다.

"우리 사귀기로 한 지 아직 이틀밖에 안 됐는데 승현 씨 새로운 모습 많이 보는 것 같아요."

"그래서 사귀기로 한 거 무르자는 건 아니죠? 그러면 저 진짜 웁니다."

"왜 자꾸 그걸 걱정해요? 나도 승현 씨 좋아한다고 했잖아요."

"아직도 조금 꿈같아서요."

낮게 속삭이듯 말하는 그 목소리에 은영은 내심 고개를 끄덕였다.

그녀라고 왜 아닐까. 나를 사랑해 주었으면 하는 사람이 나를 정말로 사랑해 준다는 게…….

이런 경험은 처음이라 은영이야말로 오늘 하루 종일 꿈을 꾸듯 구름 위를 걷는 기분이었다.

내일도, 모레도, 그리고 그다음 날도 계속 이런 기분을 느낄 수 있다는 게 은영은 믿기지 않았다.

"이젠 진짜로 다 왔네요. 들어가세요."

"저 계단에서 이불 깔고 안 자요."

그게 무슨 말인지 몰라 의아해하던 승현은 그녀가 조금 전 자신이 한 말을 그대로 받아친 거란 사실을 뒤늦게 깨닫고 작게 웃음을 흘렸다.

"그러다 내가 집 안까지 쫓아 들어가겠다고 떼라도 쓰면 어쩌려고 그럽니까."

"그러려고 여기까지 따라온 거 아니었어요?"

"그렇게까지 정도를 모르진 않습니다. 우리 사귄 지 겨우 이틀밖에 안 됐잖아요."

그래서 아쉽다는 건지, 좋다는 건지. 그의 입에서 자꾸 강조되는 이틀이란 숫자에 은영은 웃음을 터뜨렸다.

"알았어요. 그럼 이제 진짜로 가요, 승현 씨."

"그 전에."

으음, 하며 조금 망설이던 승현이 은영에게 두 팔을 벌렸다.

"작별의 포옹 한 번만 하죠."

보통 여기서는 작별의 키스 아닌가? 하지만 그렇게 물어보면 또 우리 오늘 사귄 지 이틀째란 소리를 들을 것 같았다. 키득키득 웃던 은영은 승현의 품 안으로 쏙 들어가 그의 허리를 끌어안았다. 그러자 승현 역시 그녀의 등을 꽉 안아 왔다.

"집에 들어가서 전화하겠습니다. 먼저 자면 안 돼요."

"알았어요. 승현 씨랑 통화하고 잘게요."

"약속입니다. 만약 어기면……."

"자다가도 일어나서 전화 받을 테니까 밤 운전이나 조심해요. 알았죠?"

은영을 먼저 올려 보내고, 승현은 건물 밖에 서서 그녀의 방 창문에 불이 들어오는 걸 확인한 후 돌아섰다.

바로 그 창문에서 은영이 제 뒷모습을 지켜보고 있었다는 걸 알지 못한 채.

❋ ❋ ❋

그는 오로지 집에 돌아가 은영과 통화할 생각만 하면서 차를 몰았다. 그래서 제집에 불이 켜져 있는 걸 봤을 때 저도 모르게 안타까움 섞인 한숨을 내뱉고 말았다.

"어, 형. 오늘도 좀 늦었네. 이제 퇴근하는 길이야?"

승현의 마음이라곤 조금도 모르는 승재가 거실 소파에 누워 맥주와 땅콩을 한껏 즐기다가 그를 반갑게 맞이했다.

승현은 마치 이 집이 제집인 것처럼 늘어져 있는 동생의 모습을 우뚝 선 채로 바라봤다. 빔 프로젝터를 갖다 놓고 낄낄대며 영화를 보던 승재가 뒤늦게 그런 그를 발견하고 의아한 표정을 지었다.

"왜 그러고 서 있어? 안 피곤해? 얼른 씻고 와. 같이 영화나 보자."

"승재야, 형이 할 말이 있어."

"어? 뭔데?"

승현은 일단 빈 소파에 앉았다. 두 무릎 위에 팔꿈치를 얹은 채 깍지를 끼는 그를 보며 승재가 얼떨떨한 얼굴로 누운 자세에서 몸을 일으켰다.

"어…… 진지한 이야기야?"

무척 진지한 이야기였다. 승현은 고개를 끄덕였다.

"나 은영 씨랑 정식으로 사귀기로 했어."

"정식으로? 어떻게?"

"어떻게긴 뭘 어떻게야. 내가 은영 씨 좋아하고, 은영 씨도 나 좋아하니까 그러기로 한 거지."

그렇게 말하는 승현의 얼굴 위로 뿌듯함이 번져 나갔다. 그 감정을 어렵잖게 알아본 승재는 눈을 껌뻑이며 허허 웃었다.

은영한테 약속 취소 메시지를 받고 한참을 굳어 있다가 뛰쳐나갈 땐 사회가 무너지고, 나라가 망하고, 지구가 두 쪽 난 것 같더니. 대체 일이 어떻게 흘러간 걸까.

그 과정이 무척 궁금했지만 승재는 일단 축하부터 해 주었다. 말마따나 첫 연애니까.

"잘됐네. 축하해, 형. 형이라도 잘돼서 다행이다."

"그래, 고맙다. 그래서 하는 말인데 앞으론 여기 오지 마. 은영 씨한테 이 집 카드키 줄 거니까."

"아, 그래……. 뭐?! 누구한테 뭘 줘? 카드키? 나한테도 안 줬잖아!"

"너랑 은영 씨랑 같아?"

"다르지! 난 가족이잖아! 그것도 그냥 가족이야? 나 형 동생이야, 쌍둥이 동생!"

"그래, 동생아. 이만 집으로 돌아가. 부모님이 많이 적적해하시더라."

"형!"

"그게 싫으면 다른 데 가. 네 명의 건물이 어디 한두 개야?"

"다 세 준 거 알잖아! 갑자기 내 명의라고 어떻게 갑자기 거길 들어가?"

"그럼 이참에 회사 근처에 하나 구하든가."

"싫어! 거긴 형이 없잖아!"

자리에서 벌떡 일어난 승재는 그냥 해 본 말이 아니라는 듯 애처럼 떼를 쓰기 시작했다. 그에 승현은 일말의 미안한 감정을 싹 지우고 끔찍해하는 얼굴로 승재를 바라봤다.

"징그럽게 왜 이래? 네 나이가 몇인데 형을 찾아, 형을 찾길."

"서른두 살은 형 찾으면 안 돼? 나는 일흔, 여든 돼서도 형이랑 같이 놀 거야!"

"내가 싫어. 그때쯤 난 손자 손녀 재롱 보느라 여념 없을 테니까 귀찮게 하지 마."

상상만으로 소름 끼친다는 듯 치를 떨며 말하는 승현에 승재가 충격받은 얼굴로 대꾸했다.

"아들딸도 아니고 손자 손녀……. 형 머릿속에선 진도가 벌써 거기까지 나갔어……?"

"시끄럽고, 당장 이번 주 주말에 비밀번호 바꿀 거니까 네 짐 가지고 나가. 저 빔 프로젝터 포함해서."

무려 일주일. 승현으로선 많이 봐준 거였다. 그러나 승재는 길길이 날뛰었다.

"너무 갑작스럽잖아! 이러는 게 어디 있어? 집주인도 셋방살이

하는 사람한테 이렇게 매몰차게는 안 굴겠다!"

"너 여기 세 들어서 지냈어?"

"돈 주면 되잖아! 계약서 써!"

"됐으니까 그 돈으로 새집 구하라고!"

끝까지 안 나간다, 못 나간다 고집을 부리는 승재에 결국, 승현도 언성을 높이고 말았다.

승재는 끝끝내 알겠다고 고개를 끄덕이지 않았다. 그는 고장 난 라디오처럼 끝까지 그 말만을 반복했다.

"싫어! 난 형이랑 살 거야. 죽을 때까지 형이랑 살 거라고!"

✱✱✱

"나 그냥 죽을 때까지 언니랑 살래!"

"……어?"

하룻밤 자고 가겠다고 잠옷은 물론 다음 날 갈아입을 옷에 출근 가방까지 야무지게 챙겨 온 샛별이 씩씩대며 말했다.

그녀가 다짜고짜 왜 그런 말을 하는지 은영은 어렵지 않게 알아 차렸다.

"혹시 이번에도 소개팅 잘 안 됐어?"

"완전. 대박 망했어. 내가 눈이 높다는 사실을 겸허하게 인정하고 이제는 눈을 좀 낮췄는데, 그래도 아니야. 세상에, 어떻게 외모 매너 유머 삼박자를 갖춘 남자가 한 명도 없지?"

외모 매너 유머 삼박자를 다 갖추길 기대하는 것 자체가 눈을 낮춘 건 아닌 것 같은데…….

은영은 그렇게 생각했지만 굳이 그 말을 입 밖으로 꺼내진 않았다.

아무리 그래도 그렇지, 저 셋 중 무언가 하나를 포기하고 남자를 만나기엔 샛별이 너무 아깝게 느껴진 것이다. 아무렴, 누구 동생인데.

"그래서 말인데, 언니 주변엔 근사한 남자 없어?"

"응?"

"언니가 나 소개팅 좀 주선해 주라. 이제 난 우리 회사 사람들은 못 믿겠어."

"어어, 글쎄⋯⋯."

여중 여고를 나온 탓에 은영의 친구라곤 전부 여자들뿐이었다. 여자애들이랑만 놀다 보니 남자애들 대하는 게 어색해서 대학교 때도 여자애들이랑만 놀았고.

주변에 남자라고 해 봐야 생각나는 사람은 현수나 막내뿐이었다. 하지만 막내는 너무 어리고, 현수는 여자 친구가 있고⋯⋯.

"아."

"있어? 있어?"

"내가 소개해 줄 만한 사람이라기보다 우리 사장님이 나한테 소개팅 주선해 주려던 사람이 있긴 한데⋯⋯. 중요한 건 어떤 사람인지 잘 몰라. 사진도 안 받았거든."

"아무것도 몰라? 나이나 직업도?"

"나이는 또래라고 들었어. 직업은 선생님⋯⋯인가? 임용고시는 통과했다던데."

"그래? 선생님도 괜찮지. 직업 안정적이고."

샛별은 열심히 땅콩을 까먹으며 무언가를 곰곰이 생각하다가 눈을 반짝 빛내며 은영에게 물었다.

"그 소개팅 나 연결해 주면 안 돼?"

"아마 여쭤보면 가능은 할 거 같은데, 괜찮겠어? 어떤 사람인지 제대로 안 알아보고 소개팅해도?"

"다 알고 해도 그 모양이었는데 뭐. 안 맞으면 그냥 퇴짜 놓으면 그만이고."

대수롭지 않은 목소리로 말하는 샛별에 은영은 따라서 고개를 끄덕였다.

계산해 보면 박 사장과 그녀가 알고 지낸 지도 어느새 5년이었다.

그간의 세월이 있으니 아무리 조카라도 이상한 남자를 소개해 주려고 하진 않았겠지.

"언니, 지금 전화 오는 거 아냐?"

"어?"

그 말을 듣고 나니 희미하게 진동 소리가 들리는 것 같았다. 현재 시각은 밤 11시. 이 시간에 그녀에게 전화할 사람은 한 명밖에 없었다.

서둘러 가방을 열어 꺼낸 핸드폰엔 역시나 승현의 이름이 떠 있었다.

그녀는 곧 샛별의 눈치를 흘끔 보며 통화 거부 버튼을 눌렀다. 통화를 거부당한 승현이 어떤 충격적인 표정을 지을지 눈에 선했지만, 어쩔 수 없었다. 그녀는 또 전화가 걸려오기 전에 곧장 메시지를 보냈다.

[지금 샛별이랑 같이 있어요. 샛별이 잠들면 제가 다시 전화 걸게요.]

"뭐야? 전화 아니었어?"

"어? 어어……. 시간이 늦었잖아."

"승현 오빠 아냐? 사귀는 사이에 통화하기 늦은 시간 같은 게 어디 있어."

"그렇긴 하지만……."

"설마 내 앞에서 통화하는 게 부끄러운 건 아니지?"

왜 아니겠는가. 뺨을 붉힌 채 아무 말도 못 하는 은영을 보며 샛별은 까르르 웃음을 터뜨렸다.

"뭐가 부끄러워! 그동안은 잘만 통화해 놓고선."

"그동안은 가짜로 사귀는 거였잖아."

"아니, 생각해 보니까 웃기네. 내 앞이라고 일부러 보고 싶다니 어쩌니 그렇게 통화한 거지? 그건 안 부끄러웠어?"

"부끄러웠지……."

생각해 보면 샛별이 듣는 데서 그런 통화를 대체 어떻게 했나 싶었다.

공연히 달아오른 뺨만 만지작거리던 은영은 손안에서 핸드폰이 진동하는 걸 느끼고 메시지를 확인했다.

[혹시 샛별 씨한테 저희 사이 비밀입니까?]

"와, 언니한테 내 눈치 볼 필요 없다고 했더니 이젠 승현 오빠가 보는 모양이네."

샛별은 봐도 되냐 허락도 안 구하고 은영의 옆에 착 달라붙어 승현의 메시지를 훔쳐봤다.

손으로는 부지런히 땅콩을 까먹으면서. 그녀는 얼른 답장을 보내라고 은영을 재촉했다.

"내 눈치 안 봐도 된다고 그래. 전 남친한테 내 얘기만 안 꺼내면 된다고."

"……승재 씨는 이제 이름으로도 안 부르는 거야?"

"허! 헤어진 전 남친한테 무슨 정이 남았다고 다정하게 이름을 불러? 이 새끼 저 새끼 안 하는 것만으로 고맙게 여겨야지."

눈을 부릅뜬 샛별의 입에서 모진 말이 와르르 쏟아졌다. 괜히 말 한번 잘못 꺼냈다가 그녀의 분노를 한 몸에 받게 된 은영은 그래그래 네 말이 모두 옳다 하며 샛별의 눈치를 살폈다.

"그…… 내일 바로 사장님한테 여쭤보고 말해 줄게. 그 소개팅."

"응. 아, 언니가 먼저 사진 받아 보고 아니다 싶으면 나한테 전달할 것도 없이 바로 컷 해 줘."

"내가? 나 남자 잘생긴 거 잘 모르는데……."

"어머, 이 언니 좀 봐? 지금 승현 오빠를 애인으로 둬 놓고 남자 잘생긴 걸 모른다고?"

"그래서 모른다는 거지. 내 눈 너무 승현 씨한테 익숙해져서 웬만한 남자들 보고는 잘생겼단 생각 못 하겠어."

"어우, 팔불출. 자기 애인 잘생겼다고 막 자랑하는 거 봐."

"아, 아니, 내 말은 그게 아니라!"

"근데 이해해. 얼마 전까진 나도 같은 입장이었던 터라."

그 얼굴에 익숙해지면 길거리에 보이는 남자들은 다 오징어로 보이지. 고개를 주억거리던 샛별은 은영에게 새로운 기준을 제시해 주었다.

"대충 보고 적당히 사람으로 보인다 싶으면 오케이해 줘."

✳✳✳

"으음……."

"뭘 그렇게 뚫어져라 보고 있어?"

"아, 언니."

잠깐의 휴식 시간. 작업대 위에 두 개의 유리잔이 놓인 쟁반을 내려놓은 세연이 은영의 옆에 앉으며 말을 건네 왔다. 그녀가 건네는 컵을 고맙다 인사하며 받아 든 은영은 차가운 레모네이드의 새콤한 맛에 기분 좋게 어깨를 부르르 떨었다.

"뭘 보고 있나 했더니 웬 남자 사진을 보고 있어? 너 네 남자 친구랑 재결합한 거 아냐?"

"그걸 언니가 어떻게 알아요?"

화들짝 놀라 되묻는 은영에 세연은 그걸 정말 몰라서 묻느냐고 혀를 쯧쯧 찼다.

"어떻게 알긴? 우리 가게에 모르는 사람 아무도 없어. 막내도 안다."

"진짜요?"

"진짜요. 넌 네가 숨어서 통화하면 그게 안 들릴 거 같지? 승현 씨 지금 뭐 해요? 승현 씨 점심 맛있게 먹었어요? 다 들려. 화장실이 소리가 얼마나 잘 울리는데."

은영의 뺨이 새빨갛게 달아올랐다. 왜 진작 말 안 해 줬냐고 억울한 목소리를 내는 그녀를 귀엽게 보다가 세연은 그래서 이 남자는 누구냐고 은영에게 다시 물었다. 은영은 홧홧한 뺨을 어루만지며 그녀에게 설명해 주었다.

"제 동생이 얼마 전에 남자 친구랑 헤어져서 저한테 소개팅 좀 주선해 달라고 하더라고요. 그래서 사장님한테 여쭤보고 사진을 받았는데……."

은영은 괜히 주방 밖의 눈치를 보며 작은 목소리로 세연에게 마저 설명했다.

"제 동생이 눈이 좀 높거든요. 그래서 잘생긴 남자 소개해 주기로 했는데 이 정도면 괜찮을지 잘 모르겠어서요."

"그래? 어디 보자."

은영은 망설이지 않고 세연에게 핸드폰을 건넸다.

"흠…… 이 정도면 괜찮네."

"그래요?"

"네 애인 처음 봤을 때처럼 감탄이 절로 나올 정도는 아닌데, 그래도 이 정도면 훈남 계열에 끼워 줄 만하지."

"아, 다행이다."

그럼 소개팅을 진행해도 되겠다고 가슴을 쓸어내리는 은영에 세연이 보면 볼수록 참 신기하다고 은영의 핸드폰 속 사진을 들여다봤다.

"우리 사장님이랑 핏줄이 이어졌다고는 도저히 믿기지 않는데 말이지……."

"조카잖아요. 아무래도 삼촌보다 부모님을 닮았겠죠."

"하긴, 그것도 그렇지."

납득했다는 얼굴로 고개를 끄덕인 세연이 은영에게 핸드폰을 돌려주었다. 그러고는 뒤늦게 커피를 한 모금 마시다 문득 생각났다는 듯 물었다.

"동생이랑 쌍둥이라고 했지? 일란성?"

"네. 저랑 똑같이 생겼어요."

"사진 있어? 궁금하다."

"그냥 제 얼굴 보면 되긴 하는데……. 잠시만요."

최근에 샛별이 메신저 프로필 사진을 바꾼 걸 떠올린 은영은 그 사진을 세연에게 보여 주었다.

"여기, 얘가 제 동생이에요."

"오…… 진짜 똑같이 생겼네?"

세연은 샛별의 사진을 띄운 핸드폰을 은영의 얼굴 옆에 대고 비교하며 연신 감탄사를 흘렸다.

"그래도 분위기가 다르긴 하다. 헤어스타일이 달라서 그런가?"

"아마 그렇지 않을까요? 저번에 같이 미용실 갔을 때 고데기로 말아 봤는데 느낌이 비슷하더라고요."

"그래? 혹시 그때 사진 찍은 거 있어?"

"없어요. 안 그래도 비슷하게 하고 사진 찍으려고 했는데 갑자기 일이 생겨서."

"그렇구나. 나중에 그럴 일 있으면 같이 사진 한번 찍어 줘 봐. 진짜로 못 알아볼지 궁금하네."

"음, 처음 보는 사람은 헷갈리려나……? 근데 둘 다 아는 사람은 아무리 똑같은 모습이어도 알아볼 거예요."

은영은 승현과 처음 만났을 때의 일을 떠올리며 그렇게 답했다.

그때는 승현과 승재를 헷갈렸지만, 이제는 두 번 다시 그럴 일은 없을 거다.

'정말 처음 보는 사람 아니면 어떻게 헷갈리겠어. 분위기나 표정 같은 게 미묘하게 다른데.'

이때의 은영은 짐작도 못 했다. 설마하니 사진만 보고 쌍둥이를 헷갈리는 사람이 자신 말고 또 있으리란 걸. 심지어 그 사람이 자신들을 아예 모르는 사람도 아니라는 걸.

❋ ❋ ❋

　데이트 약속을 잡은 일요일. 약속대로 승현이 사 준 옷과 액세서리를 착용한 은영은 승현의 앞에서 빙글빙글 돌며 그의 검사를 받아야 했다.

　"흠…… 좋아요, 합격."

　어딘지 모르게 아쉬운 표정을 짓는 이유를 어떻게 모를까. 그러나 그녀는 아무것도 눈치채지 못한 척 이제 백화점으로 가자며 훌쩍 그의 차 조수석에 올랐다. 그렇게 두 사람은 아침부터 백화점으로 향했다.

　"그러고 보면 승현 씨 정장 셔츠 말고 다른 옷 입는 건 못 본 거같네요."

　오늘도 흰 셔츠에 검은 바지였다. 그나마 넥타이라도 안 해서 다행이지, 만약 저기에 넥타이를 매고 재킷을 걸쳤다면 그야말로 완벽한 출근 차림이었다.

　"티셔츠나 후드 같은 건 안 좋아해요?"

　"싫어하진 않습니다. 집에 있을 땐 저도 트레이닝복 잘 입는데…… 데이트를 트레이닝복 입고 할 순 없으니까요."

　"그럼 오늘 나온 김에 승현 씨 옷 사 줄까요?"

　"좋아요. 은영 씨가 골라 주는 대로 입겠습니다."

　"정말요? 제가 골라 주는 대로 다?"

　순간 은영의 눈이 장난기로 반짝인 걸 승현은 놓치지 않았다. 그 얼굴이 참 어여뻐서 저도 모르게 웃음이 터지긴 했지만, 선뜻 어울려 주기엔 조금 겁이 나서 그는 얼른 고개를 흔들었다.

　"은영 씨도 은영 씨 취향에 맞춰 옷 고르지 않았습니까. 저도

112

제 취향대로 고르게 해 주세요."

"음…… 좋아요. 인정."

그렇게 해서 한참의 고민 끝에 은영이 고른 건 지금 입은 것과 별반 다르지 않은 셔츠였다. 그나마 다른 거라곤 소재가 린넨이라는 것과 색이 파스텔 톤의 하늘색이라는 점?

"어때요?"

"와, 엄청 잘 어울려요!"

흰색에서 하늘색으로 색만 바뀌었는데 분위기가 확 달라졌다. 굳이 따지자면 하늘색은 한색에 속할 텐데, 왜 그를 둘러싼 분위기가 좀 더 따뜻해진 것처럼 느껴지는 걸까?

그게 꼭 옷만의 문제가 아니란 사실을 알지 못한 채 은영은 신이 나서 다양한 색의 옷을 승현에게 권했다. 노란색에 이어 분홍색까지 집어 들었지만 아쉽게도 분홍색은 승현이 질색해서 입혀 보지 못했다.

은영은 아쉬운 마음을 달래며 하늘색과 노란색 셔츠만 계산해서 나왔다.

"아, 저기 청 재킷도 예쁘다. 승현 씨 청 재킷은 어때요?"

"글쎄요, 입어 본 적은 없네요."

"그럼 제가 사 줄 테니까 이번 가을에 한번 입어 볼래요?"

"가을이라……. 나쁘지 않네요. 대신 은영 씨도 한 벌 사는 걸로."

"좋아요! 이왕 사는 거 커플로 살까요?"

"당장 입어 보러 가죠."

은영의 옷은 전부 승현이 샀지만, 마찬가지로 그의 옷은 은영이 계산했다. 씀씀이가 그리 크지 않은 그녀치고 상당한 액수의 돈을 썼으나 은영은 그 돈이 전혀 아깝지 않았다. 오히려 이래서 승현이 자꾸 자기한테 돈을 쓰려고 했나 보다 하고 납득해 버렸다.

"와, 쇼핑하는 거 되게 재밌다. 우리 다음에 또 와요."

"마침 저도 똑같은 생각을 하던 참이었습니다. 우리 천생연분인가 보네요."

"뭐 이런 걸 가지고 천생연분이래."

귀 끝을 붉힌 채 저를 흘겨보는 은영을 보며 승현은 가볍게 웃음을 터뜨렸다. 그러고는 괜히 백화점에 사람이 많단 핑계를 대며 은영의 손을 감싸 쥐었다.

그 감촉에 조금 놀란 은영이 고개를 들어 그를 올려다보자 승현은 미리 준비했다는 듯 빙그레 웃으며 그녀에게 말했다.

"저 여기서 미아 되면 울면서 고객 센터 찾아갈 겁니다. 미아 안 되게 잘 잡고 있어 줘요."

"한두 번도 아니고 자꾸 운다고 협박할 거예요? 확 그냥 울려 버릴까 보다."

은영의 흘겨보는 시선에 승현이 웃음을 터뜨렸다.

"좀 봐줘요. 별로 예쁘지도 않을 텐데 그런 걸 뭘 보려고 합니까."

"안 예쁘다고 어떻게 장담해요? 봐야 알죠, 예쁜지 안 예쁜지."

"그러니까 그건 나중에 은영 씨 혼자 봐요. 사람 이렇게 많은 데서 말고."

주말의 백화점엔 복작복작 사람이 많아서 두 사람은 인파에 휩쓸리지 않기 위해 손을 잡고 어깨와 어깨가 맞닿을 정도로 딱 붙어 섰다.

그러고도 주변이 시끄러워서 목소리를 놓치지 않기 위해 더 가깝게 붙어야 했다.

"근데 오늘따라 사람이 더 많은 것 같네요. 지난주에 왔을 땐 사람 이렇게 안 많았는데."

"지난주요? 지난주에 백화점에 왔었습니까?"

"아."

입을 딱 다문 은영은 저도 모르게 승현의 눈치를 살폈다.

지난주에 왜 갑자기 약속을 취소했는지, 그 전에 무슨 일이 있었는지는 그에게 굳이 말하지 않았다. 어떻게 말하겠는가. 재혼을 앞둔 아버지에게 절연하잔 말을 들었다는 걸.

말하자면, 그녀는 천애 고아나 다름없는 신세가 되었다. 그 사실도 그 사실이지만 그렇게 된 과정을 승현에게 고백하는 게 너무 부끄럽고 또 창피해서…….

은영은 아랫입술을 꾹 깨문 채 어깨를 늘어뜨렸다. 그런 그녀의 기분을 승현이 곧장 알아차렸다.

"은영 씨, 그거 압니까? 이 백화점 푸드 코트에 엄청 유명한 분식집 있는 거."

"그래요?"

"치즈 풍듀 떡볶이가 제일 유명하고, 튀김도 맛있다고 회사에 소문이 자자하더군요. 얼마나 맛있길래 소문이 났는지 한번 먹어 보러 갑시다. 떡볶이 좋아한다고 했죠?"

"네, 좋아해요."

화제를 돌리기 위한 제안임을 금방 깨달은 은영이 승현을 올려다보며 말갛게 웃었다.

거리감이라곤 조금도 느껴지지 않는, 그저 호의만이 가득한 그 미소에 승현의 귓가가 살짝 달아올랐다.

괜히 다른 곳을 보며 헛기침을 몇 번 내뱉은 그는 은영의 손을 꽉 쥔 채 엘리베이터가 있는 곳으로 향했다.

맛있다고 소문난 치즈 떡볶이는 정말 맛있었고, 그 후에 본 영화도 재밌었고, 커피를 한 잔씩 사 들고 드라이브를 하면서는 승현에 대해 몰랐던 사실도 몇 가지 더 알 수 있었다.

정말로 완벽한 하루였다.

은영은 그렇다고 생각했다. 데이트를 끝내고 집에 돌아가기 전까지는.

❋ ❋ ❋

"그럼 이만 들어가세요. 오늘 즐거웠습니다."

"네. 승현 씨도 조심해서 들어가요. 집에 들어가면 전화하고요."

"그럼요. 오늘도 안 자고 기다려야 합니다."

"걱정 마요."

손을 흔들며 계단 위로 사라지는 은영의 뒷모습을 승현은 계속 보고 있었다. 그녀의 그림자까지도 사랑스럽게 지켜보던 그는 은영의 흔적이 전부 사라진 뒤에야 아쉬운 숨을 내뱉었다.

헤어진 지 이제 겨우 5초 지났는데 벌써부터 보고 싶었다. 어떻게 가면 갈수록 더 상태가 심각해지는 것 같다고 생각하며 승현은 고개를 절레절레 흔들었다.

"응?"

은영의 집 창문에 불이 들어오는 것만 보고 돌아가야지. 그렇게 생각하며 길 옆으로 걸음을 옮기는데 주머니 속에서 핸드폰이 진동했다. 액정에 뜬 이름을 확인해 보니 승재였다.

"왜?"

─형…… 진짜로 비밀번호 바꿨어?

핸드폰 너머에서 들려오는 동생의 목소리엔 설마 하는 감정이 잔뜩 섞여 있었다. 승현은 지금 그거 물어보려고 전화했냐고 심드렁한 목소리로 대꾸했다.

"말했잖아, 비밀번호 바꿀 거라고."

─형이 어떻게 나한테 이럴 수가 있어! 애인 때문에 동생을 버리겠다고? 진짜로?

"그러는 넌 네 애인 때문에 형을 한두 번 버렸……."

골목 저편에서 느껴지는 인기척에 무심코 그쪽으로 시선을 주었던 승현은 생각 없이 시선을 거두다 황급히 다시 그쪽을 바라봤다.

제가 잘못 본 게 아니라는 걸 확인한 그의 눈이 크게 뜨였다.

"샛별 씨?"

─……어?

"훌쩍, 우흑……. 어."

훌쩍훌쩍 울며 이쪽으로 걸어오던 샛별의 눈이 휘둥그레 뜨였다.

놀란 듯 빠르게 깜빡이는 그녀의 눈꺼풀 아래로 눈물이 툭 떨어졌다. 잠깐 운 게 아닌 듯 얼굴이 온통 눈물로 젖어 엉망인 그녀는 무시무시한 눈으로 승현을 보다가 뒤늦게 아, 소리를 냈다.

"승현 오빠구나……. 난 또."

"샛별 씨 얼굴이 왜 그럽니까. 무슨 일 있었어요?"

-형 지금 샛별이랑 같이 있어? 아니, 그것보다 얼굴이 왜 그러냐는 건 무슨 소리야? 샛별이 얼굴이 어떤데?

"끊어 봐. 나중에 통화하자."

-형!

다급히 절 부르는 승재를 무시하고 승현은 전화를 끊었다. 핸드폰을 대충 주머니에 쑤셔 넣은 그는 아직도 훌쩍이는 샛별에게 다가갔다.

"괜찮습니까?"

"괜찮으면 이렇게 울고 있겠어요……?"

다른 사람이라는 걸 아는데 얼굴이 같다 보니 속에서 울분이 불쑥불쑥 샘솟았다.

원망스레 절 올려다보는 샛별에 그녀의 심리를 대충 눈치챈 승현이 잠깐 머뭇거리다 주머니에서 손수건을 꺼내 그녀의 손에 쥐여 주었다.

"은영 씨 보러 온 거죠? 은영 씨 불러 줄까요?"

"제가 알아서 부를 수 있거든요? 뭐야, 자기가 우리 언니 보호 자인 것처럼……."

훌쩍훌쩍 울던 샛별이 뭐가 그렇게 서러운지 갑자기 눈물을 왈칵 터뜨렸다.

승현이 준 손수건에 얼굴을 묻고 엉엉 우는 그녀에 승현은 어쩔 줄 모르고 주변을 둘러보다 핸드폰을 꺼냈다.

계속 무시하고 있었지만 그의 핸드폰엔 승재의 전화가 계속 걸려오고 있었다. 대충 통화 거부 버튼을 누른 승현은 은영에게 전화를 걸었다.

그러나 승현이 가는 걸 보기 위해 창문으로 얼굴을 내밀었던 은영은 샛별이 우는 걸 발견하고 이미 계단을 뛰어 내려오고 있던 참이었다.

"샛별아!"

"어, 언니⋯⋯!"

안 그래도 섧게 울던 샛별은 은영의 얼굴을 본 순간 마치 애처럼 으아앙 크게 울음을 터뜨렸다. 저를 향해 달려드는 샛별을 품에 안아 다독이며 은영은 승현에게 대체 이게 무슨 일이냐고 눈짓으로 물었다. 승현은 나도 모르는 일이라고 고개를 한 번 흔들었다.

"왜 그래, 샛별아. 무슨 일 있었어?"

"그게, 그게⋯⋯ 엄마가⋯⋯."

샛별은 엉엉 울며 겨우겨우 문장 하나를 완성해 내뱉었다. 은영은 상상도 못 한 말을.

"너 같은 딸 필요 없다고, 다시는 연락하지 말래⋯⋯!"

❈❈❈

한참을 시도한 끝에 드디어 전화가 연결되었다.

─⋯⋯아주 기가 막히는구나. 내 번호는 차단해 놓고 네가 내킬 땐 마음대로 전화를 걸어? 그것도 이런 시간에?

"샛별이한테 도대체 뭐라고 하신 거예요?"

─그걸 네가 알아서 뭐 하게?

"뭐라고 했길래 애가 펑펑 울면서 절 찾아오냐고요!"

─걔만 운 줄 아니? 나도 울었어, 하도 속상하고 분해서. 어떻게 걔가 날 배신해? 그 양반한테, 잘난 그 시부모들한테 내가 어떤 수모를 당했는지 자

그마치 20년을 들어 놓고, 어떻게 내 앞에선 아빠랑 할아버지가 너무했다고 같이 화내 놓고 뒤로 호박씨를 깔 수가 있어?

"……뭐라고요?"

—걔가 울었어? 퍽도 울었겠지. 제 엄마한테 집 얻어 내고, 아빠한테 명품 가방 얻어 내고 사이에서 왔다 갔다 하며 제 욕심 챙길 거 다 챙겼는데 이제 못 그러게 됐으니깨!

"지금 그걸 말이라고……."

어머니가 왜 이렇게 화가 났는지, 대체 왜 샛별에게 연락하지 말라고 했는지 은영은 그제야 눈치챘다. 그래서 더 어이없고 기가 막혔다.

"혹시 지난주에 제가 아버지랑 백화점에 있는 거 보신 거예요? 저를 샛별이라고 착각해서 이 사달을 내신 거고요?"

—아무렴 내가 너랑 샛별일 구별도 못 할까 봐…….

"못 하셨잖아요! 아버지랑 백화점에 간 거 저예요, 샛별이가 아니라! 가방 받은 것도 저라고요!"

—하지만 머리랑 옷이…….

"일부러 똑같은 걸로 맞추고 고른 거예요! 쌍둥이니까 똑같이 한번 꾸며 보자고! 제가 지금 그 옷 입고 사진이라도 찍어 보내 드려요? 아니면 아버지 번호 드릴 테니까 직접 여쭤보실래요? 지난주에 누굴 만났는지?"

—…….

핸드폰 너머에서 들려오는 목소리는 없었다. 그러나 그 침묵 너머로 은영은 어머니가 무척 당황해하고 있다는 걸 눈치챌 수 있었다.

—그게…… 진짜 너였다고? 샛별이가 아니라?

"심지어 저도 아버지 몇 년 만에 만나는 거였어요. 아버지가 하도 한국에 안 들어오셔서."

—…….

"어머니가 그렇게 끔찍해하시는 아버지, 이번에 재혼하신대요. 재혼하면 한국엔 다시는 안 들어올 거라고, 다 정리하고 아예 중국에서 살 거래요. 그러면서 저한테 뭐라고 말했는지 아세요? 재혼하실 분, 아버지가 결혼하셨던 거 모른대요. 당연히 저랑 샛별이는 존재 자체도 모르고요. 그러니까 앞으로 먼저 연락하고 그러지 말래요. 이만큼 장성한 딸 있는 거 들키면 안 되니까."

—그 사람이…… 너한테 그렇게 말했다고?

"네. 그러니까 샛별이가 몰래 아버지 만나는 건 아닐까 괜한 걱정 마시고 샛별이한테 꼭 사과하세요. 아셨어요?"

—근데 넌 엄마한테 무슨 말을…….

"이만 끊을게요."

어머니의 말은 듣지도 않고 저 하고 싶은 말만 다다다 쏘아붙인 은영은 미련 없이 전화를 끊었다. 그리고 새까매진 액정을 내려다보며 긴 숨을 내뱉는데 문득 가슴 속에서 울컥하고 치미는 감정이 하나 있었다.

그 감정에 잠식돼 못나게 일그러진 그녀의 얼굴이 새까매진 액정 위로 거울처럼 비춰졌다. 그래도 울기는 싫어서 은영은 아프도록 아랫입술을 깨물었다.

그런 그녀를 어떻게 알았는지 등 뒤에서 조심스럽게 다가온 인기척이 그녀의 어깨를 감쌌다.

"……은영 씨."

"다 들었죠."

원망하는 목소리는 아니었다. 집 밖으로 나가 조용히 통화해도 될 걸 일부러 다 들으라고 큰소리로 통화한 거니까.

"지난주에 약속 취소했던 거…… 그래서였어요. 미안해요."

"이미 다 사과한 일 아닙니까. 그리고 전 화 안 났어요. 더 사과 안 해도 됩니다."

승현은 조금 망설이다가 은영의 등을 가만히 끌어안았다. 그러자 그녀가 그의 등으로 두 팔을 둘러왔다. 그를 밀어내는 게 아니라서 다행이라고, 승현은 몰래 안도했다.

"완전히 막장이죠."

"뭐가 말입니까?"

"저희 집이요. 부모님이 이혼하셔서 자매가, 그것도 쌍둥이가 서로 소식도 모르고 살았는데…… 얼굴도 까마득할 정도로 딸 내팽개치고 살더니 이제 와선 아예 남남처럼 살자고 하잖아요. 세상에 이런 아빠가 어딨어요."

"세상엔 그것보다 이상한 사람 훨씬 많습니다. 그리고 그러면 어때요. 그게 은영 씨 잘못은 아닌데."

그치. 그게 내 잘못은 아니지.

할아버지는 그녀만 보면 늘 역정을 냈고, 어머니는 연락도 안 되고, 아버지는 따뜻한 말 한마디 없이 그저 의무를 다하듯 돈만 보내왔다.

그러다 겨우 연락이 닿은 어머니는 그녀를 딸이 아닌 남을 보듯 데면데면하게 굴었다.

한때는 그 모든 게 다 자신의 잘못인 것만 같았더랬다. 내가 부족해서. 내가 못나서. 나한테 그럴 자격이 없어서.

나만 잘하면 되는 줄 알았지. 여기서 더 노력하면 될 줄 알았지. 그러면 언젠가는 나도 사랑받을 수 있을 줄 알았는데…….

"막장으로 따지면 저희 집도 만만치 않습니다. 보세요, 할아버지 역성에 못 이겨서 선보러 나왔다가 가짜 애인까지 구한 거. 세상에 또 어느 누가 가짜 애인 구해서 자기 할아버지, 부모님한테 선뵈겠습니까."

"그것도 승현 씨 잘못은 아니잖아요."

"네. 제 잘못은 아니죠. 그래서 전 당당하지 않습니까. 은영 씨도 그러세요."

당당하게. 그걸 어떻게 하는 거더라? 마치 생전 처음 듣는 단어처럼 그 말이 몹시 생경해서 은영은 머뭇거리다 승현에게 되물었다.

"어떻게요?"

"음…… 내가 그렇게 이상한 여자였으면 멀쩡한 남자 하나가 나한테 목매지는 않았겠지, 하고?"

조곤조곤한 목소리와는 어울리지 않는 말의 내용에 은영은 작게 웃음을 터뜨리고 말았다.

"그 멀쩡한 남자가 설마 승현 씨를 말하는 거예요?"

"설마라뇨? 은영 씨한테 목매는 남자가 저 말고 또 있습니까?"

"없어요. 근데 승현 씨가 저한테 목까지 매고 있는 줄은 몰랐는데."

"몰랐습니까? 이거 좀 충격이네요. 나름 표현한다고 한 거 같은데."

"부족했다니 할 수 없군요." 하고 중얼거린 승현이 주머니에서 무언가를 꺼내 은영에게 건넸다. 여전히 승현의 품에 안긴 채 그가 주는 걸 건네받은 은영은 눈을 동그랗게 뜨고 건네받은 카드키를 살폈다.

"이게 뭐예요?"

"제 오피스텔 카드킵니다. 그것만 있으면 정문부터 엘리베이터, 현관문까지 다 작동시키고 열 수 있어요."

"아니, 그러니까 이걸 왜 저한테……."

"그만큼 진심이라는 증겁니다. 소중히 잘 간직해요, 제 마음이니까. 겸사겸사 쓰고 싶을 때 마음대로 써도 됩니다. 저 보고 싶을 때 언제든지 와서 얼굴 보고 가세요. 그 김에 은영 씨도 나한테 얼굴 보여 주면 더 좋고."

농담처럼 덧붙인 말을 듣고도 은영은 얼굴에 놀란 감정을 지우지 못했다. 그 얼굴이 참을 수 없이 사랑스러워서 승현은 못 견디고 그녀의 이마에 입술을 떨어뜨렸다.

"저, 은영 씨가 생각하는 것보다 훨씬 진심입니다. 그러니 모르고 있었으면 이번 기회에 확실하게 알아주세요."

목매고 있단 말이 농담이 아니라 할 수만 있다면 내 목에 목줄을 채워 당신 손에 쥐여 주고 싶다는 말을 꾹 눌러 삼킨 채, 승현은 아까부터 꼭 하고 싶었던 말을 그녀에게 조금 긴장한 채로 건넸다.

"그러니 은영 씨가 싫은 게 아니라면…… 나한테 무슨 말이든 다 해도 돼요. 걱정 말아요. 난 어떤 말을 들어도 은영 씨가 듣고 싶어 할 말을 들려줄 자신 있으니까."

승현이 확고한 목소리로 답했다. 그 목소리엔 정말로 자신감이 가득해서, 은영은 시험하듯 조심스레 말을 꺼냈다.

"그럼 지금 제가 무슨 말을 가장 듣고 싶어 하는지도 알고 있어요?"

"그럼요."

승현은 단 1초도 고민하지 않고 곧장 말해 왔다.

"사랑합니다, 은영 씨."

귓가로 나직이 속삭여 오는 승현의 다정한 목소리에 은영은 아무런 대꾸도 못 하고 얼굴만 확 붉혔다.

바로 그 얼굴이 말해 주고 있었다. 승현의 말이 정답이라는 걸.

※ ※ ※

"엄마랑 통화했어?"

─응. 엄마한테 사과받았어. 내 얘기 제대로 듣지도 않고 화내서 미안하다더라.

그렇게 말하는 목소리는 그저 담담하기만 했다. 아무리 사과를 받았다고 해도 그렇지 서운한 것도, 서러운 것도 없어 보이는 그 목소리에 은영은 되레 조마조마해졌다.

"엄마한테 화 안 나? 연락하지 말란 소리까지 했다며."

─화나지, 왜 안 나? 사과한 건 사과한 거고, 나 화났으니까 당분간 연락하지 말라고 했어.

"진짜? 엄마가 뭐래?"

─뭘 뭐래. 솔직히 양심이 있으면 아무 말도 못 하지. 연락하지 말란 것도 원래는 엄마가 먼저 했던 말이잖아?

"하긴……. 아무튼, 잘 해결됐다니 다행이다. 그 늦은 밤에 울면서 찾아와서 내가 얼마나 놀랐는데."

─헤헤, 미안. 참, 나 오늘 언니네 카페에서 소개팅하는 거 알지? 내 거 딸기 쉬폰 케이크 빼 놔야 해!

"알았어. 큰 걸로?"

—그러면 좋지. 집에 가서 한 판 끌어안고 내가 혼자 다 먹을 거야. 아, 언니! 나 이만 끊을게. 회의 들어갈 시간 다 됐다.

"그래. 일 열심히 하고, 이따 봐."

전화를 끊고 주방으로 돌아온 은영은 오늘 예약된 케이크 목록과 시계를 한 번 살펴보고 고개를 끄덕였다. 살짝 빠듯하긴 하지만 하나 더 못 만들 건 없어 보였다.

'그러고 보니까 승현 씨한테 머핀 더 구워 주기로 했는데…….'

이건 당장 구울 필요는 없으니까 나중으로 미뤄도 되겠지? 그런 생각을 떠올리며 저도 모르게 웃던 그때였다.

"아, 찾았다! 은영이 너 여기 있었구나."

"네? 저 찾으셨어요?"

조금 전까지 샛별과 통화하느라 가게 밖으로 나가 있던 은영이 찔끔해서 세연을 바라봤다. 무슨 일이냐고 묻는 은영에 세연이 "아니, 별건 아니고…….." 하며 어딘지 모르게 찝찝한 표정을 지었다.

"지금 밖에 네 애인 와 있는데."

"네? 승현 씨가요?"

"응. 지금 홀에 있어. 커피 한 잔 시켜 놓고 슬금슬금 이쪽 눈치를 보는 게 아무래도 너 보러 온 거 같은데……. 혹시 뭐 둘이 싸운 거야? 왔으면 너한테 연락을 하면 되지, 왜 그러고 있대?"

"그러게요. 왔으면 왔다고 연락을 했을 텐데."

그보다 지금 일할 시간일 텐데 어떻게 온 거지?

은영은 위생 마스크와 앞치마를 벗어 내려놓고 주방 밖으로 나갔다. 그리고 승현을 찾아 매장을 두리번거리는데, 카운터 앞에

126

앉아 어딘가를 노려보고 있던 박 사장이 그런 그녀를 뒤늦게 발견했다.

"은영아, 네 애인 이 시간에 여길 왜 찾아온 거냐? 설마 그 소개팅 때문에 그래? 네 동생이 나오기로 한 거 설마 네가 나가는 거 아닌가, 착각하고 감시하러 온 거 아니지?"

"아뇨, 승현 씨는 제 동생이 소개팅하는 거 모르……. 아."

"만약 그거 맞으면 저런 남자 얼른 뻥 차 버리렴. 의심도 많고 집착도 많은 남자는 의처증으로 발전하기 쉬워요, 절대 상종하면 안 돼."

숨도 안 쉬고 다다다 쏟아 내는 말을 듣고 있자니 아무래도 승현을 향한 반감이 좀 큰 게 아닌 듯했다.

승현 씨랑 다시 안 보기로 했을 때의 내가 그렇게 상태가 별로였던 걸까.

조금 민망해진 은영은 그런 거 아니라고 얼른 고개를 흔들었다.

"저 사람 제 애인 아니에요. 그 사람 쌍둥이 동생이에요."

"쌍둥……. 뭐? 쌍둥이 동생? 너희처럼?"

"네. 그리고 저 사람이……."

오늘 사장님 조카랑 소개팅할 제 동생 전 남친인데…….

이 말을 꺼내면 승재가 당장 박 사장한테 쫓겨날 것 같았다. 쫓아낼 땐 내더라도 자신이 쫓아내야겠다 싶어 은영은 박 사장한테 잠깐 이야기 좀 하고 오겠다고 양해를 구했다.

"안녕하세요, 승재 씨. 오랜만에 뵙네요."

"아, 네. 오랜만에 뵙네요. 그동안 잘 지내셨죠?"

은영이 다가오는 걸 어색하게 보고 있던 승재가 그녀의 인사에 머쓱한 목소리로 대꾸했다. 여기 와 앉아 있는 게 그로서도 퍽 민망한 일이긴 했는지 그는 머리를 긁적이며 조심스럽게 말을 이었다.

"갑자기 연락도 없이 찾아와서 죄송합니다……. 그런데 형한테 따로 연락처를 묻기도 조금 그래서."

"아니에요. 저 여기 잠깐 앉아도 되죠?"

"아, 네. 그럼요."

은영은 승재의 맞은편에 앉으며 그의 얼굴을 차분히 살피듯 바라봤다. 그녀가 기억하는 권승재란 남자는 굉장히 여유 넘치고 밝은 사람이었다. 그래서 지금 그에게서 느껴지는 초조함과 민망함이 의외로 느껴지다가도, 한편으로는 그게 당연하다 싶었다.

'샛별이 남친도 아니고 전 남친이니까.'

"그래서 여기까진 어떻게 오신 거예요? 저 보러 오신 거 아니죠?"

문득 은영의 귓가로 조금 전에 들은 박 사장의 목소리가 스쳐 지나갔다. 설마 진짜 샛별이가 소개팅하는 거 알고 온 건 아니겠지?

다행히도 그건 아니었다. 이게 정말 다행인가 싶긴 했지만.

"큼, 죄송합니다. 사실 저도 여기 올까 말까 엄청 망설였어요. 이러면 안 되는 거 아는데, 그런데 샛별이가 걱정돼서 도저히 일이 손에 안 잡혀서요."

"아아, 일에 지장이 있으셔서 찾아오신 거구나."

"네?"

놀라 눈을 크게 뜨는 얼굴이 은영의 눈엔 퍽 가증스러워 보였다. 심지어 그녀가 사랑하는 남자랑 얼굴이 똑같아서 더 약이 올랐다.

샛별이가 얼마나 울었는데. 그땐 뭘 하고 이제 나타나서!

"먼저 헤어지자고 해 놓고 뭐가 그렇게 걱정되는지 모르겠지만, 우리 샛별이 아주 잘 지내요. 오늘도 다른 남자랑 소개팅하기로 했거든요. 그러니까 승재 씨가 굳이 우리 샛별이 걱정해 주실 필요는 없을 거 같아요. 이제 헤어진 사이니까."

"……네?"

"설마 우리 샛별이가 아직도 승재 씨한테 미련 남아서 기운 없을 거라 생각하신 건 아니죠? 아닐 거라고 믿어요. 승재 씨가 그렇게 뻔뻔한 사람이라고 생각하고 싶진 않으니까."

"아, 아니, 죄송합니다……. 그런데 제가 걱정했던 건 그게 아니라 지난주 일요일에 샛별이한테 무슨 큰일이 있었던 것 같아서……."

더듬거리며 말을 늘어놓던 승재는 이윽고 조금 넋 나간 얼굴로 은영에게 되물었다.

"샛별이가 오늘, 뭘 한다고요?"

❊❊❊

"그럼 내일 뵙겠습니다!"

가방을 어깨에 메며 샛별이 활짝 웃는 얼굴로 인사했다. 사무실에서 그녀를 특별히 예뻐하는 차장이 그런 그녀를 보며 허허 웃었다.

"샛별 씨 오늘 좋은 일 있나 봐? 얼굴이 아주 그냥 형광등 저리 가라야."

129

"아! 그게, 이따 소개팅하기로 했거든요."

"소개팅?"

샛별과 차장의 뒤를 따라 엘리베이터에 오르던 한 대리가 그녀에게 반문했다. 샛별은 그들이 다 탈 때까지 열림 버튼을 꾹 누르고 있다가 고개를 끄덕였다.

"이번엔 저희 언니 주선이거든요. 그래서 좀 기대하고 있어요."

"하하, 그것참 양심이 콕콕 찔리는 발언이네……."

샛별의 망한 소개팅 중 하나를 주선한 사람이 바로 한 대리였다.

그 덕에 건너건너 아는 사람을 소개해 주는 건 아주 위험한 짓이라는 걸 알게 된 그녀는 자신의 지난 행동을 새삼 반성하며 가방에서 초코바 하나를 꺼내 샛별에게 건넸다. 샛별은 사양하지 않고 넙죽 받아 들었다.

"그보다 언니라면 그 쌍둥이 언니 말하는 거지? 일란성이라던."

"네. 정말 똑같이 생겼어요. 심지어 저번엔 저희 어머니도 못 알아봤다니까요?"

"어머, 그 정도야?"

"사진 보여 드릴까요?"

"응, 궁금하다."

언니 이야기에 신이 난 샛별이 핸드폰을 꺼내 은영과 함께 찍은 사진을 차장님과 한 대리에게 보여 주었다. 두 사람은 정말 똑같이 생겼다며 감탄에 감탄을 거듭했다.

"이야, 샛별 씨 부모님은 밥 안 먹어도 배부르겠는걸. 이렇게 예쁜 딸이 둘이나 있고."

"헤헤."

한 분은 죽었나 살았나 소식도 없고, 다른 한 분은 지난주에 저한테 연락 끊잔 소리를 하셨어요. 혀끝에 맴도는 그 말은 굳이 입 밖에 내뱉지 않았다.

대신 샛별은 화제를 바꾸어 다른 이야기로 가볍게 떠들다가 회사 건물 앞에서 차장과 한 대리와 헤어졌다.

그 후 덜컹거리는 지하철에 몸을 실은 채 굳은 얼굴로 생각에 잠겼다.

'엄마가 미안해. 네가 그 작자랑 나 몰래 연락하고 있었을지도 모른다고 생각하니 이성이 나갔어. 그때 한 말은 다 홧김에 한 거야. 진심으로 한 말 아니니까 너무 마음에 담아 두지 말고……. 응?'

'그러니까 엄마 말은…… 만약 내가 아빠랑 계속 연락하고 있었으면 정말로 연을 끊었을 거란 소리네?'

'그런데 연락 주고받은 적 없다며. 만난 적도 없다며.'

'그러니까 만약에 그랬으면. 연락하지 말란 소리가 그렇게 쉽게 나올 만큼 난 엄마한테 아무것도 아니야?'

'너는 또 무슨 말을 그렇게 해. 샛별이 너 알잖아. 내가 네 아빠랑 할아버지한테 얼마나 시달렸는지. 그때 유산 안 했으면 너한테도 동생이 있었을 거고…….'

'엄마 청춘을 다 버리는 일도 없었겠지. 알아, 이제 지긋지긋해. 벌써 수백 번은 더 들었어. 내가 대체 언제까지 엄마 상처를 위로해 줘야 해?'

'뭐? 샛별이 너, 지금 엄마한테 뭐라고…….'

'됐어. 나도 이번에 상처 많이 받았어. 내가 연락하기 전까지 엄

마도 나한테 연락하지 마.'

   그렇게 전화를 끊고 엄마에게 몇 번 더 전화가 왔지만 샛별은 받지 않았다. 그리고 메시지 하나가 도착했다.

   [엄마 마음 좀 이해해 주면 안 되니? 알잖아, 엄마가 네 아빠 얼마나 싫어하는지.]

   그러니까 그 말이 지긋지긋하다고. 이제 다른 좋은 사람 만나서 재혼까지 하잖아. 그런데 대체 언제까지 아빠를 미워할 생각이야? 제발 그만 좀 해.

   그런 말은 혀끝에서만 맴돌 뿐이었다.

   실제로 그 말을 내뱉었다가 어떻게 네가 엄마한테 그런 소리를 할 수가 있느냐고 우는 걸 달래느라 고생했던 기억이 아직도 생생하니까.

   가끔 그녀는 생각하곤 했다. 아빠를 누구보다 미워하는 엄마지만, 오히려 그 감정을 원동력으로 살아가는 것 같다고. 그 감정을 빼면 엄마한테 아무것도 남지 않을 것 같다고.

'왜, 그런 이야기 있잖아요. 딸 팔자는 엄마 따라간다고.'

   아닌 게 아니라 엄마가 아빠 이야길 할 때마다 언젠가부터 좀 무서워졌다.

   '나는 절대 엄마처럼 안 살 거야.'

   만나던 남자랑 헤어지면 아무런 미련도 남기지 않고 얼른 다른 남자를 만나는 건 그래서였다. 헤어진 옛 연인에 대한 기억을 의식적으로 지우는 것도 다 그 때문이었다.

엄마처럼 되기 싫어서.

누군가를 미워하는 감정에 매몰돼 살지 않을 거다. 오로지 사랑만 하며 살 거다. 샛별은 그 생각 하나로 힘차게 걸음을 내디뎠다.

'오늘 소개팅은 잘되면 좋겠다.'

그러나 카페 〈모니카〉에 도착한 샛별은 소개팅 상대보다도 더 먼저 눈에 들어온 얼굴 때문에 얼굴이 일그러지고 말았다.

"뭐야, 저 인간이 왜 여기 있어……?"

혹시나 이번에도 승현을 잘못 본 것 아닐까 두 눈을 씻고 보았지만, 그래도 그녀가 잘못 본 게 아닌 저 남자는 분명 승재가 맞았다. 샛별은 그만 기가 막혀 소리를 지르고 싶어졌다.

대체 왜 저 인간이 여기에 있는 거야!

❀ ❀ ❀

[승현 씨한테 네가 울면서 우리 집 왔단 얘길 들었나 봐. 네가 걱정돼서 왔다길래 내가 당신이 왜 샛별이 걱정을 하냐고, 이제 그럴 필요 없다고, 너 오늘 다른 남자랑 소개팅도 본다고 막 쏴붙였거든. 그래도 오늘 여기서 본다는 말까진 안 했는데…… 설마 네가 올 때까지 안 가고 있을 줄은 몰랐어. 미안해.]

[언니가 뭐가 미안해. 저 인간이 진상인 건지.]

전투적으로 두다다 액정을 두드려 답장을 보낸 샛별은 핸드폰을 가방 속에 넣어 두고 앞을 바라보며 생긋 웃었다.

"죄송해요. 갑자기 급한 연락이 와서."

"아니에요. 천천히 하셔도 돼요."

단정한 셔츠 차림의 남자는 조금 흘러내린 안경을 추켜올리며 순박하게 웃었다.

안 그래도 선량한 인상의 남자가 저리 무해하게 웃으니 사람이 정말 순진해 보였다.

그를 보며 무심코 따라서 웃다가 샛별은 문득 그의 어깨 너머로 보이는 승재에 저도 모르게 인상을 쓸 뻔했다. 하필이면 또 자리도 저기에 앉아서.

"크흠흠, 자자! 여기 이건 서비스. 많이들 들어요. 부족하면 뭐든 말하고."

"아. 감사합니다, 삼촌."

"감사합니다. 잘 먹을게요!"

박 사장이 가져다준 쟁반 위엔 케이크와 타르트, 쿠키가 가득했다. 이 모든 게 은영의 솜씨이니 맛을 걱정할 필요는 없었다. 샛별은 기쁜 마음으로 포크를 들었다.

"일란성 쌍둥이라고 하셨죠? 샛별 씨가 동생이시라고."

"네, 제가 동생이에요. 수현 씨는 형제 관계가 어떻게 되세요?"

"누나가 셋 있어요. 제가 막내예요."

"그렇구나……. 사 남매시군요."

누나만 셋이라니. 어쩐지 어떻게든 남자애를 얻으려고 노력했다는 느낌이 드는데.

순간 딸 쌍둥이를 낳았다고 네 할아버지한테 모진 구박을 받았다던 엄마의 한탄이 귓가를 스치고 지나갔다. 공연히 어깨를 편 샛별은 괜한 걱정을 억누르기 위해 커피를 한 모금 마셨다. 그래, 선보러 나온 것도 아닌데.

"샛별 씨 직업은 회사원이시라고요."

"아, 네. 화장품 회사 마케팅부에서 일하고 있어요. 어딘지는 아마 들어도 모르실 거예요. 워낙 작은 데라."

"아뇨, 저 화장품 많이 알아요. 누나들한테 선물 많이 해서."

"어머, 정말요? 그럼 제이드 블랑이라고 아세요?"

"제이드 블랑이요? 그 마스크 팩이랑 미백 크림으로 유명한 거기?"

"와, 진짜 아시는구나! 저 남자분 중에 저희 회사 아시는 분 처음 봤어요!"

제이드 블랑의 매출을 책임지고 있는 대표 제품이 바로 미백 크림과 마스크 팩이었다.

파우더나 아이섀도, 립스틱 같은 종류의 색조 화장품은 아직 다른 회사를 따라가려면 멀었지만, 미백 크림과 마스크 팩 판매량만큼은 국내 매출 Top 5 내에 들 정도로 사람들 사이에 입소문이 널리 퍼져 있었다.

"저희 첫째 누나가 특히 제이드 블랑 제품 좋아하거든요. 사은품으로 주는 스킨로션은 저도 많이 써 봤어요. 괜찮더라고요."

"어머, 첫째 누나분이 뭘 좀 많이 아신다. 혹시 필요하시면 제가 싸게 구입 좀 해 드릴까요? 직원 할인가로 저는 반값에 구입 가능하거든요."

"정말요? 그럼 부탁 좀 드릴게요. 누나가 정말 좋아하거든요."

그동안 수많은 남자를 만나 대화를 나눠 봤지만 화장품 이야기로 이렇게까지 분위기가 좋았던 적은 처음이었다.

샛별은 수현과 화기애애하게 이야기를 나누며 기분이 들뜨는 걸 느꼈다. 누나 셋이라는 가족 구성이 이런 식의 장점이 될 줄은 생각도 못 했다.

"수현 씨는 선생님이시라면서요?"

"아, 아직은 발령 대기 중이에요. 현재는 학원 강사로 아르바이트하고 있고요."

"어쨌든 아이들 가르치면 선생님 맞으시죠, 뭐. 무슨 과목 전공이세요?"

"독일어요. 제2외국어."

"어머, 정말요? 저 독일 꼭 한 번 가 보고 싶었는데. 그럼 독일도 가 보셨겠네요?"

"많이는 못 가 봤고요. 베를린만 몇 번 가 봤어요."

약 1시간 동안 대화를 나눈 후 샛별은 결론을 내릴 수 있었다. 괜찮다, 이 남자.

말간 얼굴처럼 성격이 참 순하고 기가 별로 안 셌다. 직업이 선생님이라고 해서 조금 걱정했는데 그녀를 가르치려 들지도 않았다. 뭣보다 그녀가 하는 말을 끊지 않고 잘 들어 주고, 공감 능력이 뛰어났다.

'이 정도면 됐어.'

샛별은 생긋 웃어 보였다.

"그럼 자리 옮겨서 저녁이나 먹으러 갈까요? 수현 씨도 저녁 안 드셨죠?"

"그러죠. 음식은 뭐 좋아하세요? 한식? 양식?"

"전 안 가리고 다 잘 먹어요."

"그럼 파스타 어때요? 이 근처에 유명한 파스타 가게 있거든요."

"혹시 페이모 말씀하시는 거예요?"

"네. 샛별 씨도 잘 아시나 보네요?"

136

"전에 언니랑 같이 갔던 적이 있거든요."

바로 거기서 승현과 처음 만났다고 했더랬다. 그 말을 떠올리며 키득키득 웃던 샛별은 수현과 함께 카페를 벗어나다 순간적으로 승재와 눈이 마주치곤 고개를 홱 돌렸다.

그래서 저 인간은 대체 왜 집에 안 가고 계속 여기 앉아 있었던 거지?

'……내가 알 게 뭐야.'

들으란 듯 흥 소리를 낸 샛별은 수현의 팔에 팔짱을 끼고 애교 있게 웃었다.

"누나분들이랑은 나이 차가 얼마나 나세요?"

"큰누나랑은 7살 차이가 나고요, 작은누나랑은 5살, 막내 누나랑은 2살 차이예요."

"그렇구나. 누나분들은 다 결혼하셨어요?"

"아뇨. 셋 다 결혼할 생각 없다고 혼자 살 거래요."

"아하……. 하긴 뭐, 요즘엔 다들 그러니까요."

나도 수틀리면 그냥 언니랑 둘이 평생 살아야지 하고 생각한 게 한두 번이 아니니까.

'근데 언니가 연애를 시작해서…….'

결혼까지 가려나? 둘 다 연애에 별 관심 없던 사람들이 서로한테 빠진 거라 왠지 그럴 거 같다는 생각이 들었다. 게다가 은영은 벌써 승현의 부모님한테 인사를 드리기도 했으니까.

'만약에 언니만 결혼하고 나만 혼자 남으면 어쩌지? 그건 싫은데.'

상상만으로도 끔찍해 샛별이 어깨를 가볍게 떨던 그때였다.

"야! 박수현!"

누군가의 외침과 함께 무언가에 철썩, 얻어맞는 타격감이 샛별의 몸을 타고 전해졌다. 그녀가 맞은 게 아니었다. 그녀가 팔짱을 끼고 있던 수현이 맞은 것이었다.

"어?"

놀란 샛별이 옆을 돌아보자 인상을 쓴 수현이 신음을 흘리며 두 손으로 머리를 감싸 쥐고 있었다.

그 탓에 팔짱이 풀린 샛별은 저도 모르게 뒤로 한 걸음 물러나고 말았다. 수현을 향해 달려들어 그의 머리채를 확 잡아채는 여자 때문이었다.

"뭐? 소개팅을 나가? 네가 지금 제정신이야!"

"누나, 잠깐……! 악! 아파, 아프다고!"

"아픈 걸 알긴 해? 그럴 정신이 있는 애가 밖을 나돌아 다녀? 기껏 알아봐 준 알바까지 빼먹고?"

"뭐……."

아니, 이게 다 무슨 소리래?

순간이나마 떠올렸던 전 여친, 조금 더 막장이려면 현 여친의 가능성을 머릿속에서 지운 샛별은 고래고래 소리 지르는 단발머리 여자의 말을 멍하니 듣기만 했다.

"삼촌한테 다 들었으니까 발뺌할 생각하지도 마. 아주 집안 망신은 혼자 다 시키지. 너! 아무리 백수 신세 창피하고 쪽팔려도 할 거짓말이 있고 못 할 거짓말이 있지, 어떻게 다른 사람도 아니고 삼촌들한테 임용 통과했다고 거짓말을 해!"

"아! 아냐, 누나! 내가 거짓말을 한 게 아니라……. 악, 악! 아파! 나 대머리 되겠어, 그만 좀 해!"

"넌 차라리 대머리가 돼야 해. 이놈의 머리카락 아주 싹 다 뽑아 버려야 네가 창피한 줄 알고 밖을 안 나가지! 장 선생님한테 다 들었어. 웬만한 학생들보다 네가 더 지각을 자주 한다며!"

"별로 안 늦었어. 겨우 10분 가지고……. 악! 아프다니까!"

"학생도 아니고 선생이 학원을 땡땡이친 주제에, 이유가 뭐? 소개팅 때문이라고?"

"아, 아니, 누나, 내 말 좀……. 내, 내가 일부러 그런 게 아니야. 삼촌 말이 샛별 씨가 나한테 한눈에 반했다고, 소개팅 좀 해 달라고 해 달라고 하도 사정을 했대서……."

"뭐라고요?"

이 남자가 지금 뭐라는 거야? 기가 막혀 헛웃음을 터뜨리는 샛별에게 단발머리 여자의 시선이 날아왔다.

동생을 향한 분노 때문인지 그와 다정하게 팔짱을 끼고 있던 샛별을 향한 그녀의 시선은 그저 날카롭기만 했다.

"이 자식한테 첫눈에 반했다고……?"

"그런 거 아니에요! 첫눈에 반하긴 무슨, 저 그냥 소개팅 주선 받은 것뿐이라고요!"

"아니야! 진짜야, 누나도 알잖아. 나 좋다고 따라다닌 여자애들 많은 거!"

"그래. 네가 얼굴 하나는 번듯해서 쫓아다닌 애들이 많긴 했지."

"그치? 내가 워낙에 인기가 많다 보니까……. 아야!"

"그건 그거고 이건 이거지. 네가 지금 여자 만나러 다닐 상황이야? 그것도 알바까지 땡땡이치고! 네 나이가 이제 서른이야, 서른! 대체 언제 철이 들래!"

"아니, 저기요……."

"아가씨도 이런 놈 쫓아다니는 거 그만두고 얼른 정신 차려요. 얘가 뭐라고 입을 털었는지 모르겠는데, 얘 완전 개털이에요. 주제에 허세는 또 어찌나 부리고 다니는지."

"글쎄, 첫눈에 반한 거 아니라니까요! 사람 말 좀 들으라고!"

이런 종류의 오해를 받는 건 처음인데, 아무리 아니라고 해명해도 상대가 들어 줄 생각이 없어 보여서 샛별은 억울하고 기가 막혔다. 안 그래도 번화가라 지나가는 사람도 많은데 그들 중 몇몇이 이 소란에 관심을 가지고 한마디씩 말을 보태고 있어서 더더욱.

"뭐야? 싸우나?"

"여자 둘이 남자 하나 놓고 싸우나 봐."

"저 여자가 저 남자한테 매달리고 있나 봐."

그 말이 귀에 확 꽂혔다. 샛별은 기가 막혀 하! 하고 헛웃음을 터뜨렸다.

내가? 남자한테 매달려? 천하의 정샛별이?

"전 여친인가? 얼굴도 예쁜데 왜……."

"남자도 잘생기긴 했네."

"글쎄, 그런 거 아니라고……. 거기 뭐예요? 사진은 왜 찍어!"

사람들 사이에 선 어떤 남자가 든 핸드폰이, 정확히는 그 핸드폰에 달린 카메라가 이쪽을 향하고 있었다.

이런 식으로 몰래 찍는 카메라에 나쁜 기억이 있는 샛별은 순간적으로 화가 나서 그쪽으로 달려갔다. 하지만 그녀가 핸드폰을 낚아채기 전, 남자가 핸드폰을 쥔 손을 높이 들어 올리며 천연덕스럽게 대꾸했다.

"뭐예요? 그쪽 찍고 있던 거 아니에요."

"그럼 보여 줘요!"

"남의 핸드폰을 왜 보여 달래. 이거 사생활 침해거든요?"

"뭐라고요? 지금 장난해요? 나 찍는 거 다 봤는데!"

"애먼 사람 몰아가는 것 좀 봐. 증거 있어요?"

"이 사람이 진짜……. 당신들도 뭐라고 좀 해 봐요! 이 사람이 나 찍었잖아요!"

"어어, 글쎄요. 전 못 봤는데……."

정말로 못 본 건지, 아니면 못 본 척을 하는 건지 남자의 주변에 서 있던 사람들은 저들끼리 시선을 교환하며 고개를 흔들었다. 그 반응에 안심하기라도 한 것처럼 남자가 히죽거리며 샛별에게 말을 건네 왔다.

"정 그렇게 내 핸드폰이 보고 싶으면 번호라도 주던……. 어?"

남자가 하던 말을 끝맺지 못하고 놀라 고개를 돌린 건 그가 쥐고 있던 핸드폰을 누군가 너무도 쉽게 낚아채 갔기 때문이었다.

"뭐, 당신 뭐야!"

남자가 황당한 얼굴로 손을 뻗었지만, 그에게서 핸드폰을 빼앗아 간 남자는 그의 머리를 손으로 꽉 눌러 막은 채 핸드폰을 반대쪽으로 높이 들어 액정을 몇 번 두드려 조작했다.

"야! 이거 안 놔?"

"안 찍긴. 찍었네. 그것도 이렇게 정확하게."

그는 많은 사람이 볼 수 있도록 쥐고 있던 핸드폰의 각도를 틀었다. 재생 버튼이 눌린 동영상 속 화면의 중심엔 샛별이 있었다. 그녀가 움직이는 대로 졸졸 따라서.

샛별은 얼굴이 새빨개져서 소리를 질렀다.

"거봐! 찍은 거 맞잖아!"

"아씨……. 너 뭐 하는 새끼야! 안 내놔?"

"어. 안 내놔."

보란 듯 눈을 보고 대꾸한 그는 쥐고 있던 핸드폰을 바닥에 떨어뜨려 구둣발로 세게 짓밟았다.

파삭! 그때까지 재생되고 있던 동영상이 픽 꺼지고, 액정은 산산조각이 났다. 핸드폰의 주인은 으악 비명을 질렀다.

"내 핸드폰! 아직 할부도 안 끝난 건데……. 야! 경찰 불러! 이 새끼가 감히 남의 물건을 함부로……!"

"안 그러는 게 좋을 텐데."

"뭐?"

"아무럼 내가 믿는 구석도 없이 이따위로 행동할까 봐?"

그는 바지 뒷주머니에서 지갑을 꺼내더니 그 안에 꽂혀 있던 명함 한 장을 뽑아 사내의 셔츠 가슴 주머니에 꽂아 주었다. 살짝 쫄아서 움찔하고 있던 사내는 어벙한 얼굴로 제 가슴에 꽂힌 명함을 꺼내 확인했다.

"권승재……. M전자 마케팅부 대리? 그래서? 뭐 어쩌라고!"

"경찰 부르고 싶음 경찰 부르고, 고소하고 싶음 고소하라고. 안 하는 게 좋겠지만. 가자, 샛별아."

승재가 샛별의 손목을 잡아 사람들 사이에 둘러싸인 그녀를 제 쪽으로 가볍게 당겼다. 얼결에 끌려오는 그녀와 그에게로 수현이 뒤늦게 달려왔다.

"새, 샛별 씨! 괜찮으세요?"

"지금 내가 괜찮게 생겼어요? 하나도 안 괜찮으니까 다시는 연락하지 마요! 사람을 우스갯거리로 만들어도 유분수지……!"

"아까 누나가 한 말은 신경 안 쓰셔도 돼요. 저한테 화가 난 게

142

있어서 그냥 거짓말을 막 한 거고……. 그런데 그 남자는 누군가요?"

수현이 특유의 그 선량하고 무해한 얼굴로 샛별에게 물어왔다.

지금 그게 대체 왜 궁금하단 말인가? 짜증과 화가 동시에 솟구친 샛별이 당신이 알 바 아니라고 막 쏘아붙이려는 찰나, 그녀의 옆에 선 승재가 한발 앞서 대꾸했다.

"이 아가씨한테 한눈에 반해서 쫓아다니는 남잡니다."

"네?"

"당신이 뭘 모르는 모양인데 이 아가씨 눈 엄청 높아요. 당신처럼 제 앞가림 못 하고 길거리에서 누나한테 머리채나 잡히는 남자한테 한눈에 반하고 그럴 여자 아니니까 당신은 주제 파악 좀 하고 살길 바랍니다. 같은 남자로서 쪽팔리니까."

"그, 그게 무슨……. 이봐요! 거기 안 서? 샛별 씨!"

뒤에서 수현이 부르는 목소리가 들렸지만 샛별은 못 이기는 척 승재의 뒤를 따라 그 자리를 벗어났다. 지금 이 순간만은 저 자리에서 벗어나게 해 주면 사이비 종교라도 따라갈 수 있을 것 같았다.

그러나 그런 마음도 아주 잠시. 불편한 상황에서 벗어나고 나니 이성이 돌아왔다. 제가 지금 누구의 뒤를 따라가고 있는 건지 깨달은 순간, 샛별은 잡혀 있는 손목을 확 털어 승재의 손을 떨쳐 냈다.

"지금 뭐 하는 거야?"

"……샛별아."

"그렇게 갑자기 끼어들어서 도와주면 내가 감격해서 고맙다고 인사라도 할 줄 알았어?"

"딱히 그런 걸 기대한 건 아니었어. 그냥 네가 너무 곤란해 보여서……."

"내가 곤란한 걸 보고 있었어? 왜? 카페에서 내가 소개팅하는 거 몰래 엿듣고 엿본 것만으론 부족했어? 그래서 내 뒤 졸졸 쫓아온 거야? 그거 스토킹이야. 알기는 해?"

"카페에서는……. 네가 거기서 소개팅할 줄 몰랐어. 그냥 은영 씨한테 묻고 싶은 게 있어서 기다리려고 했던 거고, 방금도 집에 가려다가 시끄러워서 뭔가 하고 봤다가……."

"그래도 그냥 지나갔어야지! 오빠가 뭔데 내 일에 끼어들어, 끼어들기는!"

발작적으로 소리를 지르는 샛별에 승재가 무어라 말을 하려다 결국 입을 다물었다. 내리깐 눈꺼풀 아래로 그늘이 졌다. 그는 어둡게 가라앉은 눈길을 바닥으로 떨어뜨린 채 중얼거리듯 말했다.

"……미안. 내가 괜한 짓을 했네."

"알았으면 앞으로는 내 일에 끼어들지 마. 지나가다 마주쳐도 알은척하지 말고."

승재는 느릿하지만 분명하게 고개를 끄덕였다.

"그래, 그럴게."

"……또 내 일에 끼어들기만 해 봐."

사납게 승재를 쏘아보던 샛별은 머리카락이 휙 날릴 정도로 몸을 틀어 그로부터 멀어졌다.

또각, 또각. 의식적으로 빨리 걷는 걸음엔 힘이 잔뜩 들어가 있었다. 달리 의지할 것이 없어 어깨에 멘 가방만 두 손으로 힘껏 부둥켜 쥐고 있던 샛별은 어느 순간 걸음을 우뚝 멈추었다.

"……."

마치 못 박힌 듯 그 자리에 서 있던 그녀는 누군가가 자신을 부르는 목소리를 들은 것처럼 뒤를 돌아봤다.

승재는 아직 그곳에 있었다. 그러나 그녀를 보고 있지는 않았다. 어딘가로 가려는 듯 몸을 반쯤 틀어 다른 곳을 보고 있는 그를 향해 샛별은 뭔가를 떠올릴 새도 없이 크게 외쳤다.

"야! 권승재!"

승재가 놀란 얼굴로 이쪽을 돌아봤다. 샛별은 그에게로 단숨에 달려가 어깨에 메고 있던 가방으로 그의 어깨를 후려쳤다.

악! 소리 지르며 자세가 무너지는 그의 정강이를 구두 앞코로 걷어차고, 그 통증에 무너지듯 주저앉는 승재의 머리채를 우악스럽게 틀어쥐었다. 조금 전 수현의 누나가 수현에게 그랬던 것처럼.

"나한테 왜 그랬어, 나한테 왜 그랬냐고!"

"악! 아파, 샛별아, 아파!"

"이유도 제대로 말 안 해 주고 너 혼자 헤어지자고 하면 다야? 사연이란 사연은 다 가지고 있단 얼굴로 그렇게 폼 잡고 끝내면 다냐고, 이 나쁜 놈아!"

"미안해, 미안해, 샛별아. 내가 그때는 잘못했는데……!"

"정말 미안하면 말끝에 '했는데' 같은 거 붙이지 마!"

소리를 빽 내지른 샛별은 마치 내던지듯 승재의 머리를 밀어냈다. 그녀의 손에서 금방 뽑힌 짧은 머리카락이 비처럼 우수수 떨어졌다.

생머리카락을 잔뜩 뽑힌 탓에 두피 전체가 얼얼했다. 두 손으로 머리를 감싸 쥔 승재는 눈물을 찔끔거리다가 샛별의 발치에 떨어진 머리카락을 보고 입을 떡 벌렸다.

"샛별아, 이러다 나야말로 진짜 대머리 되겠……."

조금은 억울한 마음으로, 그러나 찔리는 게 있어 조심스럽게 따지던 승재의 입이 한순간에 다물렸다.

그럴 수밖에 없었다. 두 주먹을 꽉 움켜쥔 샛별이 너무나도 섧게 눈물을 뚝뚝 떨어뜨리고 있어서.

"……샛별아."

"내가, 내가 얼마나…… 얼마나."

"……."

"얼마나…… 오빠를 좋아했는데……!"

샛별은 마치 아이처럼 목 놓아 엉엉 울기 시작했다. 아까 그 소동이 일어난 곳에서 그리 멀지도 않았다. 그곳에 모여 있던 사람이 아니라도 당연히 길을 지나가는 사람도 많았다. 그러나 무슨 일이냐며 수군거리는 사람들을 승재는 신경 쓰지 않았다. 아니, 못 했다.

"샛별아, 그만 울어. 응?"

"이거 놔. 내 몸에, 손대지 마!"

"샛별아……."

"빨리 꺼져. 다시는 내 앞에 나타나지 말라고……!"

들고 있던 가방은 바닥에 떨어뜨린 지 오래였다. 샛별은 엉엉 울며 주먹 쥔 손으로 승재의 가슴이며 어깨를 때려 댔다.

그 힘이 제법 아팠지만 승재는 이제 아프단 말도 않고 그녀가 때리는 대로 맞다가 그녀를 품에 끌어안았다.

"놔, 놓으라니까……!"

"내가 잘못했어. 미안해."

"이제 와서 사과하면, 누가 받아 줄까 봐!"

"미안해, 미안해. 내가 내 생각만 했어. 네 생각을 못 했어⋯⋯."

끝내 승재의 목소리에도 물기가 스며들었다. 제가 울기에 바빠 샛별은 그 사실을 알아채지 못했지만, 등을 감싸 안은 떨리는 손길이 너무 따뜻해서 결국 그녀는 더 크게 울음을 터뜨리고 말았다.

"흐어엉, 권승재, 이 나쁜 놈. 흐엉, 진짜 미워, 진짜 미워⋯⋯."

"미워해도 돼. 더 때려. 마음껏 때려."

"내 손이 더 아프거든, 이 나쁜 놈아⋯⋯!"

엉엉 우는 샛별을 승재는 하염없이 끌어안고 달래 주었다.

'⋯⋯사실은.'

거의 반 충동적으로 헤어지자는 말을 해 놓고도 계속 이렇게 사과하고 싶었다. 찾아와서 무릎 꿇고 내가 다 잘못했다고, 헤어지자고 한 말을 취소하고 싶었다.

그런데 차마 그럴 수가 없어서, 그럴 염치도 용기도 없어서 참아 왔던 건데⋯⋯.

왜 자신만 그녀를 사랑한다고 생각했을까. 샛별 역시 자신을 많이 좋아했는데. 헤어지자는 말에 충격을 받을 거란 걸 당연히 예상했어야 했는데.

헤어지자는 말에 선뜻 그러자고 고개를 끄덕인 그녀에 불합리하게도 서운한 마음을 품어 버려서⋯⋯.

"진짜 나빠, 이 바보, 멍청이! 천하의 나쁜 놈⋯⋯!"

욕이란 욕을 다 들으면서도, 승재는 마음이 한결 편안해지는 걸 느꼈다. 입으로는 밉다 싫다 원망의 말을 쏟아 내면서도 샛별의 손은 그의 옷자락을 꽉 쥔 채 놓아주지 않고 있어서.

"내가 그때 왜 그랬는지 나도 잘 모르겠어."

"그걸 지금 말이라고 해?"

"그래도…… 앞으로 다시는 안 그럴게. 다시는. 그러니까 한 번만 용서해 줘, 샛별아."

"싫어, 내가 왜, 왜 오빠 용서해."

"못 하겠음 안 해도 돼. 대신 내가 계속 용서해 달라고 빌 수 있게만 해 줘. 응?"

"이제까지 연락할 생각도 한 번 안 해 놓고, 이제 와서, 이제 와서……!"

"도저히 너 볼 염치가 없어서 그랬어. 한 번만 봐줘, 한 번만. 응? 내가 앞으로 정말 잘할게."

욕을 배부르게 먹어도, 매운 손에 아프게 얻어맞아도.

우는 그녀를 끌어안고 있으니 얼굴이 엉망이더란 말을 듣고 들었던 걱정과 초조, 불안함, 그리고 그녀가 다른 남자와 소개팅을 한다는 말을 들었을 때 가슴이 철렁 내려앉았던 기분 같은 것들이 씻은 듯이 사라졌다.

그래. 내가 지금 사랑하는 여자는 이 여자잖아.

그것 하나만으로 충분한 걸 대체 왜 그 삽질을 했나 모르겠다. 그 사실을 깨닫기가 무섭게 가슴 속을 빠듯하게 채워 오는 그녀를 향한 애정과 미안함을 뼛속 깊이 새기며 승재는 다시는 이런 실수를 저지르지 않으리라 몇 번이고 다짐했다.

❈❈❈

"은영아, 내가 죽을죄를 지었다……!"

"네, 네? 갑자기 왜 그러세요, 사장님?"

영업 종료 후, 정리를 끝내고 퇴근 준비를 마친 은영은 세연과 함께 주방 밖으로 나오다가 제게 엎드려 절할 기세로 사과를 해오는 박 사장에 깜짝 놀라 당황한 표정을 지었다.

그가 왜 이러는지 알까 싶어 현수와 막내를 바라봤지만 그들도 영문을 모르는 표정을 짓고 있기는 마찬가지였다.

"갑자기 왜 그러세요, 사장님?"

"조카가…… 알고 보니까…… 임용을 통과한 게 아니었대."

"네?"

"그뿐만이 아니라 집에서 놀고먹기만 하는 거 꼴도 보기 싫다고 알바 자리까지 구해 줬는데 그것까지 땡땡이치고……!"

기가 막히고 황당해하는 눈으로 저를 쳐다보는 직원들의 시선을 느낀 걸까? 박 사장은 커흑, 우는 소리를 냈다.

"난 그놈이 그렇게 빌어먹을 놈인 줄 몰랐어! 만약 알았으면 우리 은영이한테 갖다 붙이는 그런 말도 안 되는 짓을 나는 절대 하지 않았을 거다!"

"아니, 자랑스러운 조카라면서요? 그렇게 사방팔방 자랑을 하시더니 임용고시 붙었는지 안 붙었는지도 모르셨어요?"

"그렇다니까 그런 줄 알았지! 설마 걔가 거짓말했을 거라고 내가 어떻게 생각을 했겠냐, 어?"

나도 억울하다고 소리를 바락바락 지르던 박 사장은 이내 제가 그럴 입장이 아니란 걸 깨달았는지 기죽은 얼굴로 은영을 바라봤다.

"심지어 큰 조카가 소개팅 자리 깽판 쳤단다……. 그것도 사람 많은 길거리에서."

"뭐라고요?"

"동생한테 미안하다고 전해 달래. 나도 정말, 진심으로 정말정말 미안하다. 내가 할 말이 없다……."

"아니……. 일단 동생이랑 통화 좀 해 볼게요."

먼저 가 보겠다고 대충 인사한 은영은 바쁘게 걸으며 가방 속에서 핸드폰을 꺼냈다. 그녀는 손에 핸드폰을 꽉 쥔 채 주차장에 세워진 승현의 차에 올랐다.

"이제 다 끝났습니까? 오늘도 고생했……. 얼굴이 왜 그래요?"

"그게, 저 일단 샛별이한테 전화 좀 할게요. 오늘 샛별이한테 좀 안 좋은 일이 있었던 것 같아서."

그 말에 승현은 놀란 표정을 지었지만 일단 가만히 고개를 끄덕였다. 그는 그녀가 편하게 통화에 집중할 수 있도록 입을 다문 채 조용히 차 안의 조명만 켰다.

"여보세요, 샛별아? 너 지금 어디야?"

―어? 나? 어…… 지금 집인데.

핸드폰 너머에서 들려오는 목소리는 어딘지 모르게 어색한 감이 있었다. 그걸 오늘 소개팅 때문이라 지레짐작한 은영은 저도 모르게 잇새로 끙, 앓는 소리를 흘리고 말았다.

"오늘 소개팅 완전 망했다며. 괜찮아?"

"소개팅?"

샛별이 소개팅을 보는 줄 몰랐던 승현이 저도 모르게 되물었다. 그는 그 단어를 뱉은 후 아차 하며 제 입을 틀어막았지만 차 안이 조용한 탓에 그의 목소리는 은영의 핸드폰 속으로 흘러들어가고 말았다.

―어, 망하긴 했는데 결과만 놓고 보면 완전히 망한 건 아니랄까……. 언니 지금 승현 오빠랑 같이 있어?

"어? 어어, 응. 같이 있어."

―잠깐만 바꿔 줘. 승재 오빠가 할 말 있대.

"그래, 바꿔 줄……. 누가 할 말이 있다고?"

―승재 오빠가.

"……."

―여보세요? 전화 바꿨어요?

"아니…… 잠깐만."

은영은 반쯤 넋 나간 얼굴로 쥐고 있던 핸드폰을 승현에게 건넸다. 마찬가지로 차 안이 조용한 덕분에 은영의 핸드폰 너머에서 들려오는 소리를 전부 들은 승현은 얼떨떨한 얼굴로 그녀의 핸드폰을 건네받았다.

"여보세요."

―아, 전화 바꿨다. 오빠, 승현 오빠야.

―형, 나야. 잠깐만. 샛별아, 나 형이랑 통화 좀 하고 올게.

―뭐야, 난 들으면 안 돼?

―형 프라이버시랑 관련된 이야기라서……. 미안해. 금방 올게.

―치.

―진짜 금방 올게. 알았지? 그동안 이거 먹고 있어.

전화 바꾸라고 해 놓고는 자기들끼리 대화 나누느라 아주 바빴다. 이럴 거면 끊고 나중에 다시 전화 걸란 소리가 목구멍까지 차올랐는데, 다행히 그의 인내심이 한계에 달하기 전에 승재가 조용한 곳으로 자리를 옮겨 속삭였다.

―크흠흠. 다른 게 아니고 형, 내가 부탁이 하나 있는데.

"무슨 부탁? 아니, 그보다 왜 네가 샛별 씨랑 같이 있어?

―재결합했어, 오늘.

"재결합했다고?"

되묻는 것과 동시에 승현은 옆을 돌아봤다. 일부러 들으려고 한 건 아니지만 차 안이 조용해서 어쩔 수 없이 그가 승재와 통화하는 걸 듣고 있던 은영도 놀라서 그를 바라봤다.

"어쩐지 미련이 철철 흘러넘치더라니……. 잘됐네. 축하한다."

—그치. 잘됐지. 그래서 말인데 더 잘될 수 있게 형이 좀 도와주라.

"도와 달라고? 어떻게?"

—그게 말이지.

그 말을 꺼내기가 퍽 민망한 듯 승재는 흠흠 헛기침을 하고 나서야 조심스럽게 말을 꺼내 왔다.

—형, 오늘 집에 안 들어오면 안 돼?

그 말이 의미하는 바는 아주 명백했다. 승현은 하도 기가 막힌 나머지 언성을 높이고 말았다.

"너, 설마 내 오피스텔에 샛별 씨 데려간 거야?"

—그게 일부러 그런 게 아니고, 우리가 재결합하면서 좀 많이 울었거든? 둘 다 꼴이 완전 엉망이 됐는데 어디 들어가기도 그렇고, 그렇다고 이대로 헤어지기도 애매하잖아? 그렇다고 초저녁에 호텔을 갈 수도 없고…… 해서…… 미안. 진짜 미안. 생각나는 데가 형 오피스텔밖에 없었어.

"너, 너……."

기가 막히고 코가 막혀서 아무 말도 안 나왔다. 무심코 뒷목을 움켜쥔 승현은 머릿속에서 뒤엉킨 수십 가지의 말 중 무엇도 골라 내지 못한 채 말을 더듬다가 간신히 문장 하나를 꺼내 놓았다.

"비밀번호는 어떻게 알았어."

—형 바보야? 은영 씨 생일이면 샛별이 생일이기도 하잖아. 그걸 내가 어떻게 몰라?

승현은 손으로 이마를 감쌌다.

"……바꾼 비밀번호가 은영 씨 생일인 줄은 어떻게 알았고."

ㅡ연애 처음 하는 사람들 패턴이 다 그렇지 뭐.

"……그래, 잘났다. 연애 아주 많이 해 봐서 좋겠다. 어?"

승현의 목소리에 으르렁거림이 섞였다. 이럴 때의 그를 몇 번 더 자극했다가 피를 본 경험이 있어서일까? 승재는 헤헤, 하고 웃음을 흘렸다.

ㅡ아무튼, 이상한 짓 아직 안 했고 앞으로도 안 할 거야. 형 쓰는 침실로는 안 올라갈 테니까 딱 하루만 봐주라. 어? 우리가 막…… 지난 이야기의 회포를 풀다가 이 시간이 됐는데 집에 데려다줄게, 하고 샛별이 바래다줄 그런 분위기가 아니라서 그래. 어? 응? 제발, 형. 이렇게 부탁할게. 내 평생의 소원이야.

"네 평생의 소원은 이미 다섯 번이나 써먹은 걸로 기억하는데."

ㅡ이게 내 평생의 여섯 번째 소원이야.

"……."

ㅡ일곱 번은 없을 거야. 이게 진짜 마지막. 응? 응?

그러나 승재는 이미 세 번째 네 번째 다섯 번째 평생의 소원을 빌 때도 그때가 마지막이라며 울망거리는 눈으로 애원한 전적이 있었다. 전적이 좀 화려했어야 믿어 주는 시늉이라도 하지.

승현은 한 손에 얼굴을 묻은 채 긴 한숨을 내뱉었다. 이어서 손으로 뺨이며 이마를 쓸어내리는 그의 얼굴엔 착잡함이 묻어나 있었다.

"너…… 나중에 우리가 서로 얼굴 붉힐 일은 하지 마."

ㅡ그럼, 당연하지! 형 내가 많이 사랑하는 거 알지? 내일 다시 연락할게. 그럼 끊어!

뚝.

그렇게 구구절절하게 부탁해 올 땐 언제고, 승현이 허락을 해 주기가 무섭게 승재는 미련 없이 전화를 끊어 버렸다.

"하…… 이 자식이 근데."

이래서 동생 키워 봐야 다 소용없다. 마치 그게 승재라도 되는 것처럼 핸드폰을 노려보던 승현은 그게 은영의 것이란 걸 뒤늦게 떠올리고 핸드폰을 그녀에게 돌려주었다.

"죄송합니다. 은영 씨 거라는 걸 잠시 잊고 있었네요."

"뭘요. 그런데 음…… 괜찮은 거예요? 승재 씨가 승현 씨 집 차 지한 것 같은데……. 그것도 샛별이 데리고."

은영은 조금 망설이다가 그의 눈치를 살피며 물었다.

"제가 샛별이 데리러 갈까요?"

"아뇨, 오늘은 그냥 두는 게 좋을 것 같습니다. 괜히 분위기 깨 기도 싫고……. 아, 그 분위기라는 게 둘이 헤어졌다가 다시 만난 다니까요. 아무래도 할 말이 많을 텐데 그걸 깨기 싫다는 그런 뜻 입니다."

혹시나 은영이 이상한 뜻으로 오해했을까 봐 승현이 필사적으로 해명했다. 그가 무척 당황했다는 게 그의 얼굴 너머로 잘 드러나서 은영은 저도 모르게 풋, 하고 웃어 버렸다.

"알아요, 승현 씨 말 무슨 뜻인지. 오해 안 하니까 그렇게 필사 적으로 설명할 필요 없어요."

"네……. 죄송합니다."

고개를 반대편으로 돌리며 공연히 뒷목을 쓸어 올리는 승현의 귓가가 그새 붉게 달아올라 있었다. 은영은 그걸 보고 키득키득 웃긴 했지만 굳이 그 사실을 지적해 승현을 놀리거나 하지는 않았다.

"그럼 이만 저희도 집에 갈까요?"

"네. 근데 승현 씨는 어떻게 할 거예요?"

"본가로 가야죠."

별수 없다는 듯 답한 승현이 은영의 어깨 너머로 손을 뻗어 그녀에게 안전벨트를 매 주었다.

이것도 이제는 익숙해질 때가 되었는데도 은영은 승현의 체온이나 스킨 향 같은 것들이 코앞을 스칠 때마다 두근거리는 가슴을 주체할 수가 없었다.

"그래도 다행이죠?"

"뭐가 말입니까? 아…… 네, 다행이죠."

"샛별이나 승재 씨는 아니라고 했지만, 아무래도 저는 저 때문에 두 사람이 헤어졌단 생각을 지울 수가 없어서 많이 찜찜했거든요. 게다가 저랑 승현 씨는 사귀는데 둘은 헤어진 것도 좀 그랬고."

"뭐, 확실히……."

승재가 샛별 씨한테 헤어지자고 한 이유 중 하나가 당신 때문이니.

"승현 씨?"

"아, 아뇨. 슬슬 출발하겠습니다."

혹시 과거에 승재랑 만난 적이 있습니까? 승재를 기억하고 있습니까? 그런 질문들이 가끔 한 번씩 승현의 목구멍 너머로 불쑥불쑥 치솟으려 했다.

그때마다 그가 그 질문을 속으로 삼킬 수 있었던 건 만약 은영이 승재를 기억하고 있었다면 진작 그를 알은척했을 거라는 사실을 차치하고서라도…….

"……은영 씨, 그 첫사랑 말입니다만."

"네? 어…… 갑자기 그 얘기는 왜 꺼내요?"

의외의 질문에 당황한 은영이 조금 어색한 눈짓으로 승현의 눈치를 살폈다.

그녀가 불편해하는 이유가 자신 때문임을 승현은 모르지 않았다. 이럴 줄 알았으면 이런 사이가 되기 전에 좀 많이 물어봐 둘걸 그랬다 싶다가도…… 그때로 돌아가도 다시 묻지는 못했을 거란 생각이 들었다. 어떻게 물었겠는가. 질투 나서.

"그냥 은영 씨 취향이 어땠는지 궁금해서요. 어떻게 생겼었습니까, 그 사람?"

"어떻게 생겼냐니……."

은영은 이걸 대답해도 되나 하는 얼굴로 승현의 눈치를 살폈다. 그러다 그가 정말로 답을 듣고 싶어 하는 기색이라는 걸 알아차리고 머뭇머뭇 입을 열었다.

"그냥…… 잘생겼었어요."

"저랑 비교하면 누가 더 잘생겼습니까?"

"에이, 그거야 당연히 승현 씨죠. 무슨 그런 고민할 필요도 없는 질문을."

지금 승현이 눈앞에 있기 때문이 아니라 진실로 그렇게 생각한다는 듯 그녀는 무척 해맑게 웃고 있었다. 그에 괜히 간지러워진 승현은 핸들을 한 손으로 잡은 채 헛기침을 하곤 아무 일도 없었던 것처럼 질문을 꺼냈다.

"그럼 혹시 만약에 그 사람이 눈앞에 나타나면 알아볼 자신 있습니까?"

"알아볼 자신……은 없어요. 솔직히 말하면 얼굴이 기억나는 게 아니라 그때 제가 그 오빠 보고 와, 엄청 잘생겼다 하고 감탄했던 것만 기억나거든요."

"또 기억나는 건 없습니까?"

"또 기억나는 거요? 음, 글쎄요……? 엄청 말랐었다?"

"말랐었습니까, 그 사람?"

"네. 그리고 몸에 상처가 좀 많았어요. 오빠네 큰아버지가 집을 자주 비웠었는데 가끔 집에 오면 맨날 그 오빠 때렸거든요."

"방금, 뭐라고요?"

"네?"

"때렸다고요……? 큰아버지가?"

승현의 질문에 은영이 조금 가라앉은 얼굴로 고개를 끄덕였다. 그러다 그녀는 너무 어두운 얘기를 꺼냈다 싶어 부러 밝은 목소리를 꾸며내 화제를 돌렸다.

"아, 좀 억울하다. 승현 씨한테도 첫사랑 있었으면 이 기회에 나도 꼬치꼬치 캐묻는 건데."

"그거 진심입니까? 정말로 제가 옛날에 좋아했던 여자가 있었으면 좋겠어요?"

"……아뇨."

생각해 보니 그냥 혼자 추궁당하는 게 낫다 싶었다. 동시에 승현한테 조금 미안해져 은영은 애교 부리듯 배시시 웃었다. 그런 그녀가 귀여워 승현은 픽 웃었다.

그렇게 대화를 나누다 보니 어느새 집 앞이었다. 은영은 안전벨트를 풀고 차에서 내렸다. 이제는 그가 시동을 끄고 함께 내리는 게 당연하게 느껴졌다.

"그나저나 여름도 벌써 다 끝나 가네요. 승현 씨랑 처음 만났을 땐 아직 봄이었는데."

"단풍이 물들면 같이 소풍 갈까요? 산이나 공원 같은 곳으로."

"그럼 또 같이 수목원이나 갈까요? 예전에 갔던 수목원도 좋았는데."

"그러고 보면 그곳이었죠? 저한테 명찰 들켰던 곳이."

다시 돌아온 화제에 은영은 저도 모르게 승현의 눈치를 살폈다. 다행히 별생각 없이 꺼낸 말이었는지 승현은 건물의 앞에 도착해서 가볍게 쥐고 있던 그녀의 손을 놓아주었다.

"오늘도 고생했습니다. 들어가서 푹 쉬어요."

"승현 씨도요. ……저."

"네?"

할 말 있으면 편히 이야기하라고 승현이 은영에게 눈길을 주었다. 고개를 살짝 젖혀 그와 눈을 마주한 은영은 입을 열 듯 말 듯 머뭇거리다 아무것도 아니라며 고개를 흔들었다.

"오늘도 조심해서 운전하고요. 본가로 가면 통화하긴 좀 힘들겠죠?"

"괜찮습니다. 제 방은 2층에 있어서요. 오늘은 아마 평소 전화하던 것보다 조금 늦을 겁니다. 그래도 자지 말고 기다려요. 알았죠?"

"네. 그럴게요."

승현과 헤어져 집으로 돌아온 은영은 현관문을 닫고 아무도 없는 집에서 완전히 혼자가 된 후에야 단단한 현관문에 등을 기댄 채 그대로 주르륵 미끄러졌다. 그리고 승현의 앞에서는 용케 숨겼던, 어느새 붉어진 얼굴을 두 손으로 감싸 쥔 채 작게 중얼거렸다.

"여기서 자고 갈래요라니……. 미쳤어, 미쳤어."

입 밖으로 꺼내지 않길 정말 다행이다. 그녀가 하마터면 큰 사고를 칠 뻔했던 스스로를 자책하고 있을 때.

은영의 집 창문에 불이 켜지길 기다리며 팔짱을 낀 채 시멘트 벽에 등을 기댄 승현은 동그란 달 하나 오도카니 떠 있는 밤하늘을 올려다보며 혼자 중얼거렸다.

"……역시 1년쯤은 사귀어야 하겠지?"

끙, 앓는 소리와 함께 긴 한숨을 삼키며 승현은 하염없이 새카만 창문만을 쳐다봤다. 오늘따라 불이 켜지는 게 조금 늦어지고 있는 창문을.

❊ ❊ ❊

살짝 열린 문 너머에서 아들의 목소리가 희미하게 들려왔다.

"벌써 일어났습니까? 통화 나중에 해도 되니까 더 자요. ……아니, 내가 하기 싫다는 게 아니라 은영 씨 피곤할까 봐 걱정돼서 그러죠. ……제 걱정은 안 해도 됩니다. 잊었어요? 저 팀장입니다. 정 안 되겠다 싶으면 팀장실에서 1시간 정도는 혼자 잘 수 있어요. ……뭐가 치사해요. 그럼 은영 씨도 팀장 하든지."

귀에 이어폰을 꽂아 놓고 통화를 하는지 부스럭부스럭 옷을 갈아입는 소리와 방 안을 돌아다니는 걸음 소리가 승현의 목소리 사이로 계속해서 섞여들었다. 그리 크지 않은 그의 목소리엔 옷에 밴 향수처럼 나지막한 웃음기가 깊게 스며들어 있었다.

듣고만 있어도 절로 미소가 지어지는 아들의 목소리에 미희는 엿듣는 걸 중단하고 조용히 계단을 내려왔다.

"직접 부르러 간다더니. 승현이는 어쩌고 혼자 내려와요?"

"걔 지금 바빠요. 곧 있음 내려올 거예요."

계속 오피스텔에서 지내던 애가 왜 갑자기 집에 온 걸까 걱정했는데. 오히려 좋은 일이 있었던 모양이다.

미희는 생전 들어 본 적 없는 아들의 부드러운 목소리를 떠올리며 콧노래를 흥얼거렸다. 식탁의 상석에 앉아 신문을 들춰 보던 정호가 그런 그녀를 의아한 얼굴로 쳐다봤다.

"갑자기 웬 콧노래? 무슨 좋은 일이라도 있어요?"

"있죠, 그럼. 근데 당신한텐 비밀이에요."

"뭘 또 비밀씩이나. 속 시원히 말 좀 해 줘요. 사람 궁금하게 왜 그래."

"모든 일엔 예외가 있는 법이라고요. 아, 홍선 씨. 라테 차갑게 해서 보온병에 싸 줘요. 승현이 출근할 때 들려 보내게."

"네, 사모님."

그때 밖에서 발소리가 들려오더니 팔에 재킷을 걸친 승현이 셔츠에 넥타이 차림으로 식당에 들어섰다. 부모님께 가볍게 고개 숙여 인사를 건넨 그는 제자리에 앉아 숟가락을 들었다.

"어떻게 같은 회사에서 일하기까지 하는데 얼굴을 보기가 이렇게 힘들어. 그래, 어젯밤엔 무슨 바람이 들어서 갑자기 집에 왔고?"

"아버지 말씀대로 집이잖아요. 집에 오는데 다른 이유가 필요한가요?"

"그래그래. 네 집인데 네가 오고 싶음 언제든 오는 거지. 당신은 애한테 왜 눈치를 주고 그래요?"

"아니, 내가 언제 눈치를 줬다고……."

계속 오피스텔에서 지내던 애가 갑자기 집에 왔길래 무슨 일이 생긴 줄 알았지. 그냥 궁금해서 물어본 것뿐인데 이렇게 타박을 받을 줄은 몰랐다고 정호는 속으로 투덜거렸다. 이럴 때 승재가 있었으면 내 편을 들어 줬을 텐데.

"승재는 잘 지내지?"

"그걸 왜 저한테 물으세요?"

"왜긴 왜야? 집 밖으로 나돌아 다니는 놈들이 그래도 형제라고 밤에는 같은 집에서 붙어 지내는 것 같아 물어봤다. 왜, 이것도 눈치 주는 것처럼 들리냐?"

어째 말에 뾰족한 가시가 박혀 있었다. 승현은 대답하기에 앞서 미희에게 흘끔 시선을 주었다. 아버지 왜 저러세요?

내가 아까 비밀이라고 해서 삐쳤나? 은근히 속이 좁은 남편을 잘 아는 미희가 가볍게 웃으며 나도 모른다고 어깨를 으쓱였다.

그 반응에 승현은 눈치챌 수 있었다. 어머니 때문이었군.

하필이면 두 분 사이에 끼어 등 터지는 날에 오다니. 이게 다 승재 때문이라 생각하며 승현은 무덤덤한 얼굴로 뭇국을 한술 떠 입에 넣었다.

"잘 지내요. 제 오피스텔을 아예 제집으로 삼았을 만큼."

"응? 그건 또 무슨 소리야?"

"승재가…… 제 오피스텔에 친구를 데려와서요. 그래서 집에 와서 잔 거예요."

"어머, 어떤 친구길래 네 집에 데려와서 재웠다니?"

'여자' 친구요. 승현은 진실을 말하는 대신 어깨를 으쓱였다.

"아무래도 슬슬 독립이 하고 싶은가 봐요. 시간 나면 지금 회사 근처에 집이나 하나 알아봐 줄까 봐요."

"그걸 왜 네가 알아봐? 걔가 애도 아니고. 필요하면 알아서 구하겠지."

걔가 독립하는 건 걔보다도 저한테 더 필요한 일이라서요. 이번에도 하고 싶은 말을 뭇국과 함께 삼키며 승현은 떡갈비 하나를 집어 들었다. 그리고 생각했다. 이거 은영 씨가 좋아하는 건데.

그런 승현을 눈치채기라도 한 걸까?

"반찬 좀 오피스텔에 가져다 놓을까? 거기서 같이 먹을래?"

"네?"

"아니…… 승재랑. 그래, 둘이 집에서 밥 잘 안 해 먹지? 반찬 좀 싸 줄 테니까 승재랑 둘이 같이 먹어."

"네. 그래 주시면 감사하죠."

떡갈비를 입에 넣은 승현은 입가에 은은한 미소를 띤 채 턱을 느리게 우물거렸다. 그런 승현을 보며 미희가 흐뭇하게 미소 지었다.

아내가 아들에게 보내는 눈길의 의미를 알지 못한 정호 혼자만 어리둥절한 표정을 짓다가 문득 떠올랐다는 듯 아, 하고 탄성을 내뱉었다.

"이번 주말에 시간 비워 놓거라."

"주말에요? 왜요?"

"어머, 그러고 보니 너한텐 아직 말 안 했구나. 승재한테도 말 좀 전해 주렴."

"승재한테도요……?"

그 말은 집안일이라는 걸 뜻했다. 승현은 무슨 일로 시간을 비워 두라고 하는지 곧장 눈치챘다.

"혹시 할아버지께서……."

"그래."

정호가 고개를 끄덕이며 답했다.

"수술 날짜 잡혔다, 드디어."

7. 밝혀지는 과거의 인연

[짠. 방금 구운 따끈따끈한 머핀이에요. 왼쪽부터 차례대로 치즈, 호두, 블루베리. 혹시 싫어하는 거 있어요?]

[없습니다. 다 잘 먹습니다.]

[그럼 두 개씩 갖다줄게요. 나중에 또 먹고 싶어지면 말해요. 언제든지 구워 줄게요.]

[고맙습니다. 저도 은영 씨한테 보답하고 싶은데 뭐가 좋을까요?]

[보답이요? 음, 그럼 저도 승현 씨가 만든 거 먹어 보고 싶어요.]

[무슨 요리 먹고 싶습니까?]

[말하면 뭐든지 다 만들어 줄 수 있는 거예요?]

[그럼요. 대신 한 달만 기다려 주세요. 연습해야 되니까.]

[뭐야. 그럼 바로 되는 건 없어요?]

[……라면?]

[그럼 라면 끓여 주세요. 승현 씨가 끓여 주는 라면 먹고 싶어요.]

165

[왜 하필 라면입니까. 다른 좋은 거 놔두고. 조금만 기다려 주세요. 하다못해 파스타라도 금방 연습해 올 테니까.]

[승현 씨 지금 참라면 무시하는 거예요? 쫄깃한 면발, 진한 소고기 엑기스를 베이스로 한 구수한 국물, 한국인의 입맛에 맞는 얼큰함을 자랑하는 참라면을?]

[은영 씨 홍라면 좋아한다면서요?]

[대체 언제 적 이야기를 하는 거예요? 한국인이라면 참라면이죠.]

[알겠습니다. 참라면 끓여 드릴게요. 오늘 시간 괜찮습니까?]

[오늘은 한 30분 정도 늦게 퇴근할 것 같아요. 승현 씨는요?]

[저는 바로 퇴근합니다. 가게 주차장에서 기다리고 있을 테니까 퇴근하면 바로 주차장으로 와요.]

승현이 카페 〈모니카〉의 주차장에 차를 멈춰 세웠을 때, 시간은 정확히 6시 30분이었다.

조금만 기다리면 나오겠지. 차의 시동을 끈 승현은 은영에게 도착했다고 메시지를 보내기 위해 재킷 안주머니에서 핸드폰을 꺼내 들었다. 그 타이밍에 맞춰 핸드폰이 울렸다. 승재였다.

"어, 승재야."

―형 퇴근했어? 지금 통화 가능해?

"괜찮아. 무슨 일인데?"

―무슨 일은. 어제 일 고맙다고 전화한 거지.

그때 조수석 문이 열리며 은영이 차에 올랐다. 그에게 말을 걸려던 그녀가 승현이 통화하는 걸 보고 잠시 멈칫했다. 승현은 입모양으로 '승재' 하고 통화 상대를 알려 주었다.

고개를 끄덕인 은영은 조용히 차 문을 닫고 안전벨트를 맸다.

166

그 모습을 본 승현이 곧장 손을 뻗어 버튼을 눌러 그녀의 안전벨트를 풀었다.

"진짜 다음은 없어. 또 오기만 해 봐."

－안 가, 안 가. 나 이제 짐도 다 뺐잖아.

"아직 몇 개 남았잖아."

－그건 숙박비 대신. 형 편하게 써.

승현은 은영이 다시 안전벨트를 버클에 꽂기 무섭게 버튼을 눌렀다. 그가 장난을 친다고 생각했는지 은영은 키득키득 웃으며 다시 한번 안전벨트를 버클에 꽂았다.

다시 버튼을 누르고 승현은 곧장 은영의 손을 잡았다. 그는 허를 찔렸다는 듯 눈을 동그랗게 뜨는 은영을 보며 기분 좋은 미소를 지었다.

－아무튼 이제 진짜 형 오피스텔에 갈 일 없으니까 은영 씨랑 편하게 데이트해.

"그렇게 말해 놓고 또 일곱 번째 소원이다, 여덟 번째 소원이다 하는 건 아니지?"

－에이. 안 그런다니까. 형 나 못 믿어?

"너 같으면 널 믿을 수 있겠냐?"

－당연하지. 내가 날 안 믿으면 누가 날 믿어?

그 자신만만한 목소리에 승현은 픽 하고 웃었다.

"끊어. 나 데이트해야 해."

－그러시던가요. 나도 샛별이랑 데이트…….

승현은 이어지는 승재의 말을 다 듣지도 않고 전화를 끊어 버렸다. 어제의 복수였다.

"통화는 다 끝났어요?"

"네."

승현은 몸을 오른쪽으로 기울여 왼손을 은영에게로 길게 뻗었다. 그는 그녀의 안전벨트를 직접 매 준 후에야 만족스러운 얼굴로 핸드폰을 재킷 안주머니에 집어넣었다. 그런데 그사이를 노리고 은영이 버튼을 눌러 승현이 채워 준 안전벨트를 푸는 것 아닌가.

'내가 이겼지?' 하는 얼굴로 의기양양하게 저를 보는 은영에 승현은 픽 하고 웃음을 흘렸다. 그러고는 기습적으로 조수석 쪽으로 몸을 확 기울였다.

"헉……!"

기껏해야 다시 안전벨트 경쟁을 할 줄 알았던 은영은 조금만 움직이면 입술이 닿을 듯, 말 그대로 코앞에 있는 승현의 얼굴에 얼음처럼 완전히 얼어붙고 말았다.

"스, 승현 씨……. 너무 가까운 것 같은데, 요."

"왜요. 이런 거 기대한 거 아니었습니까?"

"아, 아뇨. 아닌데요. 아니에요. 그렇지 않아요."

"그걸 또 그렇게까지 열심히 부정하면 섭섭한데."

낮게 웃음을 터뜨린 승현은 은영의 동그란 콧방울에 가볍게 입을 맞춘 후 운전석으로 돌아갔다. 그 전에 다시 그녀에게 안전벨트를 채워 주는 것도 잊지 않았다.

"출발하겠습니다. 이제 안전벨트 풀지 마요."

"아, 네, 그럼요. 당연하죠."

마치 생명줄인 것처럼 안전벨트를 두 손으로 꼭 감싸 쥔 채 은영은 차가 달리기 시작한 것도 모르고 코끝에 남은 온기를 멍하니 곱씹었다.

'저번에는…… 이마 아니었나?'

그런데 이번엔 콧방울이라니. 그럼 다음에는.

"그런데 정말 괜찮습니까?"

"네? 뭐가요?"

"지금 우리 가는 곳이요."

차가 신호등의 빨간불 앞에 멈춰 섰을 때, 승현은 다시 한번 확인하듯 조심스럽게 그녀에게 물었다.

"지금이라도 마음 바뀌었으면 말해요. 차 돌리면 되니까."

"아니에요. 저 진짜 승현 씨가 끓여 주는 라면 먹어 보고 싶어요. 그리고……."

맑게 웃은 은영은 가방 속 지갑을 열어 깊숙한 곳에 끼워 놓은 카드키를 꺼냈다.

"승현 씨 선물, 얼른 한번 써 보고 싶거든요."

❋❋❋

"들어오세요."

집 안으로 먼저 들어온 승현이 형광등과 함께 에어컨을 켰다. 그가 리모컨을 들고 버튼을 몇 번 누르는 동안 은영은 "실례합니다……." 중얼거리며 조심스럽게 안으로 들어왔다.

그녀는 생각보다 널찍한 공간에 우와, 하고 감탄했다.

"오피스텔이라고 해서 이것보다 작을 줄 알았는데 생각보다 넓네요."

"그래도 아파트만은 못 합니다. 욕실도 하나뿐이고."

"아…… 그래요?"

169

보통은 하나면 충분하지 않나. 그렇게 생각하며 하하 웃은 은영은 책상과 소파밖에 없어 널찍한 거실과 눈부신 화이트 톤의 주방, 그리고 복층으로 이어지는 계단을 눈으로 구경했다.

"저 위가 침실이에요?"

"네. 올라가 볼래요?"

"그래도 돼요?"

"안 될 게 뭐가 있으려고요."

승현은 은영의 가방을 받아 소파에 내려놓고 그녀의 손을 잡은 채 계단으로 향했다. 말이 복층이지, 천장은 물론이거니와 계단도 상당히 높아서 집 안에 2층이 있다고 해도 과언이 아니었다.

"침대가 엄청 크네요?"

"작은 건 불편해서요. 차라리 바닥에서 자면 잤지, 싱글 침대에선 못 자겠더라고요."

"그렇구나……."

그럼 그때 자고 가란 말은 안 하길 잘했다. 본인이 그런 생각을 떠올려 놓고 얼굴이 확 달아오른 은영은 괜히 뺨을 만지작거리며 주변을 구경하는 척 바쁘게 시선을 이동시켰다.

"여기도 가구는 침대랑 옷장뿐이네요. 거실도 많이 썰렁하던데 필요한 가구만 들여놓는 타입이에요?"

"그렇기도 하고, 원래 여기는 퇴근이 늦어질 때 들러서 잠만 자는 곳이었거든요. 최근에는 거의 여기서 살다시피 하고 있지만."

딱히 더 볼 게 없어 아래로 내려온 뒤, 승현은 거실의 소파도 승재가 산 거라고 덧붙였다. 원래는 이불 가져와서 바닥에 깔고 자더니 거실에 침대를 들여놓기는 좀 그렇고, 침대 대용으로 소파를 산 거라고.

"아, 그래서 소파를 이렇게 큰 걸 산 거구나."

"숙박비 대신이라고 맘대로 쓰라는데. 제가 보기엔 너무 큰 걸 사서 처치 곤란이라 두고 간 거 같습니다."

키득키득 웃은 은영은 어느새 시원해진 내부의 공기에 한결 편하게 숨을 내뱉었다. 승현은 그런 은영을 주방으로 데리고 가 식탁으로 쓰는 ㄷ 자형 싱크대 앞에 그녀를 앉혀 놓았다.

"그나마 승재가 잘한 게 하나 있네요. 만약에 그 녀석이 의자 하나 더 안 사 놨으면 이 집에 의자가 하나뿐이었을 겁니다."

"지금 이 의자 하나밖에 없는 거 아니에요?"

"저기 저 의자 가져다 앉으면 됩니다."

승현이 가리킨 건 거실 벽 쪽에 덩그러니 놓인 책상 의자였다.

여기서 잠만 잤다더니. 정말 있는 것 빼곤 다 없었다. 만약 승재가 이 집에서 잠깐이나마 지내지 않았으면 눈앞에 펼쳐졌을 휑한 공간을 떠올리며 은영은 키득거렸다.

"혹시 이 의자도 숙박비예요?"

"네. 소파보단 차라리 그게 더 쓸모 있네요."

승현은 재킷을 벗어 옷걸이에 걸어 두고 셔츠의 소매를 팔꿈치까지 걷어 올렸다. 그는 싱크대 위쪽 선반에서 냄비를 꺼내며 은영에게 물었다.

"평소에 라면 먹을 때 넣어 먹는 거 있습니까?"

"달걀……? 다른 건 굳이 안 넣어요. 승현 씨는요?"

"전 달걀도 잘 안 넣습니다. 국물 본연의 맛이 안 살아서."

"와, 국물 본연의 맛 얼마나 잘 살리는지 두고 볼 거예요. 못 살리기만 해 봐. 홍라면으로 다시 갈아탈 거니까."

"제 손에 참라면의 명예가 달린 겁니까? 좋아요, 참라면이 홍라

171

면보다 낫다는 걸 똑똑히 보여 드리겠습니다."

승현은 아주 의욕적으로 라면을 끓이기 시작했다. 있는 것 빼고 다 없는 이 집 서랍에서 계량컵과 타이머까지 꺼내 와서.

"세상에……. 저 라면 끓일 때 계량컵이랑 타이머 쓰는 사람 처음 봤어요."

"그러니 참라면의 진가를 몰라봤죠. 베이킹할 때만 이런 게 필요한 게 아닙니다. 라면도 요리예요. 진지한 자세가 필요합니다."

진담보다는 농담에 가까운 말이었다. 그래서 은영은 키득키득 웃으며 제가 잘못했다고 사과했다.

"그런데 설마 이렇게까지 했는데 맛없진 않겠죠?"

"그건 이제 먹어 보고 판단하세요. 그보다 말 시키지 마세요. 집중해야 합니다."

"네. 얌전히 기다릴게요."

은영은 두 손으로 턱을 괸 채 라면 봉지를 들고 거기에 적힌 레시피를 진지한 얼굴로 정독하는 승현을 즐겁게 바라봤다. 얼굴만 따로 떼어 놓고 보면 저 얼굴을 누가 라면 봉지 읽는 얼굴이라고 생각할까?

내리깔린 풍성한 긴 속눈썹 아래의 깊은 눈빛과 직선으로 뻗은 콧등, 날카로운 턱선. 그것들이 조화되어 차갑게만 느껴지는 그의 인상은 시쳇말로 '차도남'을 떠올리게 했다.

차가운 도시의 남자. 그러나 내 여자에겐 따뜻하겠지…….

그야말로 승현과 딱 맞는 말이었다. 은영은 자꾸만 비어져 나오는 웃음을 참지 못했다.

"왜 웃습니까? 저 지금 뭐 잘못하고 있어요?"

"아니에요. 승현 씨가 너무 잘생겨서."

"보고만 있어도 웃음이 나오는 외몹니까?"

"네. 전 계속 구경하고 있을 테니까 승현 씨는 라면 계속 끓여요."

은영은 일부러 얼굴을 앞쪽으로 더 내밀고 의자 아래로 두 발을 앞뒤로 흔들었다.

그런 그녀를 보며 잠시 황당한 표정을 짓고 있던 승현이 이내 픽 웃음을 흘렸다.

"그래요. 맘껏 보세요. 대신 다음에 내가 은영 씨 얼굴 대놓고 구경해도 뭐라고 하기 없깁니다."

"싫어요. 뭐라고 할 건데."

"그런 게 어딨습니까?"

"여기요. 아, 승현 씨! 타이머 울려요!"

"하······. 나중에 얘기합시다."

은영을 향해 얄미운 시선을 던지다가 이내 별수 없이 웃음을 터뜨린 승현은 타이머를 끄고 끓는 물에 면을 집어넣었다.

그때부턴 얼큰한 라면 냄새가 공기 중에 퍼지기 시작해 은영도 승현의 외모에 집중하고 있을 수가 없어졌다. 기분 탓인지 배 속에서 꼬르륵 소리가 울리는 것 같았다.

"달걀은 안 넣겠습니다. 진정한 국물 맛으로 승부할 거니까."

"전 달걀 넣은 거 좋은데."

"······그럼 하나만 넣을게요."

냉장고에서 달걀을 꺼내 온 승현이 계란을 깨기 직전, 은영을 향해 고개를 돌려 물었다.

"반숙 좋아합니까? 아니면 완숙?"

"조절할 수 있어요?"

"제가 그 정도도 못 하고 큰소리를 쳤을 것 같습니까?"

"그렇게까지 큰소리치면 저 진짜 기대할 건데."

라면 같은 건 입도 안 댈 것처럼 생긴 사람이 라면에 대해 이렇게 자신감을 드러내니 은영도 좀 궁금해졌다. 대체 얼마나 맛있게 끓이려고.

반숙이라고 대답한 은영의 앞에 하얀 사기그릇에 라면을 담아 온 승현이 직접 젓가락으로 노른자를 터뜨려 완벽한 반숙을 증명했다.

주황빛 얼큰한 라면 국물 속에서 구불구불한 면발이 형광등 불빛을 받아 윤기가 좔좔 흘렀다. 저도 모르게 침을 꼴깍 삼킨 은영이 젓가락을 들어 잘 먹겠다고 인사하고 라면을 한 젓가락 집으려던 그때였다.

"잠깐만요. 라면이랑 같이 드세요."

그러면서 승현이 냉장고 문을 열기에 은영은 그가 김치를 꺼내오는 줄 알았다. 그런데 아니었다. 아니, 김치가 맞긴 했는데 그것뿐만이 아니라…….

"……이게 다 뭐예요?"

라면 하나 먹는데 거의 한정식 상이 차려졌다. 은영은 기가 막힌 눈으로 떡갈비며 간장게장, 물김치, 탕평채, 도토리묵, 코다리강정 같은 것들을 내려다봤다.

"어머니가 오늘 아침에 반찬 만들어서 갖다주겠다고 하셨는데 낮에 바로 와서 두고 가신 모양입니다. 냉장고가 꽉 찼네요."

"그럼 뒀다가 승현 씨 먹어요. 아들 먹으라고 해 주신 건데 어떻게 제가 먹어요?"

"은영 씨, 모르겠어요?"

"뭘를요?"

"이거, 그때 은영 씨가 맛있다고 좋아했던 것들이잖아요."

"……아."

놀란 은영이 손으로 입을 가린 채 다시 상 위에 차려진 반찬들을 내려다봤다. 확실히 그랬다.

"전 딱히 말 안 했는데 저희 다시 만나는 거 아셨나 봅니다. 아무래도 은영 씨가 어머니 마음에 쏙 들었나 봐요. 헤어졌다는 말에 은영 씨 찾아가서 제 소식 알린 것도 그렇고."

"제가 마음에 드셨다기보다…… 저 아니면 승현 씨가 평생 혼자 살 것 같아서 그러신 게 아니고요?"

"글쎄요. 은영 씨가 마음에 안 드셨으면 그냥 너 혼자 평생 살라고 하지 않으셨을까요. 게다가 저희 집안사람들이 다 그렇긴 하지만, 어머니도 특히 아쉬운 소리 하는 거 싫어하는 분이셔서."

"승현 씨도요?"

"그럼요. 아쉬운 소리를 해 가면서 무언가를 가지려고 크게 욕심내 본 적 한 번도 없습니다. 은영 씨가 처음이에요. 제발 나 달라고 애원하고 매달린 적."

"에이, 거짓말."

"진짠데. 어떻게 하면 믿어 줄 겁니까?"

젓가락을 쥔 승현이 코다리 강정을 은영의 입에 넣어 주며 물었다. 반사적으로 그가 주는 걸 받아먹은 은영은 턱을 우물거리다가 뒤늦게 뺨이 달아올라서 말을 더듬었다.

"이, 일단 라면 먹고요. 이러다 면 다 불겠어요."

은영은 후다닥 라면 그릇에 얼굴을 거의 묻은 채 젓가락으로 열심히 면을 집어 후루룩 흡입했다.

승현이 저에게 퍽 다정하게 구는 거야 이미 알고 있었지만, 다른 일에 집중하고 있을 땐 냉한 분위기를 풍기던 그가 뺨에 보조개가 파일 정도로 장난스럽게 웃는 걸 보고 있자니 괜히 얼굴이 달아올랐다. 그래, 그의 뺨에 보조개가 있는 걸 은영은 처음 알았다.

'승현 씨…… 오른쪽 뺨에만 보조개가 있구나.'

그렇게 크지는 않아서 아마 이렇게 가까운 거리가 아니었으면 못 알아봤을 것 같다. 이렇게 그에 대해 하나하나 알아가는 게 좋아서 은영은 라면을 먹다 말고 웃어 승현을 당황하게 만들었다.

❊ ❊ ❊

솔직히 말하면, 같이 먹은 반찬들 맛이 너무 강렬해서 라면이 정말 맛있었는지 맛없었는지 구분할 수 없었다. 그러나 애인이 계량컵에 타이머까지 써 가며 정성스레 끓여 준 라면을 어떻게 맛없다고 할까.

은영은 오늘부터 라면은 참라면만 먹겠다고 엄숙하게 선언해 승현을 미소 짓게 했다. 그 농담 같은 선언에 그가 무척 기쁘게 웃어서 은영은 또 한 번 웃음을 터뜨리고 말았다.

"승현 씨, 우리 후식으로 아이스크림 사 와서 머핀이랑 같이 먹어요. 제가 살게요."

"제가 사겠습니다. 우리 데이트할 때 은영 씨 지갑 꺼내지 않기로 약속…….''

"그 약속 이제 무효로 하기로 한 거 아니었어요? 됐으니까 승현 씨야말로 지갑 놔두고 나와요. 저 꼴랑 몇천 원 가지고 생색 엄청 낼 거니까."

"생색이요? 흠음, 좋습니다. 은영 씨가 생색내는 건 좀 보고 싶네요."

에어컨 없이는 밤잠 못 이루게 만들던 열대야가 물러가고, 이제 밤공기는 제법 서늘해졌다. 손잡고 걷기 딱 좋은 날씨라고 생각하며 은영은 승현의 손을 잡고 가로수가 드문드문 심겨 있는 보도블록 위를 걸었다.

찰칵—

"응?"

"왜 그럽니까?"

"아뇨……. 방금 무슨 소리를 들었던 것 같은데."

착각인가? 주변을 둘러봐도 딱히 눈에 띄는 건 없었다.

잘못 들은 거겠지. 그렇게 생각하며 은영은 승현을 향해 웃어 보였다.

✻✻✻

밤 깊은 늦은 시각, 집으로 돌아와 씻고 나온 은영은 핸드폰을 집어 들고 침대에 드러눕다가 부재중 전화가 1통 있는 걸 발견했다.

절 바래다준 승현이 벌써 집에 도착했나? 은영은 의아해하며 부재중 통화의 발신자를 확인했다. 액정에 뜬 이름은 샛별이었다.

"얘가 이 시간에 웬일이지……."

전화가 걸려온 건 겨우 10분 전이었다. 은영은 곧장 샛별에게 전화를 걸었다.

-언니! 자는 거 아니었어?

"아니야, 씻고 있었어. 무슨 일이야?"

-어? 아니 그게……. 언니한테 할 말이 있어서.

헤헤 웃는 목소리만으로 그녀가 무슨 말을 하고 싶어 하는지 충분히 짐작해 낼 수 있었다.

"어떤 거? 승재 씨랑 다시 만나기로 했다는 거?"

-응. 생각해 보니까 내가 제대로 얘기를 안 한 것 같아서. 나 승재 오빠랑 다시 만나기로 했어.

"대체 어쩌다 그렇게 된 거야?"

-그게…….

샛별은 은영에게 어제 있었던 일을 알려 주었다. 소개팅했던 남자와 길거리를 걷다가 봉변을 당한 것과, 그런 자신을 승재가 도와주었다는 걸.

"미안. 소개팅 한 번 잘못해서 별일을 다 겪었네."

-괜찮아. 덕분에 승재 오빠랑 재결합도 했고.

그렇게 답하는 샛별의 목소리엔 활기가 가득 넘치고 있었다. 생각해 보니 샛별이 승재와 헤어지고 그녀가 이렇게 즐거워하는 목소리는 듣지 못했던 것 같다.

난 괜찮다고, 한 번 헤어지면 다 지나간 과거고 끝이라더니 사실은 그게 아니었구나.

언니가 돼서 샛별의 진심도 몰라줬다는 사실에 은영은 마음이 조금 무거워졌다.

"승재 씨랑은 정말 괜찮아진 거 맞지? ……그, 갑자기 왜 헤어지자고 한 건지 이유는 들었어?"

-들었어. 진짜 쓸데없는 이유였던 거 있지.

"쓸데없는 이유?"

―처음 만났을 때 승재 오빠가 나한테 한 말이 우리 옛날에 본 적 없냐였
거든. 나는 그게 그냥 작업용 멘트 줄 알았는데 언니랑 실제로 본 적이 있
었을지도 모른대.

"나랑?"

―응. 근데 그때 그 사람이 자기 첫사랑이었다는 거야. 그때 한 번 보고
다시는 못 봐서 금방 잊었다고는 하는데 나는 언니 동생이고, 언니는 승재
오빠 형 애인이고. 찝찝하고 신경 쓰여 죽겠는데 집에서는 겹사돈 반대라
고 어른들이 들고 일어났다지. 그런데 승현 오빠가 처음으로 사랑한다고
나선 사람인데 헤어지는 거 도저히 못 보겠다지. 그래서 충동적으로 헤어
지자고 했다나 봐.

은영의 입이 떡 벌어졌다. 자신이 승재의 첫사랑이었을지도 모
른다는 내용도 충격적이긴 했지만, 그 뒤에 이어진 내용을 승재가
샛별에게 다 말한 것도 놀랍긴 마찬가지였기 때문이었다.

"승재 씨가…… 그 얘길 너한테 다 솔직하게 했어?"

―응. 이제 거짓말하면 절대 안 봐줄 거라고 했거든.

"……."

―암튼, 그래서 과거에 본 거면 날 본 걸지도 모르지 않냐고 어디서 봤냐
고 물었는데, 승재 오빠 말이 수원에서 봤다는 거 있지.

"수원?"

―응. 그럼 언니 본 게 맞겠다 싶더라. ……뭐, 듣고 나니 나도 좀 신경 쓰
이긴 하는데 무슨 상관이야. 그냥 얼굴만 보고 반한 거잖아? 그럼 나한테
반한 거기도 하지, 뭐!

"아, 음, 그렇지. 우린 얼굴 똑같으니까."

―취향 참 일관적이지……. 고등학교 때 첫눈에 반한 여자랑 똑같이 생긴

179

여자한테 또 반하고 말이야.

"고등학교 때?"

─응. 고등학생 때 수원에 간 적이 있다더라고. 왜. 저번에 승재 오빠가 나한테 언니 수원 살았냐고 물어본 적 있었잖아. 그거 때문에 물어봤던 모양이야.

"아, 아아. 맞다, 그런 적 있었지."

고개를 끄덕이던 은영의 머릿속으로 문득 태용과의 일이 떠올랐다. 수원 살았다는 말에 어느 동에 살았는지 꼬치꼬치 캐물었던.

"……그래서 그때 승재 씨 수원에는 왜 갔대?"

─수원에? 아아, 큰아버지 집이 수원에 있었대.

그 순간 간지러운 뺨을 긁던 은영의 손이 얼어붙은 것처럼 우뚝 멈추었다.

"큰아버지 집이 수원에 있었다고?"

─응. 지금은 돌아가셨지만.

"나도 그 얘기는 들은 거 같아. ……근데 혹시 승재 씨랑 승현 씨한테 사촌 형제가 있던가?"

─글쎄, 잘은 모르겠는데 사촌 이야기는 들은 적 없는 것 같아. 근데 그건 왜?

"아니, 그냥. 좀 궁금해져서……. 아, 그러고 보니까 딸기 쉬폰 케이크 있잖아. 네가 까먹고 그냥 간 거."

─아아, 맞다! 그거 어떻게 됐어?

"어떻게 되긴. 잘라서 다 같이 나눠 먹었어. 뒀다가 주기도 좀 그래서."

─뭐야. 그런 게 어딨어! 그럼 내 거 다시 만들어 줘. 내일 괜찮아? 나 퇴

근하고 언니 가게로 갈게!

"내일은 예약 꽉 차서 안 돼. 모레 와."

─힝…… 알았어, 그럼 모레 내 거 하나 만들어 줘!

그렇게 통화를 끝낸 후, 은영은 핸드폰을 손에 꼭 쥔 채 심란해진 가슴을 어찌하지 못하고 천장만 바라봤다.

"우연……이겠지?"

그래, 우연일 거다. 은영은 그렇게 결론짓고 침대에 누웠다.

그러나 완전히 잠들기 전, 마치 머릿속에 번개가 꽂히듯 오래된 기억 하나가 되살아났다.

'근데 오빠……. 같이 사는 사람이 오빠네 아빠야?'

'아니. 큰아버지야.'

'큰아버지? 왜 큰아버지랑 같이 살아? 오빠네 부모님도 이혼하셨어?'

'아니.'

'그러면? 아, 돌아가셨……구나?'

'아니야. 두 분 다 멀쩡하게 살아 계셔.'

'그러면? 혹시 미국 가셨어? 오빠 혼자 한국에 있는 거야?'

그 질문에 답하던 지훈의 얼굴이 어떻게 생겼는지는 떠오르지 않았다. 그러나 그가 굉장히 씁쓸한 표정을 지었던 것만은 분명하게 생각이 났다.

'아니. 전부 아냐. 난…… 버림받았어.'

　신호등 빨간불 앞에서 잠시 차를 멈춰 세운 김 기사는 백미러 너머로 저를 따라오는 두 대의 차를 확인한 후 조수석에 앉아 있는 권 회장에게 슬쩍 시선을 주었다.

　멀쩡한 상석 놔두고 조수석에 몸을 실은 그는 다리 사이에 둔 지팡이를 두 손으로 잡은 채 멀거니 정면을 바라보고 있었다. 그 모습에 어딘지 조금 불안해진 김 기사가 조심스레 물었다.

　"그…… 회장님, 정말 이래도 괜찮은 걸까요?"

　"안 괜찮으면? 내 주치의에 의사가 둘이나 더 붙어 있는데 뭐가 문제야? 무슨 일 생기면 알아서 잘해 주겠지. 자넨 걱정할 거 하나도 없네."

　지금 뒷좌석의 윤 박사를 중심으로 의사 둘이 다 회장님 말씀에 낯빛이 새파랗게 죽어 버렸거든요…….

　그러나 그 말을 어찌 입 밖으로 꺼낼까. 말려 봐야 들을 사람도 아니거니와, 괜히 그 뜻을 꺾으려 들었다가 성질내고 흥분하게 만들면 건강에 더 안 좋을 터였다.

　'내 신세가 어쩌다…….'

　회장님 은퇴하실 때 나도 은퇴하는 거였는데. 이제 출퇴근 안 하시니 가끔 어디 산책 나가실 때만 핸들 잡으면서 월급 받아 가면 되겠지, 그렇게 순진한 생각을 했던 과거의 자신을 한 대 때려 주고 싶었다.

　"그런데 아직 멀었나? 앉아만 있으려니 슬슬 좀이 쑤시는데."

　"거의 다 왔습니다. 그런데……."

　정말 이래도 될까요? 그 소리가 한 번 더 튀어나오려 했다. 그러나 그는 현명하게 입을 다무는 쪽을 택했다. 물어봐야 호통만 들을 테니까.

'수술이 코앞인데 이렇게 돌아다니셔도 되는 거냐고……. 그것도 병원을 **빠져나온** 이유가 손자 애인 몰래 만나기 위해서라니.'

10년을 넘게 모셨지만 정말로 이해할 수 없는 양반이었다.

그나마 위안이라면 '아무리 생각해도 이건 아닌 것 같은데…….'라고 생각하면서도 권 회장의 뜻을 꺾을 엄두가 안 나 결국 따르는 사람이 저 혼자만이 아니라는 것일까.

'권 회장님 돌아가시면…… 그땐 진짜 은퇴한다. 서울엔 발도 안 디딜 거야.'

제주도로 건너가서 귤 농사나 짓고 살아야지. 김 기사는 오늘도 다시금 귀농의 꿈을 꾸며 카페 〈모니카〉로 차를 몰았다.

❋❋❋

잠시 쉬는 시간. 은영은 반죽을 오븐에 넣어 놓고 카운터에 나와 박 사장과 함께 드라마를 보고 있었다.

"저, 저, 저! 저런 모옷! 된 양반을 봤나. 지 아들이 잘나면 얼마나 잘났다고 남의 집 귀한 딸한테 물벼락을 끼얹어?"

"……흠흠, 그래도 물벼락 정도면 양호하지 않아요? 요즘엔 김치로 **뺨**도 때리던데."

"어느 쪽이든 그러면 안 되지. 사람이 돈이 많으면 뭐 해? 기본적으로 인성이 좋아야지."

쯧쯧 혀를 차는 박 사장에 왜 내 가슴이 뜨끔거리는 걸까.

아주 인상 깊었던 승현과의 첫 만남을 떠올리며 은영은 괜히 카운터 앞에 놓인 쿠키만 정리했다. 마침 딸랑딸랑 울리는 문의 방울 소리가 어찌나 반갑던지.

"어서 오세……. 어?"

"아이고, 단체 손님 오셨네. 은영아, 현수 나오라고 해라. 열 명이 넘는다."

"아니, 저기……."

지금 단체 손님이 문제가 아니라요…….

은영은 얼떨떨한 얼굴로 덩치 큰 경호원을 대여섯이나 대동한, 그 외에도 비서로 추정되는 사람들을 등 뒤에 달고 카운터로 다가오는 태용을 멍하니 바라봤다. 그러다 뒤늦게 정신이 들어 허둥지둥 허리 숙여 인사했다.

"오, 오랜만에 뵙습니다. 안녕하셨어요, 할아버님."

"그래. 오랜만이구나, 아가."

이마의 굵은 주름이 마치 호랑이 줄무늬처럼 보일 정도로 사납던 인상이 단숨에 순해졌다.

"내 할 말이 있어 왔다. 잠깐만 시간 내주련?"

"잠깐이라면 괜찮아요."

"그래그래. 최 비서, 내 자주 마시는 걸로 알아서 주문 좀 하게. 난 먼저 빈자리 가 있으마."

"네, 회장님."

뒤에 서 있던 수행원 중 하나가 앞으로 나서 태용을 빈 테이블로 안내했다. 그사이 최 비서가 사람 숫자대로 커피와 케이크를 포장 주문했다.

대량 주문을 받으면서도 입을 떡 벌리고 있던 박 사장은 찜찜한 표정을 지우지 못한 채 검은 양복을 입은 무리를 흘끗거렸다.

"은영아, 저 양반 누구냐? 누구길래 저렇게 임금님 행차하는 것처럼 사람들을 주렁주렁 데리고 다녀?"

"아, 그게……. 제 애인 할아버지요."

"뭐? 아니, 대체 얼마나 대단한 남자길래 할아버지까지 널 만나러 와? 찾아갈 부모 없는 사람은 어디 서러워서 살겠나."

그렇게 흥보듯 투덜거리는 게 저를 걱정해서 하는 말임을 어떻게 모를까. 은영은 괜찮으니까 잠깐만 대화하고 오겠다고 박 사장에게 허락을 구했다. 박 사장은 걱정스러운 얼굴로 고개를 끄덕이면서 은영의 귀에 대고 작게 속삭였다.

"쟁반 가져가서 물 끼얹으려거든 잽싸게 막아 버려. 그 정돈 할 수 있지?"

"그럼요."

막장 드라마 마니아다운 그의 조언에 작게 웃음을 터뜨리면서도 생각해 보니 조금 걱정이 되어 은영은 잠깐 근심했다.

'그런 목적으로 오신 건 아닐 텐데…….'

오히려 그 반대의 경우일 것 같아 걱정된달까. 여러모로 복잡한 생각을 품은 채 은영은 태용의 것으로 추정되는 캐모마일 티를 들고 그가 앉아 있는 테이블로 다가갔다.

"오래 기다리셨습니다."

"괜찮다. 거기 앉거라."

"네."

은영은 쟁반을 무릎 위에 놓고 태용의 맞은편에 앉았다. 태용은 캐모마일 티를 한 모금 삼킨 후 입을 열었다.

"갑자기 찾아와서 미안하다, 아가. 그런데 내가 따로 연락하고 약속을 잡을 시간이 있어야 말이지."

"네. 주말에 수술하신단 이야기는 전해 들었어요. 쾌차하시길 빌어요."

"역시 우리 승현이랑 계속 만나고 있었던 게로구나?"

"네? 아, 그게…….'"

"다 알고 온 거니 그리 눈치 볼 필요 없다. 아무렴 내 손자가 어디서 누굴 만나는지도 모를까."

보통 이야기를 하지 않으면 모르는 게 정상 아닐까요…….

머릿속에 떠오른 그 말을 호랑이 같은 이 할아버지 앞에서 어떻게 내뱉을까. 은영은 달리 할 말이 없어 결국 고개를 끄덕였다.

"네. 승현 씨랑 다시 만나고 있어요. 혹시 그 과정에서 일어났던 일이 할아버님께 심려를 끼쳤다면 사과드리겠습니다. 죄송해요."

고개를 반듯하게 숙이는 은영에 태용이 그럴 거 없다고 손을 내저었다.

"됐다, 됐어. 그런 사과 들으러 온 거 아니다. 앞으로 또 그러지만 않으면 됐지."

"아…….'"

내 손자랑 헤어지지 말아라. 그 얘기를 하러 여기까지 오신 건가? 은영이 어색한 웃음을 흘리던 그때였다.

"최 비서."

"네, 회장님."

뒤에서 대기하고 있던 비서가 미리 언질을 받은 것처럼 즉시 테이블 위에 서류 가방을 올려놓고 그 안에서 두툼한 서류철을 꺼냈다. 그리고 그걸 은영의 앞에 펼쳐 놓더니 앞에서부터 한 장 한 장 이게 뭐 하는 서류인지 알려 주기 시작했다.

"우선 K식품 기업의 주식 1%를 포함해 강남, 대치동, 한남동에 지어진 건물이 저택과 아파트, 상가를 포함해 전부 16채입니다. 그리고 대관령에 양떼목장과 승마장이 지어진 산이 있는데, 현재는 펜션 단지를 건설 중인…….."

"자, 잠깐만요. 지금 무슨 말씀을 하시는지 하나도 못 알아듣겠는데요."

펄럭펄럭 넘어가는 서류와 함께 쉬지 않고 이어지는 김 비서의 말을 은영이 도중에 끊었다. 이게 대체 무슨 소리인가 싶었다. 주식이라니. 강남에 아파트라니. 대관령에 목장이라니?

"이게…… 저랑 무슨 상관인데요?"

"아, 제일 중요한 말씀을 드리지 않았군요."

그러나 그건 실수가 아니라 의도된 상황이었다는 듯 최 비서는 안경을 들어 올리며 차분한 목소리로 설명했다.

"아가씨께서 승현 도련님과 무사히 결혼하시면 회장님으로부터 상속받을 수 있는 재산 리스트입니다."

"……네?"

"상속세 및 양도세는 걱정하지 않으셔도 됩니다. 그러기 위한 현금까지 모두 포함해서 아가씨께서 상속받게 될 재산의 총 시가는…….."

그의 입에선 은영은 단 한 번도 상상도 해 본 적 없는 액수가 흘러나왔다.

"뭐, 뭐라고요……?"

"참고로 이 모든 건 회장님께서 장손의 며느리에게 주기 위해 수십 년 전부터 따로 떼어 놓으셨던 겁니다. 다른 가족분들 역시 아가씨가 이 모든 재산을 물려받는 걸 당연하게 생각하고 계시니 혹시나 하는 걱정은 안 하셔도 됩니다."

"아니, 그런 걱정을 한 게 아니라요."

"아, 관리할 걱정도 하실 필요 없습니다. 모든 현금 및 부동산, 주식 관리는 K기업의 비서실과 세무 팀이 처리할 테니까요. 물론 아가씨가 원하실 때 언제든 쓰고, 팔고, 처분하실 수 있습니다. 주식만큼은 꼭 미리 상담해 주셔야 하지만요."

"아니, 아니요, 그런 걸 걱정하는 것도 아니고요. 저는…… 이런 말씀을 드려도 될지 모르겠는데 이런 걸 생각하고 승현 씨랑 만난 게 아니에요. 갑자기 이런 걸 들이미셔도 저는 너무 당황스럽기만 해서……."

"그럼 이제부터 천천히 생각해 보거라."

김 비서가 설명하는 동안 입 다물고 앉아서 캐모마일 티만 호로록 마시던 태용이 문득 입을 열었다.

"최 비서가 말했다시피 그건 15년 전부터 우리 승현이랑 결혼할 아가씨한테 주려고 내 따로 떼어 둔 거다. 암만 관리하는 사람 따로 있다고 해도 내가 갑자기 죽고 나면 붕 뜨지 않겠느냐? 그전에 주인 될 사람한테 내 주려고 그런다."

"하, 하지만…… 손자며느리한테 줄 생각이시라면서요? 전 승현 씨랑 사귄 지도 얼마 안 됐고, 결혼에 관해서는 아직……."

"왜, 승현이랑 적당히 사귀다 헤어지려고?"

"네? 아니에요! 그런 생각한 적 없어요!"

분명하게 부정하는 은영에 태용의 경직된 얼굴도 조금이나마 느슨해졌다. 그에 따라 그의 목소리 역시 조금 누그러졌다.

"그래. 헤어질 생각 없으면 사귀다가 언젠가 결혼할 거 아니냐? 그때 결혼할 거 조금만 앞당기면 되지."

"아니……."

은영은 당황해서 눈만 깜빡이다가 조심스럽게 태용에게 질문했다.

"조금만 앞당기라는 건…… 어느 정도를 생각하고 계시는데요?"

"글쎄다. 내가 언제 죽을지 몰라서."

그때 태용이 갑자기 쿨럭쿨럭 기침을 내뱉었다. 마치 피라도 토할 것처럼 거친 기침을 토해 내는 그에 옆 테이블에 앉아 있던 사람 중 하나가 "회장님!" 하고 놀라 그에게 다가갔다.

괜찮으시냐고 묻고, 태용이 괜찮다며 떨리는 손길로 그를 물리는 과정엔 상당히 작위적인 감이 섞여 있었다. 그러나 은영은 그 사실을 눈치채지 못한 채 놀라서 괜찮으시냐 묻기만 했다.

원하는 반응을 이끌어 낸 태용은 아예 작정하고 손을 떨며 지팡이를 움켜쥐었다.

"괜찮다. 이 늙은이는 살 만큼 살았으니 이제 갈 때도 되었지……."

"그런 말씀 마세요. 수술 잘되고 나면 분명 건강해지실 거예요. ……저랑 승현 씨 결혼하는 것도 보셔야죠."

"그래, 내 말이 그 말이다."

순간 고개를 번쩍 쳐들고 눈을 번뜩이는 태용의 얼굴은 어딜 어떻게 봐도 죽을 날을 받아 둔 늙은 환자라고는 생각되지 않았다. 그걸 본 최 비서가 옆에서 헛기침을 하고, 아차 한 태용이 또 한 번 마른기침을 쥐어 짜냈다.

"수술이 잘되면야 좋겠지만…… 인생이란 게 내가 원하는 대로 잘 풀리지 않는 법 아니더냐. 그러니 아가, 네가 날 좀 도와주지 않으련?"

"도와 달라는 건…… 제가 뭘 어떻게 하면 될까요?"

"턱시도 입은 승현이한테 큰절 한 번 받아 보는 게 내 평생의 소원이다."

태용이 테이블 위의 서류철을 은영에게로 쭉 내밀었다. 테이블 밑으로 떨어질 것처럼 아슬아슬하게 걸쳐진 서류철을 어쩔 수 없이 받아 들자 태용이 속삭이는 듯한 목소리로 말해 왔다.

그것들 말고 따로 원하는 게 있으면 뭐든 말만 하렴. 내 다 들어줄 테니.

"그러니 아가, 내 마지막 소원을 들어주지 않으련?"

부드럽게 꺼내는 그 목소리와 달리 태용의 형형한 두 눈동자 위론 욕심인지 아집일지 모를 감정이 기름기처럼 번들거리고 있었다.

사람 숨을 턱 막히게 하는 그 부담스러운 눈빛 앞에서 은영이 무슨 말을 더 할 수 있을까?

"……생각, 해 볼게요."

"그래. 승현이한테는 내가 찾아왔다는 말은 하지 말고."

태용은 두꺼운 서류철과 함께 제 것과 최 비서의 것, 두 장의 명함을 남기고 떠나갔다. 반쯤 빈 찻잔과 함께 그 자리에 홀로 남은 은영은 명함을 손에 쥔 채 한동안 일어나지 못했다.

❋❋❋

이 일을 어쩌면 좋을까. 승현에게 말을 할까 말까. 은영은 정확하게 이틀을 고민했다.

그러나 아무리 고민해도 답은 나오지 않고, 머리만 더 복잡해질 뿐이라. 결국, 그녀는 괜히 일이 커지기 전에 승현에게 이실직고하기로 마음먹었다.

"······뭐라고요? 할아버지가?"

"네. 그리고 저한테 이것도 주셨어요."

승현의 차에 오른 은영은 집에서 가지고 온 서류철을 꺼내 승현에게 넘겨주었다. 황당과 당황이 섞인 얼굴로 서류철을 받아 든 승현은 그 안의 서류들을 획획 넘겨보다가 이윽고 손으로 얼굴을 덮었다.

"대체······ 할아버지가 정확히 뭐라고 하셨습니까?"

"승현 씨랑 결혼하면 이게 다 제 거가 될 거라고······."

"그러니까, 이거 받고 내 손자랑 결혼해 달라?"

굳이 그의 얼굴을 살펴보지 않아도 승현이 굉장히 화가 났다는 걸 쉽게 알 수 있었다. 그녀는 그의 눈치를 살피며 조심스레 고개를 끄덕였다.

"그렇게 대놓고······ 막 그렇게 노골적으로 말씀하신 건 아니었지만요."

"어련하시겠습니까. 평생을 사업만 하며 살아오신 분이니 그렇게 원하는 손자며느리도 돈 주고 사면 된다 생각하셨겠죠."

"승현 씨······."

"어떻게, 내 의견은 한 번도 존중해 주질 않아."

자조적으로 중얼거린 승현이 재킷 주머니 속에서 핸드폰을 꺼냈다. 표정을 무섭게 굳힌 그가 어디로 전화를 걸지는 뻔한 일이라 은영이 그의 팔을 잡고 말렸다.

"승현 씨 기분 이해해요. 그래도 지금은 말고 나중에 해요. 네?

할아버님 모레 수술하신다면서요."

"몸 안 좋으시니까, 수술받아야 하는데 지장 생기면 안 되니까, 병세도 위중한데 노환까지 겹쳐서 언제 돌아가실지 모르니까. 그 이유로 제가 여태 몇 번이나 휘둘렸는지 압니까? 이제는 할아버지가 정말 위독하신 게 맞나 의심까지 들 정도예요. 그냥 날 당신 뜻대로 조종하고 싶어서 쇼하는 거 아닌가."

"승현 씨……."

"솔직히 너무 지칩니다. 지치고…… 빨리 팔아 치워야 하는 물건 된 것 같아서 은영 씨 보기도 너무 창피하고 민망해요, 지금."

바람 앞의 촛불처럼 금방이라도 꺼질 듯 아슬아슬한 그의 목소리에 은영은 목이 메었다. 말마따나 승현의 얼굴이 너무 지치고 피곤한 빛을 띠고 있어서 그녀가 다 울고 싶었다.

그래서였다. 충동적으로 그런 말을 뱉은 건.

"우리, 그냥 헤어질까요?"

그 말이 떨어진 순간, 안 그래도 표정이 좋지 않던 승현의 얼굴에서 핏기가 싹 빠져 나갔다.

"지금…… 뭐라고 했습니까?"

"아, 아니, 진짜로 헤어지자는 게 아니라요. 헤어진 척을 하면 어떨까 해서요."

"……은영 씨, 제발."

상상했던 최악의 일이 현실로 일어나지 않아 다행이라는 안도와 순간이나마 그 상상 속에서 체험한 상실과 고독이 날카롭게 그의 가슴을 할퀴었다.

의자에 몸을 묻은 승현은 손으로 눈을 덮은 채 입술을 달싹였다. 정말 단 한 순간에 그의 목소리는 탈진한 것처럼 지친 채로 흘러나왔다.

"그런 말…… 농담으로라도 하지 마요. 놀랐잖습니까."

"미안해요. 진짜 그런 뜻으로 한 말 아니었는데……. 화났어요?"

"은영 씨 눈엔 내가 지금 화난 걸로 보입니까?"

승현이 눈에서 손을 떼고 은영을 바라봤다. 그와 눈이 마주친 순간 은영은 머리로 생각할 겨를도 없이 고개를 흔들었다.

"미안해요. 승현 씨 상처 주려고 그런 건 아니었어요."

"이번 한 번만 봐주는 거예요. 다음에 또 그러면……."

"또 그러면?"

은영의 머릿속에 떠오른 건 애처럼 엉엉 울 거라고 웃으며 협박하던 승현의 목소리였다.

그러나 지금 그의 입에서 그런 장난 같은 말은 흘러나오지 않았다. 대신 그는 갑자기 카시트를 뒤로 밀고는 은영에게 이쪽으로 오라고 손을 까딱거렸다.

"어, 어, 그쪽으로요?"

"빨리 와요. 나 지금 장난하는 거 아니니까."

확실히 목소리나 조금 더 조급해진 손짓이 그렇게 느껴지기는 했다. 은영은 난처한 얼굴로 차창 밖을 살피다가 할 수 없이 무릎 위에 올려 둔 가방을 발치에 내려놓고 운전석으로 몸을 기울였다.

그러자 승현이 그녀의 몸을 번쩍 안아 제 쪽으로 끌어당겼다. 순식간에 그의 무릎 위에 앉게 된 은영은 놀라서 어어, 소리를 내며 승현의 목을 끌어안았다.

"하, 이제 살겠네……."

은영의 몸을 꽉 끌어안은 승현이 나지막이 중얼거리며 그녀의 어깨에 제 이마를 묻었다. 가까워도 너무 가까운 거리는 둘째 치고, 몸을 꽉 끌어안은 강한 힘에 은영의 얼굴이 순식간에 달아올랐다.

너무 달아올라서 풍선처럼 펑 하고 터져 버릴 것 같았지만 은영은 차마 놔 달라는 말을 할 수가 없었다. 지은 죄가 있어서.

"승현 씨, 누가 밖에서 보면 어떡해요."

"제 차 선팅 진하게 잘해 놨습니다. 밖에선 안쪽 안 보여요."

"그래도……."

"은영 씨는 저랑 이러고 있는 것이 싫은가 봅니다. 저는 좋은데……. 할 수 없죠, 은영 씨가 싫다면."

"아, 아니에요! 저도 좋아요!"

"그렇죠?"

그렇게 되묻는 목소리에 이제야 웃음기가 실려 있었다. 속았다는 생각에 기가 막혀 헛웃음이 나다가도, 그래도 승현이 웃는 걸 보니 마음이 놓여서 그녀도 그만 작게 소리 내어 웃어 버렸다.

"승현 씨 만난 지 얼마 안 됐을 땐 이런 사람일 거라고 상상도 못 했는데. 아마 저 말고 다른 사람은 승현 씨한테 이런 면 있는 거 아무도 모를걸요?"

"그러니까 좀 더 예뻐해 주세요. 이 세상에서 오로지 은영 씨만 아는 권승현 아닙니까."

세상에 오로지 그녀 혼자만 아는 그. 그 문장이 주는 비밀스럽고 은밀한 어떤 느낌에 은영의 뺨이 발그레 달아올랐다. 이 세상에 단 하나뿐인, 무척 특별한 사람이 된 것 같은 기분.

태어나 처음 느껴 본 기분에 마음이 들뜨면서도 또 이상하게 부끄러워 은영은 하릴없이 눈을 내리깔았다. 그러나 자세가 자세인 탓에 그녀는 고개를 숙여도 승현의 눈길을 피할 수 없었다. 오히려 더 눈이 마주치기 쉬워져 그녀는 저를 보며 웃고 있는 승현을 안 보려야 안 볼 수가 없었다.

"은영 씨한텐 그런 거 없습니까?"

"어떤 거요?"

"이 세상에 오로지 권승현만 아는 정은영 같은 거."

글쎄, 정은영만 아는 권승현이라면 하나 더 알 것 같았다. 지금 이렇게 애정이 가득한 눈으로 바라봐 주는 시선 같은 거.

농밀한 애정과 다정한 온기 속에 오로지 그녀만이 담겨 있었다. 이 남자가 주는 모든 게 전부 그녀의 것이었다.

저도 모르게 승현의 목을 끌어안은 손에 힘을 주었던 은영은 이내 충동적으로 눈을 감고 고개를 숙였다.

맞닿은 부드러운 입술 너머로 승현의 몸이 놀라 얼어붙는 게 느껴졌다. 은영은 돌처럼 굳어 버린 그의 어깨를 조심히 어루만지다가 어쩐지 의기양양해져서 고개를 들었다.

눈을 떠 바라본 승현의 얼굴은 완전히 바보 같았다. 이걸로 정은영만 아는 권승현 얼굴이 하나가 더 추가됐다고 은영은 키득거리며 웃었다.

"저 이런 거 처음이에요. 아무한테도 한 번도 해 본 적 없어요."

"그렇……겠죠. 제가 처음이라면서요. 사귀는 사람."

"네. 그래서 승현 씨랑 사귀면서 하는 게 저한텐 다 처음이에요. 아마 저도 모르는 제 많은 모습을 이 세상에서 승현 씨만 보고 들었을걸요?"

"네, 그렇군요. 그런 것 같습니다."

반쯤 넋이 나간 듯 승현은 기계적인 목소리로 은영의 말에 고개를 끄덕여 대답했다. 그는 마치 무언가에 홀린 것처럼 제 입술을 만지작거리다가 뒤늦게 고개를 들어 은영과 눈을 마주했다.

초점이 흐렸던 눈동자에 빛이 드는 순간을 목격할 수 있었던 건 아주 잠시였다. 순식간에 내리 감겨 가까워지는 눈꺼풀 뒤로 입술에 맞닿아 오는 감각에 은영은 반사적으로 눈을 감았다.

끌어안은 목덜미가 무척 뜨겁다. 맞닿은 가슴이 단단하다. 제 뒷목을 그러쥔 그의 손이 참 크다. 머릿속을 떠돌던 그런 생각들도 어느 순간엔 전부 잊히고 말았다.

시간이 조금 흐른 뒤 지금 이 순간을 떠올리며 은영이 기억해 낼 수 있었던 건 빈틈없이 맞닿은 그의 가슴이 쿵쾅거리며 시끄럽게 뛰고 있었단 것이었다.

❋❋❋

"집을 내놓는다고? 왜?"

동네의 터줏대감인 부동산 홍 사장은 오랜만에 수원으로 내려온 은영을 무척 반가워하다가 그녀가 집을 아예 내놓겠다는 말에 놀라 되물었다. 은영은 홍 사장이 따라 준 차가운 매실차를 한 모금 마시며 그렇게 됐다고 웃었다.

"허이구, 정 사장 그 양반이 기어코 마음이 뜬 모양이구만. 아예 중국에 눌러산다든?"

"그걸 어떻게 아셨어요?"

"척하면 척이지. 제 부모고 딸이고 내팽개치고 얼굴 안 내비칠 때부터 내 알아봤어. 그놈 그건 어릴 때부터 사고 치고 내빼는 거 하나는 참 잘했거든. 두고 봐라, 그놈이 중국에서 살면 얼마나 사

나. 거기서 또 무슨 일 생기면 한국으로 도망친다에 그래, 내 이 저금통을 건다, 걸어."

내도록 '됐어, 다음에 얘기해.' 그런 말로 상황을 회피하기만 하는 아버지의 등만 보고 살았던 은영은 그의 말에 십분 공감해 고개를 끄덕였다.

"아무튼 급한 건 아니니까 시세 맞춰서 팔아 주세요."

"그래그래. 그런데 지금 세 들어 사는 사람들 내줄 보증금은 있고? 없으면 내가 힘 좀 써 보고."

"아니에요. 그분들 보증금은 아버지가 돌려주실 거예요. 판매금은 온전히 저 주시기로 하셨거든요."

"그래? 그놈이 그럴 놈이 아닌데……. 혹 유산 미리 주는 거라든?"

돌아가신 할아버지 친구분이라 아버지가 태어나는 것도 봤다는 홍 사장은 은영의 부친에 대해 모르는 게 없었다. 은영은 어색하게 웃으며 고개를 끄덕였다.

"재혼하신다더라구요. 어차피 전 일찌감치 독립했으니까……. 뭐, 알아서 잘 사시겠죠."

상대가 부친에 대해 잘 알고, 또 그의 흉을 같이 봐 줄 수 있는 사람이라서일까. 별의별 말이 입에서 다 튀어나오려 했다.

그러나 그래 봐야 누워서 침 뱉기밖에 더 될까. 은영은 목구멍까지 튀어나온 말을 겨우 삼키고 어색한 미소로 말을 얼버무렸다. 그러자 홍 사장이 사정을 다 안다는 듯 안쓰러운 얼굴로 쯧쯧 혀를 찼다.

"하여튼 애비나 할애비나……. 그리고 보면 네 엄마가 잘 도망갔지. 그 집에서 계속 살았다가는 말라 죽었을 거다. 네 할머니처럼."

"하하……."

"너도 어려서부터 그 고생을 했으니 앞으로는 잘돼야 할 건데. 그래, 애인은 생겼고?"

"네?"

"없으면 선 한 번 봐 볼려? 내 주변에 참한 총각이 하나 있는 데……."

"아, 아니요. 저 애인 있어요."

"진짜로? 언제는 남자 만날 생각 없어요, 하면서 새치름하게 고개 흔들더니?"

"제, 제가 언제 새치름하게 고개 흔들었다고 그러세요!"

"그랬잖아? 이렇게, 이렇게. 얼굴 빨개져서는 도리도리."

"아이, 할아버지!"

"왜 소리를 질러? 나 아직 귀 안 먹었어."

놀리는 게 맞았는지 홍 사장이 껄껄 웃음을 터뜨렸다. 은영은 뺨을 붉힌 채 그를 노려보다가 이제 그만 가 보겠다고 자리에서 일어났다. 대충 수다를 떨 만큼 떤 홍 사장은 그녀를 더 붙잡지 않았다.

"집 보러 오는 사람 있으면 연락 주마. 거, 지금 세입자들한텐 말해 놨지?"

"네. 집 보러 오겠다는 사람 있으면 그분들이랑 연락해서 진행해 주세요."

"오냐, 오냐. 나중에 연락하마."

"네. 그럼 수고하세요."

홍 사장에게 가볍게 고개 숙여 인사한 은영은 그대로 가게를 나서려다가 문득 떠오른 것이 있어 뒤를 돌아봤다. 다 마신 컵을 치우던 홍 사장이 그녀의 시선을 느끼고 고개를 들어 "왜?" 하고 물어 왔다.

"아직 볼일 남은 거 있어?"

"볼일이랄까, 궁금한 게 있는데……. 한 15년 전쯤에, 그러니까 저 중학교 때 제 옆집에 혹시 누가 살았는지 기억하세요?"

"옆집?"

"계속 비어 있다가 몇 년 뒤에 팔리고…… 지금 하얀 벽돌집 지어진 거기요."

"아, 아아, 거기?"

턱을 감싸 쥔 채 곰곰이 생각에 잠겨 있던 홍 사장은 뭔가가 떠오른 듯 "아!" 하며 엄지와 중지를 튕겼다.

"그때 그, 남자애 죽을 뻔했던 거기 말이지?"

"네. 교통사고로……."

"교통사고? 아니야."

"네?"

"그때 누구였더라? 아무래도 애들 알기에 좋은 일은 아니니까 쉬쉬하자고 해서 경찰 오가고 그랬던 거 그냥 교통사고라고 하고 넘어간 거야. 교통사고 아니었어."

"교통사고가 아니었으면요?"

얼굴이 창백해진 은영이 다급하게 물었다. 홍 사장은 그런 은영을 모른 채 짧게 혀를 차며 답했다.

"그때 그 집에 고등학생이었나, 중학생이었나 남자애 하나가 제 애비랑 둘이 살았잖아. 걔가 제 애비한테 맞아서 죽을 뻔한 거였어."

"······누구한테, 어떻게 될 뻔해요······?"

"거 신고받고 달려온 경찰 말로는."

홍사장은 고개를 돌려 제 뒷머리를 검지로 톡톡 두드렸다.

"단단한 재떨이로 여길 얻어맞은 모양이야. 피가 아주 철철 흘러서 까딱 잘못하면 과다 출혈로 죽었을 거라고 하더라고."

정확하게, 승현의 뒷머리에 흉터가 있는 자리를.

❄❄❄

도대체 무슨 정신으로 부동산을 빠져나왔는지 모르겠다.

'교통사고라고······ 알고 있었는데.'

누가 그렇게 말했지? 그래, 할아버지가 그랬다. 옆집에 사는 애가 집 앞 골목길에서 교통사고를 당해 입원한 모양이라고. 그러니 너도 집 앞에서 차 조심하라고.

은영은 그 말을 의심하지 않았다. 그래서 지훈이 교통사고로 입원한 줄 알았다. 그 병원이 어딘 줄 알았으면 병문안을 갔을 텐데 도통 알 길이 없어서······.

그래도 기다리면 퇴원해서 돌아올 줄 알았지. 그런데 아니었다. 아무리 기다려도 지훈은 집으로 돌아오지 않았고, 가끔 한 번 보이던 그의 큰아버지 역시 보이지 않았다. 그렇게 옆집은 빈집이 되었고, 은영은 항상 그 앞을 지나쳐 등하교하며 습관처럼 담 너머를 기웃거렸다.

거의 몇 년을 매일매일 그랬다. 은영이 그걸 그만둔 건 그 집에 모르는 사람들이 이사 오면서부터였다.

그렇게 지훈도 잊었다. ······잊었다고 생각했는데.

'승현 씨가…… 지훈 오빠랑 동일 인물이라고?'

가슴이 불안하게 술렁거렸다. 길을 걷다가 골목길 한가운데에서 멈춘 은영은 막 울고 싶은 기분을 진정시키기 위해 한참을 애써야 했다. 그러나 그러고도 눈시울이 뜨끈해지는 건 막지 못했다.

"승현 씨……."

그 사람이 아니면 좋을 텐데. 아니어야 할 텐데.

그때 가방 속에서 핸드폰이 울렸다. 꺼내 보니 승현이었다. 은영은 그 순간 눈물이 핑 도는 것을 참지 못했다.

"여보……세요. 큼."

―……은영 씨? 목소리가 왜 그래요?

"갑자기 사레 비슷한 게 들려서요. 크흠, 큼. 아아, 이젠 괜찮죠?"

―네. 순간 우는 것처럼 들려서.

"에이, 제가 왜 울어요. 그보다 할아버님 수술은 어떻게 됐어요? 잘 끝났어요?"

―네. 수술 잘 끝났고, 이제 경과 지켜보면 된답니다.

"정말요? 다행이다."

―다행이죠. 이제 깨어나서 건강해지시면 은영 씨한테 왜 그랬냐고 따질 수 있으니.

이를 가는 목소리엔 음산한 분위기가 감돌고 있었다. 그가 정말 작정하고 벼르고 있구나 싶어 은영은 어색하게 웃었다.

―그보다 지금 어딥니까? 아직 수원입니까?

"네. 수원이에요."

―수원 어디요?

"……여기로 오게요?"

-네. 가면 안 됩니까?

"그런 건 아닌데……. 와도 되는 거예요? 계속 병원에 있어야 되는 거 아니에요?"

-제가 병원에 있어 봤자 뭘 더 할 수 있다고요. 전문 의료진이 대기하고 있으니 앞으로의 일은 그 사람들한테 맡기면 되죠. 그래서 어딥니까?

재차 이곳으로 오겠다는 승현에 은영은 문득 궁금해졌다. 기억을 잃었다던 승현은 정확히 어디부터 어디까지 기억하고 있는 걸까? 자신이 수원에서 살았던 적이 있는 건 기억하고 있을까?

'……은영 씨, 그 첫사랑 말입니다만.'

'그냥 은영 씨 취향이 어땠는지 궁금해서요. 어떻게 생겼었습니까, 그 사람?'

그때 그가 했던 그 질문……. 설마 뭔가 떠오른 건가? 그래서 떠보려고 물어본 건가?

-여보세요? 은영 씨?

"네? 아, 네. 음…… 근데 저 지금 볼일 다 끝나서 서울 올라가려던 참이었어요. 서울에서 봐요, 우리."

-아뇨, 제가 가겠습니다. 은영 씨가 어렸을 때 살았던 동네 구경도 해 보고 싶고요.

"근데 이 동네가 되게 작고 조용한 동네라서요. 승현 씨가 구경할 만한 건 없을 거예요."

-구경할 게 왜 없습니까. 은영 씨가 살았던 집이나 다녔던 학교……. 하굣길엔 어느 가게에 들러서 뭘 자주 사 먹었고, 어디서 뭘 하고 놀았는지.

저한텐 온통 궁금한 것투성인데요.

그 말에 은영은 별수 없이 웃음을 짓고 말았다. 그러면 여기서 기다리겠다고, 근처에 있는 카페로 들어가 주소를 보내 주기로 한 은영은 조금 망설이다 승현에게 넌지시 물었다.

"승현 씨는 중고등학교 때 기억 아직 안 돌아왔다고 했죠?"

─네. 사고 이전의 기억은 여전히 안 떠오릅니다.

"그렇구나……. 뭐, 사는 데 꼭 중요한 기억은 아니니까요. 안 떠오르면 굳이 안 떠올려도 될 것 같아요."

─그거 좀 섭섭하게 들리는데. 은영 씨는 학창 시절의 제가 별로 안 궁금한 모양입니다?

"네? 그런 거 아니에요! 그냥, 흉터가 남을 정도로 크게 다친 사고였잖아요. 그 사고가 얼마나 끔찍했으면 기억을 잃었을까 싶어서……."

─걱정 안 해도 됩니다. 지금은 하나도 안 아프니까.

"네. 그런 의미에서 오늘도 운전 조심하고, 천천히 와요. 저 얼마든지 기다릴 수 있으니까."

─네. 그러겠습니다.

조금 걷다 보니 그녀가 수원에 오지 않은 몇 년간 이 동네도 참 많이 변했구나 싶었다.

눈에 익은 가게는 얼마 남지 않았고, 대부분은 폐업 및 임대 문의 현수막을 걸어 놓거나 아예 새로운 가게가 들어서서 낯선 분위기를 풍기고 있었다. 하긴, 은영도 유년 시절에 자랐던 집을 내놓기 위해 이곳에 들르지 않았던가.

그 집을 팔고 나면 다시 수원에 오는 일은 없을 것이다. 함께 학교를 다녔던 친구들도 다 수원을 떠난 상황이고…….

"어서 오세요, 손님. 주문 도와드릴까요?"

"음, 밀크셰이크 한 잔 주세요."

눈에 잘 띄는 큰 카페에 들어온 은영은 창가에 앉아 승현에게 자신이 있는 곳을 주소로 찍어 보냈다. 약 10분 후, 승현에게서 알았다는 답장이 도착했다.

승현이 어디에서 출발하는지는 잘 모르겠지만 서울에서 여기까지 차로 오면 아마 1시간쯤 걸릴 거다. 잘하면 그것보다 일찍 도착하거나.

은영은 자신이 카페에 자리를 잡고 앉은 시간을 잘 기억해 두었다가 40분이 지났을 때쯤 카운터로 가서 아이스 라테를 한 잔 주문했다. 그녀가 받은 진동 벨이 울렸을 때, 승현의 전화 역시 걸려 왔다.

─도착했습니다. 근처 주차장에 차 주차해 놓고 갈게요. 나오지 말고 카페에서 기다려요.

"알았어요. 저 창가에 앉아 있을게요."

은영은 제 맞은편에 아이스 라테를 내려놓은 채 두근거리는 마음으로 승현을 기다렸다.

잠시 후, 카페의 문이 열리고 승현이 카페 안으로 들어왔다. 내내 문만 바라보고 있던 은영은 손을 번쩍 들며 승현을 불렀다.

"승현 씨!"

"은영 씨."

나직한 목소리로 그녀를 부른 승현의 입가에 미소가 그려졌다. 두 눈에 오로지 은영만 담은 그가 서둘러 그녀가 앉은 테이블로 다가와 앉았다. 그리고 제 자리에 아이스 라테 한 잔이 놓여 있는 걸 보고 눈을 접어 웃었다.

"제 겁니까?"

"네. 승현 씨 거예요."

"고마워요. 잘 마시겠습니다."

빨대를 입으로 가져가는 승현을 보며 은영은 기분 좋게 웃었다. 문득 언젠가의 기억이 떠올랐다. 승현의 커피를 미리 시켜 놓고 이래도 될까 고민하다가 그냥 커피를 치우려 했던 과거의 어느 날을.

"……저 얼굴에 뭐 묻었습니까? 왜 그렇게 웃어요?"

"왜긴요. 승현 씨 보니까 반가워서 그러지."

"정말로요?"

"왜요? 승현 씬 제가 안 반가워요?"

그 말에 승현이 웃음을 터뜨렸다. 커피 잔을 내려놓은 그는 오른손을 앞으로 뻗어 은영과 깍지를 꼈다. 그러고는 애정이 가득한 눈으로 그녀를 바라봤다.

"반갑죠, 당연히. 안 반가운 날이 감히 있을까 싶습니다."

"말을 어쩜 이렇게 잘하나 몰라."

깍지 낀 손으로 손장난을 치는 것만으로도 시간이 참 잘 갔다. 두 사람이 자리에서 일어난 건 승현이 커피를 깔끔하게 비웠을 때였다.

"자, 그럼 갑시다. 정은영 투어."

"뭐예요, 정은영 투어는?"

"정은영과 관련된 장소 탐방할 거니까 정은영 투어죠."

"그럼 나중에 권승현 투어도 해 줄 거예요?"

"어렵진 않은데, 시간 낼 수 있습니까? 비행기 타야 돼요."

"비행기……. 비행기는 못 타요. 카페 일을 빠질 수가 없어서."

205

자연스럽게 미국을 떠올리는 걸 보면 수원에서 살았던 기억은 아직 못 떠올리고 있는 게 맞는 거겠지?

'아니…… 승현 씨가 지훈 오빠랑 동일 인물인지는 아직 모르는 거니까.'

은영은 머릿속에 피어오르는 가정을 애써 밀어내며 승현의 손을 잡았다.

"그럼 어디부터 가 볼래요?"

"가까운 곳? 은영 씨가 보여 주고 싶은 곳부터 갑시다."

"그럼 중학교부터 가요. 제가 타임캡슐 파낸 곳 보여 줄게요."

중학교 근처는 전에 한 번 와 봤기 때문인지 어색함이 덜했다. 은영은 중학교 부지를 둘러싼 개나리와 벚나무를 가리키며 봄에 오면 정말 예쁘다고 자랑 아닌 자랑을 늘어놓았다.

"그리고 보면 학교 울타리엔 대부분 개나리나 벚나무, 목련 나무 같은 거 심어 놓더라고요. 왜 다들 봄꽃을 심는 걸까요?"

"새로 입학한 신입생을 환영하려고?"

"아, 그거 말 된다. 그렇게 생각하니까 조금 낭만적이네요."

은영은 익숙한 목련 나무 앞에 서서 승현의 손을 잡은 채 발끝으로 흙바닥을 톡톡 두드렸다.

"여기였어요. 타임캡슐 묻었던 게."

"그 타임캡슐은 은영 씨랑 친구들만 묻은 겁니까?"

"네. 딱히 묻을 만한 데가 없어서 학교에 묻기로 했는데 생각해 보니까 들키면 혼날 것 같은 거예요. 그런데 허락을 받자니 왠지 허락을 안 해 줄 거 같고."

"그래서 몰래 묻었습니까?"

"몰래 물었죠."

"불량 학생이네요."

"불량이라니. 그 전까진 제가 얼마나 모범생이었는데요. 한두 번의 일탈 정도는 선생님도 봐주실 거예요. ……어?"

그때 두 사람의 발치로 축구공이 굴러왔다. 소운동장에서 날아온 것이었다.

공을 주워 든 승현이 소운동장을 향해 고개를 돌리자 이쪽을 향해 달려오던 체육복 차림의 여학생이 놀란 듯 그 자리에서 굳는 게 보였다. 은영은 그 이유를 알 것 같아 작게 웃으며 승현의 손에 들린 공을 빼앗아 직접 여학생에게 돌려주었다.

"동아리 활동 중이니?"

"네? 아, 네……. 어떻게 오셨어요?"

"잠깐 구경하러 왔어. 나도 여기 졸업생이거든."

"아아. 와, 선배님이시네요! 안녕하세요!"

"야! 뭐 해!"

그때 소운동장에 삼삼오오 모여 서 있던 여자애들 중 한 명이 큰 목소리로 외쳤다. "가!" 하고 외친 여학생이 은영에게 고개를 꾸벅 숙이고 얼른 소운동장으로 달려갔다. 은영은 그런 아이들에게 가볍게 손을 흔들어 주곤 승현과 함께 자리를 떴다.

"아까 봤어요? 승현 씨 너무 잘생겨서 굳어 버린 거."

"지금 놀리는 겁니까?"

"놀리다뇨? 저 진심으로 말한 건데."

"은영 씬 안 보이죠? 지금 자기 얼굴이 엄청 웃고 있는 얼굴인 거."

"이건 제 애인이 너무 잘생겨서 흐뭇해서 그런 거고요."

"제가 아는 은영 씨는 부끄러움 참 많이 타는 사람이었던 거 같은데. 언제부터 이렇게 얼굴이 두꺼워진 겁니까?"

"오늘부터?"

"듣기 좋네요. 앞으로도 계속 칭찬해 주세요."

두 사람은 웃으며 걸음을 옮겼다. 걷다 보니 날이 더워서 두 사람은 편의점에 들러 아이스크림을 하나씩 샀다.

승현은 우유 맛, 은영은 소다 맛.

네 거 내 거 없이 딱딱한 하드를 한 입씩 먹어 보라고 상대의 입에 물려 주며 두 사람은 다정히 걸어 은영이 살던 집 근처에 도착했다.

"아, 이제 보인다. 저기 저 2층집 보여요? 나무 대문에 울타리 좀 낮은……. 승현 씨?"

"네? 아, 네."

무언가에 넋이 나간 듯 은영이 가리키는 곳을 보고 있던 승현이 뒤늦게 대답하며 고개를 흔들었다. 날이 더운 것과 별개로 그의 얼굴이 어쩐지 조금 창백한 것 같아 은영은 걱정스러운 목소리로 물었다.

"괜찮아요? 승현 씨 얼굴 많이 피곤해 보이는데……."

"아뇨, 괜찮습니다. 그보다 저기가 은영 씨가 어렸을 때 자란 집입니까?"

"네. 원래는 2층에서 저랑 아버지랑 같이 살기로 했는데 아버지가 바로 중국으로 가서……. 할머니 돌아가신 후엔 1층으로 방을 옮기고 2층엔 다른 사람들 세 줬어요. 지금은 1층까지 세 준 상태고."

"그렇군요. ……그런데 혹시 은영 씨 첫사랑이 살았다던 집은 저 집입니까?"

왼쪽과 오른쪽. 비록 50%의 높은 확률이라지만 오른쪽에 있는 집을 가리키는 승현에겐 어떤 확신이 있는 듯했다. 순간 은영은 아니라고 대답하고 싶었다. 참 이상하게도.

"음…… 맞아요. 보면 두 집 사이에 담 높이가 그렇게 안 높잖아요. 그래서 담을 사이에 두고 자주 대화 나누고 그랬는데……. 승현 씨? 승현 씨!"

먹다 만 하드가 바닥으로 떨어져 유리처럼 산산조각 났다.

녹은 아이스크림 물이 제 구두를 적시는 것도 모르고 승현은 두 손으로 머리를 감싸 쥔 채 거친 숨을 내뱉었다. 그런 그를 은영이 힘겹게 부축했다.

"승현 씨, 괜찮아요? 승현 씨!"

"괜……찮……."

"뭐가 괜찮다는 거예요! 기다려요, 지금 바로 구급차를……."

"그럴 필요……."

없다는 단어를 입 밖으로 내뱉기 전, 눈앞이 핑글 돌았다.

머리가 깨질 것처럼 아프고, 몸에는 힘이 들어가지 않았다. 결국 쓰러지듯 바닥에 주저앉으며 승현은 빛이 터지듯 새하얘지는 머릿속에서 어떤 장면 하나를 떠올렸다.

은영을 꼭 닮은 여자아이가 눈물이 가득한 눈으로 저를 올려다보는 장면을.

❋❋❋

그가 기억할 수 있는 아주 오래된 순간부터 할아버지는 그를 무척 예뻐했다.

"그나마 둘째라도 맏이인 널 아들로 낳아 다행이지."

할아버지가 머리를 쓰다듬으며 뇌까리는 그 말이 무슨 뜻인지 어린 승현은 이해하지 못했다. 그러나 그의 무릎 위에 앉아 반도 읽지 못하는 신문을 읽거나, 그가 까 주는 귤을 받아먹는 게 무척 좋았던 것만은 기억이 난다.

"할아버지, 저도 주세요."

"좀 기다려라. 네 형 하나 주고."

그가 할아버지의 옆에 딱 붙어 앉아 사탕이나 과일 같은 간식을 받아먹을 때면 뒤늦게 승재가 쪼르르 나타나 그에게 손을 내밀고는 했다.

그러나 할아버지는 승재에겐 눈길도 주지 않고 사과 깎는 데만 열중하다 승현의 두 뺨이 볼록해지면 승재의 손에도 남는 사과 한 조각을 쥐여 주고는 했다.

그럴 때마다 승재는 할아버지는 항상 형만 예뻐한다고 투덜거렸다. 그런 거 아니라고, 할아버지도 너 좋아한다고 승재를 달래던 어느 날.

두 아이는 어른들 몰래 놀이터를 찾으러 나갔다가 길을 잃었다. 다행히 미아가 되거나 유괴를 당하기 전에 찾으러 나온 부모님에게 발견될 수 있었다. 그리고 그날 밤, 승재는 할아버지에게 회초리를 맞았다. 승재만.

"이놈이, 이놈이······! 나가려거든 혼자 나가지 감히 제 형을 꼬드겨!"

"우와앙! 잘못했어요, 할아버지!"

"아버지, 그만하세요. 승재가 일부러 그런 것도 아니잖아요!"

"일부러 그런 게 아니면, 하마터면 애 잃어버릴 뻔했던 사실이 지워지기라도 하든? 너희는 화도 안 나냐? 하마터면 승현이를 잃을 뻔했는데!"

"잃을 뻔한 건 승재도 마찬가지예요! 아버진 왜 승현이만! 왜 승현이만 그렇게 감싸고도세요!"

"그럼 장남이랑 차남이 같으냐? 승현이 이놈이 장손이야, 장손. 권씨 가문 이어 나갈 장손!"

"승현이가 왜 장손이에요! 형 버젓이 살아 있는데!"

"정훈이 그놈은……."

"이렇게 승현이만 감싸고 돌다가 만약 형이 아들을 낳으면 언제 그랬냐는 듯 그 애만 예뻐할 거 제가 모를까 봐요?"

"뭐? 이놈이, 근데 어디서 제 아비 앞에서 대놓고 큰소리야!"

"됐어요. 저희, 앞으로 나가 살겠습니다. 승현이 승재 똑같이 대해 주실 거 아니면 다시는 애들 볼 생각 마세요!"

그 이후, 부모님은 두 형제를 데리고 정말로 독립을 했다.

승현은 가끔 아빠가 전화로 할아버지와 싸우는 모습을 종종 목격했다. 그땐 싸우는 사람이 할아버지인 줄 몰랐는데 학교에 갔다가 돌아오는 길에 할아버지를 만나 그의 집에 갔던 날, 무시무시한 얼굴로 저를 찾으러 온 아빠를 보고 그가 항상 언성을 높였던 상대가 할아버지란 걸 알 수 있었다.

그날 두 사람이 무슨 대화를 나누며 싸웠는지 승현은 기억하지 못한다. 하지만 두 사람의 일그러진 얼굴과 점점 높아지는 목소리가 무서워서 엉엉 울었던 기억이 난다.

그리고 집으로 돌아가는 길. 아빠가 승현에게 물었다.

"승현아, 할아버지가 좋니?"

좋냐 싫으냐 둘 중 하나를 고르라면 솔직히 승현은 할아버지가 싫지 않았다. 어쨌든 저를 예뻐해 줬으니까.

그래서 고개를 끄덕였는데, 그러면 안 됐던 걸까. 조금 피곤한 얼굴로 고개를 끄덕인 아빠는 그다음 주 주말부터 승현을 할아버지에게로 보냈다.

"승현아! 아이고, 내 강아지!"

같이 살 때 그랬던 것처럼. 아니, 그때보다 더 할아버지는 승현을 아껴 주었다.

그는 승현을 제 무릎 위에 앉혀 놓고 먹고 싶은 게 있냐, 갖고 싶은 게 있냐 틈나는 대로 묻고 승현의 입에서 어떤 단어가 나오면 즉시 그걸 승현의 앞에 대령해 주었다.

할아버지와 함께 있으면 먹고 싶은 건 다 먹고, 갖고 싶은 건 다 갖고, 하고 싶은 건 다 할 수 있었다. 승현은 할아버지와 있는 게 정말 좋았다. 그러나 어느 한순간을 기점으로 더 이상 할아버지에게 가고 싶지 않아졌다.

자신이 할아버지에게 가 있는 동안 엄마와 아빠가 승재를 데리고 산이며 바다, 놀이공원으로 놀러 가는 걸 알았을 때부터.

혼자만 할아버지 집에 놀러 갔다가 돌아올 때 장난감이며 먹을 걸 바리바리 싸 들고 오는 형이 부러웠겠지. 그런 승재를 달래기 위함이었을 테지. 그러나 어렸던 승현의 눈엔 그게 달리 보였다. 가족들이 절 따돌리는 것처럼 느껴졌다.

오늘은 할아버지 집에 안 가겠다고 말했을 때 아빠의 얼굴에 곤란한 표정이 떠오른 순간, 승현의 그 생각은 더욱 강렬해졌다.

"갑자기 안 간다고 하면 할아버지가 실망하시지 않을까? 할아버지는 네가 오기만 기다리고 있을 텐데."

"······네. 그러면 할아버지한테 갈게요."

"착하다, 내 아들. 할아버지랑 잘 놀다 오렴."

아빠가 머리를 쓰다듬어 주는 게 조금도 기쁘지 않았다. 그날부터 승현은 할아버지가 뭘 사 줄까 물어도 아무것도 대답하지 않게 되었다. 이미 눈치챘기 때문이었다.

'아빠랑 엄마랑 승재랑 놀래요.'

그가 진정으로 바라는 건 아마 들어주지 않을 것이란 사실을.

❋❋❋

승현이 아홉 살이 되었을 때, 할아버지 집에 변화가 생겼다.

할아버지 혼자. 아니, 정원사를 비롯해 가정부가 셋이나 되었으니 그 혼자 사는 건 아니었지만, 어쨌든 집주인은 할아버지 한 명뿐이던 집에 큰아버지가 들어온 것이다. 큰어머니와 함께.

"안녕, 네가 승현이구나."

어린 승현이 보기에도 그녀는 참 병약해 보였다. 머리를 쓰다듬어 주는 손끝도 참 차가웠다. 그래도 그녀를 피하지는 않았다. 가끔 볼 때마다 늘 화난 표정을 짓고 있던 큰아버지와 달리 그녀는 그에게 무척 상냥하게 대해 주었으니까.

"승현이 넌 그이랑도 좀 닮았네. 서방님이랑 그이가 닮아서 그런가?"

사랑하는 남편과 닮았기 때문인지 그녀는 승현을 무척이나 아껴 주었다. 가끔은 그를 독차지하기 위해 호랑이 같은 시부와 다투기도 했다.

할아버지랑 놀래, 큰어머니랑 놀래?

누가 그렇게 물으면 승현은 큰어머니를 선택하곤 했다. 그때쯤엔 할아버지가 무섭지 않아지기도 했거니와, 또 그가 큰어머니의 품에 안기면 그녀가 환하게 웃으며 좋아했기 때문이었다.

그러면 할아버지도 툴툴대면서도 싫은 내색을 보이거나 크게 화를 내지는 못했다. 늘 퉁명스레 굴던 큰아버지도 제 아내 앞에서는 승현에게 퍽 잘해 주곤 했다. 그때 승현은 홀로 조용히 생각하곤 했다. 꼭 새로운 가족을 가진 기분이라고.

그런 승현의 기분을 짐작한 걸까? 승현이 낮잠을 자려고 누우면 그 옆에 누워 자장가를 불러 주다가 큰어머니가 작게 중얼거리곤 했다.

"네가 내 아들이었으면 좋았을 텐데…….."

그때의 승현은 조금도 짐작하지 못했다. 그녀의 그 말이 가지고 올 파국을.

❋❋❋

"형, 나도 형이랑 같이 할아버지 집에 가면 안 돼?"

아빠는 뒤에서 걱정스러운 표정을 짓고 있었지만 승현은 좋다고 고개를 끄덕였다. 승재랑 둘이 같이 가고 싶다는 마음보다 승재가 부모님이랑 따로 놀러 가지 않길 바라는 마음에서였다.

다행히 아빠나 엄마가 염려하는 상황 같은 건 일어나지 않았다. 할아버지 집에 할아버지만 계시는 게 아니기 때문이었다.

"네가 승재구나. 승현이랑 정말 똑같이 생겼네."

"헤헤, 쌍둥이니까요!"

"일란성이란 말은 들었는데 이렇게까지 똑같을 줄은 몰랐네.

같은 옷을 입히면 못 알아볼 것 같아."

"그래도 부모님은 한 번도 헷갈린 적 없으세요."

"그러니? ……그래, 나도 안 헷갈릴 수 있을 것 같아."

대체 뭐가 문제였을까? 같은 집에서 난 쌍둥이지만 그때 이미 승재가 훨씬 더 밝고 솔직했다. 구김살 없는 그 아이에게 큰어머니는 흠뻑 빠졌다. 승현에게는 한 번도 그런 적 없으면서 승재가 집에 간다고 나섰을 땐 하룻밤만 더 있다 가라고 잡을 정도였다.

그날을 기점으로 승재와 승현이 할아버지 집에서 머무는 시간이 길어졌다. 처음에는 승재랑 같이 놀 수 있어서 좋았던 것 같다. 하지만 시간이 지나면 지날수록, 할아버지와 큰아버지 내외가 승재를 예뻐하는 걸 볼수록 괜히 가슴이 시려 왔다.

왜 이런 기분이 드는 걸까? 스스로도 스스로를 이해할 수 없던 어느 날, 너무나도 갑작스럽게 큰어머니가 돌아가셨다.

원래도 몸이 약한 분이었다. 그래도 조용한 곳에서 요양을 했다면 더 오래 사셨을지도 모른다. 그녀의 죽음을 앞당긴 건 바로 무리한 임신 시도였다.

"아버지가 죽인 거예요! 아버지가! 아버지가 그렇게 욕심만 내지 않으셨어도!"

"아니, 이놈이 근데……!"

장례식장에서 크게 싸운 후, 할아버지와 큰아버지는 눈만 마주쳐도 언성을 높이며 다퉜다. 아직 어린 승현은 어른들이 싸우는 게 싫고, 큰어머니를 다시는 못 보게 된 게 너무 슬펐다.

그래서 당분간은 할아버지 집에 가지 않았다. 아버지도 굳이 가라고 하지 않았다. 승재가 가끔 한 번씩 다 같이 놀러 가자고 졸랐지만 승현은 고개를 흔들었다.

"난 집에 있는 게 좋아."

둘러대는 게 아니라 정말이었다. 혼자 책 읽고, 그림 그리고, 만화나 영화를 보며 노는 게 제일 재밌었다. 승재랑 같이 노는 것도 싫고, 어른들이랑 있는 건 더 싫었다.

승현은 그렇게 자기만의 공간을 만들었다. 그 속에서 누군가에게 사랑받지 못한다거나, 사랑받고 싶다거나, 질투한다거나. 그런 못난 감정을 모두 버린 채 홀로 고요한 평화를 즐겼다.

그러나 그 평화는 오래가지 못했다.

"너…… 지금 뭐라고 했느냐?"

"승현이나 승재, 둘 중 하나 제가 입양하겠다고요."

"아주버님!"

"형, 지금 무슨 소리를 하는지는 알아?"

"알지. 아주 잘."

승현과 승재를 데려다 앉혀 놓은 곳에서 큰아버지는 빙글빙글 웃으며 할아버지에게 말했다.

"대는 이어야 하잖아요. 생판 남을 데려오겠다는 것도 아니고 정호 아들이니까 제 자식이나 마찬가지죠. 안 그래요?"

히죽히죽 웃으며 큰아버지가 승현을 바라봤다. 그는 말갛게 눈만 깜빡이는 승현을 보다가 그 옆에서 불안하게 눈을 굴리는 승재를 보며 입꼬리를 끌어 올렸다.

"그래, 승재가 좋겠다. 승재 나 줘, 동생아."

"절대 안 돼! 가요, 여보. 이런 이야기 들은 적 없는 거예요. 승현이, 승재. 내 아이들 죽어도 내가 끌어안고 죽을 거니까 다시는 내 앞에서 그딴 소리 하지 마요!"

어머니는 매섭게 경고했지만 큰아버지는 포기하지 않았다. 문

216

제는 할아버지가 거기에 넘어갔다는 거였다.

"대는 장남이 잇는 게 모양새가 맞지 않느냐, 응?"

"그럼 차라리 고아원에서 아이를 입양해 오면 되잖아요!"

"무슨 말도 안 되는 소리를! 권씨 일가가 이룩해 온 이 모든 걸 근본도 모를 놈한테 물려준다고? 절대 안 된다!"

매일 어머니를 설득하러 오는 할아버지와 절대 안 된다고 버티는 어머니 사이에선 매일매일 싸움이 일어났다.

결국, 어머니 입에서 이혼 소리까지 나오고 만 날. 난장판이 된 집 한가운데에서 승현은 엉엉 우는 승재를 뒤에 둔 채 나서서 말했다.

"제가 갈게요."

"뭐?"

"제가 양자로 갈게요."

할아버지랑 큰아버지는 자신을 늘 예뻐해 줬으니까. 어차피 아버지와 어머니는 승재를 더 예뻐했으니까.

이렇게 하면 모두가 예전처럼 다시 웃을 수 있을 거야.

승현은 진심으로 그렇게 생각했다.

"그래, 승현아. 잘 생각했어. 이 큰아버지……. 아니, 아빠가 잘해 줄게."

저를 보며 상냥하게 웃는 큰아버지의 얼굴 뒤에 숨겨진, 그의 속내를 몰랐기 때문에.

❆❆❆

결국, 어머니는 뜻을 꺾고 말았다.

"승현아, 꼭 기억해. 조금 떨어져서 지내더라도 엄마는 언제까지나 우리 승현이 엄마야. 알았지?"

승현은 고개를 끄덕였다. 그렇게 그는 큰아버지의 양자가 되어 큰집에서 생활하게 되었다.

"오늘부턴 내가 네 아빠다. 그러니 이제부터는 큰아버지 말고 아빠라고 불러. 알았니?"

"네, 아버지."

"아니, 아버지 말고 아빠."

"……네, 아빠."

큰아버지를 그렇게 부르는 건 조금 많이 어색했지만, 그 외에 다른 건 다 괜찮았다. 매주 주말엔 아버지와 어머니가 승재를 데리고 항상 찾아와 주었으니까.

밤이 되면 아버지와 어머니가 승재를 데리고 돌아가고, 자신이 이 집에 남아서 그 뒷모습을 지켜보는 건 느낌이 많이 이상했지만 그래도 승현은 괜찮았다. 그때까지는.

"승현이 너, 이리 와 보거라."

"네?"

할아버지가 자리를 비우고 없는 밤. '아빠'가 그를 불렀다. 회초리를 들고서.

"이리 와 서."

"왜, 왜요?"

"너, 아까 식사 자리에서 정호를 뭐라고 불렀어?"

승현은 제가 뭘 잘못했는지 몰라 눈을 깜빡이며 입술을 오물거렸다.

"아버지……라고."

"네 아빠는 이제 나라고 몇 번을 말해!"

"하, 하지만, 그분이 절 낳아 주신 친아…… 악!"

그가 휘두른 회초리가 바닥을 때리며 짝! 날카로운 소리가 방 안에 울렸다. 승현은 마치 제가 얻어맞은 것처럼 두 팔로 얼굴을 가리며 몸을 움츠렸다. 그가 위를 올려다봤을 때, '아빠'는 마치 옛날로 돌아간 것처럼 무서운 표정을 짓고 있었다.

"명심해. 이제 네 아빠는 나야. 알았어? 다시는 나랑 내 아내 말고 다른 사람을 아버지나 어머니라고 부르지 마."

"네…… 그렇게 할게요."

"알았으면 종아리 걷어."

"자, 잘못했어요. 앞으로 안 그럴게요. 때리지 마…… 악!"

금이야 옥이야 귀하게 자란 아이에게 종아리가 다 터질 정도의 체벌은 너무나도 끔찍한 공포였다. 승현은 다시는 맞지 않으려고 무척이나 조심했다. 그러나 체벌은 그걸로 끝나지 않았다.

"승현이 너, 내가 누구라고?"

"아, 아빠요……."

"왜 말을 더듬어? 아까는 왜 머뭇거렸어?"

"죄, 죄송해요. 익숙하지가 않아서……."

"종아리 걷어."

아빠라고 부르지 않아서. 아빠가 집에 들어오지 않았는데 먼저 잠들어서. 아빠가 불렀는데 바로 대답 안 해서.

아빠가. 아빠가. 아빠가.

승현의 종아리는 날로 성할 날이 없었다. 나을 만하면 자꾸 터져 나가는 종아리에 제대로 걷는 것조차 힘들어져 결국, 승현은 할아버지에게 다리의 상처를 들키고 말았다.

"이, 이게 무슨……! 누구냐! 감히 누가 금쪽같은 우리 집 장손한테 손을 올렸어!"

"아, 아니에요. 맞은 거 아니에요. 저 혼자 그런 거예요."

"너 지금…… 그걸 지금 나더러 믿으라고 하는 소리냐? 승현아, 이놈아. 대체 누가 이랬어, 누가!"

"마, 말하면, 말하면 또 때린다고……."

"그러니까 누가!"

승현은 울먹이면서 '아빠'라고 대답했다. 사실 반쯤은 그런 기대가 있었다. 할아버지라면 더 이상 자신이 맞지 않게 해 줄 거라고.

그의 기대대로 집안이 뒤집어졌다. 처음엔 승현이 말한 '아빠'가 아버지인 줄 알고 그를 불러와 한바탕 소란을 피운 할아버지는 승현의 종아리가 다 터졌단 말에 오히려 더 날뛰는 아버지에 그제야 사건의 주범이 '아빠'인 걸 알게 되었다.

"자기 아들처럼 잘 키우겠다며! 형이 어떻게 우리 승현이한테 이럴 수가 있어, 어떻게!"

"내 아들처럼 생각하니까 훈육을 한 거지. 너무 오냐오냐 하고 키우면 애를 오히려 망치는 길이라는 걸 몰라?"

"승현이를 위해서 한 짓이라고? 애 다리를 저 모양 저 꼴로 만들어 놓고?"

"약 발라 줬어. 시간 지나면 나을 상처를 가지고 왜 난리야?"

"난리? 난리?!"

할아버지와 아버지와 '아빠'.

언성을 높이고, 집기를 집어 던지고. 결국 감정싸움으로 발전한 세 사람의 다툼이 어떻게 끝났는지 승현은 모른다. 울다가 지쳐 잠들었기 때문에.

'그래도 자고 일어나면 집으로 돌아갈 수 있을지도 몰라.'

그러나 이른 새벽, 승현을 깨운 건 '아빠'였다. 아버지가 아니라.

"권승현, 일어나라."

"으응……."

"얼른 안 일어나? 또 맞고 싶어?"

그 말에 눈이 번쩍 뜨였다. 헝클어진 머리카락을 정리하지도 못한 채 자꾸만 감기는 눈을 두 손으로 세게 문지르며 승현은 '아빠'를 바라봤다.

"왜, 왜요……?"

"얼른 따라 나와. 이사 갈 거다."

"이사요? 어, 어디로 가는데요?"

"알아서 뭐 하게? 넌 조용히 입 다물고 따라오기만 해."

"시, 싫어요. 이사 가기 싫어요."

"조용히 못 해? 또 맞고 싶어?"

"아, 아빠! 아빠……!"

철썩!

순간 시야가 뒤흔들리고 머리가 크게 울렸다. 어린애라고 조금도 봐주지 않은 그 힘에 귀가 먹먹하기까지 했다.

어른의 손에 뺨을 얻어맞은 충격이 너무 커 승현은 잠깐이나마 소리 내는 법을 잊고 말았다. 그러나 아프단 말도 제대로 못 하고 꺽꺽대는 그를 '아빠'는 만족스럽다는 얼굴로 내려볼 뿐이었다.

"이제야 좀 조용하네."

그다음 일은 장면장면이 마치 스치듯 지나갔다.

차에 올라서 한참을 달렸다. 일정한 주거지를 정하지 않고 오늘은 이곳에서 잤다가 다음 날엔 다른 곳에서 잤다.

'아빠'는 승현에게 하루에 빵 하나와 작은 생수병 하나만을 던져 주었다. 배고프다는 말을 한 번 했다가 또 얻어맞은 뒤로, 승현은 배에서 꼬르륵 소리가 나도 그냥 참는 법을 배웠다.

"내 자식 내가 알아서 키운다고요. 왜요, 나한테서 또 빼앗아 가려고요? 현지처럼?"

"제 부모가 자꾸 드나드니까 애가 날 아빠라고 안 부르잖아요. 승현이 입에서 자연스럽게 아빠 소리가 나오면 그때 집으로 돌아갈게요."

"제가 연락할 때까지 찾아오지 마세요. 만약에 몰래 와서 애 만나거나 데려가면…… 그땐 진짜 저 죽는 꼴 보실 거예요."

"왜요? 제가 못 할 거 같으세요?"

웃는 듯한 모양새로 기묘하게 일그러진 눈과 마주친 순간, 승현은 직감했다.

다시는, 제가 원했던 집으로 돌아가지 못하리라고.

❋❋❋

승현은 이제 아빠가 하라는 대로 반항하지 않고 모두 따랐다.

때리면 맞았다. 말을 걸면 대답했다. 방치당하면 쥐 죽은 듯 있었다. 승현은 필요한 말 외에는 절대 입 밖으로 내지 않게 되었다. 승현은 오로지 집과 학교만 오갔다.

초등학교 6학년. 갑작스레 전학 온 승현은 같은 반 아이들과 어울리지 못했고, 친구 하나 사귀지 못한 채 중학교로 진학했다.

중학교에 진학해서도 마찬가지였다. 누구와도 대화하지 않고, 또 어울리지 않는 승현은 반에서 왕따 아닌 왕따가 되었다.

그래도 그를 신경 써 주는 좋은 친구들이 있었지만, 승현의 교복에서 나는 술 냄새와 담배 냄새로 인해 그들 역시 멀어져 갔다.

원인은 당연히 아빠였다. 며칠에 한 번 꼴로 집에 들르는 그는 손에서 술과 담배를 놓지 않았다. 승현의 교복에 밴 냄새가 빠지지 않을 정도로.

"현지야…… 현지야……."

"현지는 너희 때문에 죽은 거야……. 알아? 너희만 아니었어도……."

"아이 같은 거 없어도 된다고 했잖아, 나만 있으면 된다고 했잖아……."

"뭐? 더 안 낳기로 했다고? 둘이면 충분해? 하나도 못 낳아서 그 고생을 한 내 아내를 앞에 두고……?"

"너만 없었어도…… 너만……."

분풀이하듯 때리고, 적선하듯 약을 던져 주고.

열여섯. 아직은 어른의 보살핌이 필요한 나이였다. 그러나 승현은 혼자서 스스로를 돌봐야 했다.

어느 순간엔 너무 지쳤다. 할아버지나 부모님이 저를 찾아와 이곳에서 구해 줄 거란 기대를 더 하지 않게 되었고, 스스로가 벗어나야겠단 생각도 하지 못하게 되었다.

"승현아, 그거 아니? 네 부모는 널 버렸어. 그러니 널 찾아오지 않는 거지."

"이미 그 집엔 너랑 똑같이 생긴 애가 있는데 뭐 하러 널 찾겠니."

"승재는 지금 네 부모님이랑 행복하게 지내고 있을 거야. 억울하지? 그치?"

"네 부모를 원망하렴. 널 버린 네 부모를."

이듬해. 승현은 중학교를 졸업하고 고등학교에 입학했다. 그 과정에서 이름이 바뀌었다. 권지훈으로.

"내 이름이랑 현지 이름에서 한 글자씩 땄어. 내 아들이 됐을 때 진작 바꿔 줬어야 했는데. 지훈이 너도 좋지?"

승현. 아니, 지훈은 고개를 끄덕였다. 아빠가 좋으면 그도 좋아야 했으니까.

이제는 스스로가 뭘 좋아하는지, 뭘 싫어하는지. 뭘 하고 싶고 왜 숨을 쉬는지조차 그 이유를 알지 못했다. 몰라도 상관없다고 생각했다.

그 생각이 바뀌게 되는 건, '그 애'를 만나고 난 후부터였다.

✳✳✳

허리까지밖에 오지 않는 담 너머 옆집에 사는 여자애가 쪼그려 앉은 채 훌쩍훌쩍 우는 모습을 보게 된 건 어디까지나 우연이었다.

"흐윽, 흑…… 훌쩍. 흑!"

솔직히 말하면 못 본 척 지나치려 했다. 그런데 하루 이틀도 아니고 매일매일 그렇게 우는 것 아닌가. 결국, 지훈은 더 모르는 척하기를 포기하고 밖으로 나가 묻고 말았다.

"시끄럽게 왜 맨날 우는 거야? 누구한테 맞기라도 했어?"

"어…… 어떻게 알았어요?"

"뭐?"

"하, 할아버지가…… 빨래를 다 망쳐 놨다고……."

말을 하다 보니 서러워졌는지 울음이 더 커졌다. 지훈은 괜히 말 걸었다고 미간을 찌푸리다가 여자애가 앉은 자세가 조금 이상하다는 걸 알아차렸다.

"아."

반바지 아래로 드러난 종아리에 붉은 실선이 그어져 있는 게 보였다. 저건 회초리로 맞은 상처였다.

그의 시선을 눈치챘는지 여자애가 후다닥 제 다리를 팔로 끌어안았다. 그러다 그 과정에서 상처를 건드렸는지 아야! 소리를 내며 이내 더 크게 울어 버렸다.

"하아……. 기다려 봐."

"훌쩍, 어, 어디 가요?"

어디로 들어가는지 뻔히 보일 텐데 여자애가 그렇게 물었다. 지훈은 뭐라고 대꾸하지 않고 집에서 연고 하나를 들고 나왔다.

"그거 발라. 그러면 좀 낫겠지."

"고, 고맙습니다……."

"고마우면 이제 그만 울어."

약을 준 보람이 있는지 그날은 울음소리가 들리지 않았다. 지훈은 정적 속에서 안심하고 혼자 책을 읽었다.

며칠 후, 그 정적을 깨뜨린 건 소심하게 문을 두드리는 소리였다.

"저, 저기…… 계세요?"

"뭐야?"

"아, 다른 게 아니고 전에 연고 주신 거 감사해서 그 보답으로

요……. 김치전을 좀 부쳐 봤어요."

투명한 랩 속의 김치전은 노릇노릇한 주황빛보단 거뭇한 탄 자국이 더 많아 보였다. 본인도 그게 민망하긴 했는지 그의 눈을 보지 못하고 어색하게 웃기만 했다.

가만히 잘 보니 접시를 받친 손가락 여기저기에 반창고를 감아놓은 게 보였다. 그 시선을 알아차린 여자애가 민망함에 고개를 숙였다.

"아, 역시 이건 좀 그렇……."

"그것도 맞은 거야?"

"네? 아뇨, 이거는 요리하다가 베인 거예요. 이거는 프라이팬에 덴 거고……. 제가 좀 많이 덜렁대서요."

헤헤 웃는 얼굴이 그렇게 바보 같을 수가 없었다. 지훈은 그 얼굴을 빤히 보다가 접시를 받아들였다.

"약 아직 남았지?"

"네? 아, 네. 아직 남았어요. 계속 잘 바르고 있어요. 감사합니다."

고개를 꾸벅 숙여 인사하는 여자애를 뒤에 두고 지훈은 안으로 들어왔다. 다 식은 김치전은 솔직히 짰다. 그리고 탄 맛이 강했다. 그래도 접시를 깨끗하게 비웠다. 배가 고파서.

"맛없어."

지훈은 접시를 돌려주며 솔직하게 그 감상을 전했다. 그러나 여자애는 자기도 알고 있었다는 듯 민망해하지 않고 활짝 웃었다.

"그쵸? 저도 별로 맛없더라구요. 다음엔 더 맛있게 만들어 볼게요!"

"다음?"

"맛없는 음식은 보답이 아니잖아요. 다음엔 꼭 맛있는 거 만들 어 드릴게요. 오빠는 무슨 음식 좋아해요?"

"좋아하는 거 없어."

"그럼 지금 먹고 싶은 건요?"

"없는데."

"……그럼 가장 맛있게 먹은 거는요?"

설마 그것도 없는 건 아니겠지, 하는 얼굴로 여자애가 지훈을 올려다봤다. 기억 안 난다고 답하려던 지훈은 홧김에 아무 음식이 나 말해 버렸다.

"핫케이크."

"아아, 핫케이크! 그거 저도 아직 먹어 본 적은 없는데. 그럼 제 가 한번 만들어 볼게요! 다음에 봐요, 오빠!"

활짝 웃은 여자애가 접시를 들고 집 안으로 총총 뛰어 들어갔다.

지훈은 그 자리에 서서 마치 눈앞에 잔상이 남은 것처럼 활짝 웃던 여자애의 얼굴을 곱씹었다. 아직 교복을 입은 그 아이는 왼 쪽 가슴에 녹색 명찰을 달고 있었다.

"정은영……."

딱히 외우려고 한 것도 아닌데 그 이름이 계속 머릿속에 맴돌았 다. 그러다 어느 순간, 지훈은 깨달았다.

'승현아, 우리 아들. 핫케이크 먹자!'

핫케이크는 그를 낳아 준 친모가 자주 만들어 주던 간식이라는 걸.

맛있는 음식으로 보답하겠다는 취지는 참 좋았지만, 안타깝게도 은영의 요리 솜씨는 그리 뛰어나지 않았다. 지훈은 그때마다 자신이 느낀 감상을 솔직하게 들려주었다.

"짜."

"싱거워."

"너무 탔잖아."

"맹탕이야."

"느끼해."

"덜 익었어."

맛의 안 좋은 표현이란 안 좋은 표현은 다 나왔다. 그러나 은영은 신경 쓰지 않았다.

"다음엔 진짜로 맛있게 만들어 볼게요!"

그 말만 반복할 뿐이었다.

그쯤이면 지쳤을 법도 한데. 다정하지 않은 말에 상처 입었을 만도 한데.

어느 날 지훈의 입에서 그의 의지와 상관없이 질문 하나가 튀어나갔다.

"내가 이러는 거 안 짜증 나?"

"뭐가요?"

"맨날 맛없다고 하잖아."

"맛없는 건 사실이잖아요. 그리고 오빠는 이거 다 먹고 맛없다고 해 주니까."

오빠'는'? 지훈이 그 단어에 집중해 미간을 찌푸리는 사이, 은영은 빈 접시를 받아 들고 여느 때처럼 밝게 웃었다.

"그럼 다음엔 진짜로 맛있게 만들어 볼게요!"

벌써 두 달째, 열 번도 넘게 반복된 '다음'을 지훈은 전혀 기대하지 않았다. 하지만 은영이 대문을 콩콩 두드리는 것도 귀찮아하지 않았다.

조용한 방에 홀로 앉아 책을 읽다 보면 문득 궁금해지기는 했다. 과연 그다음이 오기는 할까, 하고.

그래도 음식을 태우지는 않던데. 간만 잘 맞추면 이제 금방 요리에 익숙해질 것 같은데.

그러다 문득, 또 궁금해진 사실 하나.

아마도 할아버지랑 둘이 사는 것 같던데, 다른 가족은 어떻게 된 걸까.

❋ ❋ ❋

쨍그랑!

책을 읽던 중 날카로운 파열음에 놀라서 고개를 번쩍 쳐든 지훈은 소리를 쫓아 창가로 다가갔다.

"감히 내 집에서 양놈들 음식을 만들어! 내가 그러라고 너한테 꼬박꼬박 식비 챙겨 준 줄 알아!"

"자, 잘못했어요, 잘못했어요, 할아버지……."

"나가! 내 집에 들어올 생각도 마!"

쩌렁쩌렁한 불호령이 끝나기가 무섭게 열려 있던 현관문이 쾅! 소리를 내며 닫혔다.

"할아버지! 죄송해요. 제가 잘못했어요! 할아버지……!"

쾅쾅 문을 두드리는 소리가 점차 잦아들고, 크게 울음을 터뜨리는 소리가 그 뒤를 이었다. 그래도 현관문은 열리지 않았고, 잘못했다는 목소리는 울음에 섞여 꼭 물에 분 종이처럼 형체 없이 흐트러졌다.

꼭 저렇게 울었던 적이 있었더랬다. 지훈은 서럽게 우는 은영을 가만히 지켜보다가 현관문을 열고 나갔다. 그리고 처음으로 그 애의 이름을 불렀다.

"은영아."

그리 크지 않은 부름이었는데, 울다가 딸꾹질을 하며 어깨를 들썩이던 은영은 곧장 뒤를 돌아봤다. 누군가 그렇게 저를 불러 주길 바랐다는 듯.

"들어와."

"어, 어? 하지만……."

"다리, 피 나."

모르고 있었던 걸까? 지훈의 말에 고개를 숙여 제 다리를 확인한 은영의 입에서 더 커다란 울음이 터져 나왔다.

지훈은 울지 말라고 달래는 대신 은영의 손목을 잡아당겼다. 그러자 예상대로 순순히 그를 따라 들어왔다. 지훈이 물티슈로 다리를 닦아 주고 연고를 발라 주는 동안에도 은영은 울음을 그치지 않았다.

"나 때문에 혼난 거야?"

"어? 아, 아닌데…… 내, 내가 잘못해서 그런 건데……."

"아까 네 할아버지가 양놈들 과자 어쩌고 했잖아. 핫케이크 굽다가 혼난 거지?"

"그, 근데, 그거는, 오빠 탓이 아니라…… 내가, 내가 잘못해서……."

"그게 왜 네 잘못이야. 핫케이크 싫어하는 할아버지 탓이지."

"……어?"

"너 잘못한 거 없어. 그러니까 잘못했단 소리 그만해."

그 말이 타박으로 들린 걸까. 이젠 지쳐서 울고 싶어도 더 못울 거라 생각했는데, 은영은 다시 훌쩍이며 울기 시작했다. 아직젖살이 붙은 동그란 뺨을 타고 흐르는 눈물에 지훈은 기가 막혀눈을 빠르게 깜빡였다.

"왜 또 울어?"

"그치만…… 누가 이렇게 달래 주는 게 오랜만이라서……. 어허헝, 엄마, 샛별아……!"

다른 가족이 없는 게 아니었나?

지훈은 먼지 쌓인 오래된 기억 속에서 부모님이 제게 해 줬던걸 떠올리며 은영의 머리를 슥슥 쓰다듬었다.

그 어색한 달램은 의외의 효과를 낳았다. 지훈이 그럴 줄 몰랐다는 듯 은영이 울던 걸 멈추고 동그래진 눈으로 그를 바라본 것이다. 어쨌거나 울음을 그쳤으니 됐다 싶었다.

"다 울었지 이제?"

"아, 아마도……. 요."

은영이 뒤늦게 요 자를 붙이며 슬쩍 지훈의 눈치를 봤다. 이제와서 뭘 눈치를 보나 싶어 지훈은 픽 웃었다.

"됐어. 그냥 반말해."

"그, 그래도 오빤데……."

"너 몇 살인데."

"나…… 열세 살."

지훈은 멈칫했다. 그가 예상한 답이 아니었다.

"너 중학생 아니었어?"

"중학생인데, 빠른 년생이라서."

"아아."

"오빠는? 저기 고등학교 교복 입은 건 봤어."

"언제?"

"길 가다가……. 근데 알은척해도 될지 모르겠어서. ……해도
돼?"

"하지 마."

"……."

은영의 아랫입술이 툭 튀어나왔다. 항의하듯 계속 입을 다물고
있던 그녀는 승현이 약상자를 가져다 두는 선반을 바라보고 입술
을 동그랗게 모았다.

"근데 오빠 집엔 약이 왜 그렇게 많아?"

"많이 다치니까."

"왜 다쳐? 아, 알았다. 오빠 운동부구나. 내 친구도 축구분데
몸싸움하다가 맨날 넘어지고 그래서 많이 다쳐."

"운동부 아냐. 나도 맞은 거야."

"어? 누구한테?"

"이 집에서 같이 사는 사람한테."

등 뒤가 조용해졌다. 돌아보니 은영이 입을 벌린 채 넋이 나간
얼굴로 그를 보고 있었다. 예상했던 반응이라 지훈은 아무렇지 않
게 이어 말할 수 있잖아.

"뭘 그렇게 봐. 너도 똑같잖아."

"어? ……아, 맞아. 맞아! 나도 할아버지한테 자주 맞아. 좋아

232

리도 맞고, 손바닥도 맞고…….”

그게 뭐 자랑이라고, 은영은 “여기 봐, 여기 봐.” 하면서 회초리 자국이 남은 손바닥을 지훈에게 보여 주었다. 그러더니 갑자기 히, 웃었다.

“우리 둘이 똑같다, 그치.”

“……그게 뭐 좋은 거라고 웃어?”

“나 할아버지한테 회초리로 맞는 거 내 친구들한테 말 못 했거든. 회초리 자국 가리려고 종아리에 선크림도 막 발랐다? 그거 되게 아팠는데.”

“되게 아플 정도면 그냥 말하지. 뭐 하러 그렇게까지 해 가며 숨겨?”

“그치만…… 창피하잖아. 할아버지한테 맞는 애 나밖에 없는걸.”

“창피할 일이야?”

“오빠는 안 창피해? 친구들한테 다 말해? 집에서 맞는다고?”

“나 친구 없어.”

“어?”

한 번 더 당황했는지 은영이 눈을 동그랗게 뜨고 눈을 껌뻑거렸다. 저 조그만 머리통으로 무슨 생각을 하는지 지훈은 알 수 있을 것 같았다.

“그럼…… 내가 할게! 친구!”

“네가 어떻게.”

“음, 심심할 때 놀아 주고, 오빠가 다치면 이번엔 내가 약 발라 주고……. 핫케이크도 만들어 줄게. 이번엔 진짜 맛있게!”

“그러다 또 할아버지한테 혼나려고?”

"안 들키면 되지. 아니면 여기서 만들어 줄게."

"여기서?"

"안 돼? ……오빠 때리는 사람이 나 여기 있는 거 알면 오빠 또 때릴까?"

내가 뭘 하든 안 하든, 그 사람은 그냥 나 때려.

그 말이 희한하게 입 밖으로 안 나갔다. 은영의 말마따나 창피해서 그랬을까.

"맘대로 해."

"만세! 약속한 거다. 알았지?"

그때 창문 너머에서 '정은영! 이놈의 기집애가 어딜 갔어?' 하고 찾는 목소리가 들렸다.

"할아버지다."

몸을 움츠리며 중얼거린 은영이 다시 한번 들려온 제 이름에 머뭇거리다 의자에서 일어났다.

"나 오늘은 이만 가 볼게. 다음에 봐, 오빠."

고개를 끄덕였던가, 말았던가. 그도 확신하지 못하는 사이 은영은 원하는 답을 얻은 것처럼 미련 없이 "오늘 고마웠어." 인사하고 문밖으로 나갔다.

현관문이 닫히고, 정적이 찾아들었다. 그는 창문 너머에서 들려오는 소리에 귀를 기울였다.

─이놈의 기집애가, 반성하라고 내쫓았더니 하라는 반성은 안 하고 어딜 쏘다닌 게야?

─그치만 할아버지가 나가라고 해서…….

─또, 또 말대답하지! 얼른 들어가서 청소나 해! 이게 집구석인지, 먼지 구덩인지……. 에잉, 쯧!

그래도 없어졌다고 찾아 주는 사람이 있구나, 하는 생각은 아주 잠시였다.

아직 중학생. 그것도 열세 살밖에 안 된 애를 무슨 식모처럼 부려 먹는 게 사정을 잘 모르는 지훈의 눈에도 잘 보였다.

가슴이 답답했다. 동시에 그런 생각이 들었다.

'저건 불합리한 일이야.'

그리고 그날 밤. 또 술을 마시고 들어온 사내가 휘두르는 주먹에 맞아 쓰러지며 지훈은 생각했다.

'그러면, 이건?'

❀❀❀

"오, 오빠 얼굴이 왜 그래?!"

은영의 손에 들려 있던 장바구니가 바닥으로 묵직하게 떨어졌다. 뭔가 와그작 깨지는 소리가 들린 것 같은데.

아니나 다를까, 장바구니를 들어 확인하니 터진 노른자가 줄줄 흐르고 있었다. 뒤늦게 그걸 발견한 은영이 꺅 소리를 내며 울상을 지었다.

"달걀 다 터졌어……. 오빠 얼굴처럼……."

"야."

"근데 진짜 얼굴 왜 그래? ……맞았어? 같이 사는 사람한테?"

"어."

아무렇지 않게 대답한 지훈은 장바구니 안에 든 밀가루와 우유, 버터와 깨진 계란을 보고 왜 은영이 이 장바구니를 들고 제집 문을 두드렸는지 알아차렸다.

"안 아파? 멍 엄청 크게 들었는데……."

"안 건드리면 안 아파."

"그래도."

"됐으니까 만들기나 해. 배고파."

"어? 아, 알았어! 얼른 만들어 줄게!"

집에서 가져왔다고 야무지게 교복 위로 앞치마까지 두른 은영은 부산스럽게 핫케이크 반죽을 만들기 시작했다.

"오빠, 집에 계량컵 없어? 거품기는?"

"없어, 그런 거."

"그릇도 몇 개 없고……. 집에서 밥 안 해 먹어? 왜 이렇게 썰렁해?"

"안 해 먹어."

빵 같은 걸 사 들고 와서 먹기는 해도 요리를 해서 뭘 만들어 먹은 적은 한 번도 없었다. 그 말에 은영이 기함해서 단단히 일러 주었다.

"그러다 큰일 나! 어휴, 안 되겠다. 오빠 오늘부터 나한테 요리 배워."

"네가 누구 가르칠 주제나 되고?"

"내가 오빠보단 잘하거든! 자, 봐 봐. 일단 제일 중요한 걸 알려 줄게. 요리의 기본은 계량이야. 라면을 끓여 먹더라도 계량컵으로 물 양을 정확히 맞춰서 끓여. 그러면 기본은 해."

"그렇게 기본을 잘하는데 왜 태우고, 싱겁고, 덜 익고, 짜?"

"……집에 계량컵이랑 거품기 가지러 갔다 올게."

오늘만큼은 요리를 망치지 않겠다고 단단히 마음을 먹은 걸까? 그날, 은영은 드디어 지훈의 입에서 맛있다는 말을 이끌어 냈다.

"진짜? 진짜 맛있어?"

"안 짜고, 안 싱겁고, 안 타고, 적당히 잘 익었네."

"만세!"

긴장한 얼굴로 지훈의 답을 기다리던 은영이 두 손을 번쩍 들고 좋아했다. 그대로 놔두면 정말 폴짝폴짝 뛸 거 같아서 지훈은 조금 어이없는 얼굴로 물었다.

"이거 하나 제대로 만든 게 그렇게 좋아?"

"좋지! 드디어 한 거잖아, 보답."

보답. 그러고 보니 그랬다. 이제껏 은영이 그에게 요리를 만들어 준 건 다 그 연고 하나 때문이었다.

'그럼 이제 안 오나?'

문득 떠오른 생각에 입맛이 뚝 떨어졌다. 맛있다고 한 말을 도로 물리고 싶던 그때였다.

"근데 있지, 나 아까 바닥에서 이런 거 주웠는데."

은영이 슬그머니 내민 건 그의 명찰이었다. 부러진 명찰.

"이거 어떡해? 명찰 없으면 등교할 때 선도부한테 걸리잖아."

"버려도 돼. 하나 더 있어."

"정말? 그러면…… 이거 나 가져도 돼?"

"왜?"

"그냥. 안 돼?"

이유는 모르겠지만, 은영이 너무 간절한 표정을 짓고 있어서 지훈은 그러라고 고개를 끄덕였다. 그러자 은영이 와! 하고 두 손을 번쩍 들어 만세를 외쳤다.

"고마워. 소중히 간직할게. 오빠한테도 내 명찰 줄까?"

"필요 없어."

237

"……치. 고민도 안 하네."

그가 의외의 말을 들은 건, 다음 날 점심시간 때였다.

대충 급식을 먹고 와서 책상에 엎드려 있는 그의 귀로 같은 반 아이들이 떠들어 대는 목소리가 들려왔다.

"어! 야, 이거 봐! 이 자식 필통에 웬 여자애 명찰이 들어 있는 데?"

"야! 안 내놔?!"

"쟤네 뭐 하냐? 명찰이 뭐라고 저렇게 호들갑들을 떠는 거야?"

"너 모르냐? 요즘 사귀는 애들끼리 서로 명찰 교환하는 게 유행 이잖아."

"명찰?"

"어. 이름 써 붙이는 그런 느낌인 거지 뭐. 나는 이 명찰 주인 거니까 나한테 손대지 마라, 임자 있는 사람이다……! 뭐 이런?"

그날 저녁. 은영은 지훈의 상처에 약을 발라 주겠다고 몰래 그의 집 문을 콩콩 두드렸다.

혹시나 할아버지한테 들킬까 주변을 두리번거리는 그녀를 일단 집 안에 들여놓고 지훈은 은영을 빤히 바라봤다. 왜 그러냐고 묻는 그녀에게 지훈은 한참을 망설이다 물었다.

"너 내 명찰 어쨌어?"

"어? 그거? 어…… 왜? 필요해?"

"아니, 필요하진 않은데."

"그럼 묻지 마. 이제 내 거니까. 그보다 앉아 봐. 약 발라야 지."

"안 발라도 돼."

"그런 게 어딨어! 내가 약 찾아올 테니까 오빠 여기 얌전히 앉아 있어. 알았지?"

은영이 약을 찾아와 바르는 동안 지훈은 그녀의 교복을 집요하게 관찰했다. 하지만 그 어디에도 그의 명찰은 달려 있지 않았다.

부러진 걸 준 게 문제였던 걸까?

그런 생각을 하다가 도대체 내가 왜 그런 걸 신경 쓰고 있는 건가 싶어 지훈은 고개를 흔들었다.

❋❋❋

겨울 방학이 시작되고, 날은 더욱 추워졌다.

십몇 년 만에 찾아온 한파라고 뉴스에서 연신 떠들어 댔다. 그러나 은영은 전처럼 활발하기만 했다.

이제 그녀는 할아버지한테 맞았다는 말을 울지도 않고 씩씩하게 했다. 아니, 오히려 대들기까지 했다고 신이 나서 말했다.

그러나 둥둥 걷어 올린 바지 아래로 드러난 종아리엔 붉은 선이 수십 개나 그어져 있었다. 이렇게 맞아 놓고 처음으로 대들어서 속이 시원하다니. 지훈은 은영의 생각을 이해할 수가 없었다.

"차라리 그냥 맞지 그랬어. 그럼 조금이라도 덜 맞고 끝나잖아."

"그치만 오빠가 그랬잖아. 내가 잘못한 게 아니라고."

"그랬지."

"나는 내가 잘못해서 맞는 게 당연하다고 생각했어. 할아버지도 그렇게 생각하니까 당연하게 회초리를 들었을 거야."

"……."

"내가 반항할 때마다 할아버지도 다르게 생각하게 될 거야. 자기가 날 때리는 건 전혀 당연한 일이 아니라고."

아.

그 순간, 지훈은 이유 없이 눈가가 시큰해졌다.

"두고 봐. 내가 꼭 할아버지 이길 거니까!"

대체 뭐가 그렇게 복받쳤는지는 모르겠다. 하지만 지훈은 정말로, 그렇게 말하는 은영이 너무도 대단해 보였다. 그래서 울고 싶어졌다.

"그러면 내가 나중에 오빠도 도와줄게. 알았지?"

"……다리나 낫고 이야기해."

"괜찮아. 이런 건 금방 다 나으니까!"

물론, 그 후로도 은영은 할아버지에게 회초리로 맞았다. 그러나 지훈의 방 창문 너머로 들려오는 소리는 이제 더 이상 노인의 고함소리와 여자아이의 울음소리가 아니었다.

노인이 고함을 지르면 여자애도 바락바락 대들었다. 노인이 제성질을 못 이기고 접시를 던져 깨뜨리면 그 뒤를 이어 지지 않고 무언가 깨지는 소리가 연달아 울렸다.

그 요란한 소리를 누군가가 듣고 경찰에 신고한 모양이었다. 신고를 받고 달려온 경찰이 종아리에서 피가 흐를 정도로 회초리로 얻어맞은 은영을 보고 한숨을 쉬며 그녀의 할아버지를 훈계했다.

그러나 그는 경찰 앞에서도 내 손녀 내가 때리는데 뭐가 문제냐고 소리를 질렀다. 결국, 그녀의 할아버지는 소란을 피운 죄목으로 경찰차에 태워졌다.

그 이후 무슨 일이 일어났는지 지훈은 알지 못했다. 그러나 무슨 일이 있기는 했는지, 아니면 경찰차를 타고 서로 이송되는 걸 동네 사람들이 다 본 탓인지.

"거봐! 내가 이길 수 있다고 했잖아!"

"진짜 이겼어?"

"응. 그 지긋지긋한 회초리도 내가 부러뜨렸어. 히히, 있어도 못 들걸? 내가 경찰서에 신고한다고 막 그랬거든."

은영이 자랑스럽게 하는 말에 지훈은 눈을 깜빡이다 그만 크게 웃음을 터뜨리고 말았다. 그가 그렇게 크게 웃는 걸 처음 보는 은영이 놀라서 눈을 동그랗게 떴다.

"오, 오빠……?"

"멋있다. 은영아, 너 진짜 멋있어."

"어, 어어?"

놀라서 얼굴을 붉힌 은영의 두 눈에 곧 눈물이 그렁그렁 매달렸다.

"왜, 왜 이러지…….."

그녀 자신도 영문을 모르겠다는 듯 은영은 허둥지둥 손등으로 뺨을 문질렀다. 그러나 더 쏟아지는 눈물을 막지 못하고 결국 그녀는 크게 울음을 터뜨리고 말았다.

지훈은 왜 우냐고 묻지도 않았고, 그만 울라고도 하지 않았다. 대신 장하다고 은영의 머리를 쓰다듬었다. 그리고 약속했다.

"나도 이겨 볼게. 너처럼."

그날, 약속대로 지훈은 술에 얼큰하게 취해 돌아온 큰아버지를 향해 다짜고짜 주먹을 날렸다.

"내가 이겼어."

"거짓말. 얼굴에 단풍이 이렇게 들었는데."

"단풍?"

"노랗고 빨갛고 파랗고. 여기 보라색도 있다."

지훈의 얼굴에 약을 발라 주던 은영이 입술을 삐죽이며 소독약을 잔뜩 묻힌 솜으로 지훈의 눈가를 건드렸다.

아야, 하고 인상을 찌푸리는 지훈에 은영은 제가 다 속이 상한 표정을 지었다.

그녀는 입을 꾹 다문 채 지훈의 상처에 약을 발라 주다가 그의 눈치를 살피며 조심스레 물었다.

"근데 오빠……. 같이 사는 사람이 오빠네 아빠야?"

"아니. 큰아버지야."

"큰아버지?"

지훈이 이렇게 쉽게 답을 해 줄 줄도 몰랐거니와, 그 답도 그녀가 생각하지 못했던 것이라 은영은 조금 놀란 얼굴로 눈을 깜빡였다. 그러다 이해하지 못하겠다는 듯 이맛살을 찌푸렸다.

"근데 왜 큰아버지랑 같이 살아? 오빠네 부모님도 이혼하셨어?"

"아니."

"그러면? 아, 돌아가셨……구나?"

은영은 대답과 동시에 지훈의 눈치를 살폈다. 솔직히 지훈은 그런 그녀가 조금 웃겼다. 이 집이나 저 집이나 도긴개긴인데 뭘 이제 와 눈치를 보나 싶어서.

"아니야. 두 분 다 멀쩡하게 살아계셔."

"그러면? 혹시 미국 가셨어? 오빠 혼자 한국에 있는 거야?"

"아니. 전부 아냐. 난…… 버림받았어."

"……어?"

"아니다. 내가 버렸다고 해야 하나."

그러나 억울한 마음이 드는 걸 보면 그 표현도 맞다고 할 순 없는 것 같았다. 적어도 그가 생각하기로는.

"나, 나도 그래!"

"뭐?"

"엄마는 날 별로 안 좋아했거든. 그래서 이혼할 때 샛별이만 데리고 갔어."

잘 기억은 안 나지만 분명 들어 본 적 있는 이름이었다.

"샛별이?"

"내 동생. 쌍둥이 동생이야. 나랑 똑같이 생겼어."

"일란성 쌍둥이?"

지훈이 놀란 건 다른 이유 때문이었지만, 그 이유를 알지 못하는 은영은 고개를 끄덕이며 재잘거렸다.

"오빠 쌍둥이 본 적 없나 보구나? 나랑 샛별이랑 둘이 진짜 똑같이 생겼다? 최근에는 본 적이 없어서 아직도 그럴지는 모르겠지만."

"최근엔 본 적이 없다고?"

"응. 어디 사는지도 몰라. 엄마 전화번호도 모르고……. 그래서 나중에 어른 되면 꼭 만나러 갈 거야."

"……네 동생이 너랑 다르게 너를 안 보고 싶어 하면?"

"그럴 리 없어."

243

어쩌면 또 우울한 얼굴을 보게 될지도 모른다 생각하며 던진 질문인데, 은영은 별 생뚱맞은 질문을 다 듣겠다는 얼굴로 눈을 깜빡거렸다.

"내 반쪽인걸. 내가 샛별이 안 싫어하는 것처럼 샛별이도 나 안 싫어해. 절대."

"그걸 어떻게 확신해?"

"그야, 우리는 단 한 번도 그랬던 적 없으니까."

그 말을 듣고 지훈은 생각해 봤다. 자신이 승재를, 승재가 자신을 싫어했던 적이 있었나?

부럽고 질투날지언정 미워한 적은 없는 것 같았다. 단 한 번도 승재가 없어지거나 사라지길 바란 적도 없었다.

'혀엉, 가지 마!'

자신이 집을 떠나 큰집으로 가던 날에도 승재는 울면서 가지 말라고 떼를 썼다.

주말에 큰집에 와서도 제 옆에 붙어 있으려 애썼고, 집에 갈 때는 같이 가자고 차에 태우기까지 했었다. 어쩌면 승재도 자신을 보고 싶어 할지도 모르겠다.

"……."

그날 밤, 지훈은 승재에게 편지를 썼다. 만약 내가 보고 싶다면 내가 있는 곳으로 놀러 오라고.

그러나 편지를 부치지는 못했다. 거기까지는 아직 용기가 나지 않은 탓이었다.

"오빠! 새해 복 많이 받아!"

"……뭐?"

"반응이 왜 그래? 설마 모르는 건 아니지? 오늘 설날이잖아."

"설날?"

"우와, 진짜 몰랐구나……. 내가 그럴 줄 알고 준비를 다 해 왔지."

짠! 하면서 은영이 내민 건 보온병과 넓적한 쟁반이었다. 덮개를 씌워 놓은 쟁반 아래에선 고소한 기름 냄새가 올라와 그게 전이라는 걸 쉽게 알아차릴 수 있었다.

"이건 뭐야?"

"떡국. 설날에 떡국을 먹어야 나이를 먹지."

은영은 지훈의 집으로 들어와 마치 제 집에서 상을 차리듯 분주히 식탁 위에 음식을 늘어놓았다.

"어때? 맛있지?"

"그러게. 맛있네."

"그치? 헤헤, 그리고……. 잠깐만 기다려 봐!"

은영은 제 집으로 달려가 무언가를 들고 돌아왔다. 케이크 상자였다.

"케이크?"

"사실 나 오늘 생일이야."

"뭐? 그걸 왜 이제 말해?"

"진작 말했으면 선물 사 줬을 거야?"

"당연하지."

245

기가 막힌 얼굴로 바라보는 지훈에 은영은 놀라 눈을 깜빡이다
가 이내 뺨을 붉히며 배시시 웃음을 흘렸다. 정작 지훈은 아무것
도 준비하지 못했는데, 그녀는 마치 벌써 선물을 받은 것처럼 기
뻐했다.

"그렇구나……. 그러면 내년 생일에 챙겨 줘."

"뭘 내년까지 가. 오늘 사 줄게. 뭐 갖고 싶은 거 없어?"

"어? 진짜?"

"그래."

지훈은 곧장 자리에서 일어나 옷을 챙겨 입으려 했다. 그러나
은영이 괜찮다고 그를 말렸다. 대신 그녀는 자신이 사 온 케이크
에 초를 꽂아 달라고 했다.

"할아버지가 빵을 싫어해서 작년엔 집에서 케이크를 못 먹었거
든. 집에서 케이크 먹는 게 소원이었어."

"여긴 네 집이 아니잖아."

"에이, 오빠 집이 우리 집이지. 안 그래?"

"안 그래."

"치."

그냥 좀 그렇다고 해 주지. 그렇게 투덜거리는 은영의 앞에서
지훈은 그녀가 원하는 대로 케이크에 초를 꽂아 주었다.

총 14개. 올해로 열네 살.

새삼 참 어리다 싶었다. 그러다 자신보다 훨씬 대견한 이 아이
의 생일을 지훈은 진심으로 축하해 주었다.

"자, 불어."

"아니지! 노래 불러 줘야지!"

"……무슨 노래?"

"몰라서 묻는 거 아니지? 자, 얼른."

생일 축하 노래야 이 세상에 안 불러 본 사람이 없을 텐데, 그러니 딱히 부끄러워할 이유도 없는데 괜히 부끄러워져 지훈은 조금 망설였다. 그러다 은영이 촛농이 케이크에 떨어진다고 다급하게 재촉하는 바람에 그는 결국 입을 떼고 말았다.

"생일 축하합니다. 생일 축하합니다. ……사랑하는 은영이. 생일 축하합니다."

조금 망설이다 꺼낸 단어에 은영의 얼굴이 붉게 달아올랐다. 그냥 노래일 뿐인데 왜 저렇게 부끄러워하는 걸까. 본인도 조금 망설였던 만큼 지훈은 괜히 목덜미가 간지러워져 귓가를 붉힌 은영을 재촉했다.

"뭐 해, 촛농 떨어지잖아."

"아, 아, 응!"

고개를 끄덕인 은영이 얼른 촛불을 후, 불어 껐다. 그러고는 "아, 맞다!" 소리치면서 두 손을 맞잡고 두 눈을 질끈 감은 채 소원을 빌었다. 지훈은 초를 뽑고 크림 위로 흐른 촛농을 걷어 내며 가볍게 혀를 찼다.

"불기 전에 빌었어야지."

"깜빡했어! 으으, 소원 안 이뤄지면 어쩌지?"

"무슨 소원 빌었는데?"

"그냥……."

은영은 조금 망설이다가 지훈의 눈치를 흘끗 보며 말했다.

"내년에도…… 오빠한테 생일 선물 받았으면 좋겠다고."

"그걸 소원으로 빌 정도야? 뭐 갖고 싶은데. 지금 말해."

"아니야. 내년에 받을래."

은영은 두 손을 만지작거리며 기어들어 가는 목소리로 덧붙였다.

"그리고 내년에도 똑같은 소원 빌 거야."

순간 지훈의 머릿속에 떠오른 건 그의 부러진 명찰이었다. 은영이 빈 소원이 무슨 뜻인지 깊게 고민하기도 전에 입이 먼저 열렸다. 그러면서 그는 생각했다.

"그럼 케이크는 내가 사 줄게. 내년엔 사지 마."

"어, 진짜?"

"그래. 무슨 케이크 좋아해?"

"나, 나 케이크 다 좋아해. 생크림도 좋아하고, 치즈도 좋아하고, 초코나 딸기나…… 고구마 케이크도 좋아. 가루 포슬포슬해서."

"그중에 뭐가 제일 좋은데?"

"다 좋아! 난 나중에 파티셰 될 거야. 그래서 내가 먹고 싶을 때마다 맨날 케이크 만들어 먹을 거야."

"그때쯤 되면 지겨워지지 않을까?"

"지겨울 리가 없지! 이렇게 맛있는데! 오빠도 많이 먹어."

은영이 사 온 케이크는 크림은 느끼하고 빵은 퍽퍽했다. 그가 아는 케이크와는 비교도 할 수 없을 정도로 맛없었지만, 그걸 먹는 은영이 행복해 보여서 지훈은 아무 소리 않고 케이크를 먹었다.

"시고 짜고 탄 거 먹는 것보단 낫지."

"응? 뭐라고?"

"생일 축하한다고."

"……헤헤, 고마워."

은영은 지훈이 생일을 축하해 준 것만으로 충분하다고 했지만 지훈은 그렇지 않았다. 그는 은영의 생일 선물을 사기 위해 책장 속에 숨겨 둔 만 원짜리 지폐 몇 장을 꺼냈다. 그리고 방을 나오기 전 문득 책상 서랍에 시선을 주었다.

"……."

그런 생각이 들었다. 승재가 편지를 받고도 자신을 찾아오지 않더라도, 그래도 괜찮겠다는 생각.

'오빠 생일은 가을이지? 내가 그때 케이크 만들어 줄게!'

나한테도 쌍둥이 동생이 있어. 그런데 그 애는 날 싫어하는 것 같아.

그렇게 말하면 은영이 분명 자신을 위로해 주겠지. 내가 있으니 괜찮다고 달래 줄 터다. 그러니 괜찮다. 그렇게 생각하며 지훈은 서랍에서 편지 봉투를 들고 집을 나섰다.

겨울바람이 여전히 매서운, 2월 초의 일이었다.

❄❄❄

편지는 보냈지만 선물은 사지 못했다. 대체 뭘 사 줘야 은영이 좋아할지 아무리 봐도 알 수가 없는 탓이었다.

돈이 많았으면 선택지가 더 다양했을 텐데. 아니, 이리 재고 저리 잴 필요 없이 그냥 다 사 주면 됐을 텐데. 하나만 고르려니 너무 어려웠다. 지훈은 자신에게 이렇게 우유부단한 면이 있었음을 새삼 깨달으며 그날도 소득 없이 집으로 돌아왔다.

그리고 마주쳤다. 자신의 집 앞에서 저를 기다리는 은영과.

"오빠 어디 갔다 와?"

네 생일 선물 사러. ……라고 말하기는 좀 민망했다. 게다가 아직 사지도 못했는데 그 말을 어떻게 꺼낸단 말인가. 지훈은 잠깐 망설이다가 대답 대신 "왜?" 하고 반문하는 걸 택했다.

"다른 오빠랑 언니들은 일찍 집에 오던데, 오빠는 왜 요즘 맨날 늦어? 어디서 뭐 한 거야?"

"그걸 왜 물어?"

"왜 묻긴! 궁금하니까!"

우문현답이었다. 그래, 궁금하니까 묻겠지.

"……혹시 나 피하는 거 아니지?"

그때 은영이 기죽은 목소리로 고개를 푹 숙인 채 웅얼거리듯 물었다. 지훈은 진심으로 의아해서 물었다.

"내가? 너를?"

"그치만, 그날 이후로 오빠가 계속 늦게 들어오니까……."

그날이 은영의 생일을 말하는 것임을 지훈은 모르지 않았다. 어떻게 모를까. 그날부터 그가 생일 선물을 산답시고 여기저기 돌아다니기 시작했는데.

"뭐 살 거 있어서 그런 거야. 내가 널 왜 피해."

"그거야, 눈치챘으니까……?"

"뭐?"

"그치, 맞지? 눈치챘지?"

"뭘?"

"눈치챘으면서!"

은영이 그렇게 화내듯 캐물을 땐 솔직히 무슨 말을 하는 건지 몰랐다. 그러나 새빨갛게 달아오른 그녀의 얼굴과 묘하게 그의 눈을 마주 보지 못하는 눈동자, 그리고 살짝 떨리는 목소리 같은 게 그에게 힌트를 주었다.

설마 그 이야기를 하는 건가? 하고 떠올리기가 무섭게. 은영이 빽 하고 소리쳤다.

"나 오빠 좋아해!"

"……뭐?"

"내, 내가 고백했으니까 이제 모르는 척하면 안 돼. 오빠 나한테 이제 대답해 줘야 해. 알았지? 피하지 마! 그러면 울 거야!"

"잠깐만, 내 얘기 좀…….."

"그럼 나 약속 있어서 가 볼게. 꼭 대답해 주는 거다! 알았지?"

그리고 은영은 지훈이 말릴 새도 없이 도망치듯 저만치로 달려갔다. 바로 옆에 자기 집 놔두고서 대체 어디로 가려는지 모르겠지만.

"피하지 마! 피하면 진짜 반칙이야!"

지훈은 기가 막혀서 전력 질주로 달려가는 은영을 붙잡지 못했다. 그녀의 모습이 보이지 않게 된 뒤에야 그는 어이없는 표정으로 한마디 중얼거릴 수 있었다.

"지금 피한 게 누군데…….."

가만히 한숨을 내쉬다가 지훈은 작게 웃었다. 그리고 생각했다. 내일은 꼭 은영이한테 줄 선물을 사야지.

그리고 다음 날. 하루 종일 작정하고 돌아다닌 보람이 있어 마침내 마음에 드는 선물을 살 수 있었다.

예쁘게 포장된 상자를 종이가방에 넣어 집으로 돌아오는데, 꼭 자신이 선물 받은 것처럼 기분이 들떴다.

"어."

은영이다. 집 앞에 서 있는 그녀를 보고 지훈은 서둘러 걸음을 옮겼다.

"은영아."

이름을 부르며 어깨를 툭 건드리자 그녀가 화들짝 놀라며 뒤를 돌아봤다. 평소와 다른 반응에 의아해하던 지훈은 문득 어떤 위화감을 느꼈다.

"은영이……가 아니네."

"저희 언니 아세요?"

눈을 반짝이며 묻는 얼굴이 은영과 정말 똑같아서 그녀가 누구인지 지훈은 모를 수가 없었다.

"네가 샛별이구나."

"저 아세요? 아! 우리 언니한테서 제 얘기 들었구나!"

"그래, 쌍둥이 동생이 있다고."

"맞아요! 그거 저예요! 우와, 맞게 잘 찾아왔구나. 여기가 우리 언니 집 맞죠? 그죠?"

"응."

"오빠는 우리 언니랑 무슨 사이예요? 혹시 우리 언니 남자 친구? 우리 언니 보러 온 거예요?"

재잘대며 묻는 목소리는 은영의 것보다 톤이 조금 높았다. 그러나 기본적으로 성정이 밝다는 것만은 둘이 똑 닮았다 싶었다. 과연 쌍둥이구나 생각하며 지훈은 고갯짓으로 옆집을 가리켰다.

"난 저기 살아. 은영이랑은 이웃사촌."

"이웃사촌이면서 남자 친구인 거예요?"

"아니야."

아직은. 그 단어가 조금 어색하고 민망해서 지훈은 괜히 목덜미를 쓰다듬었다. 그리고 화제를 돌릴 겸 왜 여기 서 있냐고 물었다.

"은영이 집 맞으니까 벨 눌러 봐."

"벨은 아까부터 눌러 봤어요. 근데 아무도 없는 것 같더라고요."

"지금쯤 집에 있을 시간인데. 집에 아무도 없는 거면…… 할아버지랑 같이 저녁이라도 먹으러 갔나."

"저녁요? 이 시간에요?"

"가끔 기분이 좋을 땐 은영이 데려가서 돼지갈비 사 주신대."

"으, 그럼 집에 올 때 둘이 같이 오겠네요?"

"그렇겠지. 왜?"

"할아버지랑은 마주치기 싫어서……. 됐어요, 그럼. 오늘은 언니 집 주소 확인한 걸로 만족! 저 오늘 여기 왔던 거 언니한테는 비밀로 해 주세요. 나중에 서프라이즈 해 줄 거니까."

"그냥 가게?"

"시간도 늦었으니까요. 너무 늦게 가면 엄마한테 혼나서……. 오늘 고마웠어요, 오빠. 다음에 또 봐요."

방긋 웃은 샛별은 은영이 사는 집을 기억하려는 듯 대문에서 조금 떨어진 곳에 서서 눈을 부릅뜨고 건물을 바라보다가 이내 손목시계를 한 번 보고는 "늦겠다!" 하며 반대 방향으로 달려갔다.

그 모습이 어제 저를 피해 도망가던 은영의 모습과 꼭 닮아 있었다. 지훈은 저도 모르게 웃어 버렸다.

"……집에 없구나."

어차피 그녀의 생일은 한참 지났으니 선물은 내일 줘도 되겠지. 그리고 내일, 은영이 그렇게 원했던 고백에 대합 답도 들려줄 거다.

입가에 미소를 머금은 채 지훈은 현관문을 열고 안으로 들어섰다. 그리고 마주쳤다. 웬일로 붉지 않은 멀쩡한 얼굴을 하고 있는 큰아버지와.

그에게선 술 냄새가 전혀 나지 않았다. 집에 있는 날보다 집을 비우는 날이 더 많은 그가 가끔 한 번씩 집으로 돌아오는 건 술에 진탕 취해 몸을 제대로 가누지 못할 때였다.

"어디 갔다 오는 길이냐?"

게다가 이렇게 멀쩡한 질문을 하는 것도 오랜만이라 지훈은 순간 답을 하지 못했다. 그런 그를 빤히 보던 큰아버지의 시선이 아래로 내려갔다.

"뭐냐, 그건?"

"……신경 쓰지 마세요."

지훈은 그대로 큰아버지를 지나쳐 방으로 들어가려 했다. 그러나 큰아버지의 손에 어깨가 잡히고 손에 쥐고 있던 종이 가방을 빼앗겼다.

"뭐예요! 내놔요!"

"이게 뭐냐? 너, 꼴에 여자 만나고 다니냐? 그 꼴로?"

"……내놓으라고!"

지훈이 손을 뻗었지만 큰아버지는 아주 가볍게 그의 손을 피했다. 그리고 여유롭게 발을 걸어 지훈을 넘어뜨렸다.

쿠당탕! 맥없이 균형을 잃고 쓰러진 그의 몸이 바닥에 넘어져 나뒹굴었다. 그 과정에서 발목을 삔 건지 발목이 욱신거리며 아파

왔다. 통증에 신음하며 발목을 감싸 쥐는 그를 큰아버지가 이죽거리며 내려다봤다.

"왜, 한 번 때려 보니까 사람이 만만해 보이든? 맨날 술에 취해서 비틀거리니까 내가 만만했냐, 새끼야?"

퍽, 퍽!

쓰러진 지훈을 걷어차는 발에 점차 힘이 실렸다. 자비 없이 몰아치는 발길질에 지훈이 할 수 있는 거라곤 그저 몸을 웅크린 채 신음을 뱉는 것뿐이었다.

"망할 놈이, 감히 여자 만나고 다니면서 시시덕거려? 우리 현지가 누구 때문에 죽었는데. 네놈들 때문에 애 가지겠다고 욕심만 안 냈어도 우리 현지가!"

"그게, 왜, 내 탓……."

"네 탓이지! 네가 있었으니까! 네놈이 우리 현지 눈앞에서 알짱거렸으니까!"

그는 화풀이를 하듯 손에 꽉 쥐고 있던 작은 상자를 바닥에 내던졌다. 볼품없이 찌그러진 상자가 바닥을 굴러 지훈의 눈앞에서 멈췄다. 그 앞에서 그가 상자를 발로 꽉 밟아 찌그러뜨렸다.

"네 아빠도, 네 엄마도! 다 마음에 안 들었어! 아들 둘이나 끌어안고 웃으면서 사람 약 올리는 것도 아니고, 아이가 없으면 어때요, 부부끼리 잘 살면 됐죠? 하! 사람 비웃는 것도 유분수지. 지들은 뭐가 그렇게 잘나서!"

"……."

"아이가 없으면 어떠냐고……. 지들이 그래 놓고 애 하나 빼앗아 오니까 그리 사색이 되어서는. 그래, 내 그럴 줄 알았다 이거야. 그래 놓고 나한테 그리 잘난 척. 크큭, 크크큭……."

255

터지고 찢어진 상자에서 삐져나온 머리핀이 그의 발아래에서 두 동강 났다. 그 아이 미소처럼 예쁘게 반짝이던 큐빅이 힘없이 바닥을 굴렀다. 지훈은 제 선물이 박살나는 걸 보며 멍하니 눈만 깜빡였다.

"그거 아냐? 네 부모가 네 얼굴 한 번만 보여 달라고 얼마나 애원을 하는지. 그런데 내가 그랬거든. 이거 어쩌나? 나도 그러고는 싶은데 애가 싫다고 하네."

"······내가, 언제······."

"자기 버린 부모 치가 떨리게 증오하고 있다고. 명절날 큰집 한 번 가자고 해도 애가 경련을 하며 싫어하더라고. 우연히 마주치기라도 하면 아예 찔러 죽일 기세였다고!"

지훈은 눈을 들어 광기 어린 웃음을 흘리는 큰아버지를 바라봤다. 지금 이 사람이 무슨 말을 하는 거지?

"당연히 안 믿더라. 그래서 내가 네 사진을 몇 장 찍어 보여 줬어. 애가 완전히 삐뚤어져서 하라는 공부는 안 하고 질 나쁜 애들이랑 몰려다니면서 쌈박질이나 한다고. 그랬더니 걔네도 학을 떼더라. 너같이 폭력적인 애는 이제 필요 없다더라. 그렇겠지, 걔네한텐 말 잘 듣는 착한 아들이 이미 있으니까."

"······."

"어떡하냐. 지훈아, 넌 이제 진짜 도망갈 데가 없어졌어. 네 부모도, 할아버지도 너를 완전히 포기했거든."

"······."

"부모고 뭐고······ 다 필요 없지, 그치? 살아서 뭐 하냐. 이딴 세상에 살아서 뭐 해."

살아서······ 뭐 하냐고. 확실히 그렇게 생각했던 때가 있었다.

256

이렇게 사느니 그냥 죽는 것도 나쁘지 않겠단 생각을 했던 적이 있었다.

그러나, 그러나.

'내년에도…… 오빠한테 생일 선물 받았으면 좋겠다고.'

'그리고 내년에도 똑같은 소원 빌 거야.'

"내, 내가 고백했으니까 이제 모르는 척하면 안 돼. 오빠 나한테 이제 대답해 줘야 해. 알았지?'

"그냥 나랑 같이 죽자, 지훈아. 같이 현지한테 가자. 응? 거기 가면 현지가 너 참 예뻐해 줄 거야. 내 아들, 하고……. 어때?"

"……봐."

"뭐라고?"

"누가, 너 같은 거랑!"

어디서 그런 힘이 솟았는지 모르겠다. 지훈은 두 손 두 발에 힘을 줘 몸을 일으켜 그대로 큰아버지를 들이받았다. 낮은 자세에서 그의 다리를 노린 덕분에 그는 균형을 잡지 못하고 금방 바닥으로 쓰러져 넘어졌다.

"악!"

곧장 그의 위로 올라탄 지훈은 주먹을 세게 말아 쥐고 그의 뺨을 가격했다. 뻑! 주먹을 통해 느껴지는 감각이 소름 끼치게 끔찍했다. 그러나 지훈은 멈추지 않았다. 한순간이라도 빈틈을 주지 않으려는 약자의 몸부림이었다.

"살아서…… 살 거야! 절대 안 죽어!"

"이 새, 악!"

정신을 차린 큰아버지가 그의 손목을 붙들었다. 지훈은 필사적으로 몸부림을 쳐 그의 손을 떨쳐 냈다.

"이 정도 했으면 됐잖아! 내가 당신한테 뭘 그리 잘못했다고!"

"다! 전부 다! 네가 살아 있는 것 자체가 잘못이야, 이 새끼야!"

"그건 당신이겠지! 아무 죄 없는 나한테 모든 잘못 뒤집어씌우고! 화풀이하고! 당신이 그러고도 어른이야? 어른이냐고!"

"뭐 이 새끼야? 이게 근데 어디서!"

어느새 자세가 뒤집혀 지훈이 바닥에 끌리고, 큰아버지가 그 위로 올라타 주먹을 휘두르기 시작했다. 뻑, 뻑! 주먹질에 고개가 양옆으로 흔들리며 눈앞에서 불이 번쩍번쩍 튀었다. 지훈은 지지 않고 위를 향해 주먹을 휘둘렀다.

"난 절대, 당신처럼 안 살아!"

"이 새끼가 근데!"

퍽! 지훈이 휘두른 주먹에 제대로 맞았는지 큰아버지의 코에서 피가 터졌다.

인중을 타고 흐르는 뜨끈한 감각에 그 사실을 알아차린 그는 눈이 뒤집혀 지훈의 머리를 한 대 더 후려쳤다. 그러나 그것만으론 분이 풀리지 않는다는 듯 손에 잡히는 대로 무언가를 쥐어 그대로 내리쳤다.

빠악!

"이 새끼가, 어딜 감히 어른한테⋯⋯."

"⋯⋯."

"⋯⋯뭐, 뭐야? 뭐야, 왜 피가⋯⋯."

축 늘어진 지훈의 머리 주변으로 붉은 피가 흥건하게 흐르기 시작했다. 손을 흠뻑 적신 뜨끈한 감각에 정신이 번쩍 든 그는 바닥에 주저앉은 채로 뒤로 물러났다. 그러나 눈을 아무리 깜빡여도 눈앞에 펼쳐진 광경은 바뀌지 않았다.

"야…… 지훈아, 야."

"……"

"새끼야, 어른 그만 놀리라고…… 몇 번을 말해."

"……"

"그, 그러게 왜…… 감히 나한테 반항을 해서……. 그냥 살던 대로 죽은 듯이 살지…… 씨, 씨발."

같이 죽자고 할 땐 언제고, 사람이 정말로 죽어 가는 꼴을 눈앞에 둔 그는 덜덜 떨리는 팔다리를 주체하지 못하고 몇 번이고 일어났다가 넘어지길 반복하며 겨우 자리에 섰다.

"네가…… 네가 잘못한 거야. 그러게 왜 우리 현지 앞에, 내 앞에 나타나서…….."

"……"

"씨발…… 씨발!"

겁먹고 도망가는 그의 불규칙한 발소리가 지훈의 귀에 희미하게 맺혔다 맴돌았다.

통증은 거의 없었다. 그저 몸에 힘이 하나도 들어가지 않고, 뒷머리가 뜨끈할 뿐이었다. 지훈은 바닥에 엎드려 쓰러진 채 멍하니 눈을 깜빡였다. 아무런 생각도 떠오르지 않았다. 그냥, 잠이 왔다.

안 되는데, 잠들면. 은영이한테 대답해 주기로 약속했는데……. 생일에…… 케이크…… 내년에도…….

그러나 자꾸 눈이 감겼다. 더 이상은 버틸 수가 없었다.

"형!"

그 순간 귓가에서 자신의 목소리가 들린 것 같았다. 지훈은 눈을 감은 채로 조금 웃었다. 마지막에 들리는 게 왜 자신의 목소리일까 싶어서.

대답해 줘야 하는데.

나도, 네가…….

❊❊❊

삐이—

귓속에서 이명이 울렸다. 그 때문에 더는 눈을 감고 있을 수가 없어 승현은 눈을 떴다.

희뿌연 시야 한가운데에서 강한 빛이 보였다. 마치 그 속에서 나타난 것처럼 어느새 그 중심에 은영의 얼굴이 떠올랐다. 그녀가 그의 앞에 있었다.

"승현 씨! 정신이 들어요? 괜찮아요?"

"……."

"뭐라고요? 잠깐만 기다려요. 금방 의사 선생님 부를 테니까."

여기요! 선생님! 여기 환자 깨어났어요! 그렇게 몇 차례 외치던 은영은 응급실의 소란에 제 외침이 묻힌다는 사실을 깨달았는지 몸을 돌려 직접 의사를 찾아가려 했다.

그때 이불 아래로 손을 뻗은 승현이 그녀의 손목을 붙들었다. 꽤 강한 힘에 통증이 느껴질 정도였다.

"승현 씨?"

"……은영아."

"네?"

반사적으로 대답했다가 은영은 조금 놀라 눈을 깜빡였다. 그런 그녀를 올려다보며 승현은 웃었다.

아니, 지금의 그는 지훈이었다.

"나도…… 네가 좋아."

"그게 무슨……. 승현 씨, 괜찮아요? 승현 씨!"

꺼질 듯한 목소리를 내고 다시 눈을 감는 승현의 모습이 꼭 유언 한마디를 남기고 숨이 끊기는 사람 같아 은영은 더럭 겁이 났다.

"승현 씨, 괜찮아요? 승현 씨, 승현 씨!"

"환자 무슨 일 있나요?"

"아, 여기, 이 환자 눈을 떴는데 갑자기 다시 정신을 잃은 것 같아서…….."

아니야. 정신을 잃은 게 아니야. 그냥 조금 피곤한 것뿐이지.

그 속마음을 읽기라도 한 것처럼 간호사가 심전도를 체크하더니 걱정 안 해도 된다고 은영을 안심시켰다. 그에 마음을 놓은 걸까? 은영이 그의 손을 잡아 오는 게 느껴졌다.

두개골을 찌르는 듯한 통증으로 머리는 여전히 아픈데, 그 손의 온기 덕분에 승현은 편안히 눈을 감고 있을 수 있었다.

다시는, 절대로.

그런 생각을 하며 은영의 손을 꽉 쥐자 은영이 아프다고 작게 투덜거리는 소리가 들려왔다. 그래도 손을 빼지 않는 그녀가 고마워 승현은 입가에 작은 미소를 띤 채 다시금 잠 속으로 빠져들었다.

아주 깊은, 편안한 잠 속으로.

8. 달콤한 일상

승현이 길거리에서 갑작스레 머리 통증을 호소하며 쓰러진 후, 은영은 곧장 구급차를 불러 그를 병원으로 데려갔다.

다행히 그는 1시간 만에 의식을 찾았고, 환자가 깨어나면 집으로 가도 좋다는 진단까지 받아 그녀는 안심할 수 있었다.

그러나 1시간 뒤.

대체 어떻게 안 건지는 모르겠지만, 승현이 병원 응급실로 실려 왔단 소식을 알게 된 그의 부모님과 승재가 곧장 병원으로 달려왔다.

"승현아!"

"승현아, 내 아들!"

"형! 어디 있어!"

그들 셋만 왔으면 응급실에서 가족을 찾는 그들의 다급한 모습이 그리 이질적으로 느껴지지 않았을 거다. 하지만 태용이 내 손자 살려 내라고 비서진을 포함해 의료진까지 죄 딸려 보낸 탓에 응급실엔 때아닌 소란이 벌어졌다.

그 때문에 승현은 과로에 스트레스 누적이라는, 현대인이라면 누구나 다 달고 있는 지극히 평범한 진단을 받고도 태용이 입원한 병원으로 이동해 정밀검진을 받아야 했다.

"전 괜찮다니까요."

"괜찮은 애가 길거리에서 왜 갑자기 쓰러지니?"

걱정스레 말한 미희가 은영의 손을 붙잡고 정말 별일 없었던 거 맞냐고 물었다. 은영이 몇 시간 전의 일을 곱씹으며 고개를 끄덕이던 그때, 태용에게 보낼 메시지를 작성하던 승현이 핸드폰에 시선을 고정한 채 별거 아닌 투로 설명했다.

"갑자기 기억이 돌아와서 그런 거예요. 옛날에 살던 집에 갔었거든요."

"······뭐?"

"안 그래도 한 번은 다녀올 생각이었는데 마침 은영 씨가 간다고 해서······. 바로 기억이 돌아올 줄 알았으면 진작 다녀올 걸 그랬나 봐요."

"그게 무슨······. 은영 씨가 네가 옛날에 살던 집에 가 본다고 했다고? 왜? 네 기억 찾아 주러?"

당황한 미희가 은영에게 그게 정말이냐고 물었다. 그 목소리엔 다소 원망이 서려 있었지만, 입을 살짝 벌린 채 승현에게 시선을 고정한 은영은 그 사실을 알아차리지 못했다.

"설마 진짜로······ 지훈 오빠예요? 승현 씨가?"

"네, 라고 대답해야 할지. 응, 이라고 대답해야 할지."

웃으며 그렇게 답하는 승현의 얼굴엔 어딘지 모르게 쑥스러워

264

하는 기색이 감돌고 있었다.

"네, 나예요."

그 짤막한 답이 몰고 온 여파는 컸다. 정호와 미희, 두 사람은
비명만 안 질렀다 뿐이지 귀신이라도 본 것처럼 창백한 얼굴을 했
다.

"이게…… 이게 무슨 소리냐? 지훈이를 안다고? 은영 씨가?"

"어떻게, 어떻게 된 거야? 둘이 알고 만난 거야? 은영 씨! 우리
승현이 원래부터 알고 만난 거예요?"

양옆에서 동시에 물어오는 정호와 미희에 은영이 당황해서 얼
른 고개를 흔들었다.

"아뇨, 아뇨. 몰랐어요. 사실 최근에 그렇지 않을까 하는 생각
을 하긴 했는데…… 제가 지훈 오빠 얼굴을 전혀 기억 못 해서요.
게다가 이름도 달라서……."

"이름은 큰아버지 양자로 갈 때 개명했다가 다시 원래 이름으
로 되돌린 겁니다. 이쪽이 진짜 이름이에요. 이 이름으로 불러 주
세요."

"아. 네, 승현 씨."

"말은 편하게 해도 되는데요. 옛날처럼."

그렇게 말하는 승현의 얼굴은 그도 모르게 짙어지고 있던 짐을
내려놓은 것처럼 무척이나 편해 보였다. 그의 표정과 그를 둘러싼
분위기를 통해 그 사실이 분명하게 느껴져 미희는 울컥 치미는 감
정을 삼키기 위해 숨을 들이켰다.

"음료수 사 왔어요……. 뭐야, 분위기가 왜 이래? 형 뭐 안 좋
은 데 있대요?"

그때 커다란 비닐 봉투를 들고 돌아온 승재가 병실 안에 감도는

265

분위기를 감지하고 괜히 불안한 마음에 눈을 깜빡였다. 미희가 그런 승재에게 설명을 해 주었다. 조금 넋 나간 목소리로.

"네 형…… 기억이 돌아왔대."

"아, 기억이…… 돌아왔다고?!"

거의 비명을 지른 승재의 손에서 편의점 로고가 찍힌 비닐 봉투가 묵직하게 추락했다.

쨍그랑 소리에 어깨를 움츠리는 것도 잠시. "형!" 하고 승현을 부르며 침대에 앉아 있는 그에게 안기는 승재 때문에 은영은 역시 자신이 자리를 비워 주는 게 맞지 않나 하고 조용히 병실 문을 흘끔거렸다.

"진짜야? 진짜로 기억이 돌아왔어? 하나도 안 빼고? 싹 다?"

"그래, 하나도 안 빼고 싹 다. 큰아버지한테 입양 가기 전 일이랑 입양 가고 난 후의 일이랑 다 기억나."

더우니까 떨어지라고 승재를 밀어낸 승현은 조금 불편해 보이는 은영을 눈치채고 침대에서 일어나 링겔대를 붙잡았다.

"잠깐 은영 씨 바래다주고 올게요. 여기들 계세요."

"뭐? 그 몸으로 어딜 가려고 그러니!"

"맞아, 내가 다녀올게. 나 차 가져왔어."

"아니에요, 괜찮아요. 저 혼자 갈 수 있어요. 택시 타고 가면 돼요."

"택시 승강장까지 바래다줄게요. 같이 가요. 할 이야기도 있고."

옆에서 누가 뭐라든 은영의 어깨를 감싼 승현은 이윽고 가족들을 돌아보며 조용히 말했다.

"다녀와서 말씀드릴게요. 저한테 무슨 일이 있었는지."

266

그 말에 승재는 물론 정호와 미희까지 모두 덜컥 굳어 버렸다.

역시, 자세한 사정은 모르시는구나 싶어 승현은 작게 쓴웃음을 지었다. 그들이 아무것도 모른다는 사실이 원망스러워서가 아니라 큰아버지가 잘도 그 모든 걸 숨겼구나 하는 사실 때문이었다.

"가요, 은영 씨."

"아, 네. ……그럼 이만 가 보겠습니다."

"그래요. 조심해서 잘 가고……."

"은영 씨, 내가 나중에……."

은영에게 뭐라고 말을 하려던 미희가 승현의 눈치를 보고 황급히 입을 다물었다. 그녀가 무슨 말을 하려고 한 건지 충분히 짐작한 은영은 말갛게 웃으며 고개를 끄덕였다.

"네. 언제든 편하실 때 연락 주세요."

은영은 정말 괜찮아서 그렇게 말한 건데, 엘리베이터에 오른 승현이 조금 걱정된다는 얼굴로 그녀에게 말했다.

"어머니께 굳이 맞춰 드리지 않아도 됩니다. 은영 씨가 그렇게 할 필요 없어요."

"아니에요. 저 진짜 괜찮아요. 저, 그것보다…… 잠깐 승현 씨 얼굴 좀 살펴봐도 돼요?"

"그럼요. 가까이서 봐도 되고, 한참 봐도 됩니다. 은영 씨 보고 싶은 대로 보세요."

엘리베이터에 다른 사람이 없는 틈을 타 은영은 승현에게로 돌아서서 그의 얼굴을 자세히 들여다봤다.

그 시선이 전혀 부끄럽지 않다는 듯 승현은 그저 웃고만 있었다. 오히려 그의 이마에서부터 짙은 눈썹, 살짝 치켜 올라간 눈매, 똑바른 선의 콧대와 붉은 입술까지 찬찬히 뜯어보던 은영의 뺨이 붉어졌다.

"여, 역시 잘 모르겠어요."

"지훈 오빠 얼굴이 기억 잘 안 납니까?"

"네, 사진 찍어 놓은 것도 없었으니까요. 그래서 그게 제일 후회됐어요. 보고 싶은데 기억도 안 나고……."

"찍었으면 찢어 버리지 않았을까요? 기껏 고백했는데 대답도 안 하고 사라진 나쁜 놈 사진 같은 거."

"절 뭘로 보고. 부러진 명찰도 가지고 있었잖아요."

"그걸 가지고 있었다고 해도 되는 겁니까? 타임캡슐에 넣어 두고 까맣게 잊고 있었다면서요."

"그게 어디예요. 승현 씨는 그거라도 없잖아요."

"없을 수밖에 없죠. 은영 씨가 안 줬으니까."

"달라고 안 했잖아요."

"그게 그런 의민지 몰랐으니까."

엘리베이터를 나와 택시 승강장이 있는 정문으로 나가는 길. 로비를 지나던 은영은 승현의 말에 우뚝 멈춰 놀란 눈으로 그를 올려다봤다.

"그, 그게 어떤 의미였는지 지금은 알아요? 어떻게?"

"지금이 아니라 옛날부터 알고 있었습니다. 명찰 주고 며칠 뒤에."

"근데 왜 말을 안 했어요!"

"뭐라고 말을 합니까? 내 명찰 달라고 한 거 나 좋아해서 달라고 한 거 맞냐고?"

목소리는 담담한데 승현의 얼굴엔 웃음기가 가득했다. 은영의 얼굴이 새빨갛게 달아오르는 건 당연한 수순이었다.

"내, 내가 좋아하는 거 알았으면서 왜 말 안 했어요? 왜 모르는 척했어요?"

"알은척해야 하는 거였습니까?"

"그럼 끝까지 모르는 척할 생각이었어요?"

"아니, 나는 은영 씨도 다 아는 줄 알았지."

"말을 안 하는데 어떻게 알아요!"

"미안합니다, 말 안 해서. 그런데 그땐…… 정말로 뭔가 말을 할 필요성을 못 느꼈어요. 그런 거 없어도 나한테 당신은 이미 특별했으니까."

뭐라고 더 따질 듯 씩씩대던 은영의 기세가 그 순간 조금 수그러들었다.

"특별……했어요? 제가?"

"했죠. 알다시피 그때 제 상황이 그리 좋지 못했잖습니까. 솔직히 말하면 이러다 그냥 죽어도 별 상관 없겠다고 생각하고 있었어요. 그런데 은영 씨 만나고부터는 은영 씨 오는 날이 기다려졌거든요."

오늘은 오나 안 오나. 그럼 내일은 올까 안 올까. 정해진 약속이 없기에 그는 어린 왕자의 사막여우처럼 미리 1시간만 행복하진 못했다.

언제 올까. 안 오면 어쩌지. 기대와 불안 중 늘 잡아먹는 쪽은 불안이었다. 그래도 그 불안은 은영이 문을 똑똑 두드리는 순간엔 씻은 듯이 사라져 은영이 옆에 있을 땐 그저 웃기만 할 수 있었다.

"그럼 말하지 그랬어요, 매일 오라고. 난 오빠 귀찮을까 봐 맨날 가고 싶은 거 꾹 참았는데."

"어떻게 그럽니까. 창피하게."

"뭐가 창피해요. 나는 뭐, 하나도 안 창피해서 좋아한다고 고백했나."

"그때 난 용기라곤 조금도 못 내는 겁쟁이였으니까."

승현은 은영을 보며 작게 웃었다. 죽었던 기억을 이제 막 되살렸기 때문인지, 아니면 별로 변하지 않았기 때문인지. 분명 십몇 년도 더 옛날에 본 얼굴이 지금 은영의 얼굴과 겹쳐져 선명하게 되살아났다.

"네 덕분에 변할 수 있었어. 네가 날 살린 거야."

"그렇게 거창하게 말할 건……."

도중에 울컥한 은영은 말을 하다 말고 코를 작게 훌쩍거렸다. 그녀는 차마 승현을 보지 못하고 시선을 내리깐 채 걸음을 옮겼다.

정문을 지나자 저 앞에 택시가 보였다. 몇 걸음만 더 걸어가면 택시에 오를 수 있었지만 은영은 그 자리에 멈춰 섰다.

"……오빠."

그녀는 고개를 조금 젖혀 승현의 얼굴을 올려다봤다.

여전히 그의 얼굴을 봐도 지훈의 얼굴은 조금도 떠오르지 않았다. 그게 조금 속상해서 은영은 약간 칭얼거리듯 물었다.

"그때 무슨 일 있었는지 물어봐도 돼요?"

"도련님!"

승현이 고개를 끄덕이던 그때, 정장을 입은 웬 남자 하나가 저만치에서 달려왔다.

"아이고, 아직 안 가셨……. 허억, 헉. 어우."

"무슨 일입니까?"

"다른 게 아니고, 헉, 회장님께서, 아가씨, 바래다드리라

270

고……."

"네? 아니, 괜찮아요. 저 이제 택시 타면 돼요."

"그렇게, 말씀하셔도…… 저는, 위에서 시키는 대로 하는 입장이라."

행여 은영이 그새 택시를 타고 가 버렸을까 봐 여기까지 전력질주로 달려온 그 심정을 어렵지 않게 알아챈 은영은 조금 망설이다가 그럼 그렇게 하겠다고 고개를 끄덕였다.

"그럼 이쪽으로 모시겠습니다."

"잠깐만요. 저희 얘기 좀 하고 가겠습니다."

"네?"

"제가 지금 핸드폰을 안 들고 와서요. 아버지한테도 따로 연락 좀 드려 주세요. 한 30분 정도 있다가 올라가겠다고."

"아……. 네, 그렇게 하겠습니다."

그럼 주차장에서 기다리겠다며 정호의 운전기사가 먼저 주차장으로 떠났다. 그가 주머니에서 핸드폰을 꺼내 어디론가 전화를 거는 모습을 지켜보던 승현은 은영의 어깨를 감싸 그녀를 근처에 있는 벤치로 데려갔다.

"일단 그때 났던 사고에 대해 말하자면…… 교통사고 난 거 아니었습니다."

"그건 부동산 할아버지한테 들었어요. 재떨이로 맞았다면서요."

"그게 재떨이였나. 좀 단단한 걸로 맞긴 했는데."

승현이 무의식중에 머리 뒤쪽의 흉터를 손으로 매만지며 답했다. 하마터면 과다 출혈로 죽을 뻔했다던 홍 사장의 말을 떠올리며 입술을 꾹 깨물던 은영은 그래서 어떻게 됐냐고 물었다.

"구급차는 누가 부른 거예요? 큰아버지가?"

"아니. 그 사람은 그대로 도망갔습니다. 절 살린 건 승재예요."

"승재 씨가요?"

"네. ……아마도."

확신은 없다. 그러나 정신을 잃기 직전, 그는 분명히 들었다.

'형!'

자신을 부르는 승재의 목소리를.

❋ ❋ ❋

눈을 떴을 때, 그는 병원 침대에 누워 있었다.

그러나 그는 자신이 왜 이곳에 누워 있는지 알지 못했다. 아니, 처음엔 자신이 누구인지조차 기억하지 못했다.

"승현아!"

"정신이 드니? 응? 정신이 들어? 엄마 누군지 알겠어?"

"혀엉, 엉엉……! 미안해, 미안해, 형……!"

"아이고, 내 손자 꼴이 이게 뭐냐. 그 잘난 얼굴이 어쩌다 이리 반쪽이 됐어……!"

의사와 간호사를 비롯해 수많은 사람이 그가 누워 있는 침대를 둘러싸고 있었다. 그러나 승현이 알 수 있는 건 그 사람들의 숫자가 정확히 열이라는 것뿐이었다.

그 외엔 아무것도 떠올릴 수가 없었다. 다들 절 보며 승현이라고 부르는데 승현이 제 이름이 맞는지도 확신할 수 없었다.

"누구……세요?"

"뭐…… 뭐라고? 승현아, 엄마 모르겠어? 엄마야! 엄마!"

"승현아, 할아버지다. 응? 할아버지야, 할아버지 모르겠어? 어?"

"나, 나 승재야! 형 동생 승재! 우리 쌍둥이잖아! 나도 기억 안나? 우리 같은 날에 태어나서 얼굴도 똑같고……."

얼굴도 똑같고. 승재는 그 말만 반복했다. 다른 말은 하지 못했다. 그래서 승현은 얼굴만 똑같고 다른 건 다 다른가……? 하고 생각하다가 왈칵 울음을 터뜨리는 여자와 그녀를 달래는 남자를 바라보았다.

"내 아들, 어쩌면 좋아……! 미안해, 미안해. 다 엄마 탓이야. 그때 내가 끝까지 널 말렸으면……!"

"아니, 전부 내 탓이에요. 다 내 탓이야, 전부 내 탓……."

대체 무슨 일이 있었길래 저 둘이 자꾸 자신의 탓을 하는지 승현은 알 수 없었다.

그저 피곤하고, 아프고, 그냥 조금 쓸쓸하고, 외로웠다.

사람이 이렇게 많은데 가슴 한구석이 텅 빈 것처럼 허전한 걸까? 이유도 모른 채 괜히 주변을 두리번거리다가 그 작은 행동만으로 몸이 피곤해져 그는 "으……." 하고 앓는 소리를 입 밖으로 내었다.

"일단 눈을 떴으니 위험한 고비는 넘겼다고 봐도 됩니다. 우선은 환자가 쉴 수 있게 보호자 분들은 나가 주시는 게……."

"어디서 말도 안 되는 소릴 하고 있어! 내 손자가 이렇게 크게 다쳤는데 나더러 나가 있으라고? 절대 안 돼! 못 나가, 난 절대 못 나가!"

"하, 하지만……."

"소리 지르지 마세요! 승현이 지금 아파서 누워 있는 거 안 보이세요?"

"아, 아니, 난……."

"승현이는 지금 우리가 누군지도 모른다잖아요. 대체 우리가 무슨 자격으로…… 이 앨 걱정하냐고요……."

결국 미희는 더 말을 잇지 못하고 두 손에 얼굴을 묻었다. 흐느껴 우는 그녀를 정호가 어둡게 가라앉은 얼굴로 안아 주었다. 말문이 막힌 태용이 고개를 떨군 사이, 의사가 눈치를 보며 조심스레 말했다.

"그럼 저희는 이만……."

"케이크."

"어?"

"뭐, 뭐라고? 승현아, 방금 뭐라고 했니?"

"케이크가…… 먹고 싶어요."

왜 그런 생각이 떠올랐는지 모르겠다. 그래서 승현은 곧바로 고개를 흔들어 아무것도 아니라고 자신이 한 말을 취소했다. 그러나 태용은 흥분해서 콧김까지 내뿜으며 말을 내뱉었다.

"우리 손자가 케이크가 먹고 싶으면 케이크를 먹어야지!"

"아, 안 됩니다. 3일간이나 혼수상태에 빠져 있다가 이제 막 깨어난 환자한테 케이크라니. 그랬다간……."

"우리 손자가! 먹고 싶다잖아!"

"글쎄 안 된다니까요!"

의사의 강력한 저지로 인해 승현이 케이크를 먹을 수 있었던 건 그로부터 사흘이 지난 뒤였다. 그러나 승현은 할아버지와 부모님이 종류별로 사다 준 그 어떤 케이크도 한 입 이상 먹지 못했다.

"이 맛이 아닌데……."

정확히 다섯 번. 그렇게 중얼거린 그는 더 이상 케이크를 먹고 싶다고 말하지 않았다. 그가 미희를 보며 자연스럽게 '엄마'라고 부른 건 그로부터 며칠 뒤의 일이었다.

�֎✖✖

"형!"

우당탕하는 소리와 함께 들려온 목소리에 승현은 눈살을 찌푸렸다. 그는 병실 문을 열고 들어오다 기어코 바닥에 엎어진 승재를 보며 작게 한숨을 내쉬었다.

"그러게 뛰어다니지 말랬지. 다른 데도 아니고 병원에서 그렇게 소란스럽게 굴면 어떡해?"

"에이, 어차피 지금 VIP 병동엔 형밖에 없는데 뭐. 그보다 짠! 내가 말했던 거 가져왔어!"

얼얼한 무릎을 대충 쓰다듬어 통증을 날린 승재가 승현의 침대로 다가와 침대 위로 테이블을 설치하더니 그 위에 만화책을 잔뜩 쌓았다.

"이거 엄청 재밌어. 딱 한 권만 보고 자야지, 했다가 날밤 새우게 만든 작품이라니까? 형도 한 번 봐 봐. 내가 재밌게 읽었으니까 형도 재밌게 읽을 수 있을 거야."

"글쎄……."

승현은 만화책 한 권을 집어 촤르륵 펼쳐 봤다. 그걸로 내용을 다 살펴봤다고 말할 수는 없겠지만, 퍽, 쿵, 크악 등의 효과음이 난무하는 액션 신은 대충 봐도 그의 취향이 아님을 확신할 수 있었다.

"난 됐으니까 너나 봐."

"왜애! 형 보라고 가지고 온 거라니까? 나 믿고 딱 1권만 봐 봐. 응? 응?"

눈꼬리를 늘어뜨린 채 졸라대는 승재를 승현은 도저히 이길 수가 없었다. 결국 그는 긴 한숨과 함께 고개를 끄덕였다.

"딱 1권만이다."

"그래! 딱 1권만 봐 봐. 그럼 형 얼른 2권 달라고 할걸?"

그러나 승재의 장담과 달리 승현은 만화책에 재미를 붙이지 못했다.

그건 비단 만화책뿐만의 일이 아니었다. 승재가 재밌다며 가져다준 노트북 속 드라마, 영화, TV 예능 등 그 어떤 것도 승현의 흥미를 이끌어 내지는 못했다. 비장의 무기로 마지막까지 숨겨 놓았던 만화책까지 실패한 순간, 승재는 기운 없이 침대 위로 늘어졌다.

"으으, 우리 형이 진짜 재미없는 사람이 되어 버렸어……."

"그게 뭐 문제라고. 기억이 없는 게 더 문제지."

가족에 관해 떠올린 첫날을 기점으로 조금 조금씩 승현은 거의 대부분의 기억을 되찾았다. 그러나 아직도 찾지 못한 기억이 있었다. 예를 들어, 그가 교통사고를 당했을 때의 일이라거나.

"기억이야 뭐…… 없어도 되지 않아? 나도 어렸을 때 기억은 잘 안 나는걸."

"어렸을 때 기억이 안 난다고?"

"딱히 기억할 것도 없지. 그때야 여기저기 놀러 다니고 한 게 전부니까…….”

“아, 나 빼고 부모님이랑.”

“와, 솔직히 말은 바로 해야 한다. 그게 우리가 형을 빼고 간 건가? 형이 나랑 부모님 빼고 맨날 할아버지한테 놀러 간 거지.”

“그거야.”

할아버지가 오라고 했으니까. 내가 안 가면 할아버지랑 부모님이 싸웠고.

게다가 할아버지 말고도 또…….

누가 있었는데.

“혀, 형! 오늘 하루 종일 병실에만 있었지? 되게 답답하겠다. 나랑 산책하러 가자. 내가 휠체어 끌어 줄게.”

“아니, 아침에 할아버지랑 나갔다 왔어. 괜찮아.”

“아침 산책이랑 오후 산책이랑 같아? 기다려 봐. 내가 휠체어 가져올게!”

괜찮다고 몇 번이나 거절했지만 굳이 승재는 휠체어를 가져와 거기에 승현을 앉히고 그를 밖으로 데리고 나갔다. 그 덕분에 들을 수 있었다. 엘리베이터 너머의 휴게실에서 들려오는 작은 소리를.

―……늘 상처를 달고 다녔다고…….

―지속적인 폭행…….

―학대의 증거…….

낮고 거친 목소리는 성인 남자의 것이었다. 조금 흥분한 듯 말이 점차 빨라져서 나중엔 무슨 말을 하는지 거의 알아들을 수가 없었다.

어쨌든 전혀 모르는 목소리이기에 승현은 그쪽에 관심을 두지

277

않았다. 그러나 그런 그와 달리 승재는 얼굴이 하얗게 질려서 휴게실이 있는 쪽을 보고 있었다.

"승재야, 너 왜 그래?"

"어, 어?"

"얼굴이 안 좋아 보이는데. 너야말로 어디 아픈 거 아냐? 병실로 돌아가자."

"아, 아니야. 목도리를 좀 세게 조였나 봐. 숨이 좀 답답하네."

목도리의 매듭을 느슨하게 푼 승재는 엘리베이터의 문이 열리자마자 그 안으로 승현의 휠체어를 밀었다. 그는 자신이 괜찮다는 걸 증명하기라도 하려는 듯 병원 근처 공원을 한 바퀴 도는 내내 쉬지 않고 수다를 떨었다.

오히려 그 덕분에 승현은 그의 정신이 다른 곳에 팔려 있다는 걸 알아차릴 수 있었다.

대체 무슨 일이 있기에 그러는 거지. 승현은 기회를 살펴 승재에게 혹시 학교에서 무슨 일이 있었냐고 물으려 했다. 그러나 그날 저녁, 놀라운 소식을 접하는 통에 승현은 승재를 신경 쓸 수가 없어졌다.

"승현아, 승재야. 놀라지 말고 들어."

오후의 승재와는 비교도 할 수 없을 만큼 낯빛이 백지장이 된 미희가 두 형제의 손을 꼭 잡고 말을 전해 주었다.

"너희 큰아버지가…… 돌아가셨어."

✽✽✽

"그때도 두 분은 큰아버지가 교통사고를 당했다고 하셨죠."

278

그때 그가 궁금했던 건 큰아버지가 당한 사고와 자신이 당한 사고가 같은 것인가, 하는 거였다. 비슷한 시기에 두 사람 다 교통사고를 당했다는 게 단순히 우연의 일치인가 싶어서.

그의 질문에 모두가 아니라고 답했다. 애초에 별로 깊게 생각하고 물었던 게 아니라 승현은 그렇구나 했다. 그에 관해서는 더 궁금해하지 않았다. 그래서였을까? 그의 기억은 거기서 더 돌아오지 않았다.

"제 기억이 돌아올까 봐 전부 숨기셨던 거죠? 말씀해 주세요. 저한테 숨겼던 것들, 전부 다."

큰아버지에게 입양된 후 일어난 일을 전부 설명했음에도 승현의 얼굴은 그저 담담하기만 했다. 마치 전혀 상관없는 남의 이야기를 전달한 것처럼.

그가 직접 겪은 일이라 하나 이미 오래된 일이었다. 그렇기에 그는 '옛날에 그런 일이 있었군. 어쩐지.' 정도로 끝이었지만, 이야기를 들은 사람들은 아니었다.

할아버지, 아버지, 어머니, 승재.

어머니는 도중부터 울기 시작하더니 더는 못 듣겠다고 아예 병실을 나가 돌아오지 않은 상태였다. 큰 수술을 끝낸 지 얼마 되지 않아 당분간은 정양해야 함에도, 굳이 우기고 우겨 이 자리에 동석한 태용의 얼굴도 좋지 못한 건 마찬가지였다.

결국 손발을 덜덜 떨기 시작한 태용 역시 병실로 돌아가고, 그런 그들을 대신해 그간의 사정을 설명해 줄 수 있는 건 정호뿐이었다. 승재 역시 당시에 어리다는 이유로 몇몇 일에선 아예 제외되어 있었으니.

"그래, 네 짐작이 맞다. 네 큰아버지는 교통사고로 죽은 게 아니야. 하지만 그걸 뭐라고 설명해야 할지는 모르겠구나."

"사실만 말씀해 주세요."

"그래……. 이건 승재도 처음 듣는 이야기겠구나."

정호는 자신의 감정이 목소리에 배지 않도록 최대한 담백하게 그때 있었던 사실만을 전달했다.

그래도 아들이라고, 그래도 장남이라고. 태용은 무슨 일이 있을 때마다 정훈을 감싸 주었다. 정호와 미희가 끝내 승현을 빼앗긴 것도, 승현을 데리고 사라진 정훈의 뒤를 쫓지 못한 것도 다 그 때문이었다.

쫓아갔다가 애가 아예 한국을 떠 버리면. 제 말대로 진짜 승현을 데리고 돌이킬 수 없는 짓이라도 해 버리면.

'제 자식 아니더라도, 그래도 핏줄 아니냐. 아무렴 몹쓸 짓을 하겠어.'

그 말을 믿는 게 아니었다. 나중엔 승현이 저희들을 끔찍해한다는 말을 전해 듣고 차마 찾아갈 엄두를 못 냈다. 못난 애비와 어미라 미안하고, 그저 울기만 하며 잘 지내길 빌었더랬다. 그러는 게 아니었는데.

"그래서 네 할아버지 몰래 아는 경찰한테 부탁해서 조사를 부탁했어. 아무래도 내 형이 내 아들을 학대한 것 같다고. 그 증거 좀 모아 달라고……."

증거를 모아 눈앞에 들이밀면 아무리 태용이라도 정훈의 편을 들지 못할 거라고 생각했다. 설마 그 끝에 정훈의 시체가 있을 줄은 정호도 미처 예상하지 못했다.

"낙동강 하류 어디쯤에서 발견됐다고 했단다. 당시에 내 친구가 형을 살인 미수범으로 확정 짓고 쫓던 중이라 가장 먼저 소식을 들을 수 있었어. 네 할아버지한텐 묻지도 않고 내가 부탁했다. 부검해 달라고."

그 결과, 정훈은 죽기 직전에 술에 잔뜩 취해 있었다는 사실을 알 수 있었다. 만약 음주 운전 검문에 걸렸다면 면허가 취소됐을 정도로 혈중알코올농도가 높았다고.

"실족사인지, 자살인지…… 알 방도는 없었지. 현장 조사 결과 경찰들은 자살 같다고 했어. 근처에서 발견된 차에 유서는 없었지만, 그렇지 않다면 그 늦은 밤에 혼자서 저수지에 갈 이유가 없으니까."

"자살 맞을 거예요. 저한테도 몇 번이나 같이 죽자는 소릴 했으니까."

이제는 더 놀랄 것도 없다고 생각했던 정호의 얼굴 위로 뒤늦게 파문이 떠올랐다.

"형이 너한테…… 그런 소리까지 했다고?"

"진심이었는지는 모르겠지만요."

어쨌거나 그가 인생을 제대로 살 생각이 없었던 것만은 분명했다. 그렇지 않았다면 그렇게 술만 마시고 살지는 않았을 테니.

승현이 궁금한 건 하나였다.

"제 기억으론 제가 어렸을 때부터 아버지가 회사를 물려받으시기로 되어 있었던 거 같은데. 어쩌다 그렇게 된 거예요?"

늘 장손 타령을 하는 할아버지가 나서서 정호를 후계자로 점찍진 않았을 텐데. 대체 무슨 일이 있었길래 그가 후계자 자리에서 밀려난 걸까?

정호는 작게 한숨을 쉬며 그때 이야기마저 들려주었다.

"그때 형이 아버지가 반대하는 결혼을 했거든. 형수…… 네 큰어머니는 일가친척이 한 명도 없는 데다 직업마저 없었어. 그런데 덜컥 형 아이부터 임신한 거야."

"임신을 하셨다고요? 하지만 큰어머니는……."

"그래, 낳지 못했지……. 유산했거든. 여러 일이 겹쳤어. 그걸 누구 혼자만의 탓이라고 말할 순 없는 일이지만…… 형은 아버지 탓이라고 길길이 날뛰었어. 그때 두 사람 사이를 무척 심하게 반대하셨으니까."

처음엔 미안해했던 태용은 현지를 병원에 입원시켜 주고 돌봐 줬음에도 끝까지 그 일을 물고 늘어지는 정훈에 결국 격노해서 일갈했다. 끝까지 그 계집애 옆에 끼고 살려거든 내가 준 것 모두 두고 나가라고.

그래서 정훈은 정말로 그렇게 했다. 다니던 회사도 그만두고, 집도 차도 돈도 모두 두고 현지와 함께 사라졌다. 결국 백기를 든 태용이 돌아오라고 하기까지 정훈은 정호와도 연락을 끊고 살았다.

"아버지는 더 이상 두 사람 사이를 반대하지 않기로 했어. 대신 딱 하나…… 아들만 낳으라고 했단다. 권씨 가문의 대를 이을 장손을."

아이만 낳아라. 이미 점찍은 큰며느릿감이 있었던 태용으로선 큰 양보였다. 그런데 그 하나마저도 몸이 약한 현지는 해내지 못했다.

태용은 다시 한번 그 애와 헤어지라고 정훈에게 화를 냈지만, 정훈은 그러지 않았다. 대신 보란 듯 태용의 앞에서 칼을 들고 자해했다.

"그때 그 일은 나로서도 굉장히 큰 충격이었지. 물론 너희 할아버지 역시 말할 것도 없었고……."

그 뒤로 태용은 정훈의 일에 간섭하지 않았다. 정호에게도 그러라고 암묵적인 눈치를 주었다.

'저러다 진짜로 죽겠다고 하면 어떡하느냐.'

네 형 좀 도와주렴.

생각해 보면 그때 잘라 내야 했다. 그때 한 번 휘둘리기 시작한 탓에 휩쓸리고 휩쓸리다 일이 그 지경까지 흘러갔다.

그래도 하나뿐인 형이니까. 그렇게 생각하며 번번이 져 줬던 정호는 정훈도 그리 생각할 줄 알았다. 그래도 하나뿐인 동생이라고. 아니라는 걸 진작 알았어야 했는데.

"설마, 너한테 그런 짓을 저지르고 있었을 줄은……. 나는, 정말로, 정말로……."

상황 및 증거를 토대로 미루어 짐작하는 것과 피해자에게 당시의 일을 직접 듣는 데에는 큰 차이가 있었다.

결국 참고 참았던 정호의 눈에서도 눈물이 뚝뚝 떨어졌다. 정호는 승현의 앞에 고개를 숙인 채 떨리는 목소리로 겨우 말을 이었다.

"미안하다, 미안하다 승현아. 아빠가…… 아빠가 그때 널 제대로 돌보지 못해서……."

"다 지난 일인걸요. 신경 쓰지 않으셔도 돼요."

"어떻게 신경을 안 써, 어떻게, 어떻게……."

두 손에 얼굴을 묻은 채 정호는 끅끅거리는 소리를 냈다. 만감이 교차하는 얼굴로 그런 아버지를 바라보던 승현은 곁에 있던 승재에게 눈짓으로 부탁했다. 모시고 나가 달라고.

마찬가지로 눈가를 붉히고 있던 승재가 고개를 끄덕이고는 정호의 어깨를 부축했다. 다 큰 아들 앞에서 우는 게 민망했던지, 아니면 정작 고통받았던 승현의 앞에서 이제 와 우는 게 미안했는지 정호는 순순히 승재의 부축을 받아 몸을 일으켰다.

"전 정말 괜찮으니까 그 일로 더 슬퍼하지 않으셨으면 좋겠어요. 그리고…… 승재야."

승현은 말을 할까 말까 고민하다가 혹시나 하는 생각에 그를 보며 말했다.

"그때 큰아버지한테 내가 가겠다고 한 건, 네가 가기 싫다고 해서가 아니라 내가 정말 그러고 싶어서 그런 거였어."

항상 궁금했다. 할아버지가 저렇게 노골적으로 차별하는데 왜 승재는 날 원망하지 않는 걸까. 1, 2년도 아니고 십몇 년, 이십몇 년을 부당하게 차별받다 보면 원망이 쌓일 법도 한데.

차라리 화를 냈으면 했다. 속에 쌓아 두고 쌓아 두다가 승재가 언제 저로부터 등을 돌릴지 몰라 승현은 항상 겁이 났다. 이제야 알았다. 당연하다는 듯 차별을 받아들인 건 승재 나름의 속죄였던 거다.

"그러니까 자책하지 마. 네 탓 아니니까."

"……딱히 난, 그런 생각 했던 적……."

내내 입을 꾹 다물고 있던 승재의 눈가에서 결국 눈물이 비집고 흘러내렸다. 제가 우는 걸 보이기 싫었는지 고개를 돌린 승재가 작게 코를 훌쩍이는 소리를 냈다.

승현은 그 소리를 못 들은 척했다. 그리고 승재가 정호를 데리고 병실 밖으로 나가는 모습을 일부러 바라보지 않았다.

문이 닫히고, 병실에 홀로 남은 후에야 그는 긴 한숨을 내뱉었다.

'차라리 기억을 일찍 되찾는 편이 좋았을 텐데.'

왜 자신이 과거를 기억 못 하길 바랐는지 그 심정은 이해한다. 그러나 그 탓에 정작 그들이 긴 시간 스스로를 자책하며 살아오지 않았는가.

이제라도 기억을 되찾아 다행이라고 승현은 생각했다. 그 생각이 더욱 강렬해진 건 그날 밤, 미희가 혼자서 그의 병실을 찾아왔을 때였다.

"승현아, 엄마는…… 단 한 번도 너를 버리거나 그러려고 했던 적 없어. 단 한 순간도 너를 사랑하지 않았던 적이 없고, 그리고…… 네가 정말 보고 싶었어. 네가 너무, 너무 보고 싶었는데, 네가 날 싫어한다고 생각하니까……. 해 준 거라곤 하나도 없는데, 너한테 얼굴이라도 보이지 않는 게 그나마 내가 할 수 있는 최선 같아서."

"네. 다 알아요. 제가 어떻게 모르겠어요."

"미안해. 미안해, 승현아. 그때 널 보내는 게 아니었는데……. 그 인간 말을 다 믿는 게 아니었는데. 내 아들 많이 힘들었지, 많이 아팠지……. 엄마 많이 보고 싶었지."

이제는 정말 괜찮다고 생각했는데, 그 말을 듣고 있자니 승현도 조금 눈물이 나왔다.

과거로 편지를 보낼 수 있으면 좋을 텐데.

그럼 알려 줄 수 있을 테니까. 너는 가족에게 버림을 받은 게 아니라고. 이렇게 사랑받고 있다고…….

"네. 많이 보고 싶었어요……. 엄마."

"미안해. 미안해, 엄마가 진작 너 못 찾아가서……."

분명 지난 기억은 힘들고 괴로웠다. 그러나 비 온 뒤에 땅이 굳어지듯 그로 인해 알게 되고 또 얻은 게 많기에, 승현은 자신의 과거가 마냥 아프게 느껴지지 않았다.

그렇게 생각하게 해 주는 사람들이 있어서, 그럴 수 있었다.

❈❈❈

"……그랬던 거 있지."

―헐…… 거짓말 아니고 진짜? 진짜로 승현 오빠가 언니네 옆집에 살았다고? 심지어 첫사랑?

"응."

―대애박. 진짜 사람 인연이란 게 따로 있나 보다. 어떻게 같은 사람인 줄 모르고 다시 만나서 다시 반했대? 어떻게 그게 가능하지?

"그러게. 나도 지금 얼떨떨해."

하도 얼떨떨해서 이게 꿈인지 생신지 구별이 잘 안 됐다. 샛별에게 굳이 전화를 건 것도 그래서였다. 이렇게 수다라도 떨면 좀 현실 같을까 싶어서.

"사실 나 옛날 기억 거의 안 났거든. 근데 이야기 듣다 보니까 조금씩 기억나긴 하더라. 그런데 그때 내가 알던 지훈 오빠랑 지금 승현 씨랑 좀 많이 달라서 진짜 같은 사람인가 싶고 그래."

―어떻게 다른데?

"그때 지훈 오빠는 좀…… 많이 어두웠지. 말투가 좀 퉁명스럽

286

기도 했고."

그러나 생각해 보면 다정하고 자상한 면이 많았다. 회초리 맞고 엉엉 우는 걸 그냥 두고 보지 못해 불러다 연고도 발라 주고, 싱겁고 짜고 탄 요리도 맛있다 빈말은 못 할지언정 다 먹어 줬고. 그녀에게 요리를 시킨 할아버지도 냄새만 맡고는 이게 무슨 음식이냐며 냅다 싱크대로 던져 버렸는데 말이다.

"처음엔 웃는 걸 한 번도 못 봤는데 나중에는 좀 잘 웃었던 거 같기도 하고…….."

같은 사람이라곤 전혀 생각되지 않았는데 곱씹으면 곱씹을수록 어라, 싶어졌다. 그러고 보니 공통점이 많았다. 만약 자신이 지훈을 계속 기억하고 있었다면 좀 더 일찍 알아볼 수 있었을까?

─근데 언니 얘기 듣다 보니까 나도 생각나는 거 하나 있는데.

"뭔데?"

─나 중학교 때, 수원 간 적 있었거든.

"뭐? 진짜? 언제?"

─정확히는 기억이 안 나는데 겨울이었어. 그때 언니가 집에 없어서 언니 집인 것만 확인하고 돌아왔거든. 나중에 다시 찾아가려고 했는데 엄마한테 들키는 바람에……. 아무튼, 그때 나한테 여기가 언니 집 맞다고 말해 준 사람이 옆집 사는 어떤 오빠였단 말이야.

"진짜? 승현 씨 만났었어?"

─승현 오빠……겠지? 그때 승재 오빠는 수원에 안 살았으니까……. 잠깐만, 그 뒤에 또 무슨 일이 있었는데…….

과거의 기억을 되짚는 듯 핸드폰 너머에선 으음, 소리만 들려왔다. 은영은 샛별을 방해하지 않으려 가만히 입을 다물고 있다가 문득 어떤 사실을 떠올렸다.

"저번에 그랬잖아. 어쩌면 승재 씨가 과거에 날 만났을지도 모른다고."

─응? 아, 응.

"근데 난 전혀 그런 기억이 없거든? 그리고 만약에 승재 씨를 봤으면 지훈 오빠도 쌍둥이구나 했을 텐데 난 지훈 오빠가 쌍둥인 거 몰랐어. 본인한테 들은 적 없기도 하고."

─그래? 그럼 승재 오빠 혼자서 언니 본 거 아니야?

"그럴 수도 있겠지만……. 근데 승현 씨가 그랬거든. 너 만난 날이 딱 자기가 사고당한 날이라고. 그런데 그때 쓰러진 지훈 오빠 발견해서 구급차 부른 게 승재 씨라고 했단 말이야."

아무래도 가정사와 연관된 일이다 보니 샛별에게는 승현이 대충 사고를 당했다고 얼버무렸다. 나중에 좀 더 자세한 이야기를 해 줄 수 있는 날이 오겠지, 그렇게 생각하며 은영은 샛별에게 조심스레 물었다.

"혹시 그날…… 승재 씨가 만난 거 너 아냐?"

─에이, 설마.

샛별은 그렇게 말했지만, 잠시 후.

─아! 아아! 나 생각났어!

"역시 너 맞지? 그치?"

─맞아, 나 그때 승재 오빠 만난 거 같아. 아니, 만났어.

샛별은 이제야 기억이 났다고 호들갑을 떨며 이야기했다.

─그때 집에 가려고 지하철 타려는데 누가 나한테 길을 물었었거든.

샛별은 우와아, 어떡해를 연발하며 말을 이었다.

─그 사람이 나한테 물어본 주소가 언니네 옆집 주소였어.

"저기, 죄송한데요."

"네?"

뒤를 돌아보자 키가 훤칠한 남자가 서 있었다. 대화 중에 예의가 아니라 생각했는지 모자를 벗은 그는 이마가 훤히 드러나는 짧은 스포츠 헤어를 하고 있었다.

단순히 거기에서 그쳤으면 샛별은 아무 생각도 안 했겠지만, 짙은 눈썹 아래로 드러난 큼직한 이목구비 하나하나가 무엇 하나 모자람도 지나침도 없이 조화롭게 잘 어우러지고 있어 저도 모르게 감탄사를 내뱉고 말았다.

나 태어나서 이렇게 잘생긴 남자 처음 봐. 그런 생각을 하는 샛별의 눈이 그녀의 이름처럼 반짝였다.

"무슨 일이세요?"

아마 고등학생쯤 되었을까? 그녀와 같은 교실을 쓰는 남학생들과 달리 이 남자는 얼굴에 여드름도 없고, 기분 나쁜 땀내도 안 났다. 목소리나 행동도 크거나 우악스럽지 않아서 샛별의 목소리는 절로 사근사근해졌다.

그런 그녀의 반응에 남자는 쑥스러운 듯 뺨을 확 붉히더니 말을 더듬거리며 손에 쥐고 있던 메모지를 그녀에게 보여 주었다.

"저기, 이 주소로 가려고 하는데요……."

"아, 죄송한데 저 여기 사람이 아니라서요."

"아, 그렇군요. 죄송합니다."

고개를 꾸벅 숙인 남자가 다른 사람에게 물어보겠다고 샛별에게 보여 주었던 메모지를 회수하려 했다. 생각 없이 그 메모지를 흘끔 봤던 샛별은 놀라서 눈을 동그랗게 떴다.

"잠깐만요. 저 여기 어딘지 알 거 같은데."

"네?"

그녀가 조금 전에 다녀온 집과 번지수가 딱 1 차이가 났다. 그렇다고 해도 바로 옆집인지는 확신할 수 없었지만, 앞집이든 뒷집이든 어쨌든 그 근처가 아니겠는가.

게다가 자세히 보니 그녀에게 은영의 집을 가르쳐 준 남자와 얼굴이 비슷했다. 아니, 이쪽이 훨씬 건강해 보이고 키나 체격도 조금 크다는 사실을 제외하면 얼굴이 같은 것 같았다.

"혹시 쌍둥이세요?"

"저희 형 아세요?"

남자가 놀란 얼굴로 눈을 커다랗게 떴다. 안 그래도 큰 눈이 저렇게까지 커진다는 사실에 샛별은 감탄하며 고개를 흔들었다.

"아는 건 아니구요, 아까 봤어요. 제가 아까 그 형님한테 길을 물어봤거든요."

"아…… 그렇구나."

실망인지 뭔지 모를 얼굴로 고개를 끄덕이던 남자의 얼굴에 이윽고 설렘과 긴장이 한 번에 떠올랐다. 그것뿐이면 모르겠지만, 어느새 눈가까지 붉힌 그를 샛별은 희한한 눈으로 바라봤다.

"형이랑 오래 못 봤나 봐요?"

"아……. 네. 이상하죠? 쌍둥인데."

남자가 머쓱한 듯 뺨을 어루만지며 말했다. 그러나 샛별은 그게 뭐가 이상하냐는 얼굴로 고개를 흔들었다.

"그럴 수도 있죠. 저희 집도 그렇거든요."

"네?"

"저도 쌍둥이 언니가 있는데 부모님이 이혼해서 따로 살아요, 우리."

언니는 아빠, 나는 엄마를 따라가서 헤어진 후 한 번도 못 봤다는 말이, 친구들한테도 하기 어려웠던 말이 이 남자 앞에선 이상하게 술술 잘 나왔다. 아마도 같은 처지라 그런 거겠지.

"전 언니가 집에 없어서 못 봤는데……. 아마 그 오빠 지금 집에 있을 거예요. 얼른 가 보세요."

"어, 어때 보였어요? 저희 형 건강해 보였어요?"

"음, 가서 직접 봐요. 어차피 만날 거잖아요?"

"아……. 네, 그러면 되겠네요."

선하게 웃으며 고개를 끄덕이는 남자에 샛별은 슬쩍 시선을 피했다. 건강하냐……고 묻는다는 건 지금 그가 어떤 상황인지 대충은 알고 있다는 거겠지.

본인의 앞에선 최대한 티를 내지 않았지만, 솔직히 처음 지훈의 얼굴을 봤을 때 샛별은 깜짝 놀랐더랬다. 많이 희미해졌지만, 눈두덩의 멍이며 입술이 터진 상처는 누가 봐도 폭행의 흔적이어서.

누구한테 맞은 건지는 모르겠지만 그래도 가족이 알게 되면 잘 해결되지 않을까? 그랬으면 좋겠다고 생각하며 샛별은 성심성의껏 길을 가르쳐 주었다.

"시간만 있었으면 제가 직접 안내해 드렸을 텐데 제가 이제 집에 가 봐야 해서요."

"아니에요, 설명해 준 것만으로 충분해요. 잘 찾아갈 수 있을 것 같아요. 고맙습니다."

"에이, 뭘요."

그걸로 볼일은 끝이었으니 헤어져서 서로 갈 길 가면 됐다. 무엇보다 통금 시간이 아슬아슬해서 샛별은 서둘러 전철을 타야 했다. 그러나 이대로 헤어지기 아쉬워서 괜히 한마디 꺼냈다.

"오빠네 형이랑 우리 언니랑 서로 옆집에 사니까, 나중에 기회 되면 또 봐요. 쌍둥이끼리 같이."

"그럴까요?"

"오빠 이름은 뭐예요? 난 정샛별이에요. 샛별이 반짝반짝할 때 그 샛별."

"이름 예쁘다. 전 권승재예요. 어이 말고 아이."

"그렇구나. 그럼 나중에 또 봐요, 승재 오빠!"

샛별은 몰랐다. 엄마한테 은영을 찾아갔다는 사실을 들켜 눈물이 쏙 빠지게 혼나고, 다시는 수원에 가지 않겠다고 각서까지 쓰게 될 줄은.

승재는 몰랐다. 용기 내어 찾아간 집에서 웃으며 절 반겨 주는 형이 아닌 피를 흘리며 다 죽어 가는 형을 보게 될 줄은.

두 사람은 몰랐다. 나중에 또 보자던 가벼운 약속이 십몇 년 후에 우연이란 형태로 이루어질 줄은.

＊＊＊

―형! 내가 옛날에 만났던 사람! 샛별이었어! 은영 씨가 아니라!

"다짜고짜 전화해서 뭔……."

―형은 안 놀라워? 내가 옛날에 샛별이를 만났다니까? 나랑 우리 샛별이랑 인연…….

인연이 어쩌고 운명이 어쩌고 하는 말을 승현은 듣지도 않고 뚝 끊어 버렸다. 아직 더 할 말이 남았는지 승재로부터 곧장 전화가 걸려왔지만 승현은 이번엔 전화를 받지 않고 거부 버튼을 눌렀다.

"바빠 죽겠는데."

쯧, 혀를 찬 승현은 옷걸이에 걸어 두었던 재킷을 걸치고 가방을 집어 들었다.

저녁 7시. 예전에 비하면 퇴근하기에 많이 이른 시간이지만 그가 생각한 것보단 늦어졌다. 승현은 자꾸 울리는 핸드폰을 아예 꺼 버리고 팀장실을 나왔다.

"아, 팀장님 퇴근하세요?"

"네. 여러분도 일찍 퇴근하세요. 너무 늦게까지 고생하시지 말고. 전 먼저 갑니다."

남은 일을 마무리하기 위해 남아 있던 직원들 몇 명이 약속이라도 한 듯 똑같은 얼굴로 승현의 뒷모습을 보다가 서로 눈을 마주했다.

평소엔 눈치 보이니까 제발 퇴근 좀 하셨으면 하고 기도하게 만들던 분이 대체 뭔 바람이 들어서 자꾸 칼퇴를 하시지?

"요즘 연애하시잖아요."

"아아, 맞다. 전에 회사로 찾아왔다고 하셨지?"

"아무리 애인이라도 근무 시간에 찾아오면 대번에 쫓아내실 것 같았는데. 알고 보니 사랑꾼이셨나 봐요, 저희 팀장님."

"아아, 부럽다, 부러워. 그 여자는 전생에 나라를 구했나? 나도 우리 팀장님처럼 잘생긴 남자랑 연애하고 싶다."

"이번 생에 나라를 구해서 다음 생을 기약하는 게 빠를 듯요."

속닥거리며 잡담을 나누던 직원들의 입에 허무한 웃음이 감도는 것도 모른 채 승현은 지훈까지 먼저 보내고 혼자 차에 올랐다.

그사이 시간이 또 10분이나 흘렀다. 조급한 마음에 승현은 곧장 차에 시동을 걸어 차를 출발시켰다. 어제 장을 봐 두길 잘했다고 생각하면서 곧장 오피스텔로 돌아간 그는 간단하게 씻고 나와 싱크대 앞에 서서 온갖 재료를 꺼내 놓았다.

"오븐 예열은…… 이렇게 하면 되는 거겠지?"

오늘을 위해 구입한 오븐부터 밀가루와 달걀, 우유, 버터부터 생크림과 딸기까지.

동영상의 설명란에 따로 적혀 있는 베이킹 재료를 전부 꺼내 싱크대 한쪽에 쌓아 둔 승현은 결연한 얼굴로 동영상을 재생시켰다. 작고 하얀 손의 움직임이 잘 보이도록, 재생 속도를 0.5배속으로 맞춘 동영상을.

❅❅❅

"그럼 전 이만 퇴근할게요!"

"저기, 은영아."

"네?"

문을 열고 나가려던 은영이 박 사장의 부름에 다시 카운터 쪽으로 되돌아왔다. 왜 그러냐고 묻는 그녀를 작게 손짓해 구석으로 데려간 박 사장이 가게 안의 다른 직원들이 듣지 못하도록 그녀에게 작게 속삭여 물었다.

"너, 그…… 괜찮은 거 맞지?"

"네?"

"아니, 왜. 전에는 웬 노인이 찾아오더니 오늘은 그때 그 사모님이 다시 왔잖아. 게다가 그…….."

오늘은 울기까지 하던데. 그 말이 차마 입 밖으로 나오지 못하고 박 사장의 입안에서만 맴돌았다. 그런 그의 생각을 읽기라도 한 것처럼 은영이 괜찮다고 그늘 없는 목소리로 말해 왔다.

"괜찮아요. 그냥 옛날이야기 좀 한 것뿐이에요. 케이크도 사 가셨잖아요."

"케이크 사 주는 게 뭐 대수라고⋯⋯. 돈도 많아 보이더만."

"다른 사람 안 주고 다 드신대요. 제가 만든 케이크가 제일 맛있다고 칭찬도 많이 해 주세요."

"칭찬하는 게 뭐 어려워? 네가 만든 케이크는 나도 하루에 두 판. 아니, 세 판까지 먹을 수 있어. 내가 여기서 배가 더 나올까 봐 못 먹는 거야."

"음⋯⋯ 확실히 좀, 여기서 더 나오시면 위험하시긴 하죠."

진지한 얼굴로 고개를 끄덕이는 은영에 박 사장은 조금 충격을 받았다. 아무리 본인이 그렇게 생각하고 있었더라도 그 이야길 다른 사람에게 듣는 건 느낌이 다를 수밖에 없었다.

"나, 나⋯⋯ 그렇게 많이 나왔어?"

"솔직하게 말씀드려도 돼요?"

"그, 그럼. 솔직하게 말해 봐."

"한 달만 지나면 사장님 득남하실 것 같아요. 그것도 쌍둥이로."

그 답은 은영이 아닌 박 사장의 등 뒤로 다가온 현수의 입에서 나왔다. 솔직하게 말하라고 하긴 했지만 그건 어디까지나 은영에게 내린 허락이었다. 자신이 허락한 적 없는 현수의 솔직함에 박 사장은 방방 뛰었다.

"너, 너! 지금 그걸 말이라고 하냐? 어?"

"걱정해서 드리는 말씀이니까 이제 카운터 앞에 앉아서 케이크 적당히 드세요. 저희 카페 후기 보면 댓글이 다 뭘로 시작하는지 아세요? '사장이 카운터 앞에 앉아서 드라마 보거나 케이크 먹고 있지만.'이에요."

"그게 뭐! 왜! 내가 내 가게에서 케이크 좀 먹겠다는데!"

"세상에 어느 카페 주인이 카운터 앞에서 드라마 보면서 케이크를 먹고 있냐고요."

"먹을 수도 있지!"

갑자기 다투기 시작한 그들을 어색한 얼굴로 지켜보다가 은영은 뒤에서 몰래 손짓하는 세연을 따라 막내와 함께 슬쩍 가게를 빠져나왔다.

"하여튼 대단들 하다니까. 난 피곤해서라도 저렇게 못 싸울 것 같은데."

"그러게요. 어우, 삭신이야⋯⋯."

"막내 넌 아직 젊으면서 벌써부터 삭신 소릴 하면 어떡해?"

"에이, 언니도 아직 젊잖아요."

"젊긴 뭐가 젊어? 게다가 이제 곧 있음 유부녀 되는데. 아아, 내 청춘이여!"

답지 않게 감성적인 소리를 하는 걸 보니 확실히 결혼식을 앞두고 마음이 싱숭생숭하긴 한 모양이었다.

"참, 내 부케 받아 줄 수 있는 거 맞지? 안 된다고 하면 안 된다?"

"그럼요. 아, 제 애인이 자기도 가도 되냐고 하던데 같이 가도 돼요?"

"그럼! 당연히 되지. 같이 사진도 찍어 줘. 나중에 같이 결혼사

진 보면서 내가 아는 사람 중에 이렇게 잘생긴 남자가 있다. 그러
니 너 긴장 좀 하라고 남편 좀 놀리게."

세연의 너스레에 은영은 키득대며 웃었다.

"물어보고 괜찮다고 하면요."

"그래, 그럼. 아, 우리 그이 왔다. 나 먼저 갈게. 내일 봐!"

"네, 조심해서 들어가세요."

"내일 봬요!"

본래라면 집으로 가기 위해 지하철을 타야 하지만 은영은 택시
를 잡았다. 그리고 자신의 집이 아닌 다른 곳의 주소를 부른 그녀
는 곧장 핸드폰을 꺼내 승현에게 메시지를 보냈다.

[저 지금 택시 탔어요.]

일하는 중이 아니라면 곧장 메시지를 확인하고 답장을 보내는
승현인데, 지금은 집에 있을 텐데도 메시지를 확인하지 않고 있었
다. 씻고 있을까? 아니면 핸드폰을 두고 잠시 자리를 비웠나? 설
마 잠든 건 아니겠지?

"음……."

전화를 한 번 해 볼까. 고민하던 은영은 그냥 핸드폰을 내려놓
았다. 뭔가를 하고 있거나 자리를 비운 상황이라면 메시지를 확인
하고 답장을 보내 주겠지. 만약 자고 있으면…….

'얼굴만 보고 나오자.'

그녀에겐 카드키가 있으니 승현이 없더라도 그의 집에 들어갈
수 있었다. 실제로 오늘은 그녀 혼자서 가 보려고 일부러 승현이
데리러 오겠다는 걸 거절한 참이었다.

'오늘은 10시 넘어서 퇴근한다면서요. 혼자 다니기엔 너무 늦은

시간 아닙니까.'

"제가 서너 살 먹은 어린애도 아니고. 승현 씨 만나기 전에도 혼자 잘 다녔거든요? 그리고 혼자서 승현 씨 집 올 줄 알아야 제가 서프라이즈도 하고 그러죠.'

"서프라이즈……. 그거 괜찮네요. 언제 해 줄 겁니까?'

"예고하고 하면 그게 서프라이즈예요?'

그러고 보니 승현의 생일이 곧이었다. 그때 무슨 선물을 해 줄까?

넥타이. 넥타이 핀. 손수건. 시계. 커프스단추. 만년필.

전에 승현과 함께 백화점에 가서 봤던 것들과 자신의 월급으로는 너무 비싸서 포기했던 것들이 머릿속을 막 스쳐 지나가다가, 문득 은영은 조금 억울해졌다.

'난 생일 선물 결국 못 받았는데!'

많은 걸 바란 것도 아니고 다음 해 생일에 같이 있어 주길 바랐는데 그걸 안 들어줬다. 뿐인가. 고백도 먼저 했는데 그 고백의 답도 못 들었다.

사정이야 이해하지만, 그걸 가지고 이제 와 따질 생각은 없지만, 그래도 억울한 건 억울한 거였다.

괜히 입술을 삐죽거리며 꽁해 있던 은영은 여전히 답이 없는 핸드폰을 내려다보다가 택시 기사의 목소리에 고개를 들었다.

"다 왔습니다. 안으로 들어갈까요? 아니면 여기서 세워 드릴까요?"

"아…… 여기서 내려 주세요."

워낙 보안이 철통같은 곳이라 택시가 안으로 들어가도 되는지

긴가민가했다. 택시에서 내린 은영은 차단 바가 내려와 있는 정문을 조금 긴장되는 마음으로 통과했다.

"안녕하십니까. 실례지만, 몇 호로 가십니까?"

"안녕하세요. 저, 1002호에 가는데요."

"아아, 네. 들었습니다. 정은영 씨 맞으시죠?"

"제 이름을 어떻게 아세요?"

"그것도 못 외우면 여기서 일 못 하죠. 혹시 카드키 가지고 계십니까?"

"네, 여기요."

경비원은 은영이 가진 카드키를 확인하고 그녀를 안으로 들여보내 주었다. 좋은 밤 되시라고 서글서글하게 웃으며 인사하는 경비원에게 고개 숙여 인사한 후, 은영은 조금 얼떨떨한 기분으로 걸음을 옮겼다.

'오피스텔도 보안이 이렇게 삼엄한 데가 있구나……'

은영은 카드키로 높은 건물의 유리문을 열고, 엘리베이터를 작동시켰다. 승현에게서 전화가 걸려온 건 엘리베이터가 이미 10층에 도착했을 때였다.

받을까, 말까. 고민하던 은영은 숨죽이고 현관으로 다가가 그 옆 벽에 등을 기대고 서서 통화 버튼을 눌렀다.

"네, 승현 씨."

―은영 씨, 지금 어딥니까?

목소리가 조금 다급하게 들렸다. 메시지를 조금 늦게 확인했다는 자각이 있는 모양이었다. 은영은 괜히 놀려 주고 싶은 마음에 '어딘지 모르겠어요.' 하고 답하려다가, 그러면 일이 너무 커질 것 같아 솔직하게 답했다.

"거의 다 왔어요."

그때, 은영의 오른쪽에서 현관문이 벌컥 열렸다. 활짝 열린 두꺼운 현관문이 그녀의 시야와 함께 몸 역시 가렸다.

"거의 다 어디요? 택시에선 내렸습니까?"

–거의 다 어디요? 택시에선 내렸습니까?

승현의 실제 목소리와 핸드폰 속 목소리가 겹쳐서 울렸다. 그러나 승현은 급하게 문을 닫고 엘리베이터로 가느라 현관문 반대쪽에 선 은영을 보지 못했다.

여기 있는 걸 모르네?

당연히 그가 제 존재를 눈치챘을 거라고 생각했던 은영은 층수 표시등에 시선을 고정한 채 벽을 검지로 두드리는 승현의 등 뒤로 조심히 다가갔다.

"은영 씨? 왜 말이 없……."

–은영 씨? 왜 말이 없…….

핸드폰 너머에서 겹쳐 울리는 제 목소리를 드디어 알아차린 승현이 도중에 말을 끊고 뒤를 돌아보았다.

그와 동시에 은영은 그의 허리를 와락 끌어안았다. 그냥 가볍게 등을 쳐 놀라게 해 주려던 첫 의도와 달리.

어라, 이게 아닌데.

"은영 씨?"

"……노, 놀랐죠! 서프라이즈!"

아하하 웃으며 은영은 얼른 손을 떼고 뒤로 물러났다.

내가 왜 그랬지? 미쳤어, 정은영!

그렇게 스스로를 자책하면서도 겉으로는 티 내지 않으려 은영은 마치 서프라이즈에 성공한 것처럼 승현에게 "놀랐죠? 놀랐

죠?" 하고 연신 캐물었다. 실상 그녀가 그보다 훨씬 더 놀랐음에
도 말이다.

당황해 한곳에 두지 못하는 눈길과 발갛게 달아오른 뺨으로 그
사실을 눈치챈 걸까? 조금은 놀란 듯 얼떨떨하게 눈을 깜빡이던
승현이 픽 웃고는 전화부터 끊고 핸드폰을 주머니 속에 밀어 넣었
다.

"서프라이즈를 이렇게 밋밋하게 하면 어떡합니까?"

"어…… 밋밋했어요? 아닌데? 승현 씨 놀란 것 같았는데?"

"안 놀랐습니다. 놀랐으면 비명을 질렀겠죠."

"아니, 뭐…… 놀란다고 다 비명 지르는 건 아니잖아요. 막 너
무 놀라면 아예 아무런 소리 못 내기도 하고."

"너무 놀라면 아무런 소리도 못 낸다?"

"네, 뭐……. 엄마야."

성큼, 제게로 한 걸음 다가온 승현에 은영이 흠칫 놀라 저도 모
르게 뒷걸음질을 쳤다. 그에 오른쪽 눈썹을 들썩거린 승현이 한
걸음 다가가자 은영이 또 한 번 더 뒷걸음질. 두 번, 세 번, 네 번.

그러다 어느새 은영의 등 뒤로 벽이 닿았다. 뒤를 한 번 흘끔거
린 은영이 다시 앞을 바라봤을 때 어느새 그녀의 얼굴 위로 짙은
그림자가 드리워져 있었다.

잡았다고 말하듯 승현이 은영의 머리 위 벽을 팔로 짚었다. 그
러고는 거리낌 없이 고개를 숙였다.

그의 이마에 제 앞머리가 눌리는 감촉이 느껴졌다. 그런데도
멈추지 않는 승현에 은영은 두 눈을 질끈 감았다. 가슴 속에서 심
장이 요란한 소리를 내며 뛰는 게 느껴졌다.

"……."

"……."

그런데 예상했던 감촉이 전혀 느껴지지 않았다. 숨 쉬는 것도 잊고 눈을 질끈 감고 있던 은영은 어느 순간 이상함을 느끼고 슬그머니 눈을 떴다.

그러기만 기다렸다는 듯 작은 웃음소리와 함께 그녀의 입술에 부드러운 무언가가 스치듯 지나갔다. 그 접촉은 마치 새털처럼 가벼워서 뺨을 간질인 숨결의 감촉이 오히려 더 분명하게 느껴졌다.

그러나 그렇다 한들 어떻게 그게 착각처럼 느껴질까?

마주친 시선에 사로잡히기라도 한 것처럼 은영은 꼼짝도 못 했다. 마치 넋이 나간 듯 저를 올려다보기만 하는 그녀에 그녀의 뺨을 엄지로 스치듯 문지르던 승현의 입가에 작은 미소가 맺혔다.

"이런 건가 보네요."

"……뭐가요?"

"너무 놀라서 아무런 소리도 못 내는 거."

맞다고 맞장구도 못 치고, 아니라고 부정도 못 하고.

콩닥거리는 가슴을 아직도 진정시키지 못한 채 그저 눈만 깜빡이는 그녀의 뺨을 승현이 아프지 않게 꼬집었다. 웃음기가 섞인 그의 눈빛엔 미처 숨기지도, 그럴 생각도 없는 애정이 가득 흘러넘치고 있었다.

"들어가죠. 여기서 이러지 말고."

"아…… 네."

승현에게 손이 잡혀 그의 뒤를 따르며 은영은 저도 모르게 입술을 만지작거렸다. 더 넓은 면적이 접촉된 건 뺨인데, 이상하게 입술에 남은 희미한 온기가 더 뜨겁게 느껴졌다.

"어?"

"왜 그래요?"

신발을 벗고 현관으로 들어서던 은영이 잠시 멈춰서 고개를 조금 젖혔다. 잡은 손이 멈춘 걸 느낀 승현이 뒤를 돌아봤을 때, 그녀는 코를 세워 킁킁거리고 있었다.

"단 냄새……. 카스테라 냄새도 나는데. 아니다, 케이큰가?"

"나도 나름 서프라이즈라고 준비한 건데 그걸 바로 눈치채면 어떡합니까."

"서프라이즈?"

그 말에 무언가를 알아차린 은영의 얼굴 위로 놀람이 번져 나갔다.

"설마, 승현 씨가 직접 만든 거예요?"

그 질문에 승현은 긍정도 부정도 않고 그저 작게 미소 짓기만 했다. 그러고는 냄새를 맡느라 멈춰 선 은영의 손을 가볍게 당겨 그녀를 부엌으로 이끌었다.

전에 왔을 때 그녀가 앉아 라면을 먹었던 곳. 바로 그 자리에 정말로 케이크가 준비되어 있었다. 옆에 놓인 와인 병과 잔이 너무나 근사해서, 오히려 그 탓에 조금 초라하고 엉성하게 느껴지는 케이크가 말이다.

"은영 씨 영상 보고 대충 흉내는 내 봤는데 역시 해 본 적이 없어서 플레이팅이 멋지진 못하네요. 그래도 처음이니까 봐주세요."

"아, 아니…… 처음인데 이렇게 만들었다는 것 자체가 대단한 거예요. 저 케이크 처음 만들었을 땐 빵을 다 태워서 생크림 바르지도 못하고 버렸는데……."

"선생님의 가르침이 훌륭해서요."

은영을 의자에 앉힌 승현이 가벼운 턱짓으로 어딘가를 가리켰다. 그쪽으로 시선을 준 은영은 거치대에 고정된 패드를 발견하고 뺨을 붉혔다. 정확하게는, 케이크를 자르던 도중 재생이 정지된 영상을 보고.

빵 칼을 쥔 사람의 얼굴은 보이지 않았다. 영상에 담긴 건 오로지 손이 전부였지만, 어떻게 모를까. 그게 자신의 손이라는 걸.

"그, 근데 갑자기 웬 케이크예요?"

괜히 민망해진 은영은 화제를 돌릴 겸 케이크를 보며 승현에게 물었다.

케이크 옆면이 생크림이 잘 정리되지 않고 울퉁불퉁한 게 초보가 바른 티가 났다. 윗면의 고르지 않은 생크림을 가리기 위함인지 딸기를 잔뜩 얹어 놓은 것도 너무 과해서 웃음이 나올 지경이었다.

그래도 처음 만든 것치곤 굉장히 잘 만든 거지.

사실 승현에겐 베이킹의 재능이 있는 거 아닐까? 과연 식품 기업 회장 아들이라고 감탄하던 그때.

"생일 케이큽니다."

"네? 누구 생일이요?"

"은영 씨 생일이요."

"제 생일이요?"

나 오늘 생일 아닌데?

그러나 손수 케이크를 만들어 준 애인 앞에서 어떻게 그런 말을 할까. 그렇다고 이대로 입을 다물 수도 없어 은영이 이러지도 저러지도 못하고 머뭇거리는 사이, 승현이 은영의 옆에 앉아 케이크에 초를 꽂기 시작했다.

긴 거 하나, 짧은 거 다섯. 딱 그렇게만.

"다 필요 없고 내년 생일에 또 생일 축하해 달라고 했었죠. 그리고 그 생일에도 똑같은 소원 빌 거라고 했었고."

"아……."

"이제 와서 지키기엔 너무 늦은 거 압니다. 그래도…… 이건 내 욕심이라서."

승현은 케이크의 초에 불을 붙이고 형광등을 껐다.

깜깜해진 집 안에서 오로지 여섯 개의 촛불만이 작게 흔들리며 빛을 밝혔다. 그 케이크를 앞에 두고 승현은 작게 노래를 불렀다. 아주 먼 옛날, 불러 달라는 부탁에 어쩔 수 없이 입을 열었던 그때처럼.

"생일 축하합니다, 생일 축하합니다. 사랑하는 우리 은영이의……."

"……."

"생일 축하합니다."

나직한 목소리로 마치 읊듯이 부른 노래는 금방 끝이 났다. 그러나 은영은 아직도 그 노래가 계속되고 있는 것처럼 케이크 위에서 타오르는 촛불을 끄지 못했다. 녹은 촛농이 케이크 위를 장식한 딸기 위로 뚝뚝 떨어지는 게 보이는데도 그랬다.

당연히 승현의 눈에도 보였다. 그러나 그는 옛날에 그랬던 것처럼 얼른 촛불을 불라고 은영을 재촉하지 않았다. 대신 처음보다 짧아진 초 위에서 조용히 일렁이는 촛불을 가만히 바라보며 입을 열었다.

"열다섯, 열여섯, 열일곱……. 그리고 올해 스물여덟의 2월 8일까지. 열네 번이나 나는 네 소원을 못 들어줬어."

"······참나. 내가 언제까지 그 소원 계속 빌었을 줄 알고."

농담처럼 대꾸하는 목소리엔 희미한 물기가 섞여 있었다. 어쩐지 제 목소리도 그렇게 될 거 같아서 승현은 괜히 천장에 잠시 시선을 주었다가 천천히 숨을 고르듯 말을 이었다.

"네가 안 빌었으면 내가 빌었겠지. 내 생일에, 다른 선물은 필요 없으니까 내년에도 함께 있어 달라고."

"······."

"당연히 내가 보고 들었어야 했던 네 모습과 목소리 전부를 잃은 게 너무 속상하고 화나. 그런데 나는 그 사실조차 잊고 있었는데, 내가 모르는 곳에서 네가 그랬다고 생각하니까······ 너무 미안해서 어떻게 해야 할지 모르겠어."

"······나는."

끝내 그의 옆에서 훌쩍이는 소리가 들려왔다. 승현은 조심히 팔을 들어 그녀의 허리를 감쌌다. 그 상태로 그가 머뭇거리는 사이 은영이 그의 어깨에 머리를 기대 왔다.

옛날에도 그랬다. 그가 망설이고 머뭇거릴 때면 은영이 달려와 그의 집 문을 두드리고 훌쩍 거리감을 좁혔다. 사람의 미소와 온기가 무엇인지, 그게 얼마나 위로가 되고 힘이 되는지 그녀가 직접 알려 주었다.

만약 이 아이를 다시 만나지 못했다면 나는 대체 어떤 모습으로 어떻게 살아가고 있었을까. 감히 상상이 안 될 정도로 그녀가 없던 때의 자신이 그저 어깨 한 번 스치고 지나간 타인처럼 아득하고 멀게 느껴졌다.

몰랐을 땐 모르되, 이제는 알았다. 그때의 자신은 조각을 잃어버린 퍼즐처럼 그 상태론 영원히 온전해질 수 없는 미완의 상태임을.

"괜, 찮아. 나는, 나도 잊고 있었는걸."

"그래, 잘했어."

"근데, 그렇게 되기까지 진짜 많이 울었어. 내가 얼마나 속상했는데. 보고 싶고, 걱정되고……. 지금도 봐, 나만 울잖아."

"아니야. 네 앞이라서 억지로 참고 있는 거야. 아니었음 진작 울었어."

"그런 게 어딨어. 왜, 내 앞에선 안 울어?"

"너한테 못난 모습 보여 주기 싫어서. 그랬다가 네가 나 이제 지긋지긋해졌다고 버리면 어떡해."

"지긋지긋할 틈도, 안 줬으면서……."

훌쩍거리던 소리가 끅끅대는 소리로 바뀌고. 잠시 후, 겨우 눈물을 삼킨 은영이 방치된 채 홀로 타들어 가던 촛불을 그제야 불어 껐다. 얇은 색색의 초는 반 이상이나 타서 딸기를 반 이상이나 못 먹게 된 후였다.

괜히 딸기가 아깝다고 중얼거리다가 은영은 하마터면 잊을 뻔했다는 듯 승현의 품속에서 두 손을 꼭 맞잡고 소원을 빌었다. 소리 내지 않고 속으로.

"무슨 소원 빌었어?"

그 모습을 가만히 지켜보던 승현이 어둠 속에서 은영의 눈이 뜨이는 걸 확인하고 속삭여 물었다. 바로 귓가에 닿는 그의 숨결이 간지러워 고개를 흔든 은영은 비밀이라고 훌쩍이며 대답했다.

"이번엔 진짜로 안 가르쳐 줄 거야. 그때 가르쳐 달래서 가르쳐 줬다가 괜히 부정 탔잖아."

"이번엔 진짜로 안 그럴게."

"됐어. 어차피 오빠가 들어줄 수 있는 소원도 아니고."

그 말에 승현은 조금 기분이 이상해졌다.

"그럼 누가 들어줄 수 있는 소원인데?"

"몰라도 돼."

흥, 소리를 낸 은영이 그에게서 떨어져 가방을 뒤적거렸다. 그녀가 물티슈를 꺼내 얼굴을 닦는 걸 지켜보던 승현은 일부러 등을 돌려 거실과 부엌의 불을 켰다. 그리고 은영이 젖은 얼굴을 수습하는 동안 촛농이 떨어진 딸기를 다 걷어 냈다.

"어어, 놔둬. 케이크 내가 자를 거야."

"네가?"

"원래 이런 건 생일인 사람이 자르는 거야. 나 줘."

기어코 승현의 손에서 빵 칼을 가져간 은영이 케이크를 반듯하게 조각내 승현의 접시에 한 조각, 그리고 제 접시에도 한 조각 덜었다. 승현은 은영이 빵 칼을 내려놓고 포크를 든 순간에야 덜컥 긴장해 그녀의 손을 붙잡았다.

"잠깐만, 아직 먹지 말아 봐."

"왜? 맛없을까 봐 긴장돼?"

"……티 나?"

"티 나. 걱정 마. 옛날에 오빠가 그랬던 것처럼 엄청 솔직하고 객관적으로 평가해 줄 거니까."

짜. 싱거워. 탔잖아. 덜 익었어. 지난날의 업보가 십몇 년이란 세월을 지나 뒤늦게 그를 덮쳤다.

왜 만들 땐 이걸 생각 못 했을까? 그녀의 케이크와 비교하면 미숙하기 짝이 없는 이 케이크가 그녀의 입에 들어가는 걸 보고 있으려니, 심지어 그 뒤에 평가까지 들어야 한다니 뱃속에서 장이 꼬이는 기분이었다.

"잘 먹겠습니다."

"잠깐만. 나 와인 한 잔만."

좋은 분위기 속에서 우아하게 건배할 계획 같은 건 이미 파도 속 모래성처럼 형체도 없이 무너지고 말았다.

먼저 은영의 잔에 적당히 채워 주고, 제 잔에 와인을 꽉꽉 눌러 따른 승현은 그걸 단숨에 들이켰다. 도수 낮은 와인이라 병째로 다 마신대도 취하는 일 같은 건 없겠지만, 그래도 덕분에 긴장이 조금 풀린 듯한 기분으로 승현은 은영을 바라봤다.

"됐습니다. 먹어 봐요."

"왜 또 갑자기 존대 쓰고 그래? 요? 헷갈리게."

"긴장해서 그래. 나 신경 쓰지 말고 그냥 너 편한 대로 해."

"음…… 그래요, 그럼."

"……그쪽이 더 편합니까?"

"응."

그러면서 배시시 웃는 은영에 승현은 제가 놀림을 당했단 사실을 뒤늦게 깨달았다. 그러나 기분은 하나도 나쁘지가 않고 오히려 웃음이 나왔다. 그는 속절없이 소리 내어 웃으며 놀란 가슴을 쓸어내렸다.

"자꾸 놀리지 마. 나 심장 내려앉아."

"알았어. 진짜 진지하게 할게."

드디어 은영이 포크를 들어 케이크로 가져갔다. 자그마한 포크가 생크림을 뭉개고 케이크 시트를 가르는 것부터 그 뾰족한 세모 모양의 케이크 조각이 포크에 꿰뚫려 은영의 입으로 들어가는 그 모든 과정이 승현의 눈엔 마치 슬로 모션처럼 느껴졌다.

마침내, 은영이 뺨을 우물거리다가 입에 든 걸 꿀꺽 삼켰을 때 승현은 따라서 마른침을 삼키고 말았다.

"음……."

"음?"

긴장한 승현을 아는지 모르는지. 아니, 그가 긴장하고 있다는 걸 아는 게 분명했다. 말없이 눈을 깜빡이며 승현을 바라보기만 하던 은영은 애타는 눈짓으로 답을 재촉하는 그에 그만 웃음을 터뜨리고 말았다.

"맛있어. 맛있으니까 그렇게 긴장 안 해도 돼."

"진짜?"

"진짜로. 오빠도 먹어 봐."

은영의 권유에 승현은 조금 망설이다가 포크를 집어 들었다. 은영이 몇 개 안 남은 딸기를 입으로 가져가는 동안 그는 그가 약 3시간에 걸쳐 겨우 만든 케이크를 드디어 먹어 보았다. 그 감상은.

"……이게 맛있다고?"

"그럼 이 정도면 맛있지, 처음 만든 건데."

처음 만든 건데. 단서가 붙은 호평이었던 것이다. 승현은 그럼 그렇지, 하고 짧게 혀를 찼다.

이 케이크는 은영이 만든 것에 비하면 형편없었다. 케이크 시트는 퍽퍽하기만 하지, 생크림과 딸기의 균형은 하나도 안 맞지.

그나마 생크림을 사 와서 다행이었다. 만약 직접 휘핑해서 올렸으면 딸기와 생크림과 케이크 시트가 다 따로 노는 환상의 삼중창을 맛볼 수 있었을 거다.

"이거 먹다 보니까 내 생일 날 먹었던 케이크 생각난다."

"아, 그…… 생크림 엄청 두꺼웠던 그 케이크?"

"응. 그 빵집이 샌드위치나 카스테라는 진짜 맛있게 잘 만들었거든. 그래서 케이크도 맛있는 줄 알았는데 완전 꽝이었잖아."

"맞아. 생크림이 너무 느끼했지."

장담컨대 그가 태어나 먹었던 케이크 중에 제일 맛없는 케이크였다. 아니, 지금 이 순간 랭크가 좀 바뀐 것도 같지만.

"그거 알아? 기억 잃고 나선 그 케이크가 너무 먹고 싶더라. 그런데 뭘 먹어도 그 맛이 안 나는 거야."

"아, 어머님한테 들었어."

"들었다고? 언제?"

"오늘. 어머님이 가게에 왔다 가셨거든."

저녁 시간에 찾아온 미희는 은영의 손을 꼭 붙잡고 고맙다는 말만 연신 반복했다. 승현에게 무슨 말을 들은 건지, 그녀는 은영이 승현의 생명의 은인이라 굳게 믿고 있었다.

'우리 승현이, 옛날에 어땠는지 혹시 말해 줄 수 있어요?'

너무 옛날이라 잘 기억이 안 난다고 솔직하게 답했지만, 그녀는 그러면 기억나는 것만이라도 말해 달라고 부탁했다.

그래서 은영은 승현과의 첫 만남부터 당시에 형편없는 솜씨로 만든 음식을 그가 남기지 않고 다 먹어 주었다는 것, 그리고 그가 자신의 생일을 축하해 주었다는 것 정도만 말해 주었다.

그가 큰아버지에게 학대당해 얼굴이나 팔다리에 상처가 사라지는 걸 본 적이 없다는 말 같은 건 굳이 하지 않았다. 미희는 은영이 하지 않은 말을 짐작한 듯했으나 굳이 그걸 캐묻지는 않았다.

대신 다른 걸 물었다.

'혹시 생일날, 케이크 먹었어요?'
'케이크요? 네, 먹었어요. 딸기 들어간 생크림 케이크였는데…….'

어떤 케이크였는지 설명해야 하나? 조금 망설이던 그때 딱딱하게 굳어 있던 미희의 어깨가 아래로 주저앉듯 조금 내려갔다. 이윽고 그녀는 손으로 제 얼굴을 가리며 작게 중얼거렸다.

'그랬구나……. 케이크가 먹고 싶었던 게 아니라…….'

"그때부터 케이크를 안 먹었어. 뭘 먹어도 맛있단 생각이 안 들어서."
"그 케이크가 그렇게 인상 깊었어?"
"바보야."
웃음기 가득한 목소리를 낸 승현이 은영에게로 고개를 기울여 그녀의 이마에 가볍게 제 이마를 맞댔다.
"네가 보고 싶었던 거잖아."
속삭이듯 낮게 말하는 목소리가 그렇게 달콤할 수가 없었다. 뺨이 확 달아오른 은영은 바로 코앞에 있는 승현의 얼굴을 피해 눈을 내리깔았다.
"기억…… 못 했다면서."
그러나 그녀의 이마가 승현의 이마에서 떨어지기도 전에 그녀의 뺨을 감싸 쥔 승현이 가볍게 입을 맞춰 왔다. 그 접촉은 아주 잠깐이었지만 은영은 놀라서 제 두 손을 꽉 맞잡았다.

긴장한 그녀를 승현은 금방 알아차렸다. 참지 못하고 조금 웃어 버린 그는 고개를 기울여 한 번 더 그녀의 입술에 키스했다.

"그러니까 애꿎은 케이크만 찾았던 거지. 네가 기억났으면 당장 수원으로 달려갔을 거야."

"……결국 기억 못 했잖아. 다른 여자랑 선이나 봤으면서."

"그러게. 딱 한 번 본 건데 너한테 걸렸네."

생각해 보면 그게 무슨 인연인가 싶었다. 사람을 착각해서 선자리를 파투 낸 건데, 그녀는 정말로 그래도 되는 사람이었다.

"만약 그때 네가 날 그냥 스쳐 지나갔어도 우리는 분명히 다시 만났을 거야."

"만나긴 했겠지. 샛별이랑 승재 씨 상견례 할 때쯤?"

은영이 알기로 샛별이 헤어진 전 남친과 다시 만나는 건 이번이 처음이었다. 안 맞는다 싶으면 상대와 곧장 헤어졌던 그녀가 1년 넘게 연애를 지속했다는 것 자체가 드문 일이기도 했지만.

그 어떤 때보다도 진심인 걸 보면 아마 두 사람은 무난히 결혼까지 하지 않을까 싶었다. 물론 앞일은 아무도 장담할 수 없는 거지만.

"그때 만났으면…… 어떻게 됐을까 궁금하긴 하네."

"그냥 사돈으로 끝나지 않았을까? 우리 맨 처음에 사귀는 척했던 거야 정말 사귀는 척이었으니까 가능했던 거지. 쌍둥이 동생끼리 결혼한 상태면 연애할 생각 못 했을 것 같은데."

"그럼 내가 이겼네. 난 쌍둥이 동생끼리 결혼했어도 너랑 연애했을 것 같은데."

"기억도 없으면서?"

"고백도 내가 먼저 했잖아."

"그건…… 그렇지만."

어쩐지 반박하고 싶어서 일단 입부터 뗐는데, 기억을 되짚어 보면 분명 고백을 먼저 한 건 승현이 맞았다. 약속을 취소한 그녀를 찾아와 보고 싶다는 말도 해 줬고, 좋아한다는 말도 해 줬고…….

그때의 일을 떠올리던 은영의 뺨이 붉게 물들었다. 그를 놓치지 않은 승현이 짧게 웃으며 마치 놀리듯 말했다.

"무슨 생각을 했길래 얼굴이 빨개져?"

은영의 머리카락을 귀 뒤로 넘겨 준 승현이 그녀의 귓가를 엄지로 스치듯 문지르며 웃음기 섞인 목소리로 물었다. 닿아 오는 손길이 간지러워 은영은 괜히 고개를 세게 흔들어 그의 손을 털어 냈다.

"아무 생각 안 했어."

"그럼 나 때문에 빨개졌나 보네. 내가 키스해서."

"그런 거…….."

아니라고 말하려던 찰나, 그녀의 입술이 승현의 입술에 의해 막혔다. 이번엔 그저 스치듯 닿는 키스가 아니었다.

눈꺼풀을 반쯤 내리감은 승현이 은영의 눈을 마주 보고는 곧 눈을 완전히 감고 커다란 손으로 그녀의 뒤통수를 감싸 쥐었다. 그러고는 고개를 비틀어 입술을 조금 깊게 물었다.

콧등이 스치고, 조심스럽게 내려앉은 숨결이 그녀의 뺨을 간지럽혔다. 반쯤 넋을 놓고 있던 은영의 눈이 스르르 내리 감겼다. 어쩔 줄 모르고 그저 주먹만 꽉 쥐고 있던 그녀의 손이 이내 승현의 옷자락을 조심히 말아 쥐었다.

"하아, 하……."

입술이 떨어지고, 눈꺼풀이 다시 열렸다.

열감 섞인 두 눈빛이 허공에서 마주쳤을 때, 은영의 뒤통수를 감싼 승현의 손에 힘이 들어갔다. 그 순간 그녀는 참지 못하고 먼저 움직여 그의 입술에 입을 맞췄다.

떨어졌던 입술은 금세 다시 맞물려 체온을 나누었다. 그렇게 몇 번의 키스가 반복된 후, 은영은 어느새 승현의 무릎 위에 앉아 그의 목을 끌어안고 있었다.

자신이 그러고 있다는 것도 벅찬 숨을 고르다 뒤늦게 알아차렸다. 그러나 부끄러워 떨어지고 싶다는 생각보다도 이대로 더 그에게 안겨 있고 싶단 욕심이 앞섰다.

그녀의 생각이야 어쨌든 놓아줄 생각이 없다는 것처럼 은영의 허리로 승현의 팔이 감겼다. 조금 흥분해 눈가를 붉게 물들인 채 그는 낮게 쉰 목소리로 은영에게 속삭여 물었다.

"오늘…… 자고 갈래?"

그게 무슨 뜻인지 어떻게 모를까. 알면서도. 아니, 알기에 고개를 끄덕이려던 은영은 순간 어떤 생각이 떠올라 움직임을 멈췄다.

고개가 끄덕여지려다 마는 그 부자연스러운 행동에 승현의 한쪽 눈썹이 먼저 꿈틀거렸다. 약간 애타는 움직임이었다.

"오늘은 좀…… 그래. 내일 출근도 해야 되고, 옷도 좀……."

"그럼 이번 주 토요일은?"

당장이라도 한 번 더 입 맞추고 싶은 걸 꾹 참고 묻는 그의 목소리엔 조급함이 실려 있었다. 그러나 그런 그를 모르는지 은영은 참 야속하게도 고개를 흔들었다.

"미안. 일요일에 약속 있어서 안 돼."

"무슨 약속? 결혼식은 다음 주 아니야?"

"그거 말고…… 누구랑 만나기로 했어."

"누구랑."

애인은 난데. 일주일에 딱 하루 쉬는 일요일을 왜 나 아닌 다른 사람하고 보내.

차마 소리 내어 묻지 못한 그 유치한 질문이 그의 눈빛으로 전해졌다. 은영은 미안하다고 달래듯 그의 뺨을 만졌다.

"음…… 비밀."

"비밀? 지금 애인한테 만나는 거 말 못 하는 사람이랑 만난다고 시인한 거야?"

"오빠도 다른 여자랑 선 한 번 봤잖아."

"그래서 우리가 다시 만난 거잖아."

"아무튼, 다녀와서 말해 줄게."

"지금 말해 줘. 왜, 누구 만나는데."

"비밀이라니까?"

승현은 집요하게 누구랑 만나는지 말해 달라고 졸랐지만 은영은 완강히 고개를 흔들었다.

그도 그럴 게, 그녀가 누구랑 만나는지 알면 분명 못 가게 말릴 테니까.

✿✿✿

'……그냥 말하고 같이 올 걸 그랬나?'

경호원이 쫙 깔린 VIP 병동의 복도를 걷는다는 건 생각보다 긴장되는 일이었다. 게다가 사람이 이렇게 많은데 쥐 죽은 듯 침묵만 맴돌고 있다면 더더욱.

똑똑—

"들어가시면 됩니다."

경호원과 함께 집 앞으로 그녀를 데리러 와 이곳까지 안내해 준 비서가 병실의 문을 노크한 후 몸을 비켜 주었다.

안에서 대답이 안 들렸는데 바로 들어가도 되는 건가? 은영이 머뭇거리는 이유를 알았는지 비서가 작은 목소리로 그녀에게 설명해 주었다.

"회장님께선 이미 아가씨가 병실에 도착한 걸 알고 계십니다. 곧장 안내하라 하셨으니 아마 아가씨를 기다리고 계실 겁니다."

"아…… 네."

비서나 경호원이나 따로 핸드폰을 꺼내는 건 못 봤는데 대체 어떻게 내가 도착한 걸 알고 있는 걸까?

안 그래도 긴장해 굳어 있던 어깨가 더 딱딱해지는 걸 느끼며 은영은 병실의 문을 열었다. 그러자 기다리고 있었다는 듯 두 손을 앞으로 모은 공손한 자세로 서 있던 다른 비서가 그녀에게 고개를 꾸벅 숙여 인사한 후 안쪽을 가리켰다.

"안으로 들어가시면 됩니다."

"네……."

승현 오빠랑 같이 올걸. 진짜로 잘못했다.

아직 태용의 얼굴은 보지도 않았는데 등골을 타고 식은땀이 쭉 흘렀다. 너무 긴장한 나머지 팔다리가 삐걱거리며 움직이는 게 느껴졌다. 은영은 벌렁거리는 가슴을 겨우 진정시키며 몇 개의 문을 지나 드디어 태용을 볼 수 있었다.

처음엔 침대에 앉아 있는 줄 알았는데, 자세히 보니 침대 매트

리스를 올려 거기에 등을 기대고 있었다. 손목에 연결한 링겔 바늘은 무려 세 개. 침대 반대쪽에선 뭔지 모를 기계가 일정하게 기계음을 내고 있었고, 창가에선 가습기가 뽀얀 김을 뿜어내고 있었다.

분명 수술은 잘됐다고 들었는데.

병실에 가득한 물건들이 아니더라도 얼굴만 봐도 알 수 있는 태용의 용태에 은영의 기분은 무겁게 가라앉고 말았다.

"그럼 말씀 나누십시오."

미리 그러기로 얘기가 되어 있었는지 은영을 안내한 비서가 병실 안에 있던 주치의, 그리고 또 다른 비서로 보이는 남자와 함께 자리를 비웠다.

두 사람을 제외하고 남은 건 간병인뿐이었다. 하지만 그녀는 만약의 상태에 대비해 남았을 뿐이라는 듯 병실 구석으로 가 서서 두 사람의 대화에 전혀 끼어들지 않겠다는 뜻을 피력했다.

그게 몹시, 아주 몹시 신경 쓰였으나…… 어쩌겠는가? 은영은 자꾸만 그쪽으로 향하려는 시선을 단단히 잡아 둔 채 태용이 누워 있는 침대로 다가갔다.

"오랜만에 뵙습니다. 승현…… 씨한테 수술은 잘 끝났다고 들었는데 몸은 좀 괜찮으세요?"

"하나도 안 괜찮다. 힘들어 죽을 것 같아. 이럴 줄 알았으면 수술 안 받았지."

지친 듯 긴 숨을 뱉은 태용이 은영에게 물 좀 달라고 부탁했다. 은영은 주변을 두리번거리다가 서랍장 위에 생수병과 컵이 있는 걸 보고 얼른 물을 따라 그에게 내밀었다.

태용은 덜덜 떨리는 손으로 그 컵을 받아 들었다. 그런데 그 컵이 그의 입에 닿기 전에 떨어질 것처럼 위태로워 보여, 은영은 무례를 무릅쓰고 그가 물을 편히 마실 수 있도록 그의 몸을 부축해 주었다. 다행히 태용은 은영의 배려를 노엽게 여기지 않았다.

대신 들고 있는 것도 힘겨운 컵을 은영에게 돌려주고, 침대에 힘없이 몸을 기대고선 물끄러미 그녀를 올려다보았다.

"그래…… 생각은 좀 해 봤느냐?"

다짜고짜 건넨 그 질문이 무엇을 의미하는지 은영은 모르지 않았다. 애초에 그 이야기를 하러 여기에 온 거기도 했고.

"네."

"그리 대답한다는 건, 결론 역시 내렸다는 거겠지?"

"네, 맞습니다."

고개를 끄덕인 은영은 입을 열기 전에 심호흡을 한 번 했다.

떨린다. 긴장된다. 심장이 입 밖으로 튀어나올 것 같다. 그러나 여기까지 와서 어떻게 도망가겠는가. 은영은 어젯밤 자기 전에 수십 번을 더 연습한 그 말을 두 주먹 꾹 말아 쥔 채 내뱉었다.

"죄송합니다. 역시 저, 승현 씨랑 결혼 못 할 것 같아요."

은영의 그 말에 태용의 안색이 순식간에 시뻘게졌다. 행여나 몸도 안 좋은 어른이 이 말 때문에 상태가 더 나빠지기라도 할까 봐 은영은 수습하듯 얼른 뒷말을 꺼냈다.

"당장의 이야기예요. 할아버님께서 해 주신 말씀 듣고 심사숙고해 봤는데, 역시 아직은 너무 이르다는 게 제 생각이에요."

"아직은 이르다?"

태용의 눈썹이 못마땅하다는 듯 꿈틀거렸다. 그와 함께 움직인 주름이 사나운 인상을 그려 내서 은영은 마른침을 한 번 삼킨 후 겨우 입술을 뗐다.

"네. 저 승현 씨랑 만난 지…… 다시 만난 지 얼마 되지 않았는걸요. 1년도 안 됐어요. 결혼을 생각하기엔 너무 일러요."

"허, 만난 시간이 뭐가 중요해? 옛날엔 선 한 번 보고 결혼했다. 아니, 선이 뭐냐? 사진만 보고 결정하기도 했어."

"말씀하신 대로 그건 옛날의 이야기니까요……. 이 부분에 관해선 승현 씨도 저랑 의견이 같아요."

"허어……. 난 도저히 이해를 못 하겠다. 둘이 싫은데 억지로 붙이려는 게 아니지 않느냐? 서로 좋아한다며? 게다가 너희가 보통 인연이냐? 오래전에 서로 좋아했었다가 우연히 재회해서 다시 만났는데, 그런 인연이 세상에 또 어디 있겠느냐? 도대체 망설일 게 뭐가 있어?"

"말씀하신 대로 보통 인연은 아니라고 생각해요. 그래서 더 조심스러운 게 제 입장이고요."

"그러니까 뭐가! 뭐가 조심스러워?"

"지금 결혼을 선택하면 그건 저나 승현 씨의 의지가 아닌 거잖아요. 만약 그러면 나중에 서로 싸우거나 힘든 일이 있을 때 이 순간의 선택을 후회하게 될 것 같아요."

은영이 정말로 걱정되는 건 그 후회가 결국엔 승현을 좋아하게 된 마음까지 번져 감염시킬까 하는 것이었다.

말마따나 십몇 년을 지나 우연히 다시 만나게 된 소중한 인연이었다. 혹시나, 정말로, 안 좋은 일로 끝내 헤어지게 되더라도 은영은 그 원인이 자신의 섣부른 결정 때문이 아니기를 바랐다.

"승현 씨에 비하면 많이 부족한 거 알아요. 그런데도 예쁘게 봐주신 거 정말 감사하게 생각하고 있습니다. 하지만 이건 지금 제가 가질 물건이 아닌 것 같아요."

은영은 가방에서 서류철을 꺼내 태용에게 돌려주었다.

태용은 조금 넋이 나간 얼굴로 서류철을 받아 들었다. 안을 살펴 그게 정말 제가 준 게 맞다는 걸 확인한 그는 믿을 수 없다는 눈으로 은영을 바라봤다.

"이게…… 필요 없다고? 정말로?"

"솔직히 말씀드리면요, 저한테는 너무 과분해요. 저 말고 잘 관리할 수 있는 분께 드리는 게 낫다고 생각해요."

"말했잖느냐. 이건 전부 우리 가문 맏며느리한테 물려줄 물건이다. 애초에……."

말하기 쉽지 않은 듯 태용이 입을 한 번 다물었다. 그의 낯빛이 어두워진 이유를 몸이 안 좋아서라고 착각한 은영은 당황해 간병인이 있는 곳을 돌아보았다가 그에게 "물 드릴까요?" 하고 물었다. 태용은 괜찮다고 고개를 흔들었다.

"이건…… 원래 전부 정훈이 거였다. 그러니까, 승현이 큰아비."

"아……."

조금 놀란 듯한 은영의 얼굴을 태용은 빤히 보다가 천천히 입을 열었다.

"그 반응을 보아하니 역시 아는 모양이구나. 승현이가 제 큰아비랑 무슨 일이 있었는지."

"……네."

감히 말하자면, 태용보다도 더 잘 아는 게 은영이었다.

오래된 일이라 기억이 흐릿하다고 해도 몇 가지 사실만은 분명히 기억하고 있었다. 승현, 그러니까 지훈의 몸에서 상처가 사라질 날이 없었다는 걸. 그의 몸에 그렇게 상처를 내는 사람이 바로 그의 큰아버지라는 걸.

"이게 승현이 몫이라는 걸 반대하는 사람은 아무도 없었지. 하지만…… 승현이한테 대체 무슨 말을 하며 이걸 주겠느냐? 그래서 승현이랑 결혼할 사람한테 주기로 한 게다. 우리는 그때 이미 결론을 지었어. 회사에 도움이 되는 결혼 같은 건 애들한테 강요하지 않기로. 승현이가 좋다는 사람 데려오면 아무 말 않고 결혼시키기로."

그 결정에 큰 영향을 끼친 건 태용의 후회였다. 만약 처음부터 정훈의 결혼을 반대하지 않았다면, 그래서 현지가 처음 임신했을 때 그 아이를 유산하지 않았다면, 건강히 잘 낳았더라면……. 나중에라도 승현과 승재를 보고 아이 욕심을 가진 그녀를 말렸더라면.

그러나 그 모든 후회가 지금에 와서 무슨 소용일까. 태용은 손으로 얼굴을 거칠게 한 번 문질렀다.

"그런데 결혼을 안 한다지 뭐냐. 평생 혼자 살겠다는 게야. 처음엔 그냥 하는 말인 줄 알았지. 그런데 그게 진심이라는 걸 알고 내가 물어봤다. 대체 왜 결혼을 안 하려고 하냐고. 그때 그 녀석이 뭐라고 했는지 아느냐?"

당시를 떠올리는 듯 태용의 눈빛이 어둡게 침잠했다.

은영은 괜히 그의 생각을 방해할까 조용히 고개만 흔들었다. 태용은 무거운 한숨을 내쉬었다.

'전 정말 혼자가 편해요.'

'지금이야 혼자가 편해도 언제까지 혼자 살 수는 없는 노릇 아니냐. 남들 다 늙어서 손자 손녀 재롱 보는 동안 넌 뭐 하려고? 다 늙

어서 혼자 될 걸 생각해야지, 인석아.'

'그때도 역시 혼자가 편하다고 생각하고 있겠죠. 할아버지, 전 정말 혼자가 좋아요. 제 공간을 다른 사람이랑 공유한다는 상상만으로 마음이 불편하고 기분이 나빠요. 아무도 침입하지 않는 공간 속에서 저 혼자 시간을 보내는 게 저한테는 최고의 휴식이자 평온이에요.'

"그 말 들으니 정신이 번쩍 들더구나. 머리는 기억을 못 해도 몸이 기억을 하는 게지. 제 큰아비한테 하도 시달려서…… 애가 그렇게 방어적이 된 거야. 근데 그걸 어떡하겠느냐? 기억이라도 있으면 심리 치료라도 받으라고 할 텐데, 기억도 없는 애한테 무슨 명목으로 그런 걸 들이밀어……."

다 내 죄다 싶었다. 제 욕심이 불러온 참사가 이렇게 크구나 싶었다.

그리 망나니처럼 굴어도 그에겐 사랑하는 아들이오, 아픈 손가락이었다. 큰아들 그리 보낸 것도 죽는 날까지 영원히 가시로 박혀 있을 텐데, 손자까지 저리되고 태용은 발 한 번 편하게 뻗고 자질 못했다. 이 죄를 어찌 다 갚을까 싶었다.

"지켜보는 내 속이 오죽했겠느냐. 내 죽기 전에 좋은 짝 만나는 거 봤으면 했다. 서로 보듬어 줄 짝이랑 편히 지내는 거 보는 게 내 소원이었어……."

"하, 할아버님."

조용히 맞장구만 치며 그의 말을 듣던 은영이 깜짝 놀라 눈을 크게 떴다. 주름진 그의 눈가에서부터 투명한 눈물이 차올라 뚝뚝 떨어지고 있었기 때문이었다.

당황한 은영이 뒤를 돌아봤지만 어느새 간병인은 자리를 비우고 없었다. 대체 언제 사라진 거지? 의문을 해결할 새도 없이 태용이 아가, 하고 그녀를 불렀다.

"손자 가진 유세 떨려고 너한테 이거 준 거 아니다. 그러니 미리부터 주눅 들 거 없어. 조건 부족하단 소린 안 해도 돼. 나는 그저, 내가, 우리가 승현이 옆에 못 있어 줄 때 네가 있어 줬다는 것만으로도…… 나는……."

태용의 눈에서 구슬 같은 눈물이 뚝뚝 떨어졌다. 체면 때문인지, 아니면 그렇게 울 염치도 없기 때문인지 차마 소리도 못 내고 눈물만 흘리는 게 그리 한스러워 보일 수가 없었다.

은영은 어쩌지, 어쩌지, 고민하다가 가방에서 손수건을 꺼내 태용에게 내밀었다. 그는 은영이 내미는 손수건을 받으며. 아니, 정확하게는 그녀의 손을 꼭 잡고 젖은 눈으로 부탁했다.

"아가, 우리 승현이 잘 부탁하마. 결혼은…… 그래, 아직 아니다 싶음 미뤄도 돼. 그래도 우리 승현이 잘 좀 봐 주려무나. 내 손자라서 하는 말이 아니라 참 착한 애야. 기억 다 돌아와 놓고서도 어떻게 누구 하나 원망도 안 하고……."

"그럼요. 승현 씨 좋은 사람인 거 제가 다 알죠. 저희 처음 만났을 때도 제가 다쳐서 울고 있을 때 승현 씨가 먼저 말 걸어 줬어요. 다친 데 바르라고 연고도 줬고요."

"암, 암. 우리 승현이가 또 아픈 사람은 못 두고 보지. 이래도 뚱, 저래도 뚱. 내 말은 귓등으로도 안 듣는 애가 그래도 아픈 척을 하면 또 들어 주거든. 어렸을 때 한 번은 내가 아파서 입원한 적이 있었는데……."

손자의 옛날이야기에 신이 났는지 태용이 조금 빨라진 목소리로 떠벌이며 이야기를 이어 나갔다. 은영은 "정말요? 와아," 하며 그의 말에 맞장구를 치며 속으로 생각했다.

'설마 지금도 그래서 아픈 척을 하셨던 건…… 아니겠지?'

에이 설마, 하며 은영은 그 미심쩍은 생각을 떨쳐 냈다. 그러나 태용의 이야기가 1시간이나 이어지고, 그러고도 그가 전혀 지치지 않았단 사실에 그녀의 의심은 다시 피어오르고 말았다.

❀❀❀

"그럼 이만 가 보겠습니다."

"그래. 조심해서 들어가고, 다음에 또 언제든지 놀러 오거라. 이쪽으로 연락하면 돼."

"네, 그럴게요."

대체 명함을 몇 종류나 가지고 계신 걸까? 태용이 또 한 번 쥐여 준 명함을 손에 꼭 쥔 채 은영은 저를 안내하는 비서의 뒤를 따라 병실에서 나왔다. 긴장이 풀려서인지 경호원이 지키고 선 복도를 지나는데 한숨이 저절로 흘러나왔다.

'그래도 좋게 끝나서 다행이다…….'

아픈 분을 상대로 이렇게 말씀드려도 되는 걸까. 만약에 노여워하며 쓰러지시면 어떡하지.

그녀를 밤잠 못 이루고 뒤척이게 했던 걱정은 다행히 기우로 끝났다. 그저 부담스럽기만 했던 서류철 역시 돌려 드릴 수 있어 다행이었다.

'좀 적당해야 사람이 욕심이란 걸 내지…….'

그저 가볍게 집 한 채 정도였으면 좀 혹했을지도 모르겠다. 그런데 서민으로 살아온 그녀가 상속세만 수백억에 달하는 저 재산을 어떻게 감당한단 말인가.

'근데 이제 오빠 기억도 돌아왔겠다, 오빠한테 주면 되지 않나?'

애초에 승현한테 주려고 했던 건데 줄 명분이 없어 그럼 맏며느리 주자 하고 따로 돌린 거였으니 말이다.

"할아버지는 잘 만나고 왔어?"

"응……."

"근데 표정이 왜 그렇게 심각해? 할아버지가 안 좋은 말이라도 하셨어?"

"아니, 그런 건 아닌데……. 어?"

들리는 말에 반사적으로 대꾸하던 은영은 그제야 정신이 번쩍 들어 고개를 치켜들었다.

병원 1층 로비. 그녀를 안내하던 비서는 온데간데없고 팔짱을 끼고 선 승현이 그녀의 앞에 서 있었다.

표정이나 장승처럼 우뚝 선 자세로 보나 여기서 그녀가 내려오길 한참 기다린 듯했다. 그녀가 여기 있는 걸 미리 알고 있었던 것처럼.

"어……떻게 오빠가 여기 있어?"

"그럼 네가 내 할아버지 만나는 걸 내가 모를 줄 알았어?"

"모를 줄 알았는데……. 할아버지가 따로 말씀하신 거야?"

"아니, 다른 사람이."

다른 사람 누구? 하고 물으려는데 승현이 누군가에게 손짓했다. 뒤를 돌아보니 그녀를 이곳까지 안내했던 비서가 다시 엘리베이터 쪽으로 돌아가고 있었다.

저 사람에게 들은 건가? 혼자 추리하는데 승현이 그녀의 어깨를 감싸 주차장으로 안내했다. 은영은 서둘러 그와 걸음을 맞추며 놀란 목소리로 물었다.

"나 여기 오는 거 언제 알았어?"

"어제."

"근데 알은척 안 한 거야? 왜?"

"네가 나한테 말 안 했으니까."

당연히, 승현도 승현대로 엄청나게 고민했다.

네가 내 할아버지 만나러 가는 거 안다. 그러니 가지 말라, 혹은 같이 가자. 승현에겐 그 두 가지 선택지가 있었다. 그러나 머리 아프게 고민한 결과 그는 일단 모르는 척하기로 마음먹었다. 왜냐하면.

"네가 먼저 만나 뵙겠다고 했다면서."

그 때문에.

"응. 전에 서류랑 같이 명함을 한 장 받았거든. 혹시 무슨 일 있으면 그쪽으로 연락하라고."

"그래서, 할아버지랑은 무슨 이야기 나눈 거야?"

제 귀에 들어오게끔 일을 진행한 걸 보면 나쁜 이야기를 했을 거란 생각은 들지 않았다. 하지만 혹시 모르는 일 아닌가.

"음…… 차라리 잘됐다. 할아버님 뵙고 와서 오빠한테도 말할 생각이었는데."

"뭘?"

아니란 걸 알면서도 순간적인 불안함에 승현의 가슴이 소란스레 술렁였다. 은영의 입이 다시 열리는 그 짧은 시간 동안 그의 머릿속엔 수백 수천 가지의 생각이 어지럽게 섞여들었다.

"전에 받았던 서류 돌려 드리고, 당분간은 오빠랑 결혼할 생각 없다고 했어."

당분간. 그 단어가 있어 승현은 가슴을 쓸어내릴 수 있었다. 그
럼에도 찰거머리처럼 붙어 절 괴롭히는 불안을 애써 모른 척하며
승현은 조심스레 물었다.

"할아버지가 알았다고 하셨어?"

"응. 우리 일은 우리가 알아서 하래. 이제 더는 당장 결혼하라
고 오빠 더 괴롭히는 일도 없을 거야. 잘됐지?"

은영이 말갛게 웃으며 승현에게 물었다. 그는 그녀를 보고 마
주 웃으며 고개를 끄덕이는 한편, 마음속으로는 그렇게 생각했다.
잘된 일 맞는데…… 진짜 잘된 거 맞나?

"승재 씨랑 샛별이 이야기도 했어. 막 마음에 드는 건 아니신
것 같은데, 그래도 반대는 안 하실 것 같아."

"다행이네."

"응. 내가 넌지시 그랬거든. 내가 오빠랑 다시 만난 거 샛별이
랑 승재 씨 덕이라고. 근데 만약에 둘이 헤어지면 무슨 면목으로
오빠 만나야 될지 모르겠다고."

한마디로 협박을 했다는 소리였다. 본인에게 그런 자각이 있는
지 없는지 모르겠지만, 천하의 권태용을 상대로 그런 협박 아닌
협박을 던졌다는 게 참 대단하게 여겨져 승현은 웃음을 터뜨렸다.

"뭐야, 왜 웃어?"

"왜 웃긴. 좋아서 그러지."

"좋아서 그런 거 아닌 것 같은데……."

"어떻게 아니야. 너랑 같이 있는데."

말이 끝나기가 무섭게 승현이 기습적으로 고개를 숙여 은영의
뺨에 입을 맞췄다. 깜짝 놀란 은영이 눈을 동그랗게 뜨고 주변을

둘러봤다.

병원 주차장. 다행히 차에 가려져 그들을 본 사람은 없는 것 같았지만 은영은 마음 편히 가슴을 쓸어내릴 수 없었다. 그녀는 민망함에 뺨을 붉게 물들인 채 승현의 어깨를 찰싹찰싹 때렸다.

"뭐 하는 거야. 누가 보면 어떡하려고."

"보면 어때. 쯧쯧거리고 말겠지. 어차피 다시 볼 사람도 아닌데."

"다시 볼 사람이 보면 어떡해!"

"그럼 저 두 사람 사이좋은가 보다 하겠지. 이왕이면 젊은 남자가 봐 주면 좋겠다. 애인 있는 거 보고 너한테 수작 안 부리게."

"아이, 진짜."

밉게 흘겨보는 은영에 승현은 크게 웃음을 터뜨렸다. 그러고는 차의 조수석 문을 손수 열어 주며 은영에게 타라고 손짓했다.

"아직 밝으니까 데이트나 하러 가자. 드라이브 갈래? 영화? 아님 공원? 어디가 좋아?"

"집에 갈래."

"집 데이트도 좋지."

그 소리 아닌 거 알면서 능청맞게 저 좋을 대로 해석하는 승현에 은영은 기가 막힌 표정을 짓다가 결국, 웃음을 터뜨리고 말았다.

"하여튼 못 말려."

"그걸 이제 알았어? 난 너랑 사귀기 시작한 날부터 알았는데."

"진짜 사람이 어떻게 이렇게 바뀌었지? 지훈 오빠는 안 그랬는데."

"그래서 나야, 그놈이야."

"그놈이 그놈이잖아. 뭘 고르라고 그래."

"여기선 승현 오빠라고 해 줘야지."

운전석에 올라 은영에게 안전벨트를 매 주던 승현이 어떻게 그럴 수가 있냐고 상처받은 듯한 표정을 지었다. 은영은 정말로 기가 막혀서 어이없는 웃음을 지었다.

"누구든 다 오빠잖아. 누가 들으면 진짜 내가 멀쩡한 애인 다른 남자랑 비교하는 줄 알겠네."

"그치? 근데 왜 질투가 나지?"

본인도 정말 그 이유를 모르겠다는 듯 팔짱을 끼고 잠깐 고민하던 승현이 은영을 돌아보며 픽 웃었다.

"아무래도 난 과거의 나한테도 널 뺏기기 싫은가 봐."

"무슨 말도 안 되는 소릴 하고 있어."

"그만큼 네가 좋아 어쩔 줄 모르겠단 소리야."

카시트에 머리를 기댄 채 농도 깊은 눈으로 은영을 바라보던 승현이 이제 출발하자고 정면을 향해 고개를 돌리곤 차에 시동을 켰다.

마주친 눈빛 너머로 잠깐 동안 그의 시선에 얽혀 넋을 놓았던 은영은 금세 정신을 차리고 고개를 휘휘 흔들었다.

"그래서 진짜 어디로 갈래? 집에 가서 쉴래?"

"응, 쉴래. ……오빠 집에서."

은영이 고개를 끄덕이는 순간 함께 고개를 끄덕이던 승현은 뒤늦게 덧붙여진 은영의 말에 조금 놀란 표정을 짓다가 이내 눈을 둥글게 휘었다.

"그래, 같이 가서 쉬자."

병원 주차장을 빠져나가려 핸들을 왼쪽으로 꺾는 승현의 얼굴엔 웃음이 가득 번져 있었다. 아마도 무의식중에 부르는 것 같은 콧노래까지.

그저 옆에 앉아 있는 것만으로 전염된 그의 기쁨과 웃음에 괜히 가슴이 설레다가, 문득 은영은 태용의 말이 떠올라 조심스레 그에게 물었다.

"나랑 같이 있는 거 좋아?"

"뭐?"

질문의 의미를 모르겠다는 듯 승현이 의아한 얼굴로 그녀를 흘끗 봤다.

"그럼 좋지, 안 좋아? 애인이랑 둘이 있는 거 싫어하는 사람이 어디 있어. 넌 나랑 같이 있는 거 안 좋아?"

"좋지, 좋은데……. 오빠 처음에 그랬잖아. 쉬는 날 집에 혼자 있는 거 좋아한다고."

"그거야 사귀는 사람 없을 때 이야기지. 지금은 너랑 있는 게 더 좋아. 마음 같아선 너 집에도 두고 내 사무실에도 두고 이렇게 차 조수석에도 두고 싶어. 보고 싶을 때 맨날 보게."

"안 돼. 그렇게 맨날 보면 금방 질려."

"넌 나 맨날 보면 질릴 거야?"

어떻게 그럴 수가 있느냐고, 이번엔 아까보다 훨씬 더 충격받은 얼굴로 승현이 은영을 바라봤다. 은영은 운전 제대로 하라며 정면을 손으로 가리켰다.

"좋아하는 음식도 맨날 먹으면 질리잖아."

"질릴 만큼 보게나 해 주고 그런 말을 해야지. 질리나 안 질리나 보게 우리 집에서 10년만 살아 봐."

"그럴까?"

"……뭐?"

"오빠랑 같이 살까, 나? ……어어?"

잘 가던 차가 갑자기 차선을 바꾸더니 이내 갓길에 끼익 멈춰 섰다. 갑자기 왜 그러나 싶어 옆을 돌아보자 승현이 핸들에 얼굴을 묻은 채 죽은 듯 멈춰 있었다. 팔에 가려진 그의 얼굴 위로 드러난 귀가 사과처럼 잘 익은 것만이 은영의 눈에 들어왔다.

"오빠?"

"……갑자기 그렇게 훅 들어오지 마. 나 심장 터져."

겨우 진정했다는 듯 몸을 일으킨 승현이 손으로 얼굴을 거칠게 한 번 쓸더니 이내 팔짱을 낀 채 은영을 돌아봤다. 그는 끙, 하고 앓는 소리를 내며 복잡한 눈으로 그녀를 바라봤다.

"농담으로 한 소리지?"

"농담이면 좋겠어?"

"농담이면 빨리 말해. 지금 차 돌려서 집 보러 갈 거니까."

거짓말이 아니라는 듯 금방이라도 힘이 들어갈 것처럼 핸들을 쥔 팔에 핏줄이 곤두섰다.

"집을 왜 봐? 오피스텔 있잖아."

"둘이 살려면 더 큰 데로 가야지. 차 돌린다? 간다?"

"가면 어디로 가려고……. 엄마야."

차가 정말로 유턴 가능한 곳을 찾아 반대 차선으로 돌아갔다. 은영은 그가 대체 어디로 가나 싶어 눈을 깜빡였다.

"진짜 집 보러 갈 거야? 진짜로?"

"농담이어도 늦었어. 일단 집 미리 봐 놓고, 들어오는 건 나중에 들어오든가 해."

"아니…… 집 보러 어디로 가는데? 집을 이렇게 막 장 보러 가

332

는 것처럼 보러 가도 돼?”

“그럼 어떻게 봐야 하는데?”

“그거야…….”

현재 내 통장에 돈이 얼마나 있는지 보고, 어느 동네에 살지 위치 정하고, 시세 확인하고, 은행에서 대출이 가능한지 찾아보고, 집을 샀을 때 수리비와 인테리어비, 세금 등 그 집 유지 보수가 가능한지와 나중에 집값이 오를지 내릴지…….

같은 고민이 승현에게 필요할 리가 없었다. 은영은 높은 확률로 그에게 상속될 재산 목록을 떠올리며 조금 질린 한숨을 뱉었다.

“그래서 농담이야, 진담이야. 나 지금 머릿속에서 벌써 인테리어 공사까지 다 끝냈으니까 빨리 말해.”

“뭐야, 혼자 왜 그렇게 진도가 빨라.”

“사람 안달 나게 한 게 누군데?”

“오빠가 이렇게 반응할 줄 몰랐지.”

“그래서, 농담한 거다?”

“농담이랄까……. 진짜로 동거하는 건 솔직히 아직 좀 이른 거 같고.”

그 말에 승현의 얼굴 위로 실망스러운 감정이 슬쩍 스쳐 지나가는 걸 은영은 엿볼 수 있었다. 그 모습에 약간 웃음이 나다가도 은영은 슬며시 죄책감이 솟아 승현에게 말했다.

“대신 오늘 밤에, 나 오빠 집에서 자고 가도 돼?”

“진짜로?”

“진짜로.”

은영은 이 말을 할까 말까 망설이다가 농담으로 승현을 너무 괴

롭힌 것 같아 슬쩍 말을 꺼냈다.

"안 그래도 이따 오빠 집에 가려고 집에 가방 싸 놨는데."

"무슨 가방?"

"그냥, 갈아입을 옷이랑 화장품 같은 거."

"지금 너희 집으로 가면 된다 이거지?"

승현이 다시 한번 핸들을 꺾었다. 이러다 차멀미하겠다고 생각하며 은영은 키득키득 웃었다.

"내비게이션에 주소 안 쳐도 돼?"

"안 쳐도 돼. 네 집으로 가는 길쯤은 이미 내 머릿속에 다 들어 있어."

어느 곳에서 출발하든 승현은 은영의 집에 도착할 자신이 있었다. 그곳에 은영이 있다면, 정말 어느 곳에서라도.

"행복하다."

의식하고 내뱉은 말이 아니라 부지불식간에 멋대로 튀어나온 말이었다. 스스로도 인식하지 못하고 그저 싱글벙글 웃고만 있는 승현에 은영은 조금 놀랐다가 따라서 소리 내어 웃었다.

"왜 웃어?"

"그냥, 좋아서."

"내가?"

"응, 오빠가."

그 솔직한 답에 승현의 온 얼굴에 웃음이 꽃처럼 피어올랐다.

문득, 은영의 귓가로 먼 옛날 지훈이 해 주었던 말이 스쳐 지나갔다.

'그게 왜 네 잘못이야. 너 잘못한 거 없어. 그러니까 잘못했단 소

334

리 그만해.'

할아버지에게 맨날 혼나고 맞아 나는 왜 이렇게 쓸모없는 애일까, 울면서 자책했던 자신에게 그 말이 얼마나 큰 위안이 됐는지 그는 아마 모를 테지.

그랬던 그는 십몇 년 후에 다시 그녀에게 같은 말을 해 주었다. 있는 그대로의 널 사랑해 주는 사람이 있으니 굳이 널 사랑하지 않는 사람을 위해 뭘 바꾸려 들지 말라고.

이제는 자신이 승현에게 위안을 주고 ,또 그를 행복하게 할 수 있어서 그 사실 자체만으로 은영은 행복했다. 아니, 사실은 그가 단단하게 벽을 쌓아 놓은 그만의 성에 자신만은 아무런 거리낌 없이 들어갈 수 있다는 사실이 행복했다.

"역시……."

같이 살고 싶다.

"응?"

"아니야, 아무것도."

그래도 아직은 이르니까 나중으로 미뤄 놓아야지.

그러나 그 나중이 그렇게 멀지 않으리란 확신이 은영에게는 있었다.

그야, 이렇게 행복하니까.

외전 1

가로수의 나뭇잎이 노랗고 빨갛게 물든 게 엊그제 같은데 눈 깜빡할 새에 바람이 차가워졌다. 아직 7시도 안 됐는데 깜깜해진 바깥을 보며 은영은 이제 가을도 다 갔구나, 하고 새삼 실감했다.

"언니, 가을 타?"

"응?"

"창밖에 뭐가 있다고 그렇게 아련한 표정을 짓고 있어?"

밖에서 승재와 통화를 하고 들어온 샛별이 은영의 등에 찰싹 달라붙어 그녀의 어깨 너머로 창밖을 기웃거렸다. 당연히 늘 내다보는 창문 바깥에 뭐가 있을 리 없었다.

"난 또 승현 오빠라도 있는 줄 알았네." 하고 중얼거리는 샛별에 은영은 그런 거 아니라고 손사래를 쳤다.

"그냥 시간이 참 빨리 가는 것 같으면서도…… 아직 이것밖에 안 됐나 싶어서."

올해 정말 많은 일이 있었던 것 같은데 아직 가을이라니. 사실은 1년을 한 바퀴 돌아 다시 가을이라고 해도 믿을 수 있을 정도로 지난 반년 사이엔 많은 일이 있었다.

남자 친구라곤 한 번도 사귀어 본 적이 없는 그녀에게 남자 친구가 생기고, 이제는 서로의 집에서 하룻밤 자고 가는 일쯤은 스스럼없을 정도로 관계가 깊어졌다. 안타깝게도 오늘 그녀의 집에서 자고 가는 건 애인이 아닌 동생이지만.

"암튼, 나 언니한테 상담이랄까 물어보고 싶은 거 있는데."

"상담? 뭔데?"

아무것도 없는 창문 위로 커튼을 친 은영은 샛별과 나란히 침대에 앉았다. 샛별은 자고 갈 때 베개로 쓰겠다며 두고 간 하트 모양 쿠션을 품 안 가득 끌어안은 채 발가락을 꼼지락거렸다.

"있지…… 나 승재 오빠 부모님 뵙기로 했거든."

"진짜? 언제?"

"다음 주에. 댁으로 가서 뵐 거 같아."

"정말? 혹시 진지하게 인사드리러 가는 거야?"

"아니, 결혼 생각하고 그런 건 아냐. 왜, 전에 언니도 한 번 그 집에 인사하러 갔었잖아? 그래서 그런가 어머님이 나 한 번 봤으면 좋겠다고 그랬대."

그러면서 한숨을 푹푹 내쉬는 걸 보니 그 자리가 어지간히 부담스러운 모양이었다.

'하긴, 나도 그 자리 엄청 부담스럽긴 했지…….'

게다가 그때 그녀는 승현과 실제 사귀는 사이도 아니었다.

만약 지금 샛별처럼 정말 사귀는 사이에 처음 인사드리러 간 거였으면?

상상만으로 어깨가 부르르 떨렸다. 저도 모르게 어깨를 감싸 안은 은영은 안쓰러운 눈으로 샛별을 바라보았다.

"그렇게 부담스러우면 차라리 솔직하게 말하고 조금 미루는 건 어때? 결혼하기로 결정한 거 아니면 당장 뵐 필요는 없는 거잖아."

"그렇긴 한데, 승재 오빠는 이미 우리 엄마랑 아저씨 따로 만나서 인사했거든. 그래서 나는 싫단 소리가 안 나오더라고."

"따로 뵀어? 언제?"

"얼마 안 됐어. 한 달쯤 됐나? 뭐, 아무튼…… 언니의 경험담을 듣고 싶었는데."

싶었는데?

그 뒤로 이어질 말이 짐작이 안 가 은영은 가만히 눈을 깜빡이며 샛별의 말을 기다렸다.

입술을 일자로 다문 채 으음, 소리를 내며 뭔가를 고민하던 샛별은 은영의 눈치를 보다가 조심스럽게 입을 열었다.

"언니, 있잖아. ……혹시 엄마랑 싸웠어?"

"뭐?"

뜻밖의 질문에 은영의 머릿속이 일순 새하얘졌다. 너무 놀란 나머지 그녀는 잠시간 대꾸할 말을 떠올리지 못했다.

"엄마가…… 그래? 나랑 싸웠다고?"

"자세한 이야기는 못 들었는데 어쩐지 분위기가 그런 거 같아서. 근데 언니 반응 보니까 맞는 거 같네."

"싸운 건 아닌데……."

아니, 싸운 게 맞나?

그걸 뭐라고 표현해야 할지 모르겠다. 엄마에게 쌓아 둔 서운

339

함에 대해 제대로 설명하려면 듣는 당사자인 샛별의 이야기를 꺼내지 않을 수 없었다.

너만 딸이고 나는 딸 아닌 거 같아서 많이 속상했다.

차라리 생판 남한테 이야기를 하면 했지, 샛별의 앞에서는 절대로 못 꺼낼 이야기였다.

"이걸 어떻게 설명해야 할지 모르겠네……. 사실 너한테는 굳이 말 안 했는데, 나 지금 엄마 번호 차단해 놨어. 전화 받기 싫어서."

"뭐? 차단?"

그렇게 심각한 상황인 줄 몰랐다는 듯 샛별이 경악한 얼굴로 은영을 바라봤다.

그 반응에 잇새로 한숨이 저절로 흘러나왔다. 은영은 샛별과 이런 대화를 나누게 된 상황이 조금 불편해서 무릎을 끌어모은 채 그 위로 턱을 기댔다.

"엄마랑 난 오랫동안 떨어져서 살았잖아. 그러니까 서로 어색한 건 당연한 건데…… 나는 그 거리감을 좀 빨리 좁히고 싶었고, 엄마도 그랬으면 했는데 엄마 속도가 느린 걸 못 견디겠더라. 그래서 그렇게 됐어."

"……진짜 그게 다야? 둘 사이에 뭐 큰일이 있었던 건 아니고?"

"아니야. 그런 건 없었어."

기억을 되짚어 봐도 그런 건 없었다. 그냥 컵에 물이 한 방울 한 방울 떨어지다가 가득 쌓여 끝내 흘러넘친 것뿐이지.

어쩌면 자신을 딸로 생각하지 않는 그녀에게 엄마의 역할을 기대했던 것부터가 잘못 아닌가 싶었다. 피가 이어졌다고 다 가족인 건 아니니까.

"넌 그냥 모르는 척해. 괜히 엄마랑 나 사이에 끼어서 피해 보지 말고."

"으으음…… 어떡하지."

은영은 이걸로 이 이야기를 끝내고 싶었지만, 샛별이 무언가 할 말이 있는 듯한 얼굴로 그녀의 눈치를 살폈다.

쿠션을 끌어안은 손가락을 꼼지락대는 폼을 보아하니 뭔가 저지른 게 있는 모양이었다. 순간 은영의 가슴이 선득해졌다.

"뭐야, 뭔데?"

"그게 있지, 언니는 괜찮다고 했지만…… 내가 되게 신경 쓰였단 말이야? 아저씨한테 언니 제대로 소개 안 한 거."

거기까지만 들어도 대충 무슨 일인지 알 것 같았다. 입을 떡 벌린 은영이 설마설마하며 반문했다.

"너, 설마…….."

"응. 자리 만들어 달라고 했어. 아저씨한테 바로 말해서 엄마가 빼도 박도 못 하게 만들었고."

샛별은 죽을죄를 지었다고 은영의 앞에서 무릎 꿇고 앉아 싹싹 빌었다.

"미안! 이미 약속 잡아 놨어!"

❋❋❋

"……그렇게 된 거야."

한숨과 함께 은영의 이야기가 끝을 맺었다.

그녀가 집에서 구워 온 쿠키를 너 한 입, 나 한 입 번갈아 가며 넣고 넣어 주던 승현이 그것참 퍽 난감하겠다는 얼굴로 턱을 괴었다.

"당일 펑크는 너무 예의가 없고……. 그냥 취소하면 안 돼? 일이 너무 바빠서 시간을 못 내겠다거나."

"근데 아저씨가 그 전부터 날 되게 만나고 싶어 했다나 봐. 그걸 엄마가 계속 미뤄 왔던 모양인데……. 그동안 그랬던 게 있어서 이제 와서 취소하기엔 좀 그런 모양이야. 나 만나려고 옷까지 새로 맞췄대."

"옷을? 왜?"

"샛별이 말로는 새 딸 처음 보는 자린데 후줄근한 옷 입고 나갈 수 없다고 했다나."

그렇게까지 기대하고 있다는데 어떻게 나 못 나간다고 드러눕는단 말인가. 은영은 작게 한숨을 내쉬었다.

"새 딸이래. 어떻게 날 그렇게 부를 수가 있지? 엄마도 딱히 날 딸이라고 생각 안 하는 것 같은데."

옆에 승현이 있기 때문일까? 스스로가 듣기에도 꽤 상처 되는 그 말이 쉽게 나왔다. 딱히 마음이 울적해지지도 않았다.

그러나 그런 그녀가 염려되었는지 승현이 의자를 옆으로 당겨 그녀의 어깨를 안아 토닥토닥 달래 주었다. 은영은 그 다정한 손길에 되레 울컥해서 툭 떨어뜨리듯 그의 어깨에 머리를 기댔다.

"당장 이번 주 일요일인데 어쩌면 좋지……. 나가자니 마음이 불편하고 안 나가자니 그것도 마음이 불편해."

"내가 같이 갈까?"

"오빠가?"

생각도 못 한 그의 제안에 은영은 놀라서 눈을 크게 떴다.

그런 그녀가 귀엽다는 듯 승현이 고개를 살짝 숙여 그녀의 입술에 가볍게 키스했다. 부드러운 생크림처럼, 꼭 그와 같은 맛이 나는 달콤한 키스였다.

"승재도 뵙고 왔다던데 내가 그 자리에 못 갈 거 뭐 있어. 미리 상견례 하는 셈 치면 되지."

"승재 씨한테 이야기 들었어?"

"자랑에 자랑을 어찌나 심하게 하던지."

원래도 팔불출이었던 놈이 최근 들어 더 팔불출이 됐다며 승현은 한숨과 함께 고개를 절레절레 흔들었다.

"걔 요즘 나한테 자주 하는 말이 뭔지 알아? 자기가 개혼해도 너무 섭섭하게 생각하지 말래. 요즘 세상에 맏이가 먼저 결혼하고 그런 순서 지킬 필요 뭐 있냐 하면서."

"샛별이 말론 아직 상견례 같은 건 아니라던데……. 설마 승재 씨."

은영의 목소리에 실린 의혹에 승현은 어깨를 한 번 으쓱였다.

"뭐, 준비하고 있는 게 있나 봐."

"벌써? 둘이 사귄 지 아직 2년도 안 되지 않았나?"

"결혼하는데 사귄 기간이 뭐가 중요해. 요즘엔 반년 정도 사귀고 결혼하는 사람들도 많더라."

"그런 사람들이 어디 있는데?"

"……인터넷? 라디오?"

눈을 슬쩍 피하며 대꾸하는 승현에 은영은 그만 웃음을 참지 못했다. 그가 그 말을 꺼낸 의도가 너무 명확했기 때문이었다.

"나 들으라고 하는 소리지, 이거?"

"나 요즘에 무슨 악몽 꾸는지 알아? 내가 너한테 청혼을 했는데 네가 거절을 했어. 그런데 그 이유가 뭐였게?"

"뭐였는데?"

"부케 받고 반년 지나서 결혼 못 한대. 그러니까 3년 더 기다리라더라."

정말 상상도 못 한 대답에 은영은 한 번 더 웃음이 터졌다. 그냥 소리 내어 웃는 정도가 아니라 아예 박장대소를 하는 은영에 승현이 나 지금 진지하다고 정색하며 말했다.

"너 나중에 내가 청혼했을 때 진짜 그 이유로 거절하면 안 돼. 내가 그놈의 부케 찾아서 불 질러 버릴 거야."

"그거 이미 불탔는데?"

"뭐?"

"말려서 돌려준 거 벽에 걸어 놨는데, 어느 순간 보니까 벌레가 꼬이더래. 근데 세연 언니가 다리 여섯 개 이상 달린 거라면 진짜 질색을 하거든. 비명을 지르면서 태웠다더라."

"……그래?"

받았던 부케가 사라졌으니 미신의 효과도 사라졌겠지?

겉으로 보면 나라와 사회를 위한 매우 심각하고 중대한 고민을 하는 것 같은데, 그 속에 들어찬 생각이 훤히 들여다보여서 은영은 키득거리며 웃어 버렸다.

"아무튼, 불편하면 바로 메시지 보내. 내가 대기하고 있다가 얼른 전화할 테니까 애인이 교통사고 당해서 병원 실려 갔다고 하고 나와 버려."

"샛별이가 오해하면 어떡하려고?"

"샛별 씨한텐 미리 말해 놓으면 되지."

"……진짜 그럴까?"

예의가 아닌 건 알지만 현재 입장이 입장인지라 은영의 귀엔 매우 솔깃하게 들렸다. 그녀는 승현의 도움을 받아 진짜로 그렇게 해 버릴까 진심으로 고민했지만, 다행인지 불행인지 그의 도움을 받을 필요는 없었다.

모친이 정말로 교통사고를 당해 입원하는 바람에.

-언니 지금 어디야?

"병원 앞이야. 나 지금 버스에서 내렸어."

카드 지갑을 가방 속에 밀어 넣은 은영은 핸드폰을 반대 손으로 바꿔 쥐며 병원 정문으로 이어진 보도블록을 따라 걸음을 옮겼다.

환절기. 어느덧 겨울의 초입이 되어 날이 많이 쌀쌀해진 탓인지 병원에 사람이 많았다.

버스에서 내려 병원까지 이동하는 그 잠깐이 이렇게 추운 걸 보니 아무래도 슬슬 패딩을 꺼내 입어야 할 것 같았다. 뺨을 때리듯 날카롭게 불어오는 칼바람에 은영은 어깨를 옹송그리며 몸을 부르르 떨었다.

"어우, 오늘 진짜 춥다. 겨울이야, 겨울."

-그니까. 으으, 추워…… 아, 택시 왔다! 난 택시 타면 한 30분쯤 걸릴 것 같아. 언니 먼저 올라가 있어.

"응. 이따 봐."

전화를 끊은 은영은 서둘러 건물 안으로 들어갔다. 그녀는 엘리베이터를 기다리며 핸드폰 메모 앱에 따로 기록해 둔 병실 호수를 확인했다.

'그러고 보면 요즘엔 병원을 자주 오네.'

잠깐이지만 승현도 입원을 했었고, 승현의 할아버지도 오랫동안 병원 생활을 했었고.

수술이 성공적이었단 말이 거짓이 아니었는지, 병원에서 꽤 오래 치료를 받은 태용은 지난주에 퇴원해서 강원도에 있는 별장으로 요양하러 떠났다.

그 전에 얼굴 한 번 보러 왔다고 카페로 찾아와 가방이며 구두, 각종 액세서리까지 어마어마한 수의 선물을 떠안기고 갔다. 마음에 안 들면 환불해서 용돈으로 쓰라며 영수증까지 남기고.

너무 놀라 눈이 튀어나오는 줄 알았던 태용의 선물들은 그녀의 옷장 깊숙한 곳에 차곡차곡 쌓여 봉인되었다. 과연 그 봉인을 푸는 날이 오기는 할까 싶었다. 살 떨려서.

"어어, 샛별아!"

문이 열린 엘리베이터 안으로 발을 옮기려던 그때, 등 뒤에서 누군가가 반가워하는 목소리가 들려왔다.

도착하려면 아직 30분 정도 걸린다고 했는데, 샛별이가 벌써 도착했나?

그런 생각을 하며 뒤를 돌던 은영은 문득 어떤 기시감을 느꼈다. 전에도 이런 일이 있었던 것 같은데.

"따뜻하게 입고 다니라니까 왜 이렇게 얇은 코트를…… 응?"

서글서글한 인상의 중년 남자. 한 2, 3일쯤 면도를 하지 않았는지 턱 주변에 수염이 숭숭 돋아 있는 그는 살짝 초췌한 인상을 지닌 채로 걱정스러운 표정을 짓고 있었다.

그 인상만큼이나 따뜻한 목소리를 은영에게 건네던 그는 은영이 느낀 기시감과 비슷한 어떤 걸 느꼈는지 도중에 말끝을 흐렸다.

"아, 아아. 샛별이가 아니라 은영이구나. 맞지?"

"네…… 누구세요?"

그러나 은영은 질문하는 것과 동시에 이미 알아차린 직후였다.

눈앞의 남자가 누구인지.

"크흠, 흠. 이렇게 표현해도 되는지 모르겠지만…… 네 새 아빠란다. 엄마랑 샛별이한테 얘기 들었……지?"

눈치 보듯 흘끔거리는 그에 은영은 반사적으로 고개를 끄덕였다.

분명 오늘 처음 보는 얼굴인데, 주름진 눈가와 호선을 그리는 입꼬리에서 친근한 인상이 풍겼다. 그 탓에 은영은 저도 모르게 경계를 풀고 말았다.

"네. 이야기 많이 들었어요. 정은영이라고 합니다."

은영은 두 손을 앞으로 모아 가방을 잡은 채 고개를 꾸벅 숙여 인사했다. 그러자 자신을 새 아빠라고 호칭한 남자가 그렇게까지 격식 차릴 거 없다며 손을 내저었다.

"편하게 대해도 괜찮아. 아, 일단 타자꾸나."

먼저 엘리베이터에 오른 그가 엘리베이터의 열림 버튼을 꾹 눌러 은영이 타는 걸 도와주었다. 고맙다고 인사하자 "뭘." 하며 너털웃음을 터뜨린 그가 손에 들고 있던 비닐봉지를 뒤적거렸다.

"보자……. 혹시 몰라서 따뜻한 걸 좀 많이 샀는데, 커피가 좋니? 아니면 두유?"

"아, 전 괜찮아요."

"내가 주고 싶어서 그래. 사실 첫 만남은 좀 근사한 곳에서 하고 싶어서 미리 준비도 다 해 놨는데……. 내 차림이 많이 후줄근하지? 어제 집에 못 들어가서 그래. 계속 병원에 있었더니."

그는 구겨진 옷과 제대로 씻지도 못한 차림새가 민망한 듯 괜히 소매며 목깃 근처를 만지작거렸다. 은영이 신경 안 쓰셔도 된다고 말을 건넨 뒤에도 그는 엘리베이터의 거울을 보며 괜히 수염 난 턱을 만지작거렸다.

그 탓에 괜히 저까지 신경 쓰여 은영은 말을 돌리듯 물었다.

"그런데 엄마 많이 다치신 거예요? 샛별이 말론 크게 걱정할 필요는 없다고 하던데……."

"그래, 걱정 안 해도 돼. 지금은 많이 안정됐거든. 갈비뼈가 부러지는 바람에 한동안 병원 신세를 져야 하지만……. 그래도 늦은 밤에 당한 사곤데 이만하길 천만다행이지. 하마터면 정말 큰일 날 뻔했어."

말을 하다 울컥했는지 그는 눈물이 핑 돈 눈가를 손으로 세게 문질렀다. 그러다 은영과 눈이 마주친 순간 멋쩍은 웃음을 지었다.

"아이고, 내가 또 주책을……. 그래서 커피랑 두유 중에 뭐가 좋니? 찬 거 괜찮으면 주스도 있는데."

괜히 부산스럽게 비닐봉지 안을 뒤적이는 그에 은영은 그럼 두유를 달라고 부탁했다. 곧 그녀의 손에 따뜻한 유리병이 쥐여졌다.

따뜻한 병을 손에 쥔 순간 은영은 제 손이 차갑게 얼어 있었다는 걸 깨달았다. 얼었던 손이 온기에 녹아내리는 느낌이 좋아 은영은 엘리베이터에서 내려 복도를 걷는 동안에도 병을 만지작거렸다.

"참, 카페에서 일한다고 들었는데. 나중에 한 번 가 봐도 되니? 네가 만든 케이크가 맛있다고 샛별이가 어찌나 자랑을 하던지. 사 달라고 부탁해서 한 번 먹어 봤는데 정말 맛있더라."

"아…… 감사합니다."

네가 만든 케이크 참 맛있더라.

348

한국에 잘 오지 않는 아버지한테선 당연히 못 들어 봤고, 어머니한테서도 샛별이가 '맛있지? 맛있지?' 하고 묻는 말에 마치 엎드려 절 받듯 '그래, 맛있네.' 하고 들은 게 다였다.

이게 뭐 어렵냐는 듯 아주 쉽게 그 말을 꺼내는 아저씨에 은영은 기분이 이상해졌다. 조금, 울고 싶은 기분.

때마침 병실에 도착해서 다행이었다. 은영은 아저씨가 병실 문을 두드리는 동안 빠르게 눈을 깜빡여 혹시 모를 물기를 지워 냈다.

"여보, 나 왔어요. 은영이도 같이 왔어."

그의 뒤에 조금 떨어져서 선 은영에게 닫힌 문 너머의 목소리는 들리지 않았다. 그러나 그는 들어와도 된다는 소리를 들었는지 곧 문을 열고는 옆으로 비켜서서 은영에게 손짓했다.

"자, 들어가렴."

은영은 그에게 고맙다고 고개를 꾸벅 숙이고 병실로 들어섰다.

가장 먼저 그녀를 반긴 건 TV 속 연예인의 웃음소리였다. 그리고 뽀얀 가습기의 김.

2인실이지만 왼쪽에 있는 침대는 비어 있는 듯했다. 그리고 오른쪽 침대를 차지하고 누운 모친은 침대 매트리스를 일으켜 앉듯 누워 있었다.

갈비뼈가 부러졌다더니, 그녀는 몸을 그대로 둔 채 눈동자만 움직여 은영을 바라봤다.

마지막으로 본 게 언제였는지 기억도 잘 안 났다. 그런데 그 희미한 기억 속 모습과 뚜렷이 비교될 정도로 그녀는 마르고 창백한 낯빛을 하고 있었다.

그 모습에 기분이 조금 이상해져 은영은 침대에 떨어진 곳에서 잠시 우뚝 서 있었다.

그런 그녀를 빤히 보던 모친이 입술을 조금만 움직여 목소리를 냈다.

"왔니?"

"……네."

눈치가 있는 사람이라면 누구라도 알아차렸을 것이다. 두 사람 사이의 어색한 거리감을.

그러나 아저씨는 그 사실을 전혀 눈치채지 못한 것처럼 침대 옆으로 다가가 비닐봉지를 뒤적여 음료수 하나를 꺼냈다. 은영의 손에도 쥐여 준 따뜻한 두유였다.

"자, 따뜻할 때 마셔요. 적당히 식어서 마시기 좋을 거야."

병의 뚜껑을 따고 손수 빨대까지 꽂아 준 그는 모친이 두유를 편하게 마실 수 있도록 그녀의 입에 빨대를 대 주었다. 모친은 그의 수발이 익숙하다는 듯 입술을 벌려 입에 빨대를 물었다.

"됐어요."

"벌써 다 마셨어요? 조금만 더 마시지."

"이따가 마실게요. 옆에 둬요."

"그래요, 그럼. 허기는 안 지고?"

"점심 먹은 지 얼마나 됐다고."

타박하듯 답하는 모친의 입가에 편안한 미소가 그려졌다. 아마 본인도 의식 못 하지 않았을까 싶은 그 미소는 무척이나 자연스러웠다. 아저씨를 향한 부드러운 목소리처럼.

그 모습이 왜 그렇게 멀게 느껴졌을까. 은영은 그 이유를 곧 알아차렸다.

그녀가 기억하는 모친의 목소리는 항상 날이 서 있거나, 톤이 높거나, 소리가 컸다. 그럴 수밖에 없었다. 이제 그녀의 기억 속에 남아 있는 어머니의 모습은 항상 할아버지 혹은 아빠와 싸우던 것뿐이니까.

어쩌면, 자신이 기억 못 하는 과거엔 자신도 저런 목소리를 들은 적이 있었을까?

'아니.'

은영은 곧 고개를 내저었다. 만약 그랬던 적이 있었다면 기억을 못 했을 리가 없다. 분명 기억했을 거다. 그녀는 줄곧 어머니에게 그런 다정함을 바랐으니까.

"아, 내 정신 좀 봐. 사탕 사 온다는 걸 깜빡했네. 다시 가서 사 올 테니까 둘이 대화 나누고 있어요. 은영아, 혹시 목마르면 여기서 더 꺼내 마셔. 알았지?"

두유 병을 내려놓고 비닐봉지를 한참 더 뒤지던 그가 멋쩍은 웃음을 흘리며 병실을 나섰다.

붙잡을 새도 없이 후다닥 나가는 그의 뒷모습에 은영은 그가 일부러 자리를 비워 줬다는 사실을 어렵지 않게 눈치챌 수 있었다.

그 덕에 다른 하나도 알 수 있었다. 자신과 모친이 어색하다는 사실을 몰랐던 게 아니라 일부러 모르는 척 행동했다는 걸.

"……와서 앉으렴. 올려다보려니 목 아프다."

멀거니 서 있는 은영에게 모친이 먼저 말을 건넸다. 그 말에 고개를 작게 끄덕인 은영은 뒤늦게 침대 옆 의자에 엉덩이를 내리며 손에 들고 있던 주스 세트를 서랍장 위에 내려놓았다.

"뭐 그런 걸 사 와. 남도 아닌데."

남도 아닌데……. 그 말을 어머니의 입으로 듣게 될 줄은 몰랐다. 저도 모르게 쓴웃음을 지은 은영은 모친과 눈이 마주친 순간 어색하게 입꼬리를 올렸다.

"그냥요. 그래도 빈손으로 오긴 좀 그래서."

"……네 아빠가 입원해도 그랬을 거니?"

왜 그런 질문을 하는지 은영은 희미하게나마 알 수 있었다. 그래서 그 질문이 더 우습게 느껴졌다. 입가에 남아 있던 미소 한 조각이 깨끗하게 지워질 정도로.

"아빠가 입원했으면……. 글쎄요, 아빠가 입원한 것도 몰랐을 거예요. 아빠는 제가 병문안 오는 걸 바라지 않을 테니까."

은영의 입에서 그런 자조적인 목소리가 흘러나올 줄은 몰랐다는 듯 모친이 미간을 찌푸렸다.

"그건 또 무슨 소리니?"

"말씀드렸잖아요. 서로 연락 안 하기로 했다고."

홍 사장이 힘을 써 준 덕인지 수원의 집은 시세보다 비싸게 잘 나갔다.

약속대로 그 돈은 고스란히 통장으로 들어왔고, 직후 은영은 아빠의 번호를 차단하고 지워 버렸다. 이제 연락할 일 없을 테니까.

"아예…… 절연까지 했다는 소리니?"

"네. 원래도 연락 잘 안 해서 딱히 달라진 건 없지만요."

그렇게 답하는 은영의 목소리가 너무 건조했기 때문일까. 모친의 눈동자 위로 한 줄기 동요가 스쳐 지나갔다. 그러나 은영은 모르는 척했다.

어쩌면, 자신과 아버지 사이에 있었던 일을 소상히 읊으면 자신을 향한 그녀의 눈빛이 누그러질지도 몰랐다. 온기가 깃들지도 몰랐다.

그러나 아버지에게 버림받았다는 이야기를 한 뒤에야 받을 수 있는 그 따스한 온기를 동정이란 단어 외에 어떤 것으로 정의 내릴 수 있을까?

예전이라면 그거라도 좋다고 받아 챙겼을지도 모르겠다. 그러나 이제 그녀는 애정이 아닌 동정에 몸을 기댈 정도로 빈곤하지 않았다.

"엘리베이터 타고 오면서 대화 잠깐 나눈 게 전부긴 하지만, 좋은 분이신 것 같네요. 늦었지만 재혼 축하드려요."

"그래, 고맙구나."

그리고 아주 잠깐 정적이 찾아들었다. TV에서 떠드는 소리가 멀게 느껴질 정도로 아주 짙은 침묵이었다.

어색함을 피해 괜히 TV에 시선을 주었던 은영은 뿅망치를 얻어맞는 개그맨을 보고 작게 웃다가 뒤늦게 이어지는 목소리에 고개를 돌렸다.

"목소리 큰 남자라면 이제 지긋지긋해."

"네?"

"네 아빠나 할아버지나 내가 자기 말을 들어 주지 않으면 일단 소리부터 지르고 봤지. 처음엔 그게 무서워서 원하는 대로 다 따라 주다가 이러다 내가 죽을 것 같아서 같이 소리를 지르기 시작했어. 그랬더니 내 말을 들어 주더구나."

입안이 마른 건지, 아니면 그때 기억에 목이 멘 건지 모친이 침을 한 번 삼켰다. 은영의 시선이 저도 모르게 두유를 향했지만 그녀가 마시겠냐고 묻기도 전에 모친의 이야기가 다시 이어졌다.

"반면에 이이는 내가 목소리를 아무리 작게 내도 놓치는 법이 없더구나. 그래서 재혼을 결심한 거야. 겨우 이혼 서류에 도장 찍

고 그 집을 나올 땐 재혼 같은 건 절대 안 한다고 이를 박박 갈았
었는데 말이지."

모친의 입에서 긴 한숨이 흘러나왔다. 그 속엔 지난 세월의 고
단함이 단단하게 들어차 있었다.

그러나 그 한숨은 은영의 가슴을 치지 못했다. 그 말에 공감해
고개를 끄덕이며 '많이 힘드셨겠어요.' 그렇게 말해 주기엔 그녀의
과거도 만만치 않게 힘들었으니까.

솔직히 말하면 아직도 그녀의 가슴 속엔 원망이 가득 들어차 있
었다. 적어도 샛별이랑 못 만나게 할 것까진 없지 않았냐는 원망
이.

"아직도 그때 꿈을 꿔. 자다가도 숨이 콱 막혀서 벌떡벌떡 깨.
불과 몇 년 전까지만 해도 자다 깨서 가슴 치면서 울었어. 화병이
라는 게 그 원인이 눈에 보이지 않는다고 사라지는 게 아니더구
나."

"……."

"미안하다는 한마디를…… 내가 잘못했다는 그 한마디를 듣고
싶었어. 그런데 끝까지 못 들었지. 네 할아버지는 결국 끝까지 제
고집만 부리다 죽었고, 네 아빠는 내 앞에서 무릎 꿇고 빈다고 해
도 내가 상종도 하기 싫어."

겨우 그 정도의 이야기를 꺼낸 것만으로 숨이 벅차다는 듯 그녀
는 눈을 지그시 내리감고 느린 호흡을 뱉었다.

이어서 은영을 바라보는 눈빛엔 뭐라 정의 내릴 수 없는 복잡한
감정이 복잡하게 휘몰아치고 있었다. 은영은 그 눈을 피하지 않고
마주 봤다.

"샛별이한테 틈만 나면 네 아빠 험담을 했어. 그래서 샛별이가

제 아빠라면 지긋지긋해하는 거 보면서 속이 시원하다가도, 너 다시 보니까 문득 그런 생각이 들더라. 얘도 제 아빠한테 내 험담 들으며 컸겠지. 샛별이가 제 아빠 지긋지긋해하듯 내가 지긋지긋하겠지."

그저 들으려고만 했는데 그 말엔 어쩔 수 없이 웃음이 나왔다.

오래 못 봐서 어색했던 게 아니라 그런 이유가 따로 있었던 걸까. 은영은 조금 허무해져서 허탈한 웃음을 입가에서 지우지 못했다.

"두 분 이혼하시고 아빠는 매번 할아버지랑 싸웠어요. 집에도 잘 안 들어오다가 1년도 지나기 전에 중국으로 갔고요. 그 뒤로 한국에 들어온 횟수가 아마 다섯 번도 안 될걸요?"

"하……. 불리한 일 생기면 도망부터 치고 보는 건 여전하구나. 그래도 설마 제 딸 버리고 제집에서도 도망갈 줄은 몰랐는데."

"딸 버린 건 엄마도 마찬가지였잖아요."

"나는 샛별이를……."

"그래서, 딸 둘 중 하나만 제대로 키우면 나머지 하나는 안 키워도 돼요? 아빠랑 이혼하면서 둘 있는 딸 하나씩 사이좋게 나눠 가졌으니 그걸로 된 거예요?"

"……."

"나는, 물건이 아니에요……."

결국 목이 메어와 은영은 고개를 숙였다. 그때까지도 손에 쥐고 있던 두유 병이 그녀의 눈에 띄었다.

아직도 그녀는 겨우 이런 자그마한 호의에 마음이 녹아내렸다. 이런 그녀를 두고 그녀의 모친은 애정 결핍이라 말했던가?

맞다. 그녀는 애정이 고팠다. 얼굴이며 몸에 늘 상처를 달고 다녔던, 그래서 무서워 피해 다녔던 옆집 오빠에게 겨우 연고 하나 받고 다가간 건 그래서였을지도 모른다.

과거의 그녀는 정말로 외로웠다. 몇 년 전까지만 해도 화병으로 자다가도 벌떡벌떡 깼다는 모친처럼 그녀 역시 외로움에 울며 잠든 날이 많았다.

몇 년 전까지 그랬다는 그녀와 달리 은영은 작년까지만 해도 그랬다. 자신은 평생 이렇게 혼자 살다 혼자 죽을 것 같아서.

"……주마등이라고 하지."

입술을 꾹 깨문 채 울음을 참던 그때, 은영의 귀로 나지막한 모친의 목소리가 흘러들어 왔다.

맥락 없는 그녀의 말에 의아함을 느끼면서도 은영은 고개를 들지 않았다. 대신 다 식은 두유 병만 만지작거렸다. 모친의 목소리가 이어지는 내내.

"차에 치여서 바닥에 쓰러지는 그 짧은 사이에 옛 기억이 순식간에 눈앞을 스쳐 지나가더구나. 네 할아버지나 아빠는 떠오르지도 않았어. 그런데…… 넌 떠오르더라. 어렸을 때의 너랑 다 큰 너, 모두."

"……샛별이가 아니라요?"

"아무리 그래도 딸을 어떻게 몰라보겠니. ……전적이 없는 건 아니지만."

그런 스스로가 우습다는 듯 그녀는 짧게 코웃음을 쳤다.

은영은 고개를 들어 그런 그녀를 바라봤다. 창문 너머 먼 곳에 시선을 두고 있던 모친이 은영의 시선을 느낀 듯 천천히 고개를 돌려 그녀를 응시했다. 그러고는 뭐라고 말을 하려다가 무언가를 삼키듯 목을 꿈틀거리고는 다시 입술을 뗐다.

"그런 생각이 들었어. 내가 지금 이 한마디를 안 하면 널 나처럼 똑같이 만들겠구나, 하는."

"……."

"미안해, 은영아."

설마 했던 그 말이 실제로 귀에 닿은 순간 은영은 저도 모르게 숨을 멈추고 말았다. 잘못 들은 건 아닐까. 그렇게 제 귀를 의심하는 그녀를 안 것처럼 모친이 한 번 더 말해 왔다.

"널 보면 네 할아버지랑 아빠가 생각났어. 그래서 너한테 화풀이를 한 것 같아. 아니, 했어. 나는 네 엄만데, 너는 내 딸인데…… 어른스럽게 굴지 못해서 미안해."

"……."

"사랑해 주지 못해서…… 미안하구나."

아.

그 말을 하며 모친은 조금 눈물을 지었다. 회한의 눈물인지, 후회의 눈물인지, 그도 아니면 그런 자신이 부끄러워 짓는 눈물인지 은영은 알 수 없었다.

그러나 은영은 속이 시원해지는 걸 느꼈다. 그녀 자신이 다 놀라울 정도로 그 한마디에 마음속에 쌓인 응어리가 녹아내린 것이다.

동시에 모친의 말이 이해가 갔다. 이 한마디를 듣고 싶었다는. 그러지를 못해서 아직도 할아버지며 아빠가 원망스럽다는.

만약 지금 이 말을 듣지 못했다면 나도 죽을 때까지 엄마를 원망했을까?

어쩌면 그랬을 수도 있고, 어쩌면 자신을 버린 엄마 같은 건 떠올리지 않으며 잘 살았을 수도 있을 거다.

그러나 은영은 지금 이 말을 들어서 다행이라고 생각됐다. 어느 쪽이든 그녀가 끝까지 품고 살았을 미련 하나를 덕분에 떨쳐 낼 수 있었으니까.

그래서 은영은 말할 수 있었다.

"전 괜찮아요. 그러니까 저한테 더 미안해하지 않으셔도 돼요. 전 이제 엄마 사랑이 필요한 어린애가 아니니까."

불과 몇 달 전까지만 해도 은영은 엄마 사랑이 필요한 어린애였다. 그러나 이제 그녀는 절 버린 부모로부터 독립할 수 있었다.

그럴 수 있도록 도와준 사람이 다른 사람이라는 점에서 어쩌면 그녀는 완전한 독립을 이뤘다고 말할 수 없을지도 모른다.

하지만 그러면 어떤가. 애초에 사람은 혼자선 살아갈 수 없는 동물이고, 그는 오래도록 그녀의 옆에 있어 주겠다고 약속했는데.

"굳이 저 사랑하려고 노력 안 하셔도 돼요. 그냥 가끔, 연락하면 잘 지낸다는 말이나 해 주세요. 지금처럼 이렇게 아프지 마시고."

"그래……. 그럴게."

모친이 작게 미소를 지으며 천천히 고개를 끄덕이던 그때, 문을 두드리는 소리가 들렸다. 고개를 돌리자 벌컥 열린 문 너머로 샛별의 얼굴이 보였다. 그녀는 옆을 보며 누군가에게 말을 건네고 있었다.

"네? 왜요?"

"아니, 그게……. 흠흠."

열린 문 너머로 은영과 눈이 마주친 아저씨가 어색하게 헛기침을 뱉었다. 그 어리숙한 모습에 은영은 저도 모르게 웃음을 터뜨리고 말았다. 모친 역시 웃음을 터뜨리고, 아저씨의 얼굴이 민망한 듯 벌겋게 물들고.

그 사이에서 영문을 모르는 샛별만이 “뭐야, 왜 웃어!” 하고 자리에 있는 모두에게 항의했다.

❊❊❊

은영은 약 1시간 동안 앉아 있다가 병실을 나왔다.

아저씨가 좀 더 있다 가라고 아쉬운 얼굴로 그녀를 붙잡았지만 은영은 선약이 있다고 고개를 흔들었다. 대신 다음을 기약했다.

“다음엔 근사한 곳에서 뵈어요.”

“그럴까? 그래! 그때는 멀끔하게 해서 나가마.”

신이 나서 고개를 끄덕이는 그 얼굴을 보고 있자니 누군가가 떠올랐다. 은영은 엘리베이터를 타고 1층으로 내려가며 핸드폰을 꺼내 들었다.

[나 지금 나왔어.]

답장은 곧장 도착했다.

[주차장.]

은영은 망설임 없이 로비를 지나 주차장으로 갔다. 승현의 차가 어디에 있는지는 굳이 찾을 필요 없었다. 병원 입구에서 잠시 기다리기 무섭게 누군가 그녀의 어깨를 두드려 왔으니까.

“오빠.”

승현의 얼굴을 본 순간, 그녀의 얼굴이 따스한 봄날의 눈처럼 녹아내리며 입가에 미소가 번졌다. 그냥 얼굴을 본 것만으로 그렇게 좋았다.

“분위기 어땠어? 괜찮았어?”

"응, 괜찮았어. 아저씨랑도 인사 나눴는데 좋으신 분이더라."

"그렇구나, 다행이다."

마치 자신의 일처럼 기뻐해 준 승현이 아, 하는 소리를 내며 손에 들린 비닐봉지 안에서 무언가를 꺼냈다.

"오늘 날씨 많이 춥지? 이거 마셔."

"……."

"옷은 또 왜 이렇게 얇게 입었어. 감기라도 걸리면 어쩌려고……. 은영아?"

승현이 건네준 두유 병을 쥐고 은영은 속절없이 웃음을 터뜨리고 말았다. 그 연유를 알지 못하는 승현이 당황해서 "왜? 왜 웃어?" 하고 물어 왔지만 은영은 고개를 흔드는 것밖엔 아무런 답을 들려주지 못했다. 너무 웃어서 눈가에 눈물이 맺힐 정도였다.

"두유 별로야? 커피 살 걸 그랬나? 이게 더 따뜻해 보여서 이걸 산 건데……."

"아니야. 나 두유 좋아해."

은영은 손에 두유 병을 꼭 쥔 채 승현의 팔에 팔짱을 꼈다. 그러고는 그의 어깨에 머리를 기댔다.

"나 기다리느라 지루하지 않았어?"

"전혀. 조금이라도 빨리 보고 싶긴 했지만."

이상하게 자꾸 웃음이 나왔다. 승현과 함께 그의 차가 있는 곳까지 걸어가며 은영은 따뜻한 유리병을 계속해서 만지작거렸다.

"난 오빠가 그 말 해 줄 때가 제일 좋더라."

"무슨 말? 보고 싶다는 말?"

"응."

"흠…… 난 내가 그 말 할 새도 없이 계속 너 보고 있는 게 더 좋은데."

"그럼 우리 계속 볼까?"

"어떻게?"

"같이 살면 되지."

은영으로선 나름 용기 내어 꺼낸 말이었는데, 승현은 재밌는 농담을 들은 것처럼 픽 웃었다. 그러고는 예상과 다른 반응에 눈을 깜빡이는 은영의 뺨을 아프지 않게 꼬집었다.

"또 그렇게 사람 기대하게 만들지. 이제 안 속아."

"어······."

"한 번만 또 그런 말 해 봐. 너희 집에 있는 짐 다 빼서 내 집으로 다 옮겨 버릴 거니까."

은영의 집 비밀번호도 알겠다, 둘이 살기에 좋은 큰 집도 사 놨겠다. 정말로 마음만 먹으면 그가 그렇게 못 할 것도 없었다.

그러니 농담으로 그런 말 하지 말라고 으름장을 놓는 승현에 은영은 조금 얼떨떨해져 눈을 깜빡였다.

"내가 그런 농담을 하면 얼마나 했다고······."

"벌써 두 번이잖아. 세 번은 없어."

아니, 방금 그건 진심이었는데.

의도치 않게 양치기 소년이 되어 버린 이 기분을 어찌하면 좋을까. 은영이 해명할 새도 없이 승현은 차 키를 꺼내 잠금을 풀고는 조수석 문을 열어 주고 있었다.

"······좋아, 각오해."

"뭘?"

"있어, 그런 게."

처음 승현이 그녀에게 목걸이를 사 줬을 때, 반지는 부담스럽

361

다는 그녀의 말에 그가 그렇게 말했었다.

'의미가 깊은 물건이니 첫 반지는 정말 사랑하는 남자에게 선물 받으시는 게 좋을 거 같군요.'

첫 반지는 정말 사랑하는 남자에게 선물 받는 게 아니라, 선물로 줘야지.

내친김에 프러포즈도 해야겠다. 검은 머리 파뿌리 될 때까지 나랑 같이 살자고. 아니, 이건 너무 식상한가?

"뭐가 그렇게 좋아서 혼자 웃어?"

"있어, 그런 게."

아니면 승현이 짐을 빼서 옮기기 전에 내가 먼저 빼서 다 옮겨 버릴까?

사람들이 이래서 서프라이즈를 하는가 보다 하고 은영은 새삼스레 깨달았다. 모든 상상이 그저 떠올리는 것만으로 즐거웠다.

그 상대가 자신이 사랑하고, 자신을 사랑하는 이 남자기에 가능한 거겠지만.

"오늘따라 이상하게 수상하네……. 진짜 별일 없었던 거 맞지?"

"그렇다니까. 그보다 오빠, 다음 주에 약속 안 잊었지? 내 친구들이랑 만나기로 한 거."

"잊을 리가 없잖아. 나 옷도 새로 샀어."

"근사한 레스토랑 예약도 해 놓고?"

"어떻게 알았어?"

눈을 크게 뜨고 묻는 승현에 은영은 이번에야말로 박장대소를 터뜨렸다.

그리고 생각했다. 내가 엄마 딸은 엄마 딸인가 보다 하고. 남자 취향이 이렇게 겹치니.

"아까부터 왜 자꾸……. 혹시 내 얼굴에 뭐 묻었어? 내가 웃겨서 웃는 거야, 지금?"

"비밀이야. 나중에 말해 줄게."

"뭔데, 지금 말해 줘."

"비밀이라니까?"

"비밀이 어디 있어, 우리 사이에."

"여기 있지."

날은 춥고 바람은 쌀쌀하지만, 따뜻한 차 안에 있는 은영에게 그런 건 별로 문제 되지 않았다. 오히려 구름 한 점 없는 맑은 하늘과 눈부신 햇살만이 그녀의 눈에 들어왔다.

그리고 옆에는 사랑하는 남자가.

어제처럼 오늘도 참 사랑하기 좋은 날이었다. 아마 내일 역시도.

그러니 내일도 그녀는 행복할 것이다.

꼭, 오늘처럼.

외전 2

"생일 축하합니다."

마지막 노랫말이 끝난 후, 눈을 꼭 감은 채 속으로 소원을 빈 은영이 케이크에 꽂힌 촛불을 후 불어 껐다.

큰 초 2개, 작은 초 9개. 총 11개의 촛불이 그녀의 입김 한 번에 모두 꺼졌다……가 두 개의 촛불이 다시 타오르며 몸집을 부풀렸다. 끈질기게 살아남은 두 개의 촛불을 보며 은영은 아쉬움 가득한 탄성을 터뜨렸다.

"아, 이번에도 실패했어. 내가 폐활량이 나쁜가?"

"그러게 숫자 촛불 사 준다니까."

이렇게 될 줄 알았다는 듯 놀리는 목소리로 말하는 승현에 은영은 괜히 입술을 삐죽거리며 케이크에 꽂힌 초를 뽑았다.

"두고 봐. 내년엔 진짜로 성공할 거니까."

"그땐 성공해야지. 초 세 개밖에 안 되는데."

"······."

그렇구나. 나도 내년이면 서른이 되는구나.

멀게만 느껴졌던 달걀 한 판이 어느새 코앞이었다. 벌써부터 싱숭생숭한 기분에 은영은 케이크 칼을 집어 들며 작게 한숨을 쉬었다.

"나이 먹을수록 시간 빨리 간다는 말이 진짠 거 같아. 20대 초반 땐 안 그랬던 거 같은데 후반 들어서니까 시간 더 빨리 가는 거 있지."

"이제 30대 돼 봐. 더 빨리 갈걸."

"여기서 더 빨리? 이러다 눈 한 번 깜빡하면 40대 돼 있는 거 아냐?"

"그런 말 하지 마. 눈 한 번 깜빡하면 50대 돼 있을까 봐 무서우니까."

은영은 그제야 나이 네 살 많은 애인 앞에서 너무 나이 두고 한탄했나 싶어 민망한 웃음을 터뜨렸다.

승현은 그녀를 따라 픽 웃으며 와인병을 집어 들고 잔에 와인을 따랐다. 그사이 은영은 치즈케이크를 한 조각씩 잘라 접시에 덜었다.

"그나저나 이제 케이크 마라톤도 끝났네? 나름 재밌었는데."

"재밌었다니 다행이네."

나는 무지하게 힘들었는데······.

그런 문장이 승현의 얼굴에 쓰여 있는 듯했다. 은영은 딱 일주일 전에 큰 초 2개, 작은 초 8개. 총 10개의 초를 꽂았던 케이크를 떠올리며 키득키득 웃었다.

"그러게 누가 다음 생일 때 꼭 축하해 주겠다 약속하고 사라지

랬나? 이건 다 자업자득이야, 자업자득."

"그건 확실히 내 잘못이 맞는데 좀 억울한 부분이 있습니다, 정은영 씨."

"뭐가 그렇게 억울합니까, 권승현 씨?"

웃음기 어린 목소리로 대꾸한 은영과 달리 승현의 얼굴은 심각하기만 했다. 이어지는 그의 목소리 역시도.

"열네 살 생일날 네가 그랬잖아. 내년에 내가 생일 선물 주는 게 소원이라고. 그리고 그다음 해에도 계속 똑같은 소원 또 빌 거라고."

"그랬지. 그런데?"

"그런데 그거랑 똑같은 소원 안 빌었잖아."

숨겨도 소용없다는 듯 승현이 눈을 날카롭게 뜨고 은영의 표정을 살폈다. 그러나 그의 생각과 달리 딱히 숨길 생각이 없었던 그녀는 순순히 고개를 끄덕여 인정했다.

"그렇긴 한데…… 내가 무슨 소원 빌었는지 오빠가 어떻게 알아?"

"그랬으면 나한테 이렇게까지 철저하게 숨길 리가 없으니까."

"아닌데? 끝까지 숨길 건데? 내가 말했잖아. 무슨 소원 빌었는지 말해 줬다가 괜히 부정 탔다고."

지은 죄가 있는 승현은 여기서 한 번 입을 다물었다.

사실 사고를 당한 것과 그 탓에 기억을 잃은 건 그의 잘못이 아니었지만, 적어도 고백을 받아 놓고 답을 들려주지 않은 건 그의 잘못이 맞았으니까.

"앞으로는 그럴 일 없게 잘할게. 그러니까 이제 좀 가르쳐 줘. 대체 무슨 소원을 그렇게 열심히 빈 거야?"

"말 안 해 줄 거라니까. 왜 자꾸 캐물어?"

"나한테 생일 선물 받는 것보다 정은영한테 더 중요한 게 뭔지 궁금하니까 그러지. 그 소원 열네 살부터 스물아홉 살까지 16번이나 빈 거잖아."

그 말에 은영은 조금 놀라 눈을 동그랗게 떴다.

"그걸 또 다 계산하고 있었어?"

"어, 계산하고 있었어. 16번이나 계속 빌 정도면 정말 간절하다는 건데, 대체 뭐야? 내가 못 들어주는 거야?"

"글쎄…… 뭘까?"

말해 줄 것처럼 감질나게 굴다가 끝내 또 비밀이라고 입을 다무는 은영에 승현은 답답한 기색을 감추지 못했다.

"우리 사이에 자꾸 이럴 거야?"

"이럴 거야. 그보다 우리 얼른 케이크 먹자."

"넌 지금 이 상황에서 케이크가 중요해?"

케이크야 나야, 하는 유치한 질문이 입 밖으로 튀어 나가기도 전에 은영이 고개를 끄덕였다.

"중요하지. 이건 진짜 생일 케이크잖아."

"진짜 생일……은 중요하지. 당연히."

2월 8일, 은영의 29번째 생일. 오늘을 위해 있는 시간 없는 시간 다 쪼개서 케이크 마라톤을 달린 거였다.

아무렴, 진짜 생일에 먹는 케이크는 중요하지.

결국 항복을 선언한 승현을 보며 키득키득 웃은 은영이 얼른 와인 잔을 들고 건배하자고 그를 재촉했다.

오늘 생일을 맞이한 주인공님의 말을 어찌 거절할까. 승현은 와인 잔을 들어 은영과 짠, 하고 건배했다.

"잘 먹겠습니다."

달콤한 맛이 강한 레드 와인으로 입안을 적신 후 은영은 포크를 들어 승현의 16번째 수제 케이크를 조금 잘라 입에 넣었다. 승현은 조금 긴장한 얼굴로 그녀의 반응을 살폈다.

"어때?"

"와……! 엄청 맛있어!"

26번째 생일 케이크 때 은영에게 맛있다는 칭찬을 들은 뒤 승현은 딸기 생크림 케이크를 졸업하고 이제 치즈케이크를 만들기 시작했다.

지난번에 만든 건 맛은 썩 괜찮아도 모양이 납작해서 케이크라기보다 파이에 가까웠는데, 오늘은 모양도 제법 괜찮더니 맛도 지난번보다 훨씬 나았다. 케이크를 한 입 더 잘라 먹은 은영은 역시 맛있다고 고개를 몇 번이나 흔들었다.

"이 정도면 돈 받고 팔아도 되겠다. 오빠 진짜 소질 있는 거 같아."

"안타깝게도 내 기준은 카페 모니카라서."

고개를 절레절레 흔드는 승현에 은영이 심각한 얼굴로 대꾸했다.

"그건 좀 눈이 너무 높은 거 아니야?"

"높지. 그래서 애인도 정은영이잖아."

은영에게 몸을 기울이듯 한 손으로 턱을 괸 승현이 그녀를 보며 눈웃음을 쳤다.

이런 식으로 훅 치고 들어오는 것도 이제는 어느 정도 적응이 됐다. ……고 생각했는데, 귓가가 뜨끈해지는 건 어쩔 수 없는 일이었다.

반사적으로 제 귀를 감싸 쥔 은영은 싱글벙글 웃는 낯으로 저를 바라보는 승현에 결국 또 한 번 웃음을 터뜨리고 말았다.

서른을 딱 1년 앞둔 스물아홉 살의 생일.

그녀를 싱숭생숭하게 만들었던 심란함은 불과 몇 분 만에 자취를 감추고 말았다. 그녀의 눈 높은 애인 덕분에.

***

화이트 초콜릿 데코 펜을 쥔 샛별의 손이 부들부들 떨렸다. 그 탓에 하트 모양 초콜릿 위로 그려지는 또 하나의 작은 하트는 선이 삐뚤삐뚤했지만, 그래도 하트 모양인 걸 알아볼 정도는 되었다.

"푸하……."

참았던 숨을 뱉으며 데코 펜을 내려놓은 샛별은 미간에 잔뜩 힘을 준 채 자신이 데코한 초콜릿을 내려다봤다.

"좋아, 완벽해."

바로 옆에 있는 은영의 것과 비교하면 전혀 완벽하지 않았지만, 초콜릿을 직접 만들어 보는 건 오늘이 처음 아닌가. 이 정도면 아주 훌륭했다.

스스로에게 너그럽게 점수를 준 샛별은 진지한 얼굴로 초콜릿을 꾸미는 은영을 보다가 무심코 한마디 툭 뱉었다.

"역시, 인생은 아무도 모르는 것 같아."

"응? 갑자기 그건 또 무슨 소리야?"

"무슨 소리긴 무슨 소리야. 딱 1년 전까지만 해도 언니랑 같이 초콜릿 만들 줄 몰랐다는 소리지."

물론 샛별이 말하는 초콜릿은 그냥 초콜릿이 아니었다. 그렇다면 이렇게 감회에 젖은 얼굴을 하진 않았겠지.

일요일 이른 아침부터 샛별의 집에 모여 두 사람이 열심히 만들고 있는 건 바로 밸런타인데이에 애인에게 줄 초콜릿이었다.

"언니 부르길 잘했어. 하마터면 수제 티 팍팍 낼 뻔했네."

"수제 티?"

"언니가 승현 오빠한테 준 초콜릿 승재 오빠도 볼 거 아냐. 나혼자서 만들었으면 분명 망했을 텐데, 그러면 얼마나 비교가 되겠어? 현직 파티셰님이 만든 초콜릿이랑 손재주 꽝인 일반인이 만든 초콜릿이랑."

자신이 만든 것과 은영이 만든 초콜릿을 하나씩 집어 들어 비교하는 샛별에 은영이 가볍게 웃으며 손사래를 쳤다.

"에이. 그냥 녹여서 틀에 붓기만 한 건데 뭘."

"그래, 그림도 그냥 캔버스에 붓질만 몇 번 하면 되지. 참 쉽죠?"

이래서 전문가들이랑은 말이 안 통한다며 샛별이 고개를 절레절레 흔들었다. 그런 샛별을 보며 은영은 문득 떠오른 의아함에 고개를 기울였다.

"근데 그럼 작년 밸런타인데이 때는 어떻게 했어? 사서 줬어?"

"작년에? 안 줬어."

"안 줬다고? 진짜로?"

"응. 그때 뭐였지, 무슨 일로 대판 싸웠거든. 연락도 하지 말라고 엄청 크게 화냈는데 밸런타인데이랍시고 초콜릿 주기도 뭐하잖아? 그래서 그냥 넘기고, 며칠 뒤에 겨우 화해하고……. 대신 화이트데이 때는 승재 오빠가 분위기 좋은 레스토랑 예약해서 그날 화기애애하게 1주년 기념 여행을 가자고 계획을 잡았다가……
그렇게 됐지."

그렇게 됐지. 그 다섯 음절로 축약된 작년의 일이 주마등처럼
은영의 머릿속을 스치고 지나갔다.

결과적으로 잘됐기에 망정이지, 여러모로 큰 민폐를 끼쳤던 은
영은 멋쩍게 웃으며 완성된 초콜릿을 칸막이 상자 안에 유산지와
함께 조심조심 넣어 포장했다.

뚜껑을 덮고 리본을 묶는 것으로 완성이었다. 혹시나 초콜릿이
녹을까 봐 냉장고에 상자를 넣은 두 사람은 뒷정리까지 마저 끝낸
다음에야 '밸런타인데이 초콜릿 만들기'를 마무리 지을 수 있었다.

"다 했다! 으으, 초콜릿 만드는 것도 일이다, 일. 두 번은 못 할
것 같아."

"초콜릿 만드는 거 처음이야? 승재 씨 말고 다른 사람들이랑 사
귈 땐 안 만들었어?"

"안 만들었어. 돈 주고 사는 게 훨씬 편하고, 모양도 예쁘고, 맛
도 좋은데 뭐 하러 시간 들여 돈 들여 고생을 해."

"그런데 승재 씨 줄 건 직접 만들었네?"

"그거야, 언니는 당연히 만들어서 줄 거 아냐. 승현 오빠는 수
제 초콜릿 받았는데 자기는 사서 줬다고 승재 오빠가 실망할 수도
있고……. 한 번 정도는 만들어 보는 것도 재밌을 것 같아서."

핑계 대듯 그렇게 주절거린 샛별이 "아아, 목마르다." 하고는
도망치듯 냉장고로 달려갔다.

동생이 쑥스러워하는 모습은 쉽게 볼 수 있는 게 아니라 은영은
좋은 구경 했다고 몰래 즐거워했다.

"아, 맞다. 근데 언니 생일 때 승현 오빠가 케이크 구워 줬다

며?"

"응. 볼래?"

이미 메신저 프로필 사진에 걸어 뒀지만 은영은 자랑하고 싶은 마음에 핸드폰을 꺼냈다.

별생각 없이 은영의 옆에 앉아 사이다를 홀짝이던 샛별은 '승현 오빠 케이크'라는 폴더가 따로 있는 걸 보고 눈을 휘둥그레 떴다.

"어어, 뭐야. 이거 다 몇 개야? 이걸 전부 승현 오빠가 만들었다고?"

빼앗아 가듯 은영의 핸드폰을 가져간 샛별이 검지로 액정을 빠르게 훑으며 폴더 속 사진의 수를 헤아렸다. 그 속도 모르고 은영은 뿌듯한 얼굴로 자랑했다.

"응. 전부 승현 오빠가 만든 거야. 아래에서부터 보면 실력이 쑥쑥 느는 게 눈으로 보인다? 이거 봐. 처음 만들었을 땐 데코가 이렇게 엉망이었는데……."

"뭐야! 권승재 이 인간은 나한테 한 번도 케이크 같은 거 구워 준 적 없는데! 케이크가 뭐야, 이런 거 한 번도 안 만들어 줬어!"

"그거야 승재 씨는 승재 씨인 거고, 승현 오빠는 승현 오빠니까……."

"쌍둥이잖아! 기가 막혀, 정말. 그런 주제에 양심도 없이 내 수제 초콜릿을 받아먹을 생각이었다 이거지?"

물론 승재는 샛별에게 수제 초콜릿을 만들어 달라든가, 기대하고 있다든가 이런 말을 단 한 번도 한 적이 없었다. 오늘 은영과 함께 초콜릿을 만든 건 어디까지나 샛별의 뜻이었다.

그러나 그의 쌍둥이 형은 생일뿐만이 아니라 생일이 아닐 때에도 애인에게 케이크를 구워 줬다는데, 이 소식을 듣고 어떻게 비교를 안 할 수 있단 말인가! 심지어 이쪽은 사귄 지 2년이 다 되어 가는데!

"죽었어, 권승재. 나 케이크 안 구워 주기만 해 봐."

"어어, 샛별아! 어디 가!"

"권승재한테 따지러!"

핸드폰을 집어 들고 밖으로 튀어 나가는 샛별을 붙잡으려던 자세 그대로 방에 홀로 남겨진 은영은 하릴없이 눈만 깜빡이다 문득 승재한테 몹시 미안해졌다. 물론 그 미안함은 오래가지 않았다.

'그러게 왜 케이크도 안 구워 줘서…….'

다행히 샛별은 딱 5분 만에 "승재 오빠가 나 케이크 구워 준대!" 하는 좋은 소식을 가지고 돌아왔다. 은영은 잘됐다고 진심으로 박수를 쳐 주었다.

✽✽✽

ㅡ형! 은영 씨한테 케이크 백 개나 만들어 줬다며!

깜빡 졸다가 핸드폰 벨 소리에 잠에서 깬 승현은 다짜고짜 고막을 찔러 오는 승재의 외침에 일단 핸드폰을 귀에서 떨어뜨렸다.

그 와중에도 핸드폰 너머가 무척 소란스러웠다. 마른세수로 겨우 잠기운을 몰아낸 승현은 승재의 말을 머릿속으로 곱씹다가 뒤늦게 핸드폰을 다시 귀로 가져왔다.

"백 개까진 아닌데…… 누구한테 들었어? 샛별 씨?"

ㅡ어. 샛별이 엄청 삐쳤어. 어떻게 똑같은 쌍둥인데 형이 케이크 백 개를 구워 줄 동안 나 한 번 구워 줄 생각을 못 하냐고. 일단 구워 주겠다고 약속했는데 내가 그런 거 해 봤어야지 말이지. 이거 어떻게 책임질 거야?

승재는 이를 갈며 말하는데 승현의 입에선 연이어 하품이 쏟아졌다. 그는 뻐근한 목을 주무르며 성의 없는 목소리로 대꾸했다.

"뭘 나더러 책임지래. 네가 만들어 주겠다고 약속했다며. 못 할 거 같으면 약속을 하질 말든가."

─그럼 어떡해? 안 그러면 이번 밸런타인데이도 그냥 넘어갈 거라는데. 작년에도 못 받았는데 올해는 받아야지.

"밸런타인데이?"

─바로 내일이잖아. 은영 씨랑 같이 만들었다던데.

"……그래?"

밸런타인데이. 초콜릿. 그리고 사랑하는 연인의 이름.

승현이 머릿속으로 그것들이 의미하는 바를 떠올리는 사이, 그의 반응을 심상치 않게 받아들인 승재가 놀란 목소리로 되물었다.

─설마 몰랐어? 잠깐만. 이거 서프라이즈는 아니었겠지? 그치? 아무렴 둘이 사귀는 사인데 설마 비밀이었겠어.

"비밀……."

오늘 은영이 샛별과 초콜릿을 만드는 게 비밀이었나?

승현은 눈을 깜빡이며 이 좋은 일요일에 왜 자신이 집에서 혼자 낮잠을 자고 있었는지 떠올렸다.

"일단 내가 들은 건 오늘 샛별 씨랑 영화 보고 쇼핑한다는 거였는데."

─아, 그래? ……그, 그래도 예상은 하고 있었지? 내일 초콜릿 받을 거라고.

"아니, 전혀. 내일이 밸런타인데이인 거 몰랐는데."

─아니. 그걸 왜 몰라? 초콜릿 만들어서 파는 회사에서 일하는 사람이!

"내가 기획 팀이나 마케팅 팀에서 일하는 것도 아닌데 그걸 왜 신경을 써."

―그래도 알아야지! 애인도 있는 사람이 밸런타인데이가 언젠지도 모르는 게 말이 돼? 이거는 형 잘못이다, 형 잘못. 형도 그렇게 생각하지?

무슨 말도 안 되는 소릴 하고 있어. 승현은 그렇게 생각했지만 그걸 굳이 입 밖으로 꺼낼 필요는 없었다. 본인도 찔리는 구석이 있었는지 승재가 후다닥 통화를 마무리했으니까.

―오늘 난 전화한 적 없는 거다. 아무 얘기도 안 한 거야. 알았지? 그럼 이만!

대답은 듣지도 않고 잽싸게 전화를 뚝 끊는 승재에 승현은 어이가 없어서 핸드폰을 보며 짧게 코웃음을 터뜨렸다. 그러다 무신경한 손짓으로 목덜미를 긁적였다.

"……진짜 비밀이었나?"

내일이 밸런타인데이인지 몰랐다는 건 정말이었다. 살면서 그 날짜를 특별하게 생각했던 적이 단 한 번도 없으니까.

생각을 안 하고 있었으니 당연히 받을 거란 기대도 안 했고, 설마 안 주진 않겠지 하는 불안도 가지지 않았다.

애초에 밸런타인데이 때 초콜릿 못 받았다고 불만을 가질 만큼 그는 어린애가 아니었다. 나이 서른셋에 밸런타인데이는 무슨.

'물론 받으면 좋기야 하겠지만…….'

그게 서프라이즈를 계획할 일은 아니지 않나?

승현은 잠시 천장을 보며 눈을 깜빡이다가 쥐고 있던 핸드폰을 엄지로 몇 번 두드려 은영에게 전화를 걸었다. 몇 번의 신호음이 들린 후, 그 뒤로 은영의 목소리가 들려왔다.

―응, 오빠.

"어디야?"

─지금 백화점. 샛별이랑 같이 옷 보고 있어. 왜?

"진짜……."

백화점이야? 하고 하마터면 물을 뻔했다. 헛기침으로 겨우 단어를 삼킨 승현은 무슨 말을 꺼내야 할지 몰라 잠시 침묵을 지키다 겨우 입을 열었다.

"보고 싶어서. 그래서 전화해 봤지."

그러자 의아한 기색을 드러내던 은영이 핸드폰 너머에서 짧게 웃음을 터뜨렸다.

─뭐야, 우리 어제도 봤잖아.

"그래서 넌 나 안 보고 싶어? 옆에 샛별 씨 있잖아. 그럼 얼른 나 보고 싶다고 해 줘야지."

─참나. 언제 적 이야기를 하는 거야.

웃음기 가득한 그녀의 목소리에 승현은 저도 모르게 미소를 지었다. 이제는 입꼬리가 올라가는 감각에 익숙해져 제가 웃고 있단 사실도 모른 채 승현은 은영과 잡담을 조금 더 나누었다.

─아, 이제 끊어야겠다. 옆에서 샛별이가 뭐라고 그래.

"알았어. 쇼핑 잘하고 와."

─응. 이따 집에 가면 다시 전화할게.

"그래, 그럼……."

우리 내일 봐? 하는 질문이 혀끝에서 맴돌다 끝내 목구멍 안으로 삼켜졌다. 대신 짧은 인사를 건네고 전화를 끊은 승현은 괜히 떠오르는 생각에 애꿎은 머리카락만 거칠게 헤집었다.

'내일 따로 만나자는 약속을…… 내가 안 잡아도 되나?'

초콜릿은 언제 주려는 거지? 내일 낮에 회사로 찾아오려나?

한 번 신경을 쓰기 시작하니 도저히 머릿속에서 생각을 떨쳐낼

수가 없었다. 차라리 내일이 밸런타인데이인 걸 몰라야 했다. 권
승재 때문에 이게 대체 뭔지.

승현은 내일 초콜릿을 언제 어디서 받게 될지 상상하느라 귀한
일요일을 의미 없이 소모해야 했다. 나이 서른셋에 말이다.

❀❀❀

그리고 다음 날.

−지방 출장? 갑자기?

"어······. 회사에······ 일이 터져서······."

가는 날이 장날이라더니. 이번 달 내내 여유로웠는데 하필이면
오늘 일이 터졌다. 하필이면 오늘!

"주말 동안 SNS에 우리 과자에서 벌레가 나왔단 글이 올라왔는
데 여러 커뮤니티로 퍼지면서 순식간에 이슈가 돼서. 일단 회수해
서 어느 과정에서 벌레가 들어간 건지 조사는 할 건데, 결과가 어
떻게 나오든 지방 공장들 위생 실태 조사 기습적으로 해 보라는
지시가 떨어졌거든."

−그래도 그렇지. 이렇게 급하게?

"아무래도 식품 회사다 보니 이런 이슈는 초기에 안 잡으면 피
해가 어마어마해서······. 아무튼 오늘은 김해에 내려갔다가 거기
서 자고 올 것 같아."

−그렇구나. 알았어. 조심해서 잘 다녀와.

"응······. 그런데, 그."

−응?

승현이 하려다 삼킨 말이 뭔지 짐작 가는 게 없다는 듯 은영이

의아한 목소리를 냈다.

그에 대고 차마 '초콜릿은? 어제 샛별 씨랑 만들었다며.'라고 할 자신이 없어 승현은 입을 꾹 다물어야 했다.

"아니…… 너도 조심해서 들어가라고. 오늘은 내가 데리러 못 가니까."

―내가 다섯 살짜리 애도 아니고. 걱정 마, 혼자서 집 잘 찾아가는 나이니까.

"왜 혼자서 집 잘 찾아가고 그래. 좀 못 찾아가지."

―뭐?

"길 잃어버리면 언제든지 전화해. 내가 데리러 갈 테니까."

―꿈 깨세요. 누가 들으면 진짜 내가 다섯 살인 줄 알겠네.

가볍게 투덜거리는 목소리가 그저 귀엽게 느껴져 승현은 실없이 웃음을 흘렸다.

아마 지금 눈앞에 있었으면 눈을 가늘게 뜨고 그를 흘겨봤겠지. 그런 얼굴이라도 보고 싶은 마음을 억누르며 승현은 전화를 끊었다. 그러고 나니 거한 현타가 파도처럼 그의 전신을 덮쳤다.

"하, 진짜……."

나이 서른셋 먹고 이게 뭐 하는 짓이냐. 밸런타인데이 초콜릿이 다 뭐라고.

본인도 식품 회사에 다니지만 초콜릿 하나 팔아먹으려고 정말 별걸 다 갖다 붙이는구나, 하고 혀를 찼던 권승현은 어디로 갔는지 모르겠다.

'초콜릿 못 받는다고 사랑 못 받는 것도 아닌데.'

그런데 왜 비행기 타러 나가는 발걸음이 이다지도 무거운 걸까. 저를 수행하는 지훈이 제 눈치를 보든 말든 승현은 긴 한숨을 푹푹 내쉬었다.

❋❋❋

"팀장님, 팀장님."

"……으음."

"팀장님, 일어나세요. 서울 도착했습니다."

"뭐…… 벌써?"

비행기 뜬 것도 몰랐는데 어느새 기내에선 곧 착륙할 예정이니 안전벨트를 매란 방송이 흘러나오고 있었다.

승현은 반사적으로 고개를 숙여 안전벨트를 확인했지만 사실 그는 그걸 확인할 필요도 없었다. 비행기에 올라타자마자 안전벨트를 매고 이륙도 전에 잠들었으니.

"피곤하시죠? 그러게 그냥 김해에서 하루 묵자니까요. 내일 연차도 내셨으면서 왜 굳이 이 시간에 비행기를 타신 거예요?"

현재 시각은 밤 11시. 늦은 밤이라 도로가 텅텅 비었을 테니 아마 집에 도착하면 11시 반이 좀 넘을 것이다.

계속 시계를 본다고 시곗바늘이 왼쪽으로 돌아가는 것도 아닌데, 승현은 괜히 손목시계를 힐끔거리며 몸이 붕 뜨는 부유감에 눈살을 찌푸렸다.

"왜긴 왜야. 집에서 자는 게 편하니까 그렇지."

"뭐, 그것도 그렇긴 하지만……."

잠시 후, 땅에 착륙한 비행기가 완전히 멈추고 기내 방송이 울렸다.

평소엔 다른 사람들 다 내리고 여유롭게 일어나는 승현이었지만, 오늘 그는 안전벨트를 풀어도 된다는 방송을 듣기가 무섭게 곧장 안전벨트를 풀고 자리에서 일어났다.

"팀장님?"

"빨리 가서 쉬자. 피곤해."

"어, 어. 네."

서둘러 안전벨트를 푼 지훈은 두고 내리는 짐이 없는지 확인했다. 그는 벌써 저만큼 멀어진 승현을 보면서도 하루 만에 김해 출장을 다녀와서 많이 피곤하신가 보다, 하고 납득했다. 그래서 승현이 넌 공항버스 타고 집에 가라고 했을 때 놀라서 눈을 크게 떴다.

"직접 운전하시려고요? 괜찮으시겠어요?"

"괜찮아. 비행기에서 다 잤어."

"그래도……."

"왜? 내일 출근도 안 하겠다, 나랑 이 야밤에 드라이브라도 하고 싶어?"

"퇴근하겠습니다. 모레 뵙겠습니다, 팀장님."

깍듯하게 허리를 숙인 지훈은 행여 승현이 절 붙잡기라도 할까 걱정됐는지 잰걸음으로 빠르게 멀어졌다. 속내가 다 티 나는 그 행동에 승현은 픽하고 웃었다.

쟤도 가만 보면 은근히 귀엽다니까.

만약 지훈이 알았으면 기겁할 생각을 하며 승현은 주차장으로 향했다. 주차된 차에 오른 그는 시동을 켜고 안전벨트를 맨 후 주머니에서 핸드폰을 꺼냈다.

[자?]

……연애 예쁘게 잘하고 있는데 구남친이 된 듯한 이 기분은 뭘

까. 승현은 공연한 찝찝함을 털어 버리고 전송 버튼을 눌렀다.

시간이 조금 늦긴 했지만 아직 은영이 잘 시각은 아니었다. 그래서 당연히 답장이 곧 돌아오리라 생각했는데, 웬걸. 대화 창 왼쪽의 숫자 1은 사라지지 않았다. 몇 분을 기다려도 마찬가지였다.

"벌써 잔다고? 진짜로?"

혹시 알림을 못 들은 거 아닐까? 전화를 한번 해 볼까? 승현의 엄지는 착륙할 곳을 찾지 못하고 액정 위에서 하염없이 선회 비행을 했다.

약 5분간 치열한 고민을 하는 동안에도 숫자 1은 사라지지 않았다.

결국 승현은 짧은 조소와 함께 핸드폰을 조수석에 던져 버렸다. 그깟 초콜릿이 뭐라고 일찍 잠들었을지도 모르는 애인에게 전화를 걸까 말까 고민하는 자신이 너무 유치하고 한심하게 느껴졌다.

"그래…… 초콜릿은 무슨."

언제부터 초콜릿 좋아했다고. 그런 생각으로 애써 미련을 떨쳐 내며 승현은 차를 출발시켰다. 피곤한 탓인지 자꾸 몸에 힘이 빠져서 그는 의식적으로 어깨에 힘을 바짝 실어야 했다.

빨간 신호등 앞에 잠시 멈춰 섰을 때 뻑뻑한 눈을 문지르며 지훈을 괜히 보냈다고 조금 후회하기는 했지만, 그는 별다른 사고 없이 무사히 집에 도착할 수 있었다.

그렇게 주차장에 차를 멈춰 세우고 카시트에 머리를 기대고 나니 잊고 있던 피로가 온몸을 잠식했다.

"하아……."

그냥 김해에서 잘걸. 왜 굳이 집에 온다고 이 고생을.

'들어가서 씻고 바로 자야겠다.'

엘리베이터에 오른 승현은 뻣뻣한 목을 가볍게 스트레칭하며 기계적으로 핸드폰을 확인했다. 덕분에 뒤늦게나마 확인할 수 있었다. 핸드폰에 도착한 은영의 메시지를.

[아니, 아직. 오빤 어디야? 호텔?]

시간을 보니 딱 2분 전에 도착한 메시지였다.

한 3일간 갈증에 시달리다 마침내 물 한 컵을 들이켠 것처럼 금세 청량한 기운이 샘솟았다. 승현은 제 입꼬리가 부드러운 호선을 그리는 것도 모르고 서둘러 두 손으로 핸드폰을 쥐었다.

[서울 왔어. 호텔보단 집이 편해서. 아직 안 잤어? 답이 바로 안 와서 자는 줄 알았는데.]

[뭣 좀 하느라고. 그럼 지금 어디야? 공항?]

메시지를 받은 순간 띵, 소리와 함께 엘리베이터가 도착했다. 우선 엘리베이터에서 내린 승현은 문 앞에 선 채로 답장을 보냈다.

[아니, 집에 도착했어.]

전송 버튼을 누른 승현은 들뜬 발걸음으로 빠르게 현관 앞으로 걸어갔다. 얼른 씻고 나와서 그녀와 통화할 생각으로 현관의 도어록에 지문을 가져다 대는데, 문득 문 너머에서 어떤 위화감이 느껴졌다.

'인기척이……?'

설마 도둑?

그러나 그럴 리는 없었다. 몇 달 전에 이사 온 이 아파트는 보안만 따지면 서울 내의 아파트 중에서 다섯 손가락 안에 들 만큼 엄중하다고 소문이 자자했으니까.

그렇다면 이 문 너머에 있을 만한 사람은…….

"와악!"

반쯤 열린 현관문 너머 새까만 어둠 속에서 은영이 크게 소리 내어 그를 놀라게 했다.

그 커다란 동작에 현관의 센서 등이 반응해 그녀의 머리 위로 환한 빛을 뿌렸다. 덕분에 분명하게 드러난 은영의 얼굴을 보면서도 승현은 그저 눈만 깜빡였다.

맹세코, 그는 태어나 이렇게 놀라 본 적이 없었다. 입도 벙긋 못 한 채 얼음처럼 굳어 버린 몸이 그 증거였다.

그러나 속이야 어떻든 겉보기에 그는 별로 놀란 것 같지 않아 보였다. 승현이 화들짝 놀라는 모습을 기대했던 은영의 어깨가 실망해 기운 없이 늘어졌다. 이윽고 그녀의 입술이 조그맣게 모였다.

"뭐야, 왜 안 놀라?"

"……엄청 놀랐는데."

"거짓말. 진짜 놀랐으면 비명을 질러야지."

"너무 놀라서 아무 소리도 못 낸 건데."

그 말에 무어라 반박하려던 은영은 언젠가의 기억을 떠올리고 고개를 끄덕였다.

"맞아, 인정. 너무 놀라면 아무런 소리도 못 내지."

그 반응에 승현의 머릿속에도 지금 은영의 머릿속에 떠오른 것과 같은 기억이 떠올랐다. 그 기억을 곱씹고 있자니 천천히 실감이 나기 시작했다. 눈앞에 있는 사람이 진짜 정은영이라는 실감.

"그런데 왜 네가 여기 있어?"

"왜? 나 여기 있으면 안 돼? 아무 때나 오라고 지문까지 등록해 줘 놓고?"

"있어도 되지, 되는데…… 이리 와 봐."

승현은 먼저 두 팔을 벌려 놓고 은영이 제 쪽으로 다가오는 몇 초를 참지 못해 먼저 발을 움직여 그녀를 와락 끌어안았다.

그 힘이 제법 센 탓에 은영이 엄마야, 하고 소리 냈지만 승현은 팔에서 힘을 풀지 않았다. 아니, 오히려 더 세게 힘을 주었다.

"와…… 진짜 정은영이네."

"그럼 가짜 정은영도 있어?"

"나 지금 꿈꾸는 것 같아."

"오늘따라 왜 이렇게 오버해? 김해에서 무슨 일 있었어?"

얼굴 좀 보여 달라고 은영이 승현의 등을 톡톡 두드렸지만 승현은 그녀를 놔주지 않았다. 오히려 그녀의 뒤통수를 감싼 손에 힘을 더 세게 주었다.

승현은 그 상태로 숨을 깊게 들이쉬었다. 어깨에 내려앉는 그녀의 숨결이나 코끝으로 느껴지는 희미한 체향, 손가락 끝에서 흐트러지는 머리카락의 감촉 같은 것을 느끼며 그녀가 꿈이나 환상이 아닌 실제라는 사실을 몇 번이나 곱씹었다.

"오빠?"

"나 사실 오늘 너 엄청나게 보고 싶었거든."

"그랬어? 왜?"

"그냥, 별거 아닌 이유로."

스스로가 유치하고 한심하게 느껴질 정도로 초콜릿이 받고 싶었는데, 막상 사랑하는 연인을 품에 안고 있으니 그런 것쯤 아무래도 좋았다.

애초에 초콜릿을 받고 싶었던 것도 상대가 은영이기 때문이었다. 그깟 초콜릿보다 은영과 함께 있는 시간 1분 1초가 더 소중했다.

그 사실을 이런 형태로 깨달을 수 있어서 승현은 무척 행복했다.

"하아……. 내 집에 너 있는 거 보니까 너무 좋다."

"그렇게 말하니까 내가 이 집에 처음 온 거 같잖아. 벌써 몇 번을 왔는데."

"항상 나랑 같이 왔잖아. 내가 없을 때 네가 여기 들어와 있는 게 너무 좋아."

생각해 보니 그랬다. 승현이 오피스텔을 정리하고 이 아파트로 이사 온 지도 벌써 몇 개월인데, 이사 온 당일에 바로 은영의 지문을 등록시키고 언제든지 오라고 말했는데 정작 그녀는 단 한 번도 승현이 없는 사이에 이 집에 온 적이 없었다.

오늘이 처음이었다. 그래서 인기척을 느끼면서도 은영이 와 있을 거라고는 곧장 떠올리지 못한 거였고.

"알았으니까 일단 들어가자. 계속 현관에 서 있을 거야?"

"네가 현관에 서 있으면 나도 서 있어야지."

"난 안에 들어갈 건데."

"그럼 나도 들어가야지."

은영에게 손을 잡힌 승현은 마치 끌려가듯 그녀의 뒤를 따르면서 입가에 내내 웃음을 매달고 있었다.

지금 엄청 바보 같은 표정을 짓고 있겠지. 그런 생각을 하면서도 실실거리는 웃음을 멈추지 못하고 있던 승현의 눈이 동그래진 건, 거실 소파 앞 티 테이블 위에 놓인 걸 발견했을 때였다.

"저게 뭐야?"

"짜잔! 예쁘지, 그치? 이거 만드는 데 꼬박 4시간 걸렸어."

승현의 손을 놓은 은영이 티 테이블 뒤로 돌아가 두 개의 과자 집 앞에서 두 손을 펼쳤다.

그녀가 웃음기 섞인 목소리로 으스대는 걸 들으며 승현은 눈을 깜빡였다.

그래, 티 테이블 위에 놓인 건 과자 집이었다.

건빵과 납작한 비스킷으로 세운 벽. 얇은 롤 과자 수십 개를 나란히 붙여 만든 세모 모양의 지붕. 색색의 초코 볼로 장식한 문과 창문, 그리고 작은 조약돌 모양의 초콜릿을 깔아 표현한 자갈 정원까지. 말 그대로 완벽한 과자 집이었다.

두 개의 집을 가로막은 건 웨하스 울타리로, 문이 있는 쪽엔 잼이 발린 파이 과자로 야무지게 대문까지 표현했다. 심지어 울타리 안쪽 정원엔 녹차 가루까지 뿌려 놓았다.

잔디구나, 하는 생각이 떠오르는 것과 동시에 승현은 웃음을 터뜨렸다.

"이거 혼자 만든 거야? 두 개 다?"

"그럼 혼자 만들지 누구랑 만들어. 오빠도 집에 없었는데."

승현은 은영이 손짓하는 대로 그녀의 옆으로 가 앉았다. 그리고 상당히 디테일하게 만들어진 과자의 집을 열심히 살펴보다가 어떤 기시감을 느꼈다.

"어, 이거 혹시 수원에서 살던 집이야?"

"알아보겠어? 이층집도 아니고 지붕도 그냥 세모 모양으로 만들어서 오빠가 못 알아볼 줄 알았는데."

"당연히 알아보지, 어떻게 못 알아 봐."

은영의 말대로 지붕이나 건물 전체의 생김새는 그들이 살았던 집과 모양새가 크게 달랐다.

하지만 두 집 사이에 놓인 울타리의 모양이나 창문의 위치 같은 건 똑같았다. 그런데 어떻게 모를 수 있을까. 저 울타리를 사이에 두고 그는 그녀를 처음 만났는데.

"그런데 왜 갑자기 과자 집을……. 아, 밸런타인데이라서?"

그것 아닌 다른 질문은 떠올릴 수 없을 정도로 승현은 이미 답을 확신하고 있었다. 그러나 은영은 승현이 그런 질문을 꺼낸 게 무척 의외라는 듯 놀란 눈을 깜빡거렸다.

"알고 있었어? 난 오빠가 오늘 밸런타인데인 거 모르는 줄 알았는데."

"아니, 내가 그걸 왜 몰라……."

"맞다, 참. 오빠 과자 회사 다니지."

"……."

승재가 말해 줘서 알았다고 하면 그럼 그렇지, 라는 답이 돌아올 것 같았다.

내가 그렇게 연인 간의 이벤트나 기념일 같은 걸 신경 안 쓸 것처럼 생겼나? 어쩐지 조금 서운하기도 하고, 민망하기도 하고. 승현은 그런 애매한 기분을 날려 보내려 짧게 헛기침을 했다.

"아니 뭐…… 우리 회사에서 과자만 만드는 건 아니고……. 그보다 왜 내가 그걸 몰랐을 거라고 생각한 거야?"

"음, 모를 줄 알았다기보다 관심이 하나도 없을 줄 알았어. 그래서 이거 봐도 오늘이 밸런타인데이라는 거 못 떠올릴 줄 알았는데."

어떤 의미에선 정답이었다. 정확히 작년까지만 해도 승현은 초콜릿을 주고받는 사람을 봐도 그날이 밸런타인데이라는 걸 떠올리지 못했으니까.

아니, 않았다고 해야 하나? 그가 밸런타인데이에 초콜릿을 주고받는 사람을 보고 떠올리는 건 신기하다가 전부였다. 세상에 얼마나 많은 사람이 저렇게 초콜릿을 주고받기에 2월만 되면 초콜릿 계열 제품의 매출이 뻥튀기되는 걸까, 하고.

하지만 아무리 그래도 그렇지.

"이거 좀 서운하네. 나도 초콜릿 선물 받을 애인 있어."

"흐음?"

"내가 왜 밤 비행기 타고 서울 왔는데. 만약에 네가 바로 안 잔다고 대답했으면 네 집 갔을 거야. 초콜릿 받으러."

마치 빌려준 것 돌려받듯 당당한 그의 발언에 은영은 눈을 가늘게 뜨고 승현을 흘겨봤다. 그가 통화하며 떠올렸던 얼굴 그대로.

"와, 이 자신감 좀 봐. 떡 줄 사람이 생각도 안 하고 있으면 어쩌려고 김칫국을 이렇게 배부르게 먹어?"

"안 주면 따질 생각이었지. 그럼 샛별 씨랑 같이 만든 초콜릿은 누구 주려고 숨겨 놨냐고."

그 순간 은영의 눈이 놀라 동그래졌다.

"내가 샛별이랑 같이 초콜릿 만든 거 오빠가 어떻게 알아? 샛별이……. 아니다, 승재 씨한테 들었구나?"

"뭐."

딱히 비밀로 하던 걸 캐묻거나 훔쳐 들어서 알게 된 것도 아닌데 왜 이렇게 낯 뜨거운 걸까. 공연히 뜨끈한 뒷덜미를 쓸어 올린 승현은 흘긋 곁눈질로 테이블 위의 과자 집을 가리켰다.

"그래서 나 이거 먹어도 돼?"

"아, 기다려 봐. 지금 몇 시지?"

"응?"

갑자기 시간은 왜? 의아해하는 승현을 옆에 둔 채 은영은 어느새 12에 가까워진 두 개의 바늘을 보며 호들갑을 떨었다. 서둘러 소파 위에 올려 둔 제 가방을 뒤진 그녀가 그 안에서 꺼낸 건 네모난 상자였다.

"그게……."

내 거야? 하고 물으며 내밀던 손이 무색하게도 은영은 직접 리본을 풀고 상자를 열었다. 그리고 그 안에 가지런히 놓인 초콜릿 중 하나를 꺼내 승현의 입에 가져갔다.

"자, 아."

"……아."

놀라 눈을 껌뻑거리던 승현은 눈을 내리깐 채 입을 벌렸다. 홍조로 물든 뺨 근육이 부드럽게 이완되며 그의 입안으로 하트 모양의 초콜릿이 쏙 들어왔다.

사탕도 아닌데 도저히 깨물어 먹을 수가 없었다. 승현은 혀끝으로 하트 모양의 초콜릿을 데굴데굴 굴리며 혹시나 그 모양이 깨질까 조심스럽게 입술을 벌려 말했다.

"고마워. 맛있다."

"진짜 맛있어? 오빠 단 거 싫어하면서."

"네가 만들어 준 건 예외인 거 알잖아."

안 믿기면 먹어 보라고 승현은 상자 속에서 다른 초콜릿을 꺼내 은영의 입에 넣어 주었다. 못 이기는 척 초콜릿을 받아먹은 은영은 내가 만들었지만 맛있긴 하다며 뿌듯한 미소를 지어 보였다.

그 얼굴이 너무 예뻐서 승현은 입안에서 초콜릿을 굴리던 것도 잊고 그녀의 입술에 입 맞췄다.

"뭐야."

가볍게 붙었다 떨어지는 입술의 감촉이 간지럽다는 듯 은영이 키득거리며 웃음을 흘렸다.

승현은 입안에서 초콜릿이 완전히 녹아내린 것도 모르고 한 번 더 그녀에게 키스했다. 녹아내린 하트가 그의 가슴에 스며든 것처럼 눈앞의 연인을 향한 사랑이 걷잡을 수 없이 불어났다.

"은영아."

"응?"

"정은영."

"왜애."

별 뜻 없이 부르는 거란 걸 알았는지 은영이 투정 부리듯 말꼬리를 늘이다가 소리 내어 웃었다. 그 얼굴이 너무 애틋해서 승현은 그녀의 어깨를 감싼 채 뺨이며 입술에 쪽쪽 입 맞췄다.

간지러우니까 하지 말라고 그의 어깨를 밀어내던 은영은 결국 포기하고 먼저 고개를 들어 그의 입술에 키스했다.

초콜릿 향 가득한 키스는 무척이나 달콤했다. 조금 전에 먹은 초콜릿보다 더.

"있잖아, 사실 내가 생일마다 빌었던 소원 이거였어."

"이거?"

"밸런타인데이에 초콜릿 주는 거."

"뭐?"

도저히 믿기지 않는 말에 승현은 제 귀를 의심했다. 케이크의 촛불을 끄며 몇 번이고 반복해서 빌었던 소원이 겨우 그거였다고? 받는 것도 아니고 주는 거?

그 생각이 그의 얼굴 위로 다 드러난 모양인지 은영이 열없이 웃었다. 쑥스러움과 민망함이 가득한 얼굴로 시선을 떨어뜨린 그녀는 머쓱한 듯 초콜릿이 든 상자 끝을 만지작거리며 조용히 읊조렸다.

"들으니까 별거 아니지? 근데 오빠가 처음 나한테 케이크 만들어 줬을 때 그게 제일 먼저 떠오르더라."

승현의 입에 초콜릿 하나를 더 넣어 주며 은영은 천천히 설명했다.

중학교 때 그에게 초콜릿을 주고 싶었으나 갑자기 사라져서 주지 못했던 것과 그와 사귀는 척을 하며 자신의 마음을 깨달았을 때 이번에도 밸런타인데이 때 초콜릿을 주지 못하겠구나, 하고 단념했던 것까지 전부.

그녀의 목소리는 담백했지만 그때 그녀가 느꼈던 감정들마저 담백하지는 않았을 것이다. 그녀 대신 얼굴을 일그러뜨리던 승현은 문득 어떤 의문을 떠올렸다.

"아니…… 근데 소원 빌 때 우리 이미 사귀고 있었잖아. 그런데도 그런 소원을 빌었어?"

"그치, 소원 빌 필요 없을 것 같았지? 그런데 오늘 오빠한테 전화 와서 갑자기 김해로 출장을 간다잖아. 내가 얼마나 기가 막혔는지 알아?"

승현의 입에 초콜릿을 두 개씩 밀어 넣는 손에 조금 분이 실렸다.

괜히 찔끔한 승현은 아껴 먹으면 안 될까 말도 못 하고 점점 늘어나는 상자 속 빈칸을 바라보며 초콜릿 네 개를 한 번에 씹어야 했다.

"아니, 나는…… 네가 아무렇지 않게 잘 다녀오라고 해서 내 초콜릿은 어떻게 되는 거냐고 묻지도 못했는데.”

“내가 진짜, 카페에 예약 들어온 케이크만 아니었어도 김해 쫓아갔어. 월급 받는 직장인이라 참은 거야.”

밸런타인데이에 초콜릿 주려고 김해까지 쫓아오는 애인이라.

그건 또 그것 나름대로 설레서 승현은 저도 모르게 미소를 짓다가 은영의 눈총을 받고 헛기침을 했다.

“크흠. 어쩐지 그렇게 비행기가 타고 싶더라니 소원 빈 효험이 있나 보네.”

“그러니까. 내가 이번에도 입방정 떨었으면 오빠 오늘 김해에서 잤을걸?”

“그건 아닐걸. 내가 어제 승재한테 전화 받고 네가 언제쯤 초콜릿을 줄까 싶어서…….”

구구절절 설명하기엔 그의 나이가 서른셋이었다. 그래도 연상으로서의 체면은 지켜야 하지 않겠는가.

사실 이미 다 구긴 것 같기도 하지만, 승현은 남은 거라도 지키고자 슬쩍 테이블 위의 과자 집으로 화제를 돌렸다.

“이것도 나 주려고 만든 거지? 먹어도 돼?”

“먹어도 되지, 그럼. ……이거 먼저 먹어.”

슬쩍 승현의 눈치를 살핀 은영이 그에게 왼쪽 집을 내밀었다. 그녀가 살던 집을 본따 만든 과자 집이었다.

승현은 조금 긴장한 은영의 얼굴을 보지 못한 채 바닥에 깔린 조약돌 모양의 초콜릿을 한 움큼 집어 들었다.

그걸 입에 넣기가 무섭게 은영이 작은 헛기침을 하며 슬쩍 말을 건네 왔다.

“지붕도 먹어 봐.”

"지붕?"

"응. 이거 어떻게 붙였는지 안 궁금해?"

궁금하지 않냐고 묻는 게 아니라 궁금해하라는 소리였다. 승현은 그녀의 기대에 부응해 고개를 끄덕였다.

"그러게. 이거 어떻게 붙인 거야?"

"한 번 봐 봐, 어떻게 붙였는지."

지붕 잘 붙인 거 봐 달라고 자랑하는 건가?

어쩐지 재촉하는 듯한 그녀의 목소리가 그저 귀엽게 느껴져 승현은 웃음을 꾹 참은 채 고개를 끄덕였다. 웃으면 안 되지. 그는 진지하게 그녀의 노력에 감탄할 생각이었다.

"보자…… 초콜릿을 발라서 붙였나?"

조심스레 지붕 끄트머리의 롤 과자 하나를 들어 올리자 지붕 전체가 번쩍 들렸다.

이렇게 되는 게 맞나? 하고 눈치 보듯 은영의 얼굴을 살핀 승현은 그녀의 표정이 크게 변하지 않는 걸 보고 지붕 전체를 들어 올렸다.

용마루 격의 롤 과자를 중심으로 서까래를 나란히 붙인 세모 모양의 지붕은 생각보다 그 이음새가 견고했다.

설마 못 먹는 접착제로 붙인 건 아니겠지 하고 지붕을 뒤집어 보던 그때, 별생각 없이 과자 집 안에 눈길을 주던 그대로 승현의 몸이 얼어붙듯 우뚝 멈췄다.

그가 굳어 버린 걸 눈치챈 은영은 마치 도망치듯 다른 곳으로 시선을 돌렸다. 그러나 아무리 기다려도 승현의 목소리가 들려오지 않아 다시 옆을 바라봤다.

꼼짝도 않고 과자 집 안쪽만 보고 있던 승현의 손이 그제야 움직였다. 천천히 얼굴 쪽으로 올라간 손은 제 뺨을 한 번 꼬집었다.

"뭐 해?"

"나 지금 뺨 꼬집었는데 하나도 안 아파. 이거 역시 꿈 아냐? 이제 지훈이가 나 깨우는 건가? 서울 도착했습니다, 하고?"

"오빠가 오빠 볼 꼬집으니까 안 아프지. 내가 꼬집어 줘?"

"어, 꼬집어 줘."

승현은 순순히 고개를 끄덕이며 은영에게로 뺨을 내밀었다. 기가 막힌 웃음을 터뜨린 은영은 눈을 빛내며 승현의 뺨을 꽉 꼬집었다. 동시에 승현의 입에서 악! 하고 비명이 터져 나왔다.

"왜 이렇게 세게 꼬집어? 나 뭐 잘못한 거 있어?"

"살살 꼬집으면 오빠가 또 역시 나 꿈꾸는 거 맞나 봐, 할까 봐 그랬지. 이제 좀 실감이 나?"

"어…… 실감이 나. 엄청 아프네."

통증이 남은 뺨을 손끝으로 한참 문지른 후에야 겨우 실감이 난 모양이었다. 승현은 도저히 믿기지 않는다는 얼굴로 과자 집 내부를 들여다보다가 조심히 그 안으로 손을 넣었다.

이윽고 그 속에서 빠져나오는 그의 손엔 자그마한 반지 케이스가 들려 있었다. 크기만 다를 뿐 디자인이 같은 두 개의 반지가 든 케이스가.

"디자인 어때? 마음에 들어? 오빠는 심플한 거 좋아할 거 같아서 최대한 심플한 걸로 골랐는데."

"나야…… 뭐든 좋지. 진짜 뭐든 좋아. 넌 이걸로 좋아?"

"응. 아무래도 일할 때는 못 낄 것 같아서 평소엔 목에 걸고 다닐까 하는데. 그래도 괜찮지?"

"괜찮지. 다 괜찮아."

고개를 끄덕이는 승현의 얼굴은 아직도 반쯤 넋이 나간 것처럼 보였다. 이대로 두면 계속 이런 얼굴로 앉아 있을 것 같아 은영은 그의 손에서 반지 케이스를 빼내듯 가져갔다. 그러자 승현이 줬던 걸 빼앗는 게 어디 있냐는 듯 무척이나 억울하고 서러운 표정을 지었다.

"왜 다시 가져가?"

"왜긴 왜야, 끼워 주려고 그러지. 자, 손 내밀어 봐."

그 말에 승현은 잘 훈련된 애완견처럼 은영의 손 위로 제 손을 착 내밀었다. 은영은 웃음을 삼키며 반지를 꺼내 그의 왼손 약지에 끼웠다.

마치 맞춘 것처럼 반지는 그의 손가락에 딱 맞았다. 승현은 약하게 감탄사를 내뱉었다.

"사이즈는 어떻게 알았어?"

"오빠 잘 때 몰래 쟀지. 눈치 못 챘지?"

"어. 전혀."

승현은 반짝이는 눈으로 손을 높이 들어 왼손 약지에 끼워진 반지를 바라봤다.

마치 세상에 둘도 없는 보물을 보는 것처럼 반지를 보던 그는 은영이 이제 자기도 끼워 달라고 케이스를 내미는 순간 자리에서 벌떡 일어났다. 흡사 가스레인지 불 끄는 걸 잊어버린 사람처럼.

"잠깐만 기다려 봐."

"어? 오빠, 어디 가?"

"잠깐만."

마치 무언가에 쫓기듯 침실로 들어간 그는 잠시 후 손에 무언가를 들고 다시 거실로 돌아왔다.

은영은 제 옆에 앉는 그를 좇아 눈을 움직이다가 그의 손으로 시선을 옮겼다. 그리고 그녀는 다시금 테이블 위를 확인했다. 자신이 가져온 반지 케이스가 아직 거기 있다는 것을 말이다.

"손 내밀어 봐."

다물린 입술 사이로 저절로 웃음이 샜다. 은영은 잠자코 그의 손 위에 제 손을 내려놓았다.

가슴이 기분 좋게 콩닥거리는 사이 그녀의 왼손 약지에 반지가 끼워졌다. 그녀가 사 온 것과 다른 디자인의 반지가.

"우리 옛날에 처음 목걸이 사러 갔을 때 기억나?"

"나지, 그럼."

"거기가 원래 프러포즈 링으로 유명한 브랜드인 것도 알았어?"

"오빠야말로 그걸 알고 있었어?"

놀라 되묻는 은영에 승현은 작게 웃으며 고개를 흔들었다.

"아니, 나중에 알았어."

반지를 산 지는 벌써 몇 달이 되어 간다. 은영에게서 '우리 같이 살래?' 소리를 들었을 때부터 몸이 달아서, 그럴 타이밍이 맞으면 언제라도 그녀의 손에 끼워 주고 청혼할 생각으로 준비한 반지였다.

그 과정에서 알았다. 아무 생각 없이 은영에게 액세서리를 사 주기 위해 들어갔던 주얼리 숍이 전 세계적으로 프러포즈 링으로 유명한 브랜드라는 걸. 그가 아무 별 뜻 없이 은영에게 사 주려고 했던 반지 역시 프러포즈 링이었다는 걸.

"네가 거절해서 얼마나 다행이었는지 몰라. 만약 프러포즈 링을 그렇게 무의미하게 샀으면 두고두고 후회했을걸."

승현은 은영의 손을 잡은 채 그녀의 왼손 약지를 느릿하게 문질렀다.

은영과 처음. 아니, 다시 만난 순간부터 그녀에게 나와 사귀는 척해 달라 제안하고, 또 그 과정에서 있었던 일들이 주마등처럼 그의 머릿속을 스쳐 지나갔다.

되새겨 보면 정말 정신 나갔다 싶은 일들의 연속이었다. 만약 그때 자신의 선을 망친 상대가 정은영이 아니었어도 그런 제안을 했을까?

승현은 자신 있게 답할 수 있었다. 아니라고.

"그때 내가 그랬잖아. 반지는 진짜 사랑하는 남자한테 받으라고."

승현은 고개를 들어 은영을 바라봤다. 줄곧 그를 바라보고 있었다는 듯 두 사람의 시선이 바로 마주쳤다.

미처 인지하지 못한 순간부터 자신을 봐주고 있던 그녀를 향해 승현은 싱긋 미소 지었다. 곧 그의 입에서 꽉 잠긴 목소리가 나직하게 흘러나왔다.

"……받아 줄래?"

약간의 불안이 섞인 승현의 미소와 달리 은영은 여름 햇살처럼 환하게 미소 지었다. 그리고 승현의 목을 끌어안아 그의 입술에 키스하는 것으로 답을 대신했다.

"우리 결혼하자."

그 말이 누구의 입에서 나왔는지는 불분명했다. 확실한 건, 초콜릿 향을 입은 아주 달콤한 목소리였다는 것.

꼭 그만큼 달달한 미소를 지은 채 두 사람은 서로를 끌어안았다. 이윽고 흘러나온 기분 좋은 설렘과 행복이 가득 섞여 든 웃음소리가 말해 주고 있었다.

서로의 곁으로 돌아가는 게 당연해질 두 사람의 일상은, 앞으로도 이렇게 달콤한 행복으로 가득 차 있으리란 걸.

-THE END